U0516854

春潮NOV+

回到分歧的路口

郭沛文———著

「星城萤光」系列

刹那

中信出版集团｜北京

图书在版编目（CIP）数据

刹那 / 郭沛文著. -- 北京：中信出版社，2022.9（2024.1重印）
ISBN 978-7-5217-4516-0

Ⅰ.①刹… Ⅱ.①郭… Ⅲ.①长篇小说—中国—当代
Ⅳ.①I247.5

中国版本图书馆CIP数据核字(2022)第114537号

刹那

著　　者：郭沛文
出版发行：中信出版集团股份有限公司
　　　　　（北京市朝阳区东三环北路 27 号嘉铭中心　邮编　100020）
承 印 者：北京盛通印刷股份有限公司

开　本：880mm×1230mm　1/32　　印　张：16.25　字　数：300千字
版　次：2022年9月第1版　　　　　印　次：2024年1月第3次印刷
书　号：ISBN 978-7-5217-4516-0
定　价：69.80元

目录

第一章

1

年轻的保安沿着江岸走，仰起脖子，望见蚊虫在飞。

那些模糊又快速移动的黑点是摇蚊，曾有人教他不要怕。那人说摇蚊只是对二氧化碳敏感，所以喜欢在人的头顶绕着飞，尤其是人在流汗发热的时候，排出的二氧化碳多，它们来得就多。但摇蚊不咬人，只是在进行一种名为"婚飞"的群交。

群交的摇蚊忽然闪出一阵星星点点的反光，像是烧柴的时候还未燃尽的火灰，他才看清楚这支队伍是多么庞大而密集。恐惧感渗进他头皮，令他不禁一抖身子，腿脚加快步伐。刚才那束亮光是从远处舞台射过来的，瞬间照明了江面上翻滚的黑暗细浪，还未看定它又移动了，划向舞台下那群观众，把一张张焦急等待的面孔照得亮眼。

下一支乐队已经登台，鼓手拿鼓槌随便敲了几下试音，躁动的人群就开始兴奋地喊叫。

橘子洲直到落日之前还忍受着太阳的烘烤，夜晚有了江风本该凉快些，但现场实在太拥挤，人们只好呼吸着彼此身体散出的热气。有个脸上涂了几抹油彩的牛仔短裤女孩，骑在男朋友沁着汗水的脖子上，把方才还在挥舞的双手收回嘴边，聚成喇叭状，大喊了一句："欧珈源我爱你！"

"我也爱你们，长沙的朋友，"台上的乐队主唱手持拨片，在吉他上轻轻扫弦，凑近麦克风，清嗓之后，用很巧妙的方式报出了即将要演唱的歌名，"请问哪里才能买到晶体管收音机[1]？"

欢呼、灯光、前奏、烟雾特效，气氛上来了，台上的乐队领着台下的人群躁动起来。舞台两侧巨大的电子屏幕上，循环播放着摇臂摄影机拍摄的实时观众影像和色彩缤纷的炫目动画，以及"2014 星城音乐节 Star City Music Festival"的波普风格艺术字logo，与草地中央聚光灯照耀下的音乐节实体招牌遥相呼应。

在那实体招牌雕塑附近，游荡着一位胸前垂着工作证、身穿宝蓝色志愿者 T 恤、用火钳去夹空饮料杯的中年女人，她明显比旁边身穿"岳麓环卫"橙色反光马甲的老头干得更为卖力。

"人气旺呢……"女志愿者忍不住发笑，同清洁工老头大声攀谈，"人气好旺！如今年轻人的消费能力不容小觑！"

"不容什么？"清洁工人把脖子伸向她，年纪大了，有些耳背。

"就是不容小看的意思！"中年女人提高音量，咯咯笑得苹果肌油光发亮，"今天好热闹吧？这个演唱会，是我投的资！"

老头打量了她的衣着，撇着嘴哼笑了一声，显然不怎么信她，弯腰去捡下一处垃圾。

"不骗你呢，爹爹[2]！我投了三万，我们一起投的！"女人用

1　《请问哪里才能买到晶体管收音机》：声音玩具乐队的歌曲。（本书注释如无特别说明，均为作者注。）
2　爹爹：长沙方言中读作 diā diā，指祖父或祖父辈长辈。

火钳指向不远处几个和她穿着同样 T 恤的志愿者，说这叫众筹，一种投资新模式，投得越多，回报越多，发起人给他们下了保证的，等到明年，起码可以翻到十倍！她又问老头有没有钱，趁现在还有少量机会，可以带他一起投。

环卫工人用力摆了摆手，和她保持距离，装模作样地提高了音量，说这里太吵了，她说的什么听不清楚。

刘勇并没有听太清楚电话那头讲的什么，刚才音乐确实太吵了，隔那么远，鼓和贝斯的低音轰得人心脏发颤。

同事抹着额头的汗问他，那边怎么说。

"在路上了。让我们低调点，先控制好现场所有的知情人员。"他顺口问同事，这一点能否办到。

同事回答应该没问题，这要多亏了当时那个武警兄弟，考虑周到又灵泛。

要不是之前那个巡逻的武警正好出现在茶社门口，又在接到报案后，一边做好现场的稳定工作一边上报警情，事态肯定要严重许多——音乐节有人惨死的事，恐怕早在那群热闹的观众里传开了。

"走漏风声造成恐慌就完了，这么多人，最怕发生踩踏事件啊。"

刘勇站在警戒线外，不停举起矿泉水瓶喝水，脸上透着烦躁和紧张。才过了半分钟，他又拿起手机看时间，向身边的同事埋怨，现在这些年轻人都听的是些什么玩意儿。

同事站累了缓缓蹲下来，附和着说，看他们那么开心，放肆叫、放肆跳的样子，就感觉和茶社里那具一动不动的尸体形成鲜明对比，有点瘆得慌。

刘勇感叹："那人是造了什么孽，死这么惨。"

岳麓分局治安管理大队一个多月前接到这次音乐节的安保任务，刘勇没少带着同事们加班赶夜。尽管橘子洲上常年各种文化活动报批频繁，局里早已积累了丰富经验，但这种上万人的大型活动，谁也不敢保证能杜绝极端事件的发生，仍然需要细致的安保预案来未雨绸缪。

敦促活动主办方组织了四百多个安保人员维持秩序，调用了一百多名警力巡逻盯梢预防突发事件，安插了三十几个便衣在人群中见机行事，进场安检层层过关、处处设防，演出区域全封闭管理，别说危险品，就连用玻璃瓶子打架斗殴的危害性都考虑在内，只准许售卖一次性纸杯装的酒水饮料。

结果呢？却发生了如此骇人的凶杀案件。

"来了。"

刘勇走了下神，同事指给他看，一辆湘A牌照的红色轿车，领着一辆黑色商务车正朝着这边驶来，车灯刺眼。

"哐哐"几声开关车门后，背着铝合金箱子、穿着便衣的痕检技术人员和法医下了车，二话不说，快步走进茶社。

林立莲身后跟着几个刑侦大队的同事，来和刘勇打招呼。他告诉刘勇，杨局也在过来的路上了，火气有点大，让他做好心理准备。又说今天这种情况，之前可从没遇到过，凶犯这么嚣张，在这种场合犯事，很有可能再次作案。

　　林立莲看了看舞台那边热闹的人群，悄悄拉刘勇到身边，告诉他这种情况，得赶紧交代手下的人都紧张起来，随时准备应对紧急突发事态，市局那边也在组织更多人马赶过来。

　　刘勇叹了口气："林队，麻烦刑侦的兄弟们了，帮忙早点解决。"

　　林立莲拍拍刘勇的肩膀称应该的，邀他进去详谈。

　　"对了，我手下有个小年轻，玩乐队的，今天正巧在这里搞演出，我打电话让他先过来的，来了吗？"

　　"罗门是吧？我知道他。来了来了，已经在里面做事了。"

　　林立莲一边带人往茶社院子里走，一边听刘勇讲大致的情况。

　　死者是个年近五十的中年男人，名叫黎万钟，死在茶社二楼的包厢里面。

　　几名刑警抬起头，这间开在橘子洲尾沙滩公园的"橘洲故事"茶社，正如刘勇形容的那样，面积不大，结构也不复杂，因为是大落地窗的设计，视野通透。五六处散客桌椅都摆在室外木栅栏围起来的院子里面，建筑内一层有四个卡座，二层有两间包厢，室内有什么都看得比较清楚。不过案发的那间包厢，已经拉上了枣红色的窗帘。

　　"本来这两天大型演出，茶社不对外营业，但是黎万钟的这家'欢聚网络'公司说要包场用作员工休息室。

　　"包场不算向观众营业，不违反我们安保预案的规定，场地方那边报批，我们也就同意了。

"结果今天，这家公司的老板就出事了。"

刘勇几句话语速很快，意思也明了。

林立莲问这家欢聚网络公司是做什么的。

"主办方那边说，是一家众筹网站。"

刘勇告诉林立莲，这家公司是本次音乐节比较小的一个合作方，提供了点资金，来换取少量的现场广告位置。另外，还免费提供了两百个左右的志愿者，在现场帮忙做些捡垃圾、发放小礼品和引导观众一类的志愿者工作，可以顺便宣传他们公司的众筹产品。

"众筹啊？最近打这个名号的诈骗和传销挺多。"林立莲在茶社门口停下脚步，吩咐身边的刑警小胖，打电话问下经侦大队那边的同事，有没有关于这家公司的案底和投诉。

刘勇等林立莲吩咐完，又带他去见坐在卡座沙发上的几个人。

其中一个黑色职业装、绾着发髻的年轻女孩拳头握紧放在短裙上，腮帮用力咬出了僵硬的轮廓，眼神呆板，脸色发白，看样子被吓得不轻。

刘勇告诉林立莲，她是最先发现案情的人，是在这家茶社打工的服务员。

当时，她正想起来给死者添开水，才带了热水瓶上楼去，敲门没人应，开门却看到尸体和一大摊血，吓得要死。

"林队，经侦那边的人查过了。这家欢聚网络公司目前没有案底，投诉和纠纷，我们岳麓区下面没有。另外这家公司注册在星沙，已经在往市局支队那边问了，有结果了会马上通知我们。"微胖的刑警插了一句。

"他们真查了？怎么这么快？"林立莲扭头狐疑地看向小胖。

"他们说罗门十来分钟前已经打电话问过这事了，市局那边的要求也是他提的。"

林立莲"哦"了一声，请刘勇继续说。

"接下来，另外几个在一楼的公司员工听到她叫，就上去看，都被吓着了，商量着报警。这位穿蓝衣服的志愿者是他们欢聚公司的人，打了110接警中心。这位穿白衣服手上戴串的，是茶社老板，跑出来想找我们执勤的民警，出门正好就遇到一位巡逻的武警兄弟，他帮忙掌控了现场，然后通知了我们。"

"当时现场的人就这么几个是吧？"林立莲仰头扫视了一下卡座那边，用嘴唇默默从一数到七。

刘勇旁边穿制服的武警回答就这七个，称他们都没有进包厢，也很配合工作，就是场面有点血腥，都有点受了惊。

"好，情况大致了解了。我先上楼看看现场。现在情况复杂，演出还没有结束，凶手再次作案的可能性也不小，你手头安保的指挥工作应该还挺多的，要忙就先去忙，这边先交给我们，我们随时保持联系，行吧？"

刘勇和治安管理大队的同事说好并转身离开，但脸上仍挂着担忧。

林立莲穿上鞋套，带人上楼，喊了罗门一声。

穿着狰狞紫色机械怪兽头印花T恤的年轻人举着一双橡胶

手套回头，答应后走过来开始汇报情况。

"死者叫黎万钟，是一家网络公司的老板，更具体的社会关系在找人问了。"

"死的时候人脸朝下倒在茶几上，具体死因还得等法医做详细检查来下结论，不过基本能确定，就是脖子上的切伤致死。颈动脉大出血，流了一地，我观察了一下，尸体脖子上没有试探性的平行切痕，自杀这么利索的不太可能；但如果是他杀的话，一刀割喉，"罗门划动手指做了一个抹脖子的动作，"手法也算非常专业了。"

"林队，我稍微补充下，"包厢内，叉开腿蹲在地上检查尸体的男法医说，"我认为他杀的可能性极大。除了创口很深，目前发现两侧颊黏膜腮腺附近有被牙咬伤的情况，另外颊面、鼻部皮肤有瘀痕，都不应该是死者自己造成的。他杀的话就比较好解释，死者被害时，凶手先是从身后架着他，用很大的力气捂住了他的嘴，然后迅速往脖子上抹了一刀，手法确实挺熟练的，极有可能是个狠角色、惯犯。"

罗门从地上的取证袋中，找出一把凝着血渍的匕首给林立莲看。

"但是有个疑点，专业惯犯作案的话，应该是做了充足准备的，现在他又把凶器留在了现场，这就很矛盾了。"

林立莲问有没有指纹。

罗门说凶器上有一些不怎么完整的指纹残留，在等技术做处理。

林立莲低头陷入思考，罗门继续说："死亡时间还得等法医做确认。但就现场问到的情况，这个茶社的服务员最后一次来包厢见到死者，是下午6点五十几分，人还活着，等她7点半左右再过来发现尸体，中间相隔大约半小时。"

　　"那作案时间肯定就在这半个小时以内。这段时间进出这间茶社的人多吗？能不能排查出来？"林立莲环视四周，抬起手指，指着墙角对着楼下大门的摄像头问，"那个监控看过了吗？"

　　"监控问过，关了。"

　　"关了？"

　　"楼下的茶社老板说，关监控还是死者黎万钟自己包场时提出的要求。说是怕泄露他们公司的商业机密。"

　　"商业机密？"

　　罗门摇摇头，说问了楼下这家公司在场的志愿者，他们也一头雾水，没问出个所以然来。

　　"周边我们自己布的安防监控呢？"一位刑警同事提醒。

　　"刚问过橘子洲派出所了。派出所那边反馈说监控坏了不少，"罗门告诉他，"能用的几个都离得比较远，他们正在派人去看能不能找到点什么迹象。不过这种大型演出人员太多了，一时半会儿难度很大。"

　　"坏了？"林立莲皱起眉头，疑惑怎么偏偏这个时候坏了。

　　"橘子洲派出所给的说法是，昨晚很多监控都坏了，很有可能是传感器烧了。今天其实是音乐节第二天，昨天已经演过一天了。他们查了记录，说是从昨天傍晚6点多开始陆续烧的。"

派出所说已经打了报告上去，等上面过审批了安排承包商来修还要几天。罗门用自己玩乐队的舞台表演经验分析，推测是到了晚上，大牌乐队陆续登场，为了造舞台气氛，那些激光效果一多，晃到了监控摄像头的传感器，就给烧了。

"激光可以烧掉监控器？"刚才那位提安防监控的同事再次发表了自己的想法，"那岂不是任谁拿个激光笔就可以搞坏事了？"

"小型激光笔肯定不行，功率太低，但是舞台激光的功率高。我有朋友是摄影师，偶尔会来现场给我们拍些演出照片，有次相机的 CMOS[1] 就给舞台激光烧了。"罗门回答他。

林立莲点点头，问他还有没有什么别的重点。

罗门称还有个疑点感觉很重要，就是这个包厢的窗帘。

根据楼下服务员的说法，她看到死者遇害前亲自把窗帘全部拉上了。服务员觉得这间包厢灯有点暗，问了他这样会不会采光不太好。他当时还和服务员开玩笑说当老板的采光不重要，隐私才重要。但是很奇怪——发现尸体的时候，他们看到窗帘全部都是拉开的，好像在故意给人看一样。

"现在窗帘是我们自己人拉上的吧？"

"是的，这么大落地窗，打开窗帘里面有谁在干什么，几乎能一览无余了。好在因为视角的关系，从楼下往上看，看不到地上的尸体。治安管理大队的人拉上的，怕外面音乐节的观众看见

---

1 CMOS: 互补金属氧化物半导体（Complementary Metal Oxide Semiconductor）。在数码摄像产品中常用作图像传感器，将感光面产生的电流经处理芯片记录和解读成影像。

在做现场勘查，引起恐慌。"

"好，我明白了。"林立莲问今天音乐节还有多久结束散场。

"10 点多最后一支乐队演完，基本上就要散了。"罗门看看手机时间，说现在 8 点，还有差不多两个小时。目前凶手是在安保区域内，还是已经离开现场，很难讲。

"好，时间很紧。"林立莲一击掌，提醒大家集中精神听。

"情况你们也看到了，很不乐观。如果凶手还在现场，随时会有再次行凶害人的可能。早知道他的身份，早抓住他，早放心。"他开始做动员，然后安排任务。

"法医和痕检就不说了，这个案子有多紧迫你们明白。现场的蛛丝马迹，指纹、鞋印、毛发、水杯上可能存在的唾液斑，所有能提供嫌疑人身份信息的技术手段，都要尽快出结果，我在这边陪你们。这是现在的重中之重，凶手的准确身份，只有搞清楚了，我们才能有的放矢。"

"除此之外……"林立莲举起四根手指，一根根往下弯，"我刚才在脑子里面转了一下，觉得有几个问题很关键，分配一下，你们去做。"

"第一，死者的人际关系，经侦那边的对接，还有现场公司志愿者的背景调查，哪些人最有动机，务必搞清楚，这个小胖负责。

"第二，凶手抵达和离开现场的路径，还有可能的去向。我说两点，一是死者身边出现过哪些人很重要；二是结合现场情况和刚才法医说的那种贴身割喉的姿势，凶手很可能穿着血衣，问问有没有目击者。不过要注意问的方法，千万不要泄露案情。张伟、杜然负责。

"第三，凶器是开刃匕首，这么明显的管制刀具，现场安检又是按照那么严的治安管理标准，凶器到底是怎么带进来的？罗门，你对音乐节的安保最熟，把现场掌握的情况交接给我之后，就去负责这条线。

"第四，这个沙滩公园，不是第一次作为音乐节场地，往年怎么没有发生过这么大规模的监控损坏案例？我认为很不正常。罗门刚刚说的那个什么舞台激光，昨晚监控大面积损坏的时候，是谁在控制，和案子到底有没有关系？弄清楚。这个浩南负责。"

他双手轻抚，问大家都听明白了没有，换来几句异口同声的"明白"。

"明白了就散，"林立莲声音并不大，也没有多少情绪在里面，却透出一种不容辩驳的紧迫，"我给一个小时时间，今晚9点之前，刚才的每一个问题，都必须要出结果。"

刑警们默默转身向楼下走，一个个面色如铁。

茶社外舞台的方向，传来声音玩具乐队隐约的歌声，"你站在最高云端之上，俯瞰卑微生命，注视着我们的一切，然后说随它去吧……"[1]

从气氛紧张的"橘洲故事"走出来，望向草地那边躁动的人

---

1 《伟大说谎者》：声音玩具乐队的歌曲。

群，张伟和杜然不约而同地叉腰叹气。

他们站在茶社门口因镇流器故障而变得暗淡、不时轻微闪动的白色荧光灯招牌下，眼睛却盯着舞台那边炫彩斑斓的灯光特效出神。音响震天，年轻人们又唱又闹的，火热而奔放，兴奋极了。此刻，这里的死亡他们不知情，也就与他们无关。

找茶社内的几位做过笔录之后，再仔细想想林队布置下来的任务，其实颇有难度——张伟揉了揉脸分析，要摸清凶手的身份，抵达和离开现场的路径，最好先盘点出案发前后，都有哪些人在茶社出没。

杜然不作声，张伟就继续讲。

这间茶社被黎万钟的公司租用为休息室，除了在场的两位服务员，早先只有"欢聚网络"的员工进进出出、饮水休息、存取传单和广告礼品物料。如果一直这样，那么也许只要在公司员工之中做排查就能找到人了。但是从昨天的演出后半场开始，因为音乐节人气火爆，主办方安排的几台流动厕所车外人龙越来越长，偶尔会有些尿急的人走进茶社找厕所。

这些外面进来上厕所的人，就让茶社的人员流动变得复杂起来。

根据茶社服务员和欢聚网络员工的说法，昨天下午，员工们起初是不允许这些找厕所的外人进茶社的。后来正好被从包厢下楼出来的老板黎万钟撞见了，黎万钟当即批评他们思想觉悟不高，太过自私。

"来做志愿者服务，怎么能没有一点志愿者精神？"

黎万钟让员工们不要阻止外面的人进来使用厕所。自那时起，进出茶社的人员才开始变得复杂。

茶社厕所的位置在一楼卡座与二楼包厢之间，楼梯的转角。不分男女厕，但是有两个独立的厕位。

来当志愿者的员工说那些进来上厕所的人"有时候多有时候少，平均四五分钟一个人肯定是有的。也有上大号的时候，门口排三四个人的队，有人实在等不及了，又出去找别的厕所了"。

茶社内的员工，主要是处理志愿者物料的分发和记账的工作，也不算清闲。那些上厕所的人来来往往，多了之后，也就没有再去特地留意上楼下楼的都有谁。

于是，很有"志愿者精神"的黎总怎么死在了二楼包厢里边，也就无人知晓了。

笔录没有得出什么太有价值的重要线索，两人的情绪也都有点低落。

张伟想缓和一下气氛，碰碰杜然的胳膊，让他猜猜舞台那边有多少观众。杜然想都没想，就回答不知道。

"治安管理大队那边说卖了近万张票，我估计现在六七千人怎么都有，只会多不会少。"张伟告诉杜然自己的猜测，又继续问他，"那你觉得这里离观众多的那边有多远？"

"四五百米？看不出。"

"你这是什么天眼！"张伟笑了杜然一句，然后教他应该怎么判断出正确的距离，"先看面前的路牌咯，指着大门的方向写了'前方200米'，目测和到草坪那边差不多，甚至还要远一点，所以我估计草坪离这边也就 180 米左右。"

"哦哟！"杜然阴阳怪气地称赞那还是伟哥厉害。

张伟让他把这话留到完成林队布置的任务后再说。

杜然轻哼一声："完得成就有鬼了。"

张伟让他别闹情绪了，商量着要不还是从血衣下手。

"时间太紧了，我觉得不现实。"杜然确实有些发脾气的意思，"里面那些人刚才已经问过一圈了，都没看到血衣呢！"

张伟对他有些无语，杜然反倒是来了说话的兴致。

"你不是说现场有六七千人，哪里问得过来咯？还要一边问，一边注意低调保密，不能泄露案情造成恐慌，这不自相矛盾？"

"也别这么想，我认为林队的思路还是靠谱的。现场的血喷了一两米远，地上一大片，凶手作案十有八九染了血衣，既然在里面没有找到，那应该是带离了现场。"张伟耐着性子继续和他商量，"现在关键问题是，如果他穿着血衣从茶社走出来，那也太显眼了，怎么就没人注意？是不是用了什么办法？可以重点从这里想一想。"

"按照法医说的，凶器上全是血，那应该胳膊手上都是血咯！凶手一身血，茶社里外都是人，他出来怎么可能没被注意？有血衣还轮得到我们去找？早有人报警了。"杜然骂了一句"他妈的"，一肚子火。

"你今天怎么回事啊？"张伟瞪了他一眼。

"伟哥，不是说我丈母娘的葬礼还没散棚，我家人在殡仪馆哭得稀里哗啦的，林队把我叫过来了我有意见啊。你也不是不知道，橘子洲常年演出多，治安管理大队那边任务多，锦旗、奖励和表彰也就多。平时不出事，那一个个在局里调子高得……牛逼哄哄的，几时把我们看在眼里？好咯，现在这么多人安保，保出这么个名堂，真一有事，还不是让我们来擦屁股？你看那个刘队——"杜然模仿出刘勇刚才毕恭毕敬的样子，学起刘勇的腔调来，"辛苦刑侦的兄弟们了，尽快帮忙解决……"

张伟拉下脸来，说都是同事，让他少讲两句。

"讲两句怎么了？"杜然把头扭到一边，咂了咂嘴。

"你今天怎么这么多话？不觉得浪费时间吗？我看你就是有意见！"张伟终于受不了他了，说他小家子气，"你有脾气我可以理解，说实话你这个情况我也不想你来，但是干这行能怎么办呢，入警誓词你当年没背过吗？什么叫'献身于崇高的人民公安事业'？来都来了，要么先把事情办好，要么你干脆去跟林队请个假，回去算了？"

"好好好，不和你闹了，我们现在也总得先定个方向吧？"杜然听张伟把话都说到这个份上，还是赶紧结束了牢骚，"走咯！走咯！去哪边问，你说？"

绕过一辆白色的电视台导播车，浩南被人拦了下来。

林队让浩南调查罗门说的舞台激光与昨天监控器损坏的事情，他径直来到演出区域的后台。

"不好意思！"音乐太吵，脖子上挂着证件的年轻男性工作人员扯着嗓子，伸手阻拦，"这里面是后台，观众不能进去。"

浩南从裤兜里掏出警官证表明自己的身份，凑到耳边告诉他有些事情，要进去找人。

小年轻一脸惊慌，请他在帐子外面等一下，得先进去问问。

很快，一个长发女人跟着走出来，同浩南礼貌地握手，凑近了大声说自己是音乐节演出公司的后台负责人，问他发生了什么事。

浩南告诉她，现在有个治安问题要找昨天控制舞台激光的人，问他在不在里面。

"这边是后台，是乐队休息和准备演出的地方，灯光师和调音师都不在这边的！"女负责人大声告诉他。

浩南顺着她伸长的胳膊望去，乌压压一片观众脑袋的上方，除了两台不停移动的大摇臂摄影机，还搭着一个金属脚手架的高棚。乍看是一处星星造型的展板，上面却有几个小小的人影在操控着电脑和控制台。

她说："今天和昨天的灯光都是请的同一位老师。他们在那个架子上面，你得去那边问问。"

浩南若有所悟。自己确实想当然了，灯光师怎么会在后台呢？灯光师需要实时看到舞台的效果，才能操控灯光的变化，所以肯定不会待在后台这种背对着舞台的地方，应该在正面视野能覆盖到整个舞台的高处。

他简短地向女人道了一声"谢谢"，便向着高棚小跑过去。

"嘿！你谁啊？"

好不容易穿过人群，浩南歇了口气之后，拉着梯子往上爬。

一抬头，先看见一张垂下来的工作证，再看见一张皮包骨的瘦脸，告诉他这里不准上来。

"我是警察，有点事想问你们的灯光师。"他照例摸出警官证，对方接过去仔细看了看，偷偷笑了一下。

"有点意思啊，哥们儿！警察竟然取了个名字叫浩南，"精瘦的男人把警官证还回去，告诉他，"不过可不可以等演出结束之后再说啊？现在我师父忙着呢。"

"你师父？"

浩南看向他背后，一个穿着洋气紫色西装的寸头中年男人正在不停操作着电脑和控制台上的按钮。对讲机里传来声音，急促地喊道："给主唱一个追光！给主唱一个追光到舞台边缘！他马上要 solo 了！"

浩南看向舞台，果然，一束白光跟着抱吉他的人快速前进，那人竖着吉他飞快地弹奏，大屏幕上现出镜头特写，音响里爆出密集的鼓点和一层层声浪，现场气氛达到了高潮。

这是浩南第一次来音乐节现场。尽管同事罗门就在玩乐队，自己平时也用手机和电脑听些欧美老牌摇滚乐，但这是他头一回体验到这种耳膜和心肺被震到发颤的感觉。他之前并不知道这个正在演出的乐队，也从未听过他们的歌，却还是被演出的氛围所感染。此刻，他才终于明白为什么有这么多人愿意花钱来听现场——和这种感官全开的体验相比，耳机、音响传递出来的声音，确实显得太过简陋了。

"阿 Sir 同志？"

等他回过神来，寸头灯光师已经把控制台暂时转交给了徒弟。他们相互凑近了脑袋，扯着嗓子说话。

"你有什么问题？快点问，我好忙。"灯光师讲话有些粤语口音。

"你好，昨天的演出，那些激光，也都是你们在弄吗？"浩南直奔主题。

"怎么了？"

"昨天下午六七点左右，这沙滩公园的安防监控器突然坏了好几个，我们有同事说你的舞台激光能烧毁摄像头里面的什么传感器，你觉得有可能吗？"

"没理由啦。"灯光师几乎没有思考，直接否定了罗门之前提出的假设。

"为什么？"浩南认为他否定得太直接了，显得有些敷衍。

"有时观众站在舞台很前拿单反拍照，离光源好近，有烧到CMOS的情况啦，但监控器里边的CMOS传感器，最多指甲大小。"灯光师捏着小拇指指甲给浩南看，"你说离舞台近，烧坏了一个我信，你们的监控器，十来米的间隔距离，一下子被激光烧坏了好几个？想都不用想，没理由的啦。"

浩南追问，具体是怎么没可能。

"我跟你讲，舞台激光动态效果要做得靓，好复杂的。我们都是成套成套动作提前编好程序，角度和运动轨迹都是固定的。用的时候直接让它按照程序走。舞台激光一个点有多大啊？随便划几下就正好照到那么多指甲盖大小的CMOS上？同你拔出手枪乱射，全都射中蚊子差不多！你觉得有可能吗？又不是周星驰搞笑电影。"

浩南锁住眉头，思考着灯光师给出的解释。

"这些程序都是你亲自编的？我对你们的技术不是很了解啊，但是如果有人事先计算好了激光的发射角度，就是为了烧毁监控去的呢？就像我们射击的时候，会事先瞄准一样，写一套正好包含所有监控器位置的运动轨迹在你这设备里面，然后再运行一遍？"

"没理由啦！这场音乐节激光，全部我做的。"

灯光师吸了一口气，已经有点耐不住性子了："你讲的这种，发梦啦！刚刚同你解释过，CMOS和激光光点面积都好小，距离远一点，误差就大好多。这个你懂射击瞄准，肯定懂啦。为什么靶子越远就越打不准呢？舞台灯光讲究的是整体光效靓嘛，光源的安装位置，不会控制到那么小误差啦！几厘？几毫？根本没人可以事先把舞台激光算得这么准。以为是玩激光武器？全国的舞台灯光师，你放心吧，没人做得到这样子啦！如果有，我都去拜师了。"

"哎呀！我专业玩光的，说不可能，就是不可能的啦！你们的监控器坏了，肯定和我的激光无关的。"看浩南的表情仍有疑虑，灯光师继续向他做各种解释。

"阿Sir啊，你讲的这些，什么拿激光照监控器，就算我有条件慢慢在现场调角度，一点点人工瞄准，但是昨天下午六七点，演出都已经开始好久了！好鬼多人，我在这么多人眼皮底下，拿一束激光四处飘，专门找你们的监控器射击，你以为观众瞎吗？

"你看我们这个棚面向舞台，视野好小，后边都看不到，怎么瞄？再讲啦，舞台激光灯又不是激光武器，功率又不大，远一点能量就好差了，绝对照不坏那么远的 CMOS。

"你们监控器，里面我不懂，但是我猜，至少不同监控的视角要看好多地方是吧？没可能所有镜头都正好对住激光灯的方向，对不对？那我问你，激光怎么可能射到传感器呢？不用想啦，没理由的，都不用想……"

浩南皱成"川"字的眉心瞬间放松，嘴缓缓吐出一个"是哦"。

他的说法确实没错，激光的轨迹再怎么变化，也都是从舞台方向发射出来的，而这么多监控的摄像头不可能全部指着舞台的方向。这么简单的道理，竟然没有早些想到。罗门在提出舞台激光这个假设的时候，明明已经隐约感觉到了哪里不对，绕这么大一圈，才被灯光师点醒，浩南一拍脑袋，感到是自己糊涂了。

可是如果不是激光，那么多监控，又是怎么被破坏的？

"每当音乐响起的时候，我们能重拾彼此的欣赏。我们拥抱舞蹈歌唱中度过动人美丽时光……"[1]

欢呼过后，舞台短暂地安静下来，一首歌结束了。

浩南望向下面黑压压一片不停攒动的脑袋凝神，把眉间的"川"字又挤了出来。

---

1 《小翅膀》：声音玩具乐队的歌曲。

几棵笔直的水杉下，有人在折叠地垫，把没卖完的小玩意收拾进背包，准备离去。也有两三个摊主或站或坐，举着清冷的LED照明灯，仍在继续少有人问津的生意。

这些摆摊的并不是街边卖十元五双袜子或者手机壳膜的小摊小贩，而是音乐节主办方以"文艺集市"为名请来的创意店主。他们卖头饰丝巾、手工艺品、绝版CD、自印诗集等等一些契合音乐节主题的小东西，挺受年轻人的喜爱。

玩乐队的同事罗门离开茶社前，张伟向他了解了音乐节大致的演出流程。每天一般下午两点左右观众开始验票进场，按照名气大小，共有十支乐队轮番上台。

当时杜然还顺嘴问了他的乐队是第几个表演的，罗门回答说是第二个。

"我们三四点就演完了，天都还没黑呢。"

"哇，排这么前！你现在乐队玩得挺出名啊！"杜然很是吃惊。

结果罗门有些尴尬地向杜然解释，一般音乐节，名气越大的乐队，表演时间都是越靠后的。"最后的乐队"一般是最具知名度的，慕名而来的粉丝和观众人数也最多。而越早表演，越带有暖场性质，更多的是一些像他们这样名不见经传的本土小乐队。没什么粉丝，观众常常少得可怜。

"白天太晒，灯光、舞台这些都做不出太好的效果，没什么氛围，观众很难把注意力集中在舞台这边。"

罗门说，为了弥补大牌上场之前这些小乐队演出可能吸引力不足的问题，音乐节的主办方通常还会在场地内设置一些其他的项目供观众消遣游玩。聚集在杉树下小片草地上的"文艺集市"正是星城音乐节的特色项目，效果挺好。

下午，对暖场乐队没感觉的观众会喜欢来这边逛逛，挑选一些各自想买的文艺商品。从 5 点开始，随着名气越来越大的表演者登场，人数的天平会慢慢向着舞台那边倾斜。直到 7 点过后，天色慢慢暗下，重量级乐队陆续露面，观众们会为了抢占更靠近偶像的位置，向着灿烂夺目的舞台涌去，市集这边才开始冷清下来。

"美女，是要收摊了吗？"

杜然看见一个拿着画笔和调色盘的女孩，扯了扯张伟的 Polo 衫衣角，开始和她搭话。

"没有啊，你们要画吗？"

张伟低头才发现杜然的拉扯在暗示他什么，这女孩的亚麻色围裙上，是一大片暗红色的污渍。

"你是画……那种肖像油画的吗？你的画布呢？什么都没有怎么画呀？"

女孩子看他们一本正经绷着的脸，察觉到了什么。

她问："你们不是来音乐节玩的吧？"

"我们是警察，在进行一些安保方面的排查，请你积极配合。"杜然直截了当。

"哦，好。我是来画油彩的，不卖肖像画。"

"画油彩？"

女孩把画笔倒过来，指着自己脸上的爱心给他们看："就是在脸上、胳膊上、手背上画些红红绿绿五颜六色的啊，你们没看到别人有吗？下午我给好多人都画过了。"

"你专门做这个？这种叫什么？人体彩绘？"

女孩扑哧一笑："不是啊，我本来是个文身师，太平街那边巷子里开文身店的。前两年这边的活动策划找到我，拿其他音乐节的照片给我看，问我会不会画这种很多音乐节都有的脸部油彩。我觉得简单，就来画咯。他们看我画得不错，这两年都找了我来画的。"

"可以看看你的围裙吗？"

"哦，可以呀。"女孩俯身看了下自己的围裙，"你们不会以为这是血吧？这是颜料啦。"

张伟没作声，上前稍微看了一下，确实是颜料，凝固的深红色的颜料。

"是不是……发生什么事了？"女孩好像忽然想到了什么，不由得警惕起来。

"你这是怎么弄的？"杜然不回答她的问题，只是追问。

"下午帮一对父女画，小女孩太调皮了坐不住，乱动手脚打翻了我的调色盘，弄了一身。"

"我看你这边怎么好像都是红颜料？"

"很多人都喜欢画红的啊，我红颜料就用得多了。"

"为什么这么多人都喜欢红色呢？"

"那我不清楚……色彩心理学吧。这种年轻人出来玩的热闹聚会，就喜欢激情奔放一点的颜色呗。"

"这么说来，刚刚确实看到有人脸上画了一些东西，星星月亮之类的，也有很抽象的，涂鸦的那种，是吧？"张伟问。

"是的，也有人就让我随便涂的，说越乱七八糟越好。我每次问他们会不会太夸张，他们都说越乱才越摇滚。"女孩说。

张伟撇撇嘴，好像觉得这种想法挺肤浅。

"有没有人找你画过那种——"杜然轻轻把五指张开，想把自己的问题比画得更具体一些，"泼溅效果的红色油彩？"

张伟自然知道他指的是什么，也知道他这么问的原因，但女孩也不是傻瓜。杜然越问越多，她就越紧张，慢吞吞地吐出一句："好像没有。"

"这里还有别人画油彩吗？"

"应该没有。"女孩又忍不住急急地问了一遍，"警察叔叔，是不是发生了什么事呀？"

"你别吓着人家了……"张伟把杜然拉到一边。

他试图安抚女孩的情绪，告诉她也没什么大事，又搬出他那套惯用的话术，"保密的义务"啦、"案情的需要"啦、"警民配合对社会治安的必要性"啦，让女孩答应下来不去和别人声张刚才的谈话，并且相互留了联系方式。

"感谢你的积极配合！如果有必要会再联系你。多提醒一句，这种场所人多事杂，女孩子千万注意自己的人身财产安全，遇到什么情况，随时联系。也别太担心、太紧张啊，没事的，有我们在呢。"

张伟虽然大龄未婚，但挺讨女孩子喜欢，杜然每次问他诀窍，他都说没有诀窍。在女孩的目光中，两人晃荡的身影慢慢走远。

"你刚才那么问，是不是在想着，凶手根本没有刻意掩藏自己身上的血渍和血衣？假如他是画了那种与血色相近的油彩进茶社，佯装上厕所然后上楼杀人，没准别人会把作案之后的血迹当油彩的一部分？"

"伟哥你懂我。我确实在想，有没有可能我们之前太紧绷，走到了误区？"

"什么误区？"

"一直认为这么多人在场，凶手一定会特别仔细地处理身上的血衣和血渍后才敢出来，但很可能恰好相反，正是因为人多，谁也不会特别在意谁。"他拿手指在自己脸上比画，"如果凶手提前做了这种伪装，本来就是打算蒙混过关呢？"

"可是那个油彩啊……能做到几分逼真先不说，即便是可以很好地掩盖作案后的血迹，应该也没人会这样搞吧？弄那样的油彩在身上，越逼真就越跟杀了人似的，作案之前就很招摇啊，回头率绝对高，不可能不被注意到。我刚才就想说，你这个想法不太成立。"

"我刚才那么问她，只是一个随便冒出来的灵感。我现在不是想和你讨论油彩本身，而是想到'油彩都能简单伪装'之后打开的思路。我们真的不要把血衣的问题想得太复杂、太精密了，自己钻进牛角尖里去。"

"啧，看来骂你一下还是有效果嘛，开始有灵感了？"张伟笑了笑，拍了拍杜然肩膀。

"别闹咯，说正经的。我们办了这么多案子，遇到过几次真正的高智商犯罪？那些都是小说和电视剧里面骗人的。杀人犯嘛，本身就是亡命之徒了，他们有几个不是看运气的？运气好，碰巧没被人发现，万事大吉。运气不好，被人发现就逃，逃得掉是本事，逃不掉烂命一条，你说是不？我讲个最简单的办法，没准杀手就是穿了件长袖的外套，杀人的时候先把外套脱了，杀完再穿上，盖住了血衣和身上的血渍，然后逃走了。现场这么多人，谁会盯着个陌生人看那么仔细？"

"这么热的秋老虎天，凶手穿长袖外套来看演出，很奇怪吧？"

张伟提问时开始带着浅浅的笑意，他感觉工作正在回到正轨。两人通常的合作也是这样子，师弟杜然负责解决问题的主要思路，自己则擅长质疑和补充。

杜然伸出手指给他看："那些环卫工人，不都穿着长袖的工作服吗？"

"那衣服也很薄啊，我感觉血迹会渗出来的。"

"渗出来不要紧，深色的衣服就看不出来了。"

"哪里有人穿深色的长袖衣服？"张伟眯起眼睛四下顾望。

"你瞎呀？那些搞安保的、来给治安管理大队值班的兄弟，还有我们刘队啊，不都穿着深色的制服？"

张伟看着杜然的脸，他的表情不像是调侃。

"这种话，可别瞎说……"嘴上这样说，他也抱着胳膊思索了起来，"不过这样的话，凶手是不是应该在包厢里面换好了衣服，再出来的？"

"那肯定啊，毕竟出了门，楼梯过道上就是厕所，不在包厢里换，很容易被人看到的。"

"那进门之前呢？我们刚进现场的时候，我隐隐约约觉得有个事情被忽略了，"张伟挠了挠小臂，看着杜然的脸，"刚刚你一说换衣服，我灵光一闪，想到了那个包厢。"

"包厢怎么了？"

"你说……"张伟的语气有些迟疑，"那个黎总被害之前，一个人在包厢里面喝茶，这时候突然进来了个人，把他从身后捂住嘴，一刀割喉了，是吧？"

"法医差不多就是这么个意思。"

"你不觉得有问题吗？"

"有什么问题？"这回轮到杜然挠脑袋了。

"开门肯定有响动的，一个陌生人进来靠近他，你说他不喊叫也不躲避和挣扎？还背对着人家被杀了，不太可能吧？"

"我懂你的意思了！"杜然惊呼，"林队一开始从手法专业与否上面判断现场，觉得一定是惯犯或者职业杀手干的。但其实还不只是专业不专业的问题哦，如果他当时是正常清醒的状态，包厢现场都不可能是那么平静的！"

"没错，且不说目前法医没发现致昏迷药物的迹象或创伤，如果被害人当时已经不省人事了，杀手也没必要像法医说的，那么用力地捂住他的嘴。"

"伟哥，你讲的有道理。那个黎总当时在包厢里，凶犯进门，他应该就能发现。既然他发现了凶犯，凶犯就很难从他背后一刀割喉，还没有争斗的痕迹。那个死法，应该是黎总知道凶手进了包厢，但又对他没有提防？你是想说……"杜然挑明了张伟的结论，"他俩应该是熟人？"

舞台两侧的 LED 大屏幕上，镜头对准了一位在撩垂发的女孩。

她的脸已经被汗水浸湿，显出兴奋的红晕，是那种具备电影镜头感的漂亮。发现自己被摄像师拍到了，她赶忙害羞地抬起胳膊捂住嘴笑起来，更动人了。

"等等，我问一下！"浩南抓住正要转身的灯光师。

他指着一直悬在空中，不时转动的大摇臂摄影机黑影："这个舞台大屏幕上的画面是直播的吧？用那两台摄影机拍的？"

灯光师摸了摸自己被抓皱的西服，说当然是的。

"也是你控制？"

灯光师指着徒弟身边操作另一处工作台上电脑的人，说 LED 屏幕上的画面是由他来决定的。

"你这些直播的视频，储存了吗？"浩南冲他喊了一句。

"我没有，别找我。"VJ[1] 盯着软件界面的脸，冷漠得像和谁吵架赌气一样，眼睛和手都在忙碌着，全神贯注。

"直播只一条信号线给到这边，"好在灯光师有耐心，替他解答了问题，"VJ 用的时候切一下。但是指导摄影师拍摄的导播啊

1　VJ："影像骑师"的简称。在现代音乐节舞台现场，多指根据演出需要，负责控制舞台屏幕视觉内容和效果呈现的专业人士。

这些，又是其他人做。有没有储存，你去问他们啦。有时主办方想以后剪出些演出视频，就会储存。你头先问完激光，又问这些做什么？"

浩南很急，问他导播在哪里。

灯光师说这次主办方请的是湖南电视台的专业团队，应该在后台那边，有一辆白色的导播车。

浩南谢过灯光师转身而去，穿过拥挤的人群，再次回到后台附近，那辆导播车外。

他气喘吁吁、浑身是汗，撑着膝盖喘了几口气，拉着扶手登进车厢。里面三人一齐转过头来，看着他起伏剧烈的胸腔。

"打扰了，我公安局的！想问一下，你们外面那两个动来动去的摄像机拍摄的视频，有没有储存？"

"别吓人好吧，都忙着呢！"戴着大耳机、挂着工作证的胖子有些娘娘腔，翻了个白眼，继续转身去工作。

"二号机，绕过去，绕过去！拉近了给鼓手一个特写，然后依次是贝斯、键盘和吉他，最后给主唱！他要唱了！动起来！快！快！快！"另一个胖子拿着对讲机大吼道，"你是猪吗？'动起来'听不明白？都开始唱了你还在拍你妈的鼓手啊！"

另外一人是个看上去年轻很多的女孩子，她拧开矿泉水递给那个骂人的胖子，看起来像个实习生。

她小心翼翼地说，要不还是等他们工作完了再来问吧，这会儿确实挺忙的。

浩南说不行，很急，视频有存储的话，他现在就要看。

"那就没有存！"浩南越急，坐着的胖子就越不耐烦。

"你们他妈的是要逗霸不咯[1]！"

浩南怒从中来，大吼了一声，刚刚还在骂人的胖子突然安静下来，吞了吞口水。

又是这样的结果，难免让人感到沮丧。

浩南最近一直在训练自己克制情绪，用更温和的方式解决问题。但是干这一行，每到关键时刻，温和的方式都效率低下、于事无补。同事们都喜欢戏谑着称赞他工作起来"霸气"，但他从没和别人提起过，自己更羡慕罗门那种谦和的性格。

"您到底要看什么？"给浩南开机后，实习生小姑娘站得远，有点怕他。

浩南一直按着快进，清了清嗓问实习生小姑娘，昨天下午6点左右开始，有没有拍观众的摄像机拍到过沙滩公园西边一点的监控器。

小姑娘有些羞怯地问他说的西边是哪一边。

"正对舞台观众的左边，一直往南的方向。那边好像有些摆摊的，然后有个茶室。有拍到路边监控器白色柱子的，都可以。"

实习生女孩说她来找找看，然后动动鼠标，关掉浩南打开的名为"20140823 17_03.mp4"的视频文件，打开"20140823 18_02.mp4"，拖动了几下时间轴，问他是不是这个。

只见一个穿着黑色汗衫、摇动着伟人头像下写有"摇滚湘

1　逗霸不咯：湖南方言，此处指故意作对，惹恼他人。

军"红色旗帜的文身男，正站在离舞台最近的那处监控器旁边三米左右的地方，狂喊"牛逼"，为台上的乐队声援打气。舞台摄像机在他身边停留了几秒，因为一直在运动，监控器在画面中有些模糊，但至少可以肯定，这时候监控器四周白色的 LED 补光灯还亮着，浩南看在眼里。

他问还有别的没有。

实习生女孩又拖了几下时间轴，无非就是一些音乐节观众的表情特写，偶尔扫到了几处有摄像头的，但看不出什么特别的。

"哦，我想起来了，你是不是在找这个？"

实习生女孩小声呢喃了一句，点开文件夹里的"2014082317_02.mp4"，迅速地拖了几下时间轴。

画面中白色的监控器柱子，还是刚才第一次看见的那根，但柱子底下站着的人，却显得和音乐节格格不入。那是一位穿着职业西装、梳着偏分头的中年男人。他伸直了手臂，露出白色的衬衣衣袖，举着一个灰色的大喇叭，尽可能地用喇叭贴近监控器，像是在为监控器"播放"着什么。而监控器镜头周围的 LED 补光灯，在忽明忽暗地闪烁了几下之后，竟然熄灭了。

这一幕简直像魔法，浩南不敢相信，露出惊愕的表情。画面里的中年男人忽然意识到自己被拍到了，也一脸惊愕，然后尴尬地笑起来，朝着这边挥了挥手。

"特搞笑，这个人穿着西装，举着个大喇叭给监控器听，不知道他在干吗……摄影师可能觉得他在搞行为艺术吧，就让他'上墙'了。我还想着提醒高老师之后剪进现场回顾片里呢，你不说我差点忘了。"

很显然，这不是什么行为艺术，但这喇叭到底是什么东西？为什么可以破坏监控器？浩南一头雾水。

"你们这些视频我现在要征用了，昨天和今天，所有机位的全部文件都要，等之后办完事情再还给你们。"

他一边吩咐现场电视台导播车里的三人，一边拨通了林立莲的电话。

"林队，是我。破坏监控器的关键线索找到了，看上去不是激光，是一种别的什么工具吧，像是那种小摊小贩用的扩音器。

"对，我也不知道什么原理，也许是超声波之类的？对，是个男的，个子不高，穿灰色西装……人是从舞台这边的摄像机里找到的。

"等下市局那边，视频侦查大队会来人吗？我现在要了电视台的视频存档，监控没有了，他们拍了挺多的，虽然集中在舞台这一边，但说不定还能找到一些其他有价值的影像……这个人的身份识别也得辛苦视侦他们了。

"对，我感觉和咱们的案子关联性很强……"

他用肩膀夹着手机，下意识地继续播放舞台摄像机拍到的画面，突然，一阵电流从键盘和手指间流过，让他全身的汗毛直竖。这男人的长相当然谈不上多面熟，但好像实在又没有那么陌生，仔细看看他灰色西装肩部有些过于紧凑的剪裁，血渍晕染的画面便开始在脑海中慢慢浮现。

"林队！等等，我知道他是谁了！他应该就是死——"浩南吞了吞口水，幸好没有鲁莽，换成名字说出口，"黎万钟啊。"

"欸！我昨天看到过这个人咧，也认得他那个喇叭，"刚才还在大声骂人的胖子冷不丁出现在浩南身后，小心翼翼地说了一句，"昨天下午我在车外抽烟，正好看到他拿着那个喇叭，从后台走出来噻！"

2

黄土路上扬起飞尘，小孩听见车轮和发动机"呜呜"的噪声，眼睛一直盯着那边。

赵定尧的一身橄榄绿公安制服上蒙了灰。他把龙头一摆，停好边三轮[1]，拍拍袖子，又将公安帽上金黄颜色的丝编装饰带撣了几下。乔先贵也正了正帽檐，把黑色大皮包挎上肩，从边三轮的车斗里踏出来。

"让一让，让一让。"两人推开看热闹的群众，走进停弦渡镇覆船村，这户出了事情的土砖屋。

一股类似大蒜混合着樟脑的味道还隐约残存在现场。乔先贵嗅了嗅，小声和赵定尧讲，这应该是发生了某种有机磷农药中毒。

停弦渡派出所的公安人员穿着解放鞋，边走边问县里的同志好，递来凶器给他们看。讲是这户家里的女人先拿洗衣的棒槌敲死了男人，又把农药掺在中药里喝，自杀了。

1　边三轮：侧三轮摩托车的俗称，即一侧装有边车的两轮摩托车。20世纪90年代是较为常见的警用交通工具。

"谁叫你乱动现场的？谁准你擅自拿动凶器的？"乔先贵看他讲得起劲，气不打一处来，"你们停弦渡派出所懂不懂规矩？这么明显的凶案，你什么职务搞不清楚？自以为是，添麻烦！"

停弦渡派出所所长见自己的人挨了批评，马上过来打圆场，称这个民警刚来不久，业务不熟。

赵定尧让他们介绍一下大致情况。乔先贵打开腰间的黑色大皮包，找出一双白手套戴上，接过派出所民警手上的棒槌，放在堂屋老旧的八仙桌上，又从包里拿出一台海鸥牌照相机，检查胶卷，拍了几张照，再走回堂屋，掀开盖在两具尸体上的白布，开始拍照。

根据停弦渡派出所所长的讲述，现场男性死者名叫周友吉，1959年出生，现年33岁。女性死者名叫田桂芳，1961年出生，现年31岁。两人是夫妻关系，家里没田，男人年轻的时候拜了个师父学打铜镲和吹唢呐，主要靠红白喜事时帮人搞演奏过日子，挣不了几个钱。家里还有一条小船，男人生意不好的时候就去澧水河里搞点鱼卖。

赵定尧问夫妻关系怎么样。所长称关系不好，男人喝酒、赌博又打女人，经常吵。

可是他为什么打女人？所长告知赵定尧，有人传他女人在修梅镇不知哪里有个相好，周友吉肯定也知道了，面子挂不住。到底是不是有相好，也没人真见过，但周友吉下手重很多人都知道，喝醉了喜欢拿起板凳到处砸，女人孩子都砸，经常砸得鼻青脸肿的，邻居们看得怕，村长还来调解过几次，不起作用。

站在旁边的民警撇着嘴咕哝了一句："怕是让县城来的同志看笑话了。夫妻关系不好，过不下去了寻短见，在农村不少见的，没有你们城里人想的那么复杂。"

"你不守规矩乱动现场，讲你几句让你长点记性，你还有脾气了？"乔先贵放下相机，转过头来瞪了他一眼，"不复杂？那你给我解释解释，既然这女人先拿棒槌打死了自己丈夫再喝农药，为什么不直接喝？莫非兑在中药里一起喝味道好些？为什么桌上有两只药碗？为什么女人昨天才死，男人却是前天死的？"

"他们不是同一天死的？"刚才咕哝的民警有些吃惊，"你怎么看出来的啊？"

"要我教你？看尸体的变化，肌肉软硬、皮肤温度、死人斑、眼球清亮程度，这些都是经验和学问。"乔先贵反问，"你刚才说那种话笑话我，比谁光荣是吧？莫非谁还不是从农村出来的？"

"他现在在县城公安局上班，但是之前也在乡镇派出所。不是说觉得你年轻或者职务低对你有意见。你现在还没有这样的经验和学问来处理现场，就应该先规规矩矩做好本职工作，多看、多学、少动、少表现。等你真正能做事了，把事做对做好，谁会讲你？"赵定尧替乔先贵解释后，年轻的民警羞愧起来，不再说话。

赵定尧继续向派出所所长提问："刚刚说他们有孩子？那孩子呢？"

所长说孩子不见了。村里人最后见到他是大前天傍晚，在澧水河堤上走，后来就再也没见过。村里人怀疑是不是因为孩子不见了，两人才闹这么大矛盾没收住手。

赵定尧问孩子叫什么名字，又问他们家还有没有老人，或者别的什么亲戚。所长说这些得问村主任，赵定尧便让他把村主任叫来，所长指着站在土屋后门跟前一个穿中山装、不停咳嗽的小老头。

"孩子叫周启森，78年出生的，今年14岁。这个孩子小时候挺乖的，学习成绩好，但是家里穷，去年小学读完，就没读书了。吵着想读书，父母关系又不好，他爸爸就打。打多了呢，性格也变了，话不多了，喜欢躲人。村南边的刘玉湘最后看到他从西边回家，是三天以前，之后就再也没有人看到。"

"西边……是停弦渡镇上那边？"乔先贵插了一句。

村主任点头称是，咳嗽了几声，说完了小孩，说其他的家人。

"1980年，澧水河涨大水，你晓得吧？"

赵定尧说当然晓得，十多年前的事了。

"他们周家老屋，原来在彭家河那边。周友吉的父亲周显春，49年以前是个读书人，懂点墨水，是生产队的会计，家里条件还可以，田家的女人才愿意嫁过来。但是呢，刚结婚没两年，80年的时候澧水河发大水，周友吉的爹娘都给冲走了，屋也冲得稀烂，他们才搬过来我们覆船村这边。"

"也算是家道中落……"

赵定尧感叹了一句，村主任继续说，周友吉还有个兄弟周友利，比他小两岁。

"之前在彭家河村是住一起的，水灾之后，两兄弟卖了老屋，都搬了家。那时候周友利还没结婚，去了津市发展，后来找一个津市女人成了家做生意，条件还不错。周友吉有点忌妒，两兄弟相互看不上，平时也没有太多来往。"

"那田桂芳的娘家呢？走动多吗？"乔先贵问。

"唉……"村主任摆摆手，"人穷了，狗都嫌。听说她有个哥哥开爬爬车[1]的，拉沙裸石赚钱，条件好，妹妹又嫁了个常德佬，爹娘都喜欢得不得了。他们家没钱，团年都不叫的，根本没什么走动。"

"那是谁最先发现出了事的？"乔先贵把尸体的裹布重新盖上，一边向屋内那间昏暗的小房间门口走，一边问。

村主任说是和周友吉一起搞事的方鼓匠，住覆船村六组。赵定尧问他人现在在哪里，村主任朝屋外大喊了声"方鼓匠"，一个黑瘦的汉子便站在了人群最前面。

"我今天上午来找他，本来是修梅镇那边，有个70多岁的老头子去世了，我接了活要组班子，还缺个打镲的，就来请他。"

当时，方鼓匠先敲了几下门，喊了几声周友吉，屋里没人应。

他本来想走，又觉得不应该。大上午的，能到哪里去？周友吉不在，嫂子应该也在的。他又走到糊着宣纸的窗户边喊了两声，还是没人答应，于是他掰了一下窗户的木框，没锁能掰动，索性将整扇窗户都打开。透过木窗栏，看见嫂子瘫在地上，皮肤

1　爬爬车：湘北一带对老式拖拉机的方言称呼，又叫"狗儿车"。

发白，心想坏事了，赶紧去撞门。一个人撞不开，他走了几步去叫了两个住附近的男人，撞开门，便见那倒在地上、满头血污的周友吉。

三人看到周友吉身边的棒槌，进了房间，又看到中药碗和扔在地上的农药瓶，就猜到大概是个什么情况了。

"农药瓶你们动过吗？"乔先贵一边俯下身子，用手中的海鸥相机给小房间门口的农药瓶拍照，一边问。

方鼓匠说没有，不敢动。

乔先贵又看向派出所的年轻民警，他也摇头，说农药瓶没动，只拿了棒槌看血迹。

"这中药煎了本来是谁喝的你知不知道？"乔先贵接着问。

"这个我知道，两口子都喝。他们住河边，都有风湿病，关节腰腿疼。去年我师父帮他找人求了一副土方子，他们抓了药试，说效果非常好，一直都在喝。"方鼓匠回答。

派出所民警小声自语："哦……难怪有两只药碗。"

乔先贵点点头，把相机收进包中，又摸出银色手电筒和黑框放大镜，走到那药壶边照着亮光瞧了几眼，又低头凑近鼻尖，嗅了嗅。

赵定尧见他不说话了，又继续问村主任，这对夫妇最近有没有和什么人闹过矛盾，或者有没有看见什么特别的人来找过他们。乔先贵喜欢钻进现场找物证，他更习惯从人际关系中问出点东西来。

村主任摇摇头，表示没听说。派出所所长倒是讲，刚才已经找外面那些村民问过话了，有个住在一组的老汉说昨天大清早，天都没亮，他起床去偏屋解手，有个骑单车的女人过来问这里是不是覆船村，又让他指了指三组是哪一片。好巧不巧，这里就是三组。

"具体几点问过了吗？"在旁边工作的乔先贵又加进来一句。

"问过了，可是他家没买钟，只能凭印象估个大概，说是三四点钟的样子。"

"这么早？"赵定尧对这个时间有些在意。

"是呢，"派出所所长复述了一遍老汉的描述，"他说肯定不是本村的。穿得挺好，白衣服，一看条件就不错，不像乡下人。口音吧，有一点点差别，但也差不多。可能就是津市、澧县不哪里的。这么大早上的，黑灯瞎火，跑来乡下做什么？"

赵定尧问他，老汉有没有说对方长什么样子。

"他说长得倒是蛮漂亮呢，挺年轻的，短头发，看上去二十几岁，一点也不像坏人。哦，对了，老汉说她脖子上还戴一串念珠，可能是个信佛的人。后来又有几个村民见过她，大概是早上天亮了没多久，骑着单车往去年修好的张公庙大桥方向走了。"

赵定尧噘起嘴，望着土墙上嵩山少林寺的风景挂历想了几秒。他看着日期说这两天清明，没准就是一个赶早回老家挂青的人，不一定和案子有关系，问派出所所长还有没有什么别的线索。派出所所长说再就没有了，村主任倒是欲言又止的样子。

"县里来的同志啊，我想向您请教一下啊，别见怪！"他还是问了出口，"像这种情况，一般要怎么处理？"

赵定尧一愣，问他什么意思。

村主任的意思是，这家人一个都没了，亲戚又走得远，要怎么主理后事？

赵定尧搓了搓手，还真是个问题，这么放着确实也不是办法。

他想了想，替村主任出主意，可以村里先出点钱，简单点弄弄，然后通知他们那两个亲戚，谁愿意做主就来做。这家人虽然没几个钱，但不是还有个房子在吗？多少还算是点财产，谁尽好义务，谁就有遗产继承权。

"好！感谢您指点！"村主任紧绷的神情放松了一点，"不过，要是那孩子回来了呢？"

"回来了先问亲戚养不养吧，这也是义务的一部分嘛，不愿意再说。县里有民政局，到时候可以带孩子去找他们。"赵定尧把头转向乔先贵，问："先贵，你那边怎么样了？"

"还不好讲。"乔先贵扭动脖子，环视着屋内的人、物与某种肉眼不可见的悲凉感，抬头望着结满灰尘的木房梁和黑瓦片回答他，还要再看看。

赵定尧在背后叫了一声"先贵"，乔先贵转过身，看见他那身熨烫得笔挺的橄榄绿公安制服。

他问乔先贵怎么一上午没见到人，又问他手里拿的是什么。

乔先贵把手里的几张相片拿给他看，说昨天那个农药瓶子上的指纹检测结果出来了，不太好认，大部分叠在一起了。但是刚刚给局里技术最过硬的"老神眼"同志瞧过，他判断药瓶上面的指纹应该来自两个人，一些指纹是大人的，和死者周友吉吻合；还有两枚比较清晰的，可以判断是小孩子的指纹，大概 10 到 14 岁。

"这应该是……"赵定尧想起来那对夫妇失踪小孩的名字，"周启森的吧？那小孩 78 年生的，不正好 14 岁？"

"对头，这个案子还是有些疑点。我昨天在现场，仔细检查了煎药壶和两个中药碗中的残留液，都有轻微的樟脑气味和乳油状特征，农药应该是下在煎药壶里再倒出来的，而不是直接放在哪一个人的药碗里。"

赵定尧"嗯"了一声，好像还没太明白这说明什么问题。

"我觉得不管下药的人是谁，本身想毒死的就是夫妇两个。如果真像村民们以为的那样，田桂芳敲死了自己丈夫然后喝药自杀，这是不是有点多此一举？现在瓶子上连田桂芳的指纹也没有，我就更加觉得不像是她下的药了。"

"你觉得下药的是谁？"

"单看指纹，不就俩人吗？那小孩儿可能性太低了，我主要还是怀疑周友吉自己。"乔先贵分析，"这样倒是大部分线索都讲得通了。从动机来看，昨天那个村主任说田桂芳在修梅那边有个男人的传言一直让他很没面子，所以他就想和田桂芳一起喝药死掉。"

可他怎么又被田桂芳拿棒槌给敲死了？

"可能田桂芳喝着下了农药的中药，发现味道不对劲，和周友吉起了争执？然后失手拿棒槌敲死了他，惊慌失措地锁上门，待在屋子里不敢出去。第二天还是因为农药中毒，慢慢发作死了。"

乔先贵对这个推论也不太自信，补了一句："也许啊，我不敢肯定。昨天我看尸体，两个人肯定都喝了药，周友吉比田桂芳早死将近一天，都有点臭了。"

赵定尧疑惑的是，她一个女人，力气也没多大，怎么就拿个木棒槌把个大男人给敲死了？

"先贵，你说这周友吉真的是被田桂芳给敲死的？"

乔先贵告诉他，力气不大，但人的脑袋比较脆弱，敲没敲到关键位置区别很大。好比周友吉，太阳穴有伤，很容易瞬间晕厥昏迷，丧失反抗能力，多敲几下也能致死。但现在的问题是，那洗衣服的棒槌是木头的，也旧了，表面粗糙采不到指纹。虽说昨天现场确实没有太多的物证，不过他还是认为，周友吉就是被田桂芳给敲死的。

赵定尧问没有物证，他是怎么下的判断。

乔先贵告诉他，周友吉总不能是自己敲死了自己。用反证法，就可以排除第三人在场的情况。

"第一，从凶器来看，这肯定不是什么有计划的谋杀。哪怕稍微准备一下，也会选个利索的凶器，而不是他们屋里洗衣的棒槌，太没杀伤力了。所以很明显，拿棒槌砸是临时起了杀意。

"第二，田桂芳在周友吉死后还活了那么久，如果有第三人，为什么要留她的活口？活这么久也说明，她中的有机磷毒剂量不大，没有严重到马上影响大脑和神经，应该完全是有意识、可以出去求救的，但她又为什么没有？鼓匠和邻居们撞开门的时候，发现屋里就锁着夫妻两人，如果当时有第三人进来杀了周友吉，难道田桂芳还帮他走后锁门？显然不可能。既然这些都讲不通，那敲死周友吉的，就只能是田桂芳了。"

赵定尧挠了挠警帽下的鬓角，夸他想得还挺仔细。

"但是我觉得你这个反证法，还是容易忽略一种可能性，有一个人……"

"我晓得你想说谁。"乔先贵问他说的是不是村里传的田桂芳在修梅镇的那个相好。如果是一个和田桂芳有感情的人，就有可能出现在现场，杀了周友吉，田桂芳还帮他打掩护。

赵定尧点点头，乔先贵说，这个可能性不是没有，但也非常小。

赵定尧追问为什么，乔先贵却推了下他的肩膀笑着反问他，是不是从小就在县城长大的。

"这有什么关系？"

他这么问，赵定尧显得不高兴了，仿佛小时候因为家里条件还不错，被人指责"不够工农阶级""不够光荣"。

乔先贵指着公安局院墙下的那辆边三轮，让他看看上面的黄泥土："你没在乡下住过就不知道，像昨天覆船村的那片地方，交通不是很方便，连条柏油路都没铺。

"那地方人口流动其实不大，大家抬头不见低头见，来的陌生人是哪户的亲戚哪家的客，心里都非常清楚。真要是来了个谁也不认识的外人，那村民都跟防特务似的警惕。田桂芳在修梅镇那边到底是不是真的有个相好先不说，就算真有，我觉得他也没来过田桂芳家里。你还记得昨天村主任说的那个老汉早上起来解手遇到的女人吗？好几个村民都说见过她，还能讲出她离开村子的大概时间。田桂芳有相好的传言本来全村都知道，真要有个男人来找她，你觉得会没人注意？"

赵定尧双手叉腰，低头看着自己的黑皮鞋思考了一会儿，承认乔先贵讲得有道理。

接着两人沉默了片刻，明显都心有所想。

赵定尧小声问乔先贵，既然这样，是不是可以按他刚才说的，差不多找上面结案算了。毕竟局里最近还有一个影响极坏的入室抢劫枪击案没有破，犯人存在二次作案的可能，十分危险，任务重、压力大。

乔先贵点点头，说自己也是这么想的，准备再去停弦渡镇上问一些事情，问得差不多了，就结案算了。

"你还想去问什么事情？我骑边三轮带你去。"赵定尧立即表示。

乔先贵摆摆手，说昨天清明节都没闲着，今天局里好不容易给半天假去挂青祭祖，让他别耽搁了。

"我还是很在意那个失踪的小孩周启森，也不知道他去了哪里。我想要搞清楚农药瓶子上他的指纹是怎么来的。我推测啊，很有可能，周友吉当时是指使儿子去买的农药，所以想去问那边'生资'[1]的人。"乔先贵指着边三轮旁边自己那辆永久牌自行

---

1 生资："生产资料供销社"的简称。

车，说骑过去也快。

"那也有二十里路呢，"赵定尧劝他，"我觉得你想的也八九不离十，没必要，干脆结案算了。"

乔先贵犹豫了一下，告诉赵定尧还是想去一趟，不然心里不踏实。

"你今天就不回老屋去，给祖人们挂个青吗？"赵定尧开玩笑说，"工作再积极，忘了祖人，小心他们发脾气不保佑你哦。"

乔先贵把手上的几张照片放进军绿色的帆布挎包，说自己老屋在澧县火连坡，一百多里路太远了，放半天假也不好回去，不如继续工作。

一路上，清风不停拂过耳朵，乔先贵哼起几首苏联小曲。骑车虽然比不上坐边三轮快，但也悠闲惬意。

穿过停弦渡镇口，他停好单车，整了整着装。

"您好，打扰一下，我临澧县公安局的，找你问点事。"

"问什么事哦？"生资的营业员放下报纸，打了个大哈欠。

"放心，不找你麻烦。我就想问问，你们这里卖不卖乐果农药[1]？如果卖，帮忙看看生产日期，是不是 1991 年 8 月 5 号左右生产的？"

"等着啊。"

营业员起身在后边的货架上找了找，背对着他说："还真是，

1　乐果农药：一种常见的有机磷农药。

这里的乐果农药，正好是去年 8 月 5 号生产的一批，益阳农药厂生产。"

和周家土屋里那瓶农药对上了。

"你认不认识一个叫周友吉的？覆船村三组的。"乔先贵连忙问。

营业员摇头，说不认识。

"那……"乔先贵犹豫了一下，还是问了出来，"最近有没有一个小孩来买过这种乐果农药？"

"这个我知道啊，有。不过是另一个营业员卖的，她今天挂青去了。"营业员说，"我当时就在旁边吃苞谷，还听到他们两个讨价还价呢。"

"看上去十二三岁的样子？"

"差不多，男孩儿。"

乔先贵表情有些急躁，问说了些什么是否还记得。

"一开始问他要买什么，他说要买敌敌畏。然后就给他说啊，敌敌畏两块两毛五分钱一瓶。他从口袋里面搜出几张钱，问有没有便宜点的。就问他买来做什么的，他讲不出，又问是谁让他来买的，他说是他娘。又问他家买来做什么用途的，他说是种田的，我们就拿了乐果给他，说那估计是杀虫的，这个效果和敌敌畏差不多，便宜点，只要一块九毛五，他就买了。"

"他说是……他娘让他买的？还说他家是种田的？"这明显和那家人的情况不符，他家没有田。

"是的，我记得特别清楚。他当时一边讲，一边盯着墙上的蜘蛛看呢。"

乔先贵不敢相信，只好微张着嘴，上唇一角翘起，眉头紧皱，上翻眼珠，望着供销社低矮的天花板。

那些泛黄腻子上结着的蛛网残丝，好像离他特别遥远似的。

天很黑，但星星很亮，像是被谁零零散散抛撒在天上。

周启森走累了，坐在柏油公路旁一棵大杨树下休息。他一边找最亮的那颗星星，一边在想《水浒》中的"三十六天罡"和"七十二地煞"。

打书[1]匠说过，梁山泊那一百零八位好汉，都是天上的星星下了凡。他就想，自己会不会其实也是哪颗星星变的。

在他小时候，父亲周友吉出门去给丧葬的人家做打镲演奏的帮活，时常会把他也一起带上。

参加葬礼除了混一顿酒席好菜外，他最期待的是可以在夜里听打书。打书匠们拿着系了红绸缎的鼓槌，一边敲着一面小鼓，用抑扬顿挫的腔调，讲一整夜故事，陪守灵的人们打发时间，送亡者上路。村里最出名的打书匠拿手的故事有两类——身为小孩子的周启森不喜欢他讲那些秀才和小姐偷情的下流故事，就喜欢听他讲英雄名将与《水浒》好汉。

但因为大人的爱好和小孩子正好相反，打书匠更愿意讨好他们，往往就偷情讲得多，好汉讲得少。

1　打书：一种流行于湘北和鄂南边界地区的汉族民间戏曲剧种，又称湘北大鼓、澧州大鼓。

《水浒》的好汉故事中经常死人，周启森如今不怕了，但记忆中小时候的自己，对于死人是非常害怕的。

起先是因为邻居大哥哥总给他讲述人死之后的恐怖，说尸体有怨气便会变成僵尸，从棺材里坐起来，变得力大无比，见到活人，就用又尖又长的指甲，戳烂他的喉咙。

后来6岁那年，父母带他参加亲戚的葬礼，他知道屋里有死人，吓得哇哇大哭，怎么也不肯进门。父母硬逼着他进去磕头，拼命反抗也没用，往外跑又被抓住搂了屁股拖回去，来来回回两三次。于是周启森看见那尸体躺在竹床上，脚下燃着一盏煤油灯，穿着黑色的布鞋、布裤和布衣裳，脸上盖着一块花手帕；手和脖子，凡是露出来的皮肤，都是惨白的，散发出逼人的寒气。明明心脏"咚咚"跳得好快，全身的热血都冲向脑门，却只感觉到浑身发冷。

两腿一阵温热过后，低头看，才发现自己已经尿了裤子。

明明是葬礼，灵堂边有人哭得那么伤心，他却听到门外有人在哈哈大笑，说一个小孩怕得尿了，喊别人快来看。父亲觉得他丢人，从那以后要是接到白事的帮活，便会带着他过去练胆。

于是，他开始同父亲一起出发，替父亲拿着铜镲或唢呐，去到那些有亲人过世的家里。奔丧、停灵、守灵、入棺、出殡、下葬，一般待上两三天才能回家。有时父亲接事的人家远，在别的镇上，事主家里下葬或者结钱拖沓了，他们也会像现在这样，在晚上，披星戴月走好几里路回家。

但周启森知道，如今自己再也回不到那个家了。

回想着那些葬礼，每次到场之后，父亲会去同其他共事的人一起演奏。周启森跪在地上磕几个响头，主人家也会赏他一杯茶水。他就坐在旁边的椅子上，一边喝茶，一边观察着那些宾客进灵堂来，磕头、痛哭、叫喊、瞻仰，然后去外面的大棚入席吃饭，等着晚上守灵。

在夜深之前，宾客们的酒席都已经吃得差不多了，主人家也会招呼葬礼的支客士[1]、邻里帮手、道士和乐师吃饭，周启森便也跟着入席，吃些平常吃不到的好菜。碰上富有一点的人家，还有他最爱的辣椒炒肉丝可以吃，那是自家过年也难得吃上的美味。不过周启森总会注意到，有个同父亲一起做事的鼓匠，每次别人抢着夹肉丝的时候，他都不怎么动筷子。后来，也听到其他人问："方鼓匠！为什么每次去红喜事的酒席，你那么爱吃肉，白喜事的酒席上却不吃？"

鼓匠朝着灵堂的方向看了两眼，说是因为有次听人讲过一件事，就再也不在白事上吃肉了。

别人问鼓匠是什么事，他就举着筷子告诉大家，1960 年，在澧县如东那边发生过人吃人的惨案。一个叫刘家远的农民，穷得揭不开锅，过年的时候杀了自己快要饿死的小孩，煮来吃了顿好肉，还声称"这辈子终于吃了一餐过瘾的肉"。

这件事情让鼓匠听得不舒服，从此以后，他就没了在葬礼上吃肉的胃口，因为离死人太近了。

---

1 支客士：在湘北地区，指红白喜事宴席的主持人，负责来宾接待和统筹安排等工作，多由事主近亲担任。

虽然大人们都啧啧感叹，周启森也觉得害怕，但鼓匠这种通过联想产生的厌食感，却没能传染给他——对于一个穷人家的孩子来说，辣椒炒肉丝的味道，实在是太香了。

父亲的练胆确实有效。见惯了几次死人之后，周启森也就不再恐惧了。死人并不会变成僵尸，长出尖长的指甲，戳破活人的喉咙，从来也没有把谁怎么样，哪里有什么可怕的呢？

去得多了，周启森对于葬礼这回事有了自己的看法，甚至上升到了对生死的感悟。

他发现几乎所有的葬礼，除了主人家真正亲近的几个人外，那些远亲和邻居也会轮流来哭，但好像并不是真的那么伤心，哭完擦干眼泪就去吃饭了。等到晚上守夜，大家坐在烧着火盆的棚里，还会被打书匠的下流笑话逗得哈哈大笑。而死人一动不动地睡在棺材里，任凭他们哭天抢地或者笑得喘不过气来，都不做任何回应。

以前关系还好的时候，父亲常常与周启森谈起自己的工作，说这份工作虽然地位不高，也不太挣钱，却很重要，让他不要小看自己。父亲讲人死后都会变成鬼魂，被牛头马面黑白无常押往地府重新投胎，但刚上路的时候他们总是留恋人间，舍不得走，所以，葬礼上才需要他们这些"渡亡人"来敲锣打鼓吹唢呐，送死者一程。

学校里的语文老师上课讲放牛娃小英雄王二小的时候，也讲到过生死，却和父亲的看法有很大出入。老师说人死了就是没了，什么也感觉不到了，一了百了。

渐渐地，葬礼去得多了，他开始有了自己的判断。那些死人总是无限沉默于灯火通明的灵堂与悲喜交加的夜晚，让他在心底更愿意相信老师的说法。

"人死了就是没了，什么也感觉不到了，一了百了。"

上完初小[1]之后，周启森到镇上的完小读书。父亲去葬礼做事，就很少带上他了。

除非正巧周末，或者遇上学校放假，周启森还是愿意跟着父亲出去。

刚进完小的时候，周启森对自己未来的出路充满了信心，他央求父亲，如果自己成绩好，每次期中、期末考试能一直保持全班前五，就送自己去读初中。尽管父亲有所犹豫，但还是同意了。他也刻苦用功，努力抱紧自己的出路。这是完小的老师第一堂课上就告诉他的时代真理——现在国家改革开放了，如果不想当一辈子农民，想要过上好日子，就必须通过读书走出农村。

"你们要读初中、读高中，还要读大学，读书是农村人出人头地的唯一出路！"

周启森喜欢读书，语文和数学，他都喜欢。但他也喜欢很多别的事情：帮娘亲上山捡柴火和松针，和邻居伙伴去河边的石头里翻螃蟹抓乌龟，一起去河中捕鱼……但最喜欢的事情，他谁也没有告诉过——还是陪同父亲去各种各样的葬礼。

1　初小：我国部分地区曾将小学一至四年级称为"初小"，五、六年级为"高小"，能同时提供两种小学教育的学校被称为"完小"。

他喜欢观察人们对于亲友逝世的反应，喜欢混点肉丝吃，更喜欢陪着人们一起守灵，听一整夜的打书。

然而如今，这些记忆已经变得遥远。

周启森没有机会再从跟随父亲见死人的经历中获得这些享受，是从1990年开始的。

1990年新年之后，父亲出门做事，便再也没有带过他。

风把柏油公路边的狗尾草丛吹动，坐在树下感觉到冷，他紧了紧衣服，想到这个家也是从那时开始瓦解的——那是一段抹不掉的记忆。

大年初三，一家人坐慢慢游[1]去叔叔家拜年。虽说父母因为过年没有买新衣服的事情争吵了一路，但周启森仍然很期待。

周启森喜欢去叔叔家拜年。叔叔不仅家里条件好，有鸡有鱼还有肉，而且大方，每次会给他两份压岁钱：一份多一些，是父母知道的，回家了会被要求"交公保管"；另一份少一些，是叔叔悄悄给的，让他自己留着买点东西吃，这也是周启森一年到头，唯一能拿到零花钱的日子。

那天午饭间，一个表亲伯伯喝醉了酒，周启森的娘亲正想好心帮他盛点饭吃，却被他拉住了手。

表亲伯伯问娘亲，最近是不是经常去修梅那边。

周启森呆呆地看着两人，没等娘亲回答，表亲伯伯忽然借着

1　慢慢游：20世纪90年代，湘北部分地区流行的一种廉价载人交通运输工具。前部由摩托驱动，后部是有遮雨棚的载人车斗，两边设有板凳。因动力小、速度慢，故称"慢慢游"。

醉意大声告诉亲戚们，听人说娘亲在修梅镇那边和别的男人玩得好，问娘亲是不是真的。

娘亲骂表亲伯伯胡说八道，表亲伯伯却不依不饶，指着父亲鼻子笑他不上进、挣不到钱，屋里姑娘都快玩丢了，搞些什么名堂。

周启森不知该做什么反应，就看向父亲，只见父亲从脑袋到脖子都红成了酱色，腮帮子鼓着气，眼睛瞪得像一头牛。

周启森以为也喝了挺多酒的父亲会动手，甚至暗暗希望父亲动手，狠狠揍这伯伯一拳，扇他的臭嘴。但父亲只是紧紧攥着自己放在饭桌上的拳头，一言不发。

周启森气不过了，想要亲自骂那个表亲伯伯，却被婶婶拉到一边，让他大过年的别跟一个酒醉佬吵。

后来伯伯被亲戚们数落着赔了礼道了歉，称自己是喝多了胡言乱语，父亲才渐渐松了手，闷声吃菜喝酒。

周启森记得打书匠口中那些偷情的下流故事，纵使情节千回百转，最后不知怎么一定会以悲剧收场。他疑惑的是，明明大人们在听的时候，都笑得很开心呀！

这时他清楚地知道，那些故事的结尾没有骗人——娘亲在外面偷男子汉的消息，让这个本身就紧绷的家庭彻底崩溃了。

那天晚上从叔叔家回去，父母在邻居家的声声炮竹中，爆发了最激烈的争吵。尽管吵架对于他们来说早已是家常便饭，也曾摔过东西、出过手脚，但这是绝无仅有的一次。

父亲揪着娘亲的头发往墙上撞，大声辱骂。

"通你的娘的！你不要脸！你不要脸！"

娘亲也不甘示弱，一边用脚尖踢父亲的小腿，一边回骂。

"我通你的娘！生了你这个疯子！"

周启森站在一边，轻声地喊"不要打了，不要打了"，却只得到父亲的迁怒。父亲翻手给了他一巴掌，抄起手边洗衣的棒槌，说要把他们母子俩一起敲死算了。

那棒槌在周启森的身上砸了两下，又砸向娘亲。煤油灯在八仙桌上静静燃烧，照得他们的影子晃来晃去，像是在演皮影戏。

这是周启森第一次发觉"死"这个字和自己放在一起，有多吓人。

他忽然很害怕父亲真的要把自己敲死，禁不住浑身发抖，大哭起来。父亲听到他哭，又来拿棒槌捧他，叫他不准哭。

"跟你娘一样没用！你还不嫌她丢人是吧！"

这时娘亲却吼着，让他继续哭。

"给老子哭！哭得越大声越好！让隔壁左右都晓得，你爹是个鬼疯子！自己没点批本事，穷得快死！就会在家打女人和小儿！"

父亲又准备去捧她，却真的听到有人来敲门了。

"友吉啊，友吉？"

"哪个？"父亲压抑着怒火问。

"友吉啊，"邻居隔着门劝说，"你不要这么搞，大过年的！桂芳嫁给你也不容易，夫妻之间有什么事好商量。你实在不听，我去村委会找方书记来了哦。"

周启森现在回想，邻居也是个聪明人。之所以这么说，是因为一旦村支书出面协调，这桩丑事全村人就都知道了。父亲好面子，丢不起这个人，只得慢慢丢出去一句："好，没事，不吵了。"

父亲也不是在骗人，确实没吵了。

这夜，一家三口没再多说一句话。

周启森不知道自己什么时候睡着的，第二天早上醒来，娘亲还坐在原来的位置，眼睛睁得大大的，但没有光彩，一动不动盯着门口。父亲不知道去了哪里，昨夜屋外竟下起了雪，地上苍白一片，干净又整洁。

母子俩就这么呆呆地坐着，很久很久。

雪花轻轻飘了一整天，落在地上越积越厚，没有脚印。

好像从没有人离开，也没有人回来过。

现在，周启森觉得自己不能一直坐了，得继续上路。

他撑着杨树站立起来，手压着粗糙的树皮有些疼。打算走去哪里？他的计划是到少林寺出家。

家里的挂历上写着，少林寺在河南的嵩山。所以他准备一直向北，穿过湖南和湖北。他弄不清楚那么多陌生城市的名字，但又觉得没关系，自己只要跟着北斗七星的方向走，就总会到达少林寺的佛门。

他甚至想好了，怎么在寺前久跪三天，来通过老方丈的考验；想好了如何交代自己出家的原因，他打算告诉方丈，自己本来是想成为梁山好汉的，但是梁山泊已经不在了，如今只能投靠少林。他也知道少林与世无争，佛门清净，必先放下屠刀，方可立地成佛。

他明白需要先诚心坦白罪过，才能丢掉旧的名字，得到新的法号，重生成为好人。

这些都是喜欢看连环画的同学给他讲的。他已经下定决心，到了少林寺，就把自己杀害父母的所有罪过告诉方丈。

这些罪过该从哪里说起？周启森一边走，一边回想这个问题。

自父亲大雪那天回来之后，周启森已经习惯了他越来越频繁的醉酒和越来越凶狠的打骂。从扫帚抽到椅子砸，从屁股疼到胳膊腿脚伤再到鼻青脸肿，有时候伤在娘亲身上，有时候伤在周启森身上，一开始娘亲还会在他挨打的时候过来护着他，次数多了，也懒得护了，反正都要挨打。

周启森整天提着心吊着胆，害怕回家又闻到酒味，又要疼。但后来疼了好，好了又疼，到最后其实也就不那么疼了。

有一天，他感觉自己"顿悟"了一个其他小孩都不知道的秘密：挨打能有多疼呢？最多也就是被打死。但是他在葬礼上看了太多的死，再清楚不过——人死了就是没了，什么也感觉不到了，一了百了。

周启森几乎是在想通这个道理的刹那接受了这样的命运。

他忽然感觉自己的命其实很轻，轻得就像水，可以非常随意。

他当然也希望父亲能够有所改变，让这个家回到从前的样子，等自己长大成人了孝敬他们，这最好不过。但如果改变不了，也没什么大不了的。他是父亲，自己是儿子，哪怕被他打死……甚至，一段时间以来，周启森总会忽然想起方鼓匠，想起他在酒席上说的那个1960年澧县如东杀了孩子煮来吃的刘家远。他想，无论如何，父母有养育之恩，如果是在饥荒的年代，子女也许不应该有太多的怨言。

这天，周启森回到家，难得见到父亲没有喝酒，正在堂屋整理他的拉网，可能是准备去捕点鱼。

他走到热水瓶那边，主动给父亲的搪瓷杯添了茶，恭恭敬敬端给父亲喝。

"今天在村一组遇到姚老师了，他一直还记得我聪明、成绩好。"周启森随口一说，本是想让父亲开心一下，"他让我给你讲，现在可以出点钱送我读初中，再考高中，将来读书出来有出息了，带你们过好日子。"

父亲面无表情，只是淡淡回了他几个字："老子有钱也不出。"

周启森愣了一下，然后垂着脑袋知趣地走开了。

虽然他知道家里没钱，父亲好像也说得轻松，没发什么脾气，但这句话却让他的泪水瞬间就涌了出来，开始在眼睛里打转，止都止不住。他冲回自己的房间，把头埋在充满受潮稻草气味的烂枕头下，哭得天旋地转。

他才14岁，一边哭一边想上学时学过的那些课文，想找出一个合适的词语，来解释父亲表现出来的这种令人绝望的冷漠，最后他想到的是"抛弃"。

虽然大家还在一个屋子里住着，但父亲已经抛弃了这个家，抛弃了自己。周启森感到很奇怪，为什么自己连死都不怕了，却会害怕被父亲抛弃？这些在头脑里难以想通的问题，让时间流得很慢，他记起过往的点点滴滴，只觉得好恨。

过了不久，房外的父母不知为何又争吵起来，父亲没有喝酒，讲话却比醉酒时还要难听。

"你生的那个小杂种，今天还给我说想让老子出钱让他读初中！你说好笑不好笑？晓得你是和哪个野男人生的这个小杂种，还让老子帮你养这么大，老子真是瞎了眼。"

"你积点口德！周友吉！嘴巴长了蛆吗？"

"我讲错了吗？你以为我不知道？你和别的男人搞的时候怎么不积德呢？你不要以为老子不晓得，你敢做不敢当啊？那个小杂种到底是谁的？"

"是狗的！老子和狗杂种生下的小狗杂种！"

"真的下贱！你那个小杂种和你一样下贱！还想骗老子白养他！你怎么不带他去找他亲爹呢！修梅的那个狗杂种，你还不想承认吗？"

"老子承认啊！老子就是和狗生出来的狗哇！狗还读什么初中哦？活得像条狗就不错了，你周家世世代代都是穷狗的命！真的是瞎了我的眼，当初怎么就遇到了你！"

……

这场对骂持续了很久，周启森咬紧牙听着，一开始是伤心，后来不知从什么时候开始，伤心转变成了愤怒。

他不明白自己究竟做错了什么，为什么会被夫妇二人这样来回羞辱？这娘原来也不是什么好东西，竟然一直把自己当狗看！他忽然生气极了，把牙齿咬得"咯咯"发响，从没想过自己在这个家里原来是猪狗不如！他想起打书匠讲《水浒》中的"风雪山神庙"，这夫妇二人真是奸恶的小人露了真面目啊！而自己是受辱的林冲，要是手里有那酒葫芦长枪，非得出去剜了他们的心不可！隔着一扇门，父母的辱骂还在继续，周启森在自己房里翻箱倒柜，却连一把剪刀也没找到。

没关系，周启森想到，硬来没有胜算，那不如就"智取生辰纲"，给他们下敌敌畏！他翻开床铺的稻草，拿出一坨棉布手帕，小心翼翼展开来。那是往年拜年，叔叔悄悄给的压岁钱，他一直没怎么舍得用，数了数，竟然也有二十块了。

他狠狠咬着自己的臼齿，嘴里好像都冒出了石头撞击时会有的怪煳味。

那好啊！明天就到镇上买药去！

现在还剩十七块八毛，他把钱拿出来数了数，又塞回裤兜继续走，腿有点酸了。

走到嵩山少林寺，一路上需要多少钱做盘缠？他不知道，但是肯定得非常节省才行，毕竟一瓶农药，就花掉了一块九毛五。

他记着自己是下午 7 点离家出走的。

往父母煨在灶边的中药里倒了半瓶农药，回房把旧旧的军书包挎在肩上，就出门了。

这漆黑的夜里，还在一直沿着公路前行的，除了周启森已经没有别人了，偶尔有一辆卡车或者拖拉机经过。再走一阵，他的解放鞋里全是汗，又滑又紧，脚也开始烧疼。他记得大概穿过了两三座桥、很多田地，又经历了一些看上去和停弦渡差不多大小的乡镇，终于到了一个看起来很不一样的地方——这里有在农村从没见过的高楼房，电线连着整齐的电线杆和路灯，水泥马路平整又宽敞，他觉得自己可能已经到了荆州。

他看过同学家贴在墙上的中国地图，如果一直向北，最先到达的大城市，就是湖北的荆州市。

开始体会到辛苦了，原来一直走路是这么累，都快走了一晚上才到荆州啊。按照这样的速度，也许一个星期不停地走，才能走到嵩山少林寺。不过他又劝自己先别气馁，总能想出来一些别的办法。荆州是个市，和管辖临澧县的常德市一样，是个大地方，应该也会有汽车站吧？

坐汽车过去少林寺，不知道要多少钱，手上的这些够不够？自己是未成年人，可不可以买票？他都不懂。

但是可以不耻下问！他突然想，《水浒》里那些好汉当年走南闯北，可不仅凭着一双腿脚，也还是凭着聪明的头脑。

他又抬起头，想再去看天上那些星星，找它们借一点前行的动力，却看到一块挂在路灯下的铁牌，上面白底红字写着："常德澧县欢迎您！"

澧县只是临澧县的隔壁县。

周启森有点眼冒金花，差点没站稳，简直尝到了孙悟空一个筋斗十万八千里，却发现路尽头的肉柱子是佛祖手指时的那种滋味。

他在朋友家的中国地图上悄悄比画过。从临澧县到河南嵩山，大约是他小臂那么长的距离，有500多公里；到他的第一个小目的地湖北荆州市，差不多是食指的长度，在100公里左右；到澧县有多远呢？差不多一粒大米就够了，10多公里的样子。况且停弦渡还是直接与澧县接壤的乡镇，只隔了一座去年刚修好不久的张公庙大桥。

这样下去，走到荆州都得好几天，嵩山少林寺突然变得远在天边、遥不可及了。

周启森虽然还在继续往前走，但意志消沉之后，不只脚疼，肚子也开始饿了。这县城的深夜，到处都是房子，却不见半个人影，安静得让他害怕，几声响亮的狗叫突然传来，他哆嗦着弯下腰，喘着粗气躲进一条小巷。他从小在农村就怕狗，一边喘气一边快步往小巷中走。偌大的县城中是大片的黑暗，小巷里几乎家家都熄了灯，但仍有一扇窗户还亮着光。他走过去趴在窗台上悄悄往里面看，只见到那昏黄的电灯泡下，有一尊观世音菩萨像。

菩萨抱着一个穿红肚兜的小孩，慈眼低垂，仿佛是在看小孩，又好像是在看向他。周启森腿脚一软，便跪在窗前，开始忏悔，嘴里一边念"阿弥陀佛"，一边轻喊"菩萨啊，救救我！"。喊着喊着，他终于撑不住了，开始哭起来，哭得泪眼模糊。

"小孩，你怎么了？"

窗里传出菩萨若有似无的细微声音。周启森不停抹着眼泪，什么也看不清，他不知道是不是真的听到了显灵的声音，又或者是自己的幻觉，他不敢放过这最后一根救命稻草，号啕大哭着回应道："让我回去吧！可不可以让我回去啊！我不是故意给他们下农药的，我后悔了！菩萨！菩萨！救救我！把这些变回去！"

"你给谁下了农药？"

"我的爸爸妈妈……是他们太歹毒了，真的对我太歹毒了……"

"你是哪里人？"

"我是临澧停弦渡的……"

周启森啜泣着，感到两只手轻轻抓住了他的胳膊，虽然鼻涕堵住了鼻子闻不出太多气味，却也能嗅到一点雪花霜的香气。

"你进屋里来。"不是电灯泡下的菩萨，是个年轻女人。

"我不是菩萨，是菩萨的信女。"

女人打开热水瓶，倒了杯温水给周启森："你给我讲讲，你父母是怎么对你歹毒的。"

周启森抹干了眼泪，双手捧着水杯，才看清楚女人的长相。短发、漂亮、城里人的白衬衣，要不是胸前戴着一串念珠，真像是同学家墙上中国地图旁边挂历上的时髦美人。

"你讲呀！"

女人催促他，他吞下一口温热的水，把自己的一切慢慢讲了出来。

起初，周启森结结巴巴地讲了几句，自己是哪里人、家里是什么条件、父母是什么样的人，就讲不下去了。

"那你是从什么时候开始，觉得他们歹毒的？"

"其实在我很小的时候，他们就很歹毒，硬要逼我去看死人……"周启森带着哭腔说。

想到父亲逼自己看死人的事，记忆的闸门就被打开了，周启森的讲述慢慢开始流畅起来。

一路上的回想是一种记忆的练习。被迫去的葬礼、打书匠、《水浒》、不吃肉的鼓匠、怎么看待生与死、娘亲的偷情传闻、拜年回家的争吵、偷听到父母对自己的侮辱、买农药、下毒与出走……他事无巨细地讲，掏心掏肺地讲，这些事情憋在心里太久了，从来没有地方可以说出来。

"罪过……"

女人转动着手中念珠，嗟叹一声，然后站起身，让周启森跟过来。她递了三炷香给他，让他在菩萨面前拜一拜，诚心悔悟自己的罪过。周启森照做了。

"这么晚了，你从临澧走过来那么远，也累了，就先在我家睡吧。"

女人把周启森领进房间，说自己一个人住，只铺了一张床，让周启森就睡那张床。

周启森犹豫了一下，还是脱掉了外套和磨得破损的解放鞋，躺了上去。他实在是累了。和家里的煤油灯不一样，女人拉了门边的细线，白炽灯就灭了。周启森看着床头的鸳鸯浮雕，眼皮越来越沉，最后终于缓缓闭上。蒙眬中，他好像听到开门的响动和单车链条的声音。

他想睁眼看一看，她是不是真的走了，但实在是太疲倦，眼皮和身体，都不再听使唤，不能动弹。

这都是梦吗？不，如果是梦，他觉得自己醒过来，回到那样的家里，迟早有一天还是会做出这样的事。

她会不会是悄悄去找公安来抓自己了？那也罢了，大不了一死，死无非就是比疼更疼一点，反正也已经疼够了。再说，也许死了正好，可以看看自己到底是不是好汉，会不会变成一颗星星，回到天上……

第二天上午，阳光斜着从窗外进来，把他从沉睡中照醒。

他还是感觉很像梦，但那床头红漆的木雕鸳鸯、散发出淡淡雪花霜香味的枕头让他清楚，这是真的。

很快，他被门外飘来的另外一种香气所吸引。

"小孩，吃早饭了。"

女人端了一只青花鲤鱼戏莲叶的白瓷碗进来，碗中插着白瓷汤匙。

那是猪油的香气，女人为他煮了两个白水荷包蛋，只是放了些盐和酱油调味，撒上葱花，舀了勺猪油随汤匙一起浸入热汤之中。

周启森吃得连一滴汤都不剩，甚至不停用舌头去舔碗底的咸味。

这是他这辈子吃过最好的一顿，以往所有宴席上的大菜都不能比。

3

"先贵！先贵！"

1992 年夏末的临澧县公安局，骄阳把一切都照得发白。乔先贵转过身，大厅外台阶的蓝色瓷砖是白的，地面的灰色水泥是白的，车棚的绿色棚顶也被晒成了晃眼的白色。

边三轮的引擎声熄灭，赵定尧把钥匙扣在皮带边，朝着乔先贵小跑过来。

他看起来热极了，灰绿色的夏季警服胸前，浸着大片的汗渍。倒是那一颗颗铜纽扣，在正午的太阳下金光闪闪。蓝底红边，里面印着红五星、黄长城、白色"公安"字样的袖章，也仍是干干净净的。

"你就不能讲究点？这么好看的警服，怎么老是被你穿得松松垮垮，邋遢相，不威武。"赵定尧向来注意形象，见到乔先贵衬衣的下摆都不塞进裤子里收好，就总爱批评两句。

"我刚去'一完小'那边搞完事回来，太热了就管不了那么多。"

"搞什么事？"

"几个混混在一家小餐馆里面打架。他们拿铁棍搞的，搞成了重伤，现场到处都是血。有两个人送医院去了，有一个伤得很重，不晓得还救不救得回来。"

"那就要看他命大不大了，打架能有什么好下场……"

赵定尧叹了一句，说自己刚从澧县公安局回来，上次联合侦办的抢劫案，给他们送了点材料过去。

乔先贵问是哪个抢劫案，赵定尧告诉他就是去年年底的摩托飞车抢劫案。不知道是哪里来的两个年轻人，在临澧、澧县、津市一带流窜作案，骑着摩托车搞抢劫。一个人骑车，另一个坐在后面，专门看准了那些有钱的女人下手。不是抢她们的包，就是扯她们的金项链和金耳环。摩托车速度快，人力气也大，好几个女人摔在地上差点骨折不说，有的老太太耳环被扯掉时耳朵肉都被扯下来了，鲜血直流，只可惜仍然没有抓到那两个畜生。

乔先贵说听着都疼，怪作孽的。赵定尧撇撇嘴说好在最近消停了，就是不知道等到了年关，会不会又出来作案。

"不管今后作不作案，还是要赶紧把人抓住的，得还老百姓一个公道。"乔先贵说，等自己手头的事忙完了，也要来跟一跟这个案子。

"你？有空了还是先顾好你自己吧，眼圈都黑得跟个国宝熊猫似的了！"赵定尧拍着他的肩膀揶揄完，忽然想起来一件事，"对了，你还记得我们清明节办的那个事吗？停弦渡覆船村那对吵架后喝药的夫妻？"

"当然记得。"乔先贵问他怎么了。

"他们不是有个离家出走的小孩？澧县公安那边的一个朋友告诉我，上个星期被澧县的一个女人登记领养了，运气好呢！"

"哦？"乔先贵面露诧异。

"澧县公安的人说那姑娘家条件不错，人也很好，就是婚姻不太好。她结婚后很久都怀不上孩子，男人就悄悄和别的女人好上了。男人和别的女人好的时候呢，她又怀了孕，生了个女儿，事情发生后，两人离了婚，男人就带着刚出生不久的女儿跑了……"赵定尧说完，又开始了他的老生常谈，批评如今90年代真是大退步，男人们都开始学国外的那种歪风邪气，讲究风流潇洒，不愿再负责任，所以社会上混账越来越多，好男子汉越来越少。

"停弦渡那个案子啊，我其实……总觉得还有点不太清白。"乔先贵喃喃自语，陷入思考，好像并没有听进赵定尧说的话。

"先贵啊，你有时候就是太轴了。你手上的事情这么多，一年到头不给自己放个假，都累成什么样了？"赵定尧赶紧让他打住，"这个事情已经结案了，你就不要再节外生枝了！"

"但是……"乔先贵的疑虑仍在发酵。

"但是什么但是？90年代有你这样责任心太强的人，我看也不行！现在这个结果是最好的，"赵定尧劝他多想想，"那孩子在澧县县城，不比在农村那样不幸的家庭里面好多了？没准以后还能成个人才，对他自己、对社会都有好处。你说有几个农村孩子，有这样的机会，得到这种条件，改变自己的命运？"

"好吧，你讲得也有道理……"乔先贵轻轻点头，"那就算了吧。"

一阵风吹过来，吹出干燥的沙土灰尘的味道，男人用手掌揉揉眼睛，愈发显得疲惫。

女人打开门缝，只见一位穿橄榄绿制服的公安正扶着自行车把，大拇指正在扳动车铃。

"您好，我是临澧公安局的。我叫乔先贵，请问这里是不是崔静莲家？"

"是啊。"女人只露出半张脸，身体依然藏在门后，平静地回答他。

"你就是崔静莲？"

女人打量着他，点点头。

乔先贵问她上上个星期，是不是登记收养了一个临澧县停弦渡镇覆船村的小孩，名字叫周启森。

"对啊。"崔静莲把门拉开，乔先贵才发现她挺漂亮的，披肩的长发垂在干净整洁的墨绿色连衣裙上，要是笑一笑，应该是个美人，但她完全没有表情，太过冷淡了。

乔先贵想不出一种形容，但他想起不少在工作中见过的死人脸。他暗暗觉得要是他们可以睁开眼与人交谈，也许就是这副样子。

"我可以进去吗？"乔先贵把单车一推，停在门边，把帆布包挎在肩上。

崔静莲让他进屋来，问他有什么事。

"哎呀，你就是周启森吧？"

乔先贵第一次看到周启森的时候，他正坐在缝纫机前看书，双脚轻轻来回踩着踏板，好像觉得那很好玩。

窗外的阳光透过薄薄的窗纱照进来，照在他剪得整齐的平头上，透出棕亮的颜色，也把他白白的的确良衬衣照得通透、干净。这哪里像是农村出来的小孩？他这么恰如其分地待在这个可以称之为"小康"的县城住所里，没有任何不妥。

乔先贵不禁低下头看自己的腰，制服的下摆又忘了塞进裤子里，反倒显得一副邋遢相。

"周启森是他以前的名字，"崔静莲对乔先贵强调，"他现在改名了，叫崔远，跟我姓了。"

周启森转过头，小孩子的眼睛终究还是藏不住东西，惊恐和警惕在他绷紧的脸上表现出来。

"好，崔远。"

乔先贵一边从帆布包里掏出他的海鸥牌照相机，一边解释，"是这样的，你们澧县这边的手续都办好了，但是我们临澧也要走一些手续。我先给你们拍张照，好吧？"

崔静莲走到崔远身边，把手搭在他肩上，看着乔先贵问是要分开照还是合照。

乔先贵说，那就合照吧，举起相机，等他们站好看向这边，拍了一张。虽然他没有说"笑一个"，但在按下快门的刹那，取景器里的两人却都像本能似的，露出了亲生母子一般腼腆但自然的微笑。

如乔先贵料想的那样，崔静莲笑起来的样子挺动人的。

乔先贵把海鸥相机收进帆布包，又拿出黑色的指纹捺印盒和一张白色的卡纸，走过去放在缝纫机台上。

"还要登记一下小孩的指纹。"

崔远乖乖伸出双手，乔先贵不声不响地给他的每个手指都涂上油墨，然后将指纹一一按捺在卡纸上。

"我的指纹要吗？"

崔静莲直勾勾地看着乔先贵的眼睛，乔先贵也没有因此而表现出不好意思。

"啊，就不用了。"

他把工具整理好，收进自己的帆布包，又拿出钢笔和记事本，"我们聊一下就可以。你收养了这个小孩，你们怎么认识的？"

"我那天去长沙办事，在街上遇到他。看到他穿得破破烂烂的，很遭孽的样子，听他讲话又是我们这边的方言，就问了他情况。他说他是临澧人，父母总是虐待他，他被他爹赶出来，离家出走跑到长沙，我们就遇到了。"

"具体是哪一天还记得吗？"

"4月7号，清明节过了几天。"

乔先贵一边站着书写，一边问崔远是哪天出门的。

"4月1号晚上，清明节前几天。"

"为什么要去长沙？"

崔远小心翼翼地说他本来想去深圳的，就一直往南边走。走了三四天，身上的钱用完了，发现才只到长沙，都没有出湖南，觉得走不动了，就在长沙落脚了。

"又是为什么想去深圳呢？你有亲戚在那边？"

"没有。"

乔先贵抬起头看，崔远的眼神一直在闪躲。

"我这辈子还没见过大海，就想去看看海。再又听说深圳打工可以挣钱，我也想挣钱，有钱了就不用受欺负了。"

乔先贵不为所动，问他走到长沙，中间经过了哪些地方还记不记得。

崔远称反正就一路往南边和东边走。到过常德、汉寿、益阳和宁乡，再就到长沙了。

"你身上应该没什么钱吧？路上吃的什么？"

"我叔叔过年都给我一点压岁钱，我一直存着，饿了就买点馒头吃。"

"哪天到的长沙？"

"4月5号晚上。"

"你的……亲生父母分别是4月2号晚上、4月3号上午过世的，这两天你在什么地方？"

"记不清了，应该是走到了常德和汉寿。"

崔远每次说完话，都要闭紧嘴。

"关于他们的事，你知道些什么吗？"

乔先贵忽然发问，小孩的脸色瞬间变得很难看。

"不要慌啊，我就随便问你几个问题。"

"是啊，"崔静莲也在一边跟着说，"这有什么好慌的？"

乔先贵问崔远有没有听说父母是怎么死的。

崔远很小声地回答，说喝药死的。

"可是你家又不务农，农药哪里来的，你知道吗？"

崔远说是他买的。

"你买的?"乔先贵惊讶于这小孩如此坦白。

"是我爹让我去停弦渡镇上的生产资料供销社买的。买完回去的那天晚上,他就把我赶出家门了。"崔远说。

"那他有没有告诉你买农药干吗的? 你娘知道农药的事吗?"

"没有说,"小孩看着自己的喇叭牛仔裤摇头,"我也不知道我娘知不知道,那天她不在家,我再也没有见过她。"

"我说实话啊,当时我们发现农药瓶子上有你爹的指纹,还有一些小孩子的指纹,我们就想到,很有可能是你的指纹。"乔先贵照直说了,"所以呢,我后来也去你们镇上的生资社问过了。那边的销售员还记得你,她说你当时给她讲,农药是你娘让你买的,这又是怎么回事?"

崔远说那是她听错了,自己明明给她说是爹让买的。

"她听错了? 还是你说错了?"乔先贵追问。

"她听错了,我告诉她是我爹让买的。"崔远身体有些向后闪躲,小声重复了一遍。

"好。"乔先贵说他还有最后一个问题。

"你把农药买回去之后,有没有看到你爹把它放哪里了?"

"我不知道,不记得了。"小孩越来越紧张了。

"不知道吗?"乔先贵告诉他,"我们是在你的房间里,发现的农药瓶子。"

崔远咬紧了嘴唇,不再说话,慢慢看向崔静莲。

"他爹想和他娘一起喝药死呗,下药的时候又不想让他娘看见，就躲在他的房间里去悄悄下药了。你问他这么多干什么？他又不在场，怎么可能知道？再怎么说也是亲生父母，他一个小孩，你这样一直问是什么意思？不觉得太过分了吗？"

原本脸色冷淡的崔静莲，忽然变成了护崽的暴躁母鸡，眼神锐利，咄咄逼人。乔先贵赶紧合上笔记本，试图安抚她的情绪。

"我没什么别的意思，就是想把事情弄清楚，您别这么大火气。"

"他父母的事情，你们不是已经结案了吗？村里做主把他们家房子都给分了，一块土砖、一片烂瓦都没有留给他，现在还有什么没弄清楚的？"

"弄清楚他们的死，对崔远很重要，对你也很重要。我想弄清楚这件事，不是为了给去世的谁讨公道，而是对这些还在世的人负责。"

"那你们怎么不给我主持公道啊？把我的女儿找到还给我啊！"

一旦牵扯到别的事，就没完没了了。乔先贵说这事不归他负责，但可以帮忙去打听打听。崔静莲知道他打听了也没什么用，板着脸不为所动。

"好好好，"乔先贵把本子重新打开，"那我现在不问他了，问问你可以吧？"

"你想问什么？"崔静莲轻轻拍拍崔远的肩膀，抚慰他。

"我想问问，你是哪一天去的长沙？你说去那边办事，是办什么事？"乔先贵调整了自己的站姿，把正对着崔远的身子转向崔静莲。

"我去长沙？是 4 月 6 号，从津市坐船去的。"崔静莲第一句话还在故作镇定。

"我去年离过婚，前夫那个畜生因为我迟迟怀不上孩子，和别的女人好了。后来我给他生了个女儿才知道，他们一家人都是畜生，都知道他在外面找女人，还都帮他瞒着我。我和他离了婚，那段时间压力大，精神也出了点问题，他们那家畜生劝我为孩子着想，让我答应把女儿……"

正说着，一滴眼泪猝不及防滑向下巴，她哽咽了。

"我心里软，为了孩子的成长着想，我答应了女儿断奶之后就跟他。但是怎么想到，他们带着我的孩子，一家人都从澧县消失了，就是去年这个时候。我真的……"她拿出手帕，擤了擤鼻子，"我是听人说他们去长沙了，当时就想到长沙去找我女儿。"

乔先贵不知该如何安慰情绪突然崩溃的女人，只好问她找到女儿了没有。

"女儿没找到，"崔静莲一脸哭相看着崔远，"我找到他了。"

"你是听谁说，你女儿和前夫一家人在长沙的？"乔先贵瞄了一眼她手帕上面绣的一朵宝莲，并没有因为她的哭泣有太多动容。

崔静莲说她前夫是个知识分子，以前是当老师的。前夫给朋友写过信，说自己到了长沙，和那个女人结婚了，一切都很好。

"那这位朋友是哪一天告诉你的？叫什么名字？住在哪里？"

乔先贵的提问很迅速。

"去年快过年的时候遇到了,他告诉我的。他叫刘平武,是澧县二中的老师。"

"哦?我想想啊……"乔先贵停下笔,瞟着崔静莲的眼睛,"你去年过年的时候遇到这个刘平武,他告诉你,你前夫一家和女儿可能在长沙,然后你直到今年清明节后才过去找女儿,是这个意思吗?既然你这么想女儿,为什么中间等了那么多天才出发,去长沙找他们呢?"

崔静莲先不做回答,走进自己的房里,拉开抽屉,拿出一张信笺纸来,递给乔先贵看。

"你问这么多,"她的声音由远及近,"是不是一直怀疑我不是在长沙遇到的这个孩子?"

乔先贵还没来得及打开纸看,突然被红着鼻子的崔静莲问到了要点。确实被她看破了。

"主要是我从临澧县过来一趟也远,就想尽量问清楚一点。万一到时候不行,又要重新过来,就很麻烦,希望你多多体谅一下,耐得烦一点。"乔先贵按着信笺纸,向她解释。

"还有什么不清楚?"崔静莲紧接着说,她当时在街上遇到崔远之后,不是直接把他带回家了,还是先带他去了长沙的派出所报案。崔远这孩子怕生,听不懂他们说长沙话,只愿意跟她回家,征得长沙公安同意之后,她才把孩子带回来。

"这是那时候那边派出所给的回执单,你自己看,签字、日期、盖章都有。"

乔先贵拆开纸看了看，确实如她讲的那样，印有"长沙公安下河街派出所"抬头的信笺纸上，用钢笔刚劲有力地写了几行简短的接案通知，并有民警签字，加盖了单位公章。

"你问的这些问题，澧县公安局的人都问过了，我也交代过一遍，再问一次有意思吗？我去年过年得到刘平武消息的时候，就去长沙找过我女儿和前夫一次了，我没找到啊！所以清明是第二次去，就隔了那么久，有什么问题吗？"

崔静莲从乔先贵手上拿回那张回执单，轻轻折好，放回抽屉。又从抽屉里摸出一沓小纸片来，找出其中的几张，递给乔先贵看。她说这分别是去年过年时津市去长沙的船票、4月6号津市去长沙的船票，还有4月9号带崔远回来的时候，他们两个人在长沙买的船票。

"我都收着呢，总不会有假吧？"

乔先贵点点头，把这些都一一记录在笔记本上。的确，崔静莲的证据很全，但在乔先贵看来，有点太过于无懈可击了，仿佛是准备好要证明什么似的。

"你怎么还不信啊？"崔静莲有些歇斯底里了，"要不我们一起去长沙一趟，问问那边的派出所、饭馆和我们住的招待所？"

乔先贵举着钢笔摆摆手，说这个事情就先问到这里。

"我还想问，你4月3号清晨三四点左右，有没有骑单车去过停弦渡的覆船村？遇到过一个起夜的老人，问过他三组在哪里？"

"我不知道你在说什么，"崔静莲摇头，"我家单车过年的时候被偷了，也一直没买新的，我哪里来的单车？"

"那你4月3号清晨三四点左右，人在哪里？"

"那我怎么还记得？三四点肯定没起床，在家睡觉啊。"

"你一个人睡的？有谁可以证明吗？"

"你什么意思！"

崔静莲忽然凶起来，乔先贵才发觉自己问得不妥，钻到不该钻的牛角尖里去了。

"哦，对不起！对不起！我的意思是，父母家人……"

"没有父母家人了，"崔静莲把头扭到一边，强忍着愤怒和悲痛的表情，故意赌气似的，说得很随意，"父母都死了，跟他一样。"

这句话让三个人都伫在那里，只有阳光照射下的灰尘在散漫飘动着，安静得连屋外草丛里的蛐蛐叫，都显得格外吵人。

过了好一会儿，乔先贵又说了一句"对不起"。这谈话越来越难以进行下去。

"我再问一个问题就走，"他松了松自己的衣领，"你当时把他从长沙带回来这边，为什么不直接送到临澧县，送他回家呢？为什么要把他留在自己身边？"

"是我求妈妈收留我的！"崔静莲还没开口，崔远忽然近乎果敢地大声吼出来，"他们早就都不要我了，那里不是我的家！他们打我！骂我！侮辱我！"

这屋子乔先贵再也待不下去了，明明这么亮堂，也不缺家具和物什，却冷清得让人心里发凉。

"好，我今天就问这么多，打扰了。"

他把笔记本和钢笔收进挎包，口干舌燥。

乔先贵推开门的时候，赵定尧正坐在窗边看报纸，他呷了一口茶水，把搪瓷杯放在办公室窗沿上。

"老赵，听说那个摩托飞车抢劫女人包和金银首饰的案子破了？"

"是啊，破了。"赵定尧的回答很简短，似乎不太想和他搭话。

"恭喜啊！恭喜！恭喜！讲讲嘛，是怎么回事？"

"有什么好讲的，很简单。我就想那两个人曾经在临澧、澧县、津市一带作案，又没有被抓，说明他们对地方很熟，几边都跑得多是不？再一个肯定也穷，才想抢劫吧？但是摩托车可不便宜。那什么人他穷，又还买得起摩托车，又还开着到处跑？我就想会不会是跑摩的的嘛。然后联系了澧县公安和津市公安那边的朋友，从在这三个地方跑过摩的的人里找。"

"这么容易就找到了？"乔先贵有些不敢相信。

赵定尧说可不容易呢，一开始根本没找到。不过他后来转变了一下思路，从开爬爬车和慢慢游的人里面找。找到一对住在澧县张公庙的父子，他们之前是在三个地方开慢慢游的，后来听人说摩的利润高，更赚钱，就卖了慢慢游，借了一些钱买了摩托车，结果赚的钱却比开慢慢游少多了。

"毕竟我们这边经济也不发达，消费得起摩的的人，哪里有坐慢慢游的多？父子俩欠一屁股账没钱过年，就心生歹念了。"

"厉害！"乔先贵给他竖起大拇指。

"我这叫懂得轻重缓急。你看，案子也破了，人也抓到了，局里还说要给我立功呢。"赵定尧撇撇嘴，显然话里有话。

"当然该立功啊！你这可真是为民除害了。"乔先贵却显然没有听懂他的话外音。

"先贵啊，我听说你又跑到停弦渡镇去了？"赵定尧摇摇头，照直说了。

乔先贵嘿嘿一笑。

"我上次去澧县，拿到了那对夫妻小孩的指纹，和农药瓶子上的确实是对上了。我还给他们照了相，今天拿相片去找那边村里的人认。那小孩他们倒是一眼就认出来了，说'这个就是周启森呀，现在都搞得这么潇洒阔气啦'，但是那个女人没对上，起夜的老人说记不清楚了，只记得是短发、面容削瘦，但是她现在头发不是短的，脸也不瘦，说看着不蛮像。其他人就更没印象了，当时来村里的那个女人，骑着单车，也没谁那么仔细看她的脸。"

说完，乔先贵也喝了一口茶，被烫了舌。

"但是我觉得这个事情很怪。通过和他们对话，我认为这个小孩和收养他的那个女人，都不简单。"

"你总不会在怀疑是小孩下的毒，毒死了自己的亲爹亲娘吧？"赵定尧问他。

"我是这么想的……"乔先贵既没有肯定也没有否定，"只有继续查才能搞得更清楚。继续查的话，那要下大功夫。"

"我说先贵呢，你就不要搞那些天方夜谭了！这种家庭，最后成了这样，我讲句不应该的，这就是命哪！就算是和小孩有关系，那小孩谁养的谁教的？为什么搞成这个样子？他们自己没责任？"

乔先贵知道赵定尧为什么生气了。他顿了顿说，责任归责任，自己也觉得他们挺可怜的，如果那个男人有点本事，家里条件好点，也不至于成这样。

"谁又说他没本事呢？他在他们那行，也还做得挺好，有名气啊！不然哪来那么多做红白喜事的愿意请他？只不过，他的这门本事越来越跟不上时代，养不起他的家庭了。他自己看不到这一点，或者看到得太晚了，这要找谁说道理去呢？"赵定尧一边看报一边说，人再穷再苦，死后入土为安，也就不可怜了。

"我们做的这份工作，主要是安慰还活着的人，让他们少一点可怜。"

"你比我聪明，"乔先贵点点头，放下茶杯，"说得有道理……"

乔先贵不说这话还好，一说赵定尧倒是来了火气。

他把报纸压到一边。"哎呀，你每次都这样！每次都说我有道理，一转身又还硬着脑袋钻牛角尖，没完没了继续给自己揽这些事情搞！责任心这么重，身体吃得消吗？我看你才最可怜！石膏厂那边的事情马上又要交差了，上面不也让你早点结了？你就不能赶紧把石膏厂的事搞完了去歇两天？"

乔先贵笑了两声，笑得一阵咳嗽。身体确实不怎么好了，自己其实也知道。

咳完了，他捶捶胸口，给赵定尧敬了个礼。

"赵定尧同志，这次我真听你的！"

2004 年冬天，临澧县公安局的大厅门口，有人搭着人字梯，开始挂过年的大红灯笼。

赵定尧坐在临澧县公安局的一间办公室内，推开窗户，看细细的雪絮飘在楼下大众桑塔纳警车上，不见了形状。

他想起那个骄阳把一切都晒得发白的夏天，自己从边三轮上下来，把钥匙扣在皮带边，叫一个同事的名字，朝对方小跑过去。

赵定尧凭老资格调换岗位，负责情报和资料的案头工作已经很多年。不用像年轻小伙那样经常外出劳累，有时却也寂寞了点。

他平日里还算清闲，但现在公安系统慢慢进入计算机时代，最近局里根据上头要求，安排了整理旧案宗、将档案电子化联网的任务，就有点忙碌起来。好在他学习能力一直不错，对于电脑设备算上手快的。

桌面上的牛皮纸卷宗袋，负责人一栏的冒号后面，写着那个老同事的名字。

赵定尧点燃一根烟，试图想起他的长相，却怎么也想不起来了。那时候他们都年轻，他长得其实比自己帅，但不注意形象，邋里邋遢的，衬衣的下摆从不塞进裤子里。他挺喜欢钻牛角尖，眼神里总是透着认真和笃定的光亮，仿佛从来没有松懈过。

但唯独那一次，他听了自己的劝说，放下了这个本已结案的案宗，去跟另外一个石膏厂的案子。

也许是天太黑没看仔细路，也许是身体不好犯了晕，早起去往石膏厂的山路上，他和他的自行车都从坡边掉了下去，落在山底清晨白雾间挂满露水的藿香草丛里。

听说被人发现的时候，他的手都还紧握着挎包，里面有一台海鸥牌照相机，那是局里的公家资产，他平时一直小心翼翼地爱护着。

赵定尧从档案袋里抽出一张指纹捺印的卡纸，那是一组小孩的指纹，上面写着"崔远"的名字，是他当年骑着自行车，去往隔壁县城取证回来的。

要是当初没有教训你，劝你放过这个案子，你现在又在哪里呢？

应该还好好活着吧？也讨老婆、生小孩了吧？

乔先贵啊……

赵定尧眼眶里饱含着泪花，没有落下来。窗玻璃上冷凝的露珠饱和了，却成了一道道水痕往下流。

他揉了揉眼皮，把这张来自 1992 年的卡纸放上扫描仪，收进指纹库。

他仅仅是完成当下应该完成的工作。

4

"接下来是我们最后的一首歌——《爱玲》。"

同暗红色沙滩公园大门相连的传达室,现在是音乐节安保工作的临时指挥中心。罗门抬腕看手表,等身边安保工作的总指挥、治安管理大队的刘勇打完电话。电话有漏音,那头局里的领导在严厉批评刘勇,遥远的舞台那边,却隐约传来主唱低沉的嗓音。

"来吧亲爱的来到我的身边,我给你讲一个乡村的故事,也许你会说这是个孩子的童话。那个男人捧着采摘的鲜花,牵着一匹黑色的骏马,乘着落日带着你去收割庄稼……"

半小时前,林立莲把调查凶器如何带入现场的任务交给了罗门。

那把沾血的匕首看起来是很专业的刀具,黑色的橡胶手柄配上笔直的刀身,造型简单朴素,却透出瘆人的"实用"气息。现勘人员在拍照的时候量过,刃长20公分,全长33公分多,接近刀柄的冷钢上刻了一串简短的字母,但又不是英文。这样的东西怎么可能带得进来?罗门想了好几种突破安保的办法过来请教,都被刘队一一反驳,正好领导打电话过来,得以中场休息,他可以偷偷听几句歌,转换一下思路。

"无论你有多么无比的宽容和坚定,生活每天上演新的悲剧,这其中也许有我和你。有什么不好,我们就停留在这里?不需要继续,还是要继续?"

罗门挺喜欢这支乐队的，无论是歌词的意境还是音乐的风格，都对口味，但是今天在后台碰了面，却不好意思打招呼。性格内向，没办法。

"罗门，你刚才说凶器是在音乐节之前就藏在现场的这个假设，我不敢打包票，但可能性肯定是很小的。音乐节开始之前，我们已经在区域内进行了几轮地毯式的清场检查，只差没有挖地三尺了。"

刘勇挨完批评挂了电话，中场休息也结束了。

"那有没有可能，是从水上偷偷带进来的？虽然音乐节现场在橘子洲上是完全封闭的，进出你们安保都管得很严，但我看里面也有河滩是临水的。如果凶手带着刀，乘小艇渡湘江过来呢？"

"这个可能性更小，在预案里面也早考虑到了。"刘勇摆手否定，"观众可以通行的江滩，我们都有安排人手值班和巡逻，不仅防止逃票，更是为了预防溺水事件。真有小船小艇过来肯定会发现的。"

"而且这次安保是联合任务，湘江水警也出动了，派了三艘机动艇在水面巡逻，别说小艇小船了，就算他是游过来的也肯定早发现了。"

治安管理大队的另一位同事补充完，灵机一动向刘勇建议，要不让他把那把刀的照片给高哥看一下。

"高哥现在在哪里？"

"应该就外面大门口吧，你不是安排了他负责检票处的工作？"

刘勇让他把高哥叫进来。

罗门好像听说过"高哥"这位同事，但又记不清具体是谁了。刘勇挨了领导批评，不耐烦归不耐烦，还是开口告诉他，高哥在安检一线干了挺久，是个老手，对管制刀具的知识相当丰富。

"这是战术匕首咯！俄罗斯的不死鸟'凤凰'军刀，上面的俄文就是'凤凰'的意思。这刀漂亮啊，很厉害的，只有精英特种部队才装备，还被那边当作国礼送给一些政要首脑或者英雄楷模。"高哥进门不废话，看了看手机上的照片就做出了判断，"真货非常罕见，平常人难得摸到，不过这把嘛，肯定是国内厂家仿制的，仿得还不错。"

罗门问他仿制的好不好买到。

高哥说，那就要看有没有门路了，现在网络时代，说很难买也不至于，但肯定是个懂行的，有点门路的人才会买这个。

"那……"罗门瞟了刘勇一眼，小心翼翼地问了句，"你们搞安全的，是不是多多少少都懂点这个？"

"我确实是这行干久了，才成了个刀具迷，但是懂不懂刀最主要还是看感不感兴趣。"高哥想了想告诉他，应该说，对于管制危险物品，他们肯定比一般人更懂，但这种懂和罗门想的那种懂不是同一个意思。

"罗门，你什么意思？"听了高哥的最后一句，刘勇这才反应过来罗门话中有话，把脸一沉。

"刘队，根据高哥的介绍，我刚才冒出一个想法。我们之前讨论了那么多可能性，或许有个最简单的办法被忽略了。"罗门照直说了，"我想问问您，今天参与音乐节安保的所有工作人员本身会被安检吗？"

"我知道你是想说这个，但是你知不知道你说这话什么意思？"

"您误会了，我不是怀疑警队里自己的同事。但是主办方合作的那些保安公司的保安，他们执行任务进场的时候，会被安检吗？"

传达室内安静下来，每个人都面色凝重。

"原则上是要检的。"高哥回答他。

"那实际上呢？"

"实际上检得不严咯，他们很多人都是一个公司的，就随便摸两下。"高哥看了看刘勇脸色，还是照直说了。

传达室内的几人再次陷入沉默，罗门的手机突然亮了，响起一阵铃音，是林立莲打过来的。

"林队。"

"你那边怎么样了？"

"暂时没什么进展，我在想……刘队这边安保做得这么严密，还能把凶器带进来，是不是安保队伍里面，本身有人出了问题。"

"张伟和杜然那边虽然还没找到血衣，但是他们根据包厢环境和死者姿态提出了一个猜想：死者当时没有防备，行凶前两人也没有发生冲突，是趁其不备下手的。凶手很有可能和死者认识，关系还不错。你懂我的意思吗?"

罗门皱着眉头转了转眼珠，告诉他懂了。

"另外，浩南那边关于监控器的事情，发现居然是死者黎万钟自己破坏的。他拿了一个喇叭状的东西对着监控器，监控器就坏了，不像是你说的那种激光。但具体是什么原理，也还不清楚，你这边查凶器的时候，也留意一下这个喇叭，我把浩南的截图发给你了……"

罗门说好，林立莲正准备挂电话，罗门又突然说等一下，让他先别挂。

传达室的门打开了，一位年轻警员扶着一个穿保安制服的消瘦中年人走进来。

"高哥，这个人跑过来，说他要自首。"

"人是你杀的?"

罗门这么问，但大家心里清楚，这人瘦得弱不禁风，面相挂着疲态，一副有气无力的样子，不像是个可以干净利索杀人的。

保安说不是，他没有。

刘勇问那为什么自首。

"听说有死人了，保安们都在传……"他腿打着哆嗦，又惊又怕，"刀是他找我带进来的。"

罗门把手机上的照片给他看，问他是不是这一把。保安看到刀上的血渍有些怕，缩着脖子连连低首点头说是。

"我真的不知道，会搞成这么大的事情！我真的没办法，老婆跑了，爹也去世了，有个娘，还有个儿子要读书，实在是缺钱用……"这男人表现得很是懊悔。

罗门不停打量着他，轻轻问了一句："你有过前科吧？"

消瘦的保安抿抿嘴，回答说："有。"

"哪一年？什么事？"

"08年、11年，扒窃和盗窃，关过一年和两年。"保安眼睛一闭，就挤出了眼泪来，说实在是没办法，不然绝对不会答应他的。

罗门不为所动，继续问男人叫什么名字。

"我叫刘国武。"

"你吸毒的吧？"

罗门语气很温和，刘国武却吓得浑身一抖，过了快半分钟，才缓缓吐出一个字："吸。"

刘勇在旁边"啧啧"了两声。

"最近吸了吗？"

"没有。"

"你想清楚再说，"罗门提醒他，"要不要现在验个尿？"

"大前天……吸过。"

"你这个问题很严重啊……做好了思想准备才来的吧？那就比较好办，你应该清楚越早交代，对你越有利，"罗门拍拍他的肩膀，又把手插回自己口袋，"讲讲怎么回事，是谁让你把刀带进来的？"

他说是军哥介绍的。

罗门问哪个军哥。

"张文军。"

"哦,我知道他,高桥那边的吧?喜欢打架,也坐过牢。你们是在里面认识的?"

刘国武点点头。

"这个张文军,为什么让你把刀带进这里来?"刘勇厉声喝问,"他人现在在哪里?!"

刘国武赶忙说,不是张文军让他带的,是张文军介绍的人要他带的。

"那人是谁?"罗门问。

"我不知道他是谁。军哥只是告诉我,听说我们公司接了音乐节的安保业务,有个和这次音乐节相关的外快介绍,有点风险,问我做不做。我问他什么风险,他说只要我答应,会有人给我打电话,风险和报酬直接和那边谈,我就答应了。"刘国武抹掉眼角的眼泪,"他说有个欠他钱的老板平时不好接近,会去那个音乐节。他要在音乐节上找老板催债,让我帮他带个家伙进去。我问他会不会真搞,我说真搞那我不行,他让我放心,说绝对不会,只是起个威慑作用,家伙都不会开刃的,我就答应了。他问我要多少钱,我说起码一千五,他也没讲价,说先给我五百,办完事再给剩下的一千。"

"你觉得这刀要没开刃,能一刀就把别人脖子给抹了?"懂刀的高哥问他。

"他给我的时候真没开刃！我拿进去之前检查过，确实是没开刃的，不然我绝对不会答应他。"

"他就不会先骗你，等你拿进去再自己开刃吗？"罗门摇摇头，"你把经过讲仔细一点，他怎么把刀给你的，你又是怎么带进来的？"

刘国武说那人给他打电话，约了一个地方，就在太平街附近的一条巷子里。给了他五百块钱的现金和那把刀，用黑色塑料袋包着。那人说演出的第二天会来找他，到时候会有很多人在公园西南角的公共厕所排队，让他在3点半左右去那里等，把刀藏在袖子里，然后那人会装作熟人过来，说要去上厕所，让他帮忙拿下包，这时他就把刀放在那人的包里，然后把包里那人准备好的、用信封包好的一千块钱拿出来，交易就算两清了。

"所以你和他见过两次？第一次是在太平街附近的巷子里，什么时候？具体哪条巷子？第二次是在今天下午3点半，他长什么样子，你应该记得吧？"

刘国武说第一次是在四天以前，下午4点多，快到5点，就太平街很多卖宠物的那条巷子的一个十字路口，一家保险公司楼下，对面是王府井百货的地下车库。那人每次都戴个口罩，所以没见过脸，个子不矮，看上去至少有一米七五，不胖，是那种很流行的发型，年纪应该不大。

"什么叫很流行的发型？"

"就是那种两边少、中间厚的。"刘国武指了指传达室门外走过的一个年轻人，说就像他那样。

"你两次见他，他分别穿什么衣服？"

"两次都是黑衣服、牛仔裤，没什么商标。"

"鞋子呢？有注意吗？"

"运动鞋，白色的，好像是耐克。"

"还是有点特征，得找找这个人了，"罗门把脸转向刘勇，"门口的监控……"

"我那里有，我去安排。"高哥说完，刘勇点头默许。

"我再打个电话，让市局那边视频侦查大队的帮忙跟一跟。"罗门一边拨号一边默念自己脑海中的时间和范围，从 8 月 20 号下午 4 点半开始，人民保险门口、王府井百货车库出口的对面。那应该就是春天百货后面，药王街，都靠近黄兴中路了。天心区坡子街派出所的辖区。

"不过……今天下午和他见面，我从他包里摸装钱的信封，摸到里面有一件衣服，感觉还汗湿了，好像是穿过的。"等罗门打完电话，刘国武说。

"你的意思是，他很可能换过衣服？"

"我是这么猜的……"刘国武两手相握，缩着脖子说，总感觉那人非常谨慎。

"你今天下午拿了他的钱，钱呢？"

"等一下。"刘国武掏出钱包，正要展开拿钱，却被罗门喊住，"你把钱包放桌上，别碰那些钱了。等下我同事来了，要测指纹的。"

刘国武赶紧放下钱包举起双手，像在投降似的。

"对了，你说他之前打电话给你，通话记录里电话号码还有吧？"

"有，是个座机。"

刘国武赶紧从口袋里掏出手机，翻出号码给罗门看，刘勇也凑了过去。

罗门盯着那串号码，脸上慢慢显出古怪而困惑的表情，像是丢了魂似的。

那不过是个普通的 0731 开头的号码，刘勇问他怎么了。

他眨了眨眼，一副难以置信的表情，说不可能啊。

刘勇问什么不可能。

罗门倒吸一口气，胸口的紫色机械怪兽印花，随着他胸腔的起伏愈加显得狰狞。

"怎么会是我的号码？"

小胖在前面用身体抵开虚掩的门，林立莲往传达室里走。

罗门说那句"怎么会是我的号码"时，正好对着林立莲的脸，好像是在问他似的。

大家都看向林立莲，林立莲则看着罗门。

"什么你的号码？"

刘勇和治安管理大队的同事，还有那个名叫刘国武的保安，所有人都有点蒙，好像也没太懂罗门这句话的意思。

"林队，嫌疑人之前给帮他带凶器进来的这位保安打过电话，但是现在，通话记录上显示的是我的号码……"罗门有些慌，把手机拿给林立莲看。

"是你家的号码？"林立莲看着那个号码，"还是局里办公室的号码？"

"那倒不是。"罗门回答，那是他乐队排练室的号码。

"排练室？"这个词林立莲有点陌生。

罗门向他解释，就是乐队用来练歌和彩排的地方。乐队音响的噪声比较大，弄得不好就扰民，所以一般都要找个固定的地方，做好专门的隔音处理，来排练自己的音乐。

"你排练室在哪里？还专门装了个座机？"林立莲问。

"五一新干线的七楼。"罗门继续向他解释，他们乐队这个排练室的租金加上隔音和改造的费用，还挺贵的，但又不是每天都有时间去搞排练。不用的时候，也就出借给别的玩乐队的朋友搞排练，收点使用费回点血。朋友介绍朋友那种，大家不一定很熟。去年就有乐队成员建议装个座机，方便在里面排练的乐队，和想去排练的乐队沟通安排时间，不至于撞期。

林立莲问有多少乐队在那里搞过排练。

罗门告诉他还不少，五六个吧。

"电话是什么时候打的？这个时间点谁在你的排练室，你知不知道？"

"四天前的下午。"罗门昂着头回想，但好像记不起来了，又去摸自己的手机，说不太清楚了，得问一问乐队的朋友。

林立莲按下他的手，让他先等一下。

"你乐队里都是些什么人？"

"就一个打鼓的，赵公子，网络公司程序员；一个弹贝斯的，多多，湖南师大读大四的学生；还有一个弹吉他的，老崔，做烟酒生意的；再就是我。"

罗门让林立莲放心，说都是些好人，他可以担保。林立莲考虑了一下，把手收了回去。

"帅！哥！快！接！电！话！啦！"

正当罗门要拨打电话的时候，小胖的手机突然发出巨大的搞笑铃声，吓了在场的人一跳。

"不好意思！不好意思！"小胖赶紧关掉响铃，再去看来电显示，"是局里情报组的电话，开免提？"

林立莲点点头，那头传来声音说，凶器上的指纹匹配上了。

"这么快？"林立莲有点吃惊，有指纹就意味着很可能有案底，证实了惯犯的猜测。

"林队，你们发过来的图，刀身金属部分有一组指纹的纹形和特征区都很清晰，一面有三枚指纹分别是食指、中指和无名指，另一面有一枚指纹是拇指，感觉可能是用力摁住刀背的时候留下的。"

"这听起来像是在磨刀开刃？"旁边的刘勇很快反应过来，"对上了！刚才不是说刀带进来之前没有开刃吗？"

电话那头继续说，技术部门通过计算机对比在数据库里检索到一组相似的小孩指纹，通过比例放大，再对比之后发现是同一人。

"小孩？"

在场所有人都一脸惊诧、不敢相信的表情。

"对，当时是十几岁的小孩子，不过到现在已经 30 多岁了。是 1992 年常德市临澧县停弦渡覆船村一对夫妻喝农药自杀的案子，这个案宗记得挺详细，很有那种老公安的作风。本来已经结案了，说是夫妻矛盾导致的自寻短见，根本没提孩子有什么问题，但是不知道为什么，快半年后，又补录了一组非常清晰的小孩指纹进来，也没交代原因。"

"临澧县？这不林队的老家吗？"小胖突然想到。

"对哦，老林是常德临澧人。"刘勇也记得这回事。

"当年我是从临澧的修梅镇派出所考到长沙来的，停弦渡就是我们隔壁镇。这个案子我记得啊……"林立莲拿手掌揉了揉脑门，"那时候我有个朋友在停弦渡派出所，出警的时候太懒散还挨了县公安局刑警的批评，晚上特地过来找我喝酒说这个事。这家人姓周是吧？小孩子应该也姓周？"

"本来是姓周，叫周启森。不过后来被隔壁澧县的一个女人收养了，改了姓名，叫崔远。"

刘勇问他有没有过前科。

"这边暂时没有记录。"情报组的同事否定道。

"他的身份信息呢？全不全？身份证号、近期照片、手机号码这些。"

"正在跟进，应该问题不大。"

"好，辛苦了！你先把他的照片和身份信息全部调出来，赶紧发到现场。我们马上开始在现场组织警力找这个人。"刘勇弯下身子，双手撑在桌子上，急急朝电话那边吩咐。

他转过头，好像听见有谁说了句什么。

"你说什么？"

"我说……"刘勇抬起头，才知道林立莲问的不是他，而是罗门。

这个刚才还很有干劲的小伙子忽然变得目光呆滞，脸色很难看，身体也有些摇晃，像要站不稳，嘴唇在轻轻抖动着说话。要安静下来，看着他的嘴，才猜得出来他是在念着什么。

"老崔？"

林立莲歪着头感到困惑，不确定自己是不是念对了。在场的人都看向罗门，他的目光反而只能四处游离，不知道该和谁相对，尤其是紧盯着自己的林立莲。最后他只能埋下头，撬开自己不由自主紧闭着的、干燥的嘴唇，小心翼翼又有所躲闪地告诉林立莲，崔远就是老崔，他乐队的吉他手。

"什么意思？你说这个人是你熟人？"刘勇第一个反应过来，瞬间点燃了火暴脾气，大声质问他，"你干什么吃的？一个警察，身边有人谋划作案，一点察觉都没有？"

罗门一个踉跄，往墙边躲避，无法回答他。

"你干什么吃的？开什么玩笑！惹出这么大的事！现在不只你们刑侦，还有我们治安管理大队！我们分局所有人，都在补你这口锅！"

刘勇开始焦急地在传达室小小的屋子里来回踱步："这个老崔人现在在哪里？！你知不知道？"

"罗门，你先冷静下来，不要慌，不管怎样，我们得先把人找到。"林立莲倒是比较镇定，问罗门今天最后一次见他是什么时候。

"就我收到你们消息，去现场之前……"罗门仍然一脸蒙相，说他当时和乐队的几个人一起看演出，老崔也在。本来商量着晚上一起去吃夜宵的，后来给他们说这边发生了案子，去不了了，让他们别等。

"天啦……如果真的是他干的，那胆子也太大了！还和你一起看演出！"小胖在一旁感叹。

"你们本来约的去哪里吃？"

"四方坪的劲松烧烤。"罗门回答林立莲。

"那你直接给你队友打电话，问下他们还有没有在一起。"林立莲吩咐。

"这……会不会太直接了点，弄不好要打草惊蛇呢！"

刘勇不太赞成这个提议，小胖在一旁也点头认同。

"你们想想，罗门当时告诉他们这边发生了案子，这个崔远绝对知道他说的是哪个。他又不是第一天认识这个警察，胆子这么大，要么根本就不怕被抓，在等着我们找上门；要么现在早溜了，怎么可能还和罗门的朋友们一起吃饭？"林立莲说，如果真在一起，那就一边直接和他谈稳住他，一边安排人赶过去，当然这概率很低。如果已经分开了，问清楚他们怎么分开的、时间和地点，是在音乐节现场还是在外面分开的，这对当下的情况最关键，有利于调整警力资源的分配，弄清楚是该集中在演出现场还是外围找人。

"可万一罗门的其他队友也是同伙呢?"刘勇还是有所担心。

"这应该不可能的。"罗门的反驳很小声,也很无力。

"你刚才不也说你乐队的人很可信?还打包票呢!"

"老刘你别吵,我知道你今天受了气,有情绪,但是现在最重要的是确定有效信息,把人给抓到。从现场的情况看,团伙作案的可能性确实很低。再说乐队一共就四个人,同伙作了案,还一起约警察吃夜宵,我认为不可能。"

林立莲说完,让罗门赶紧打电话:"你放轻松点,按我们平时的规矩来,只问该问的,不要透露不必要的信息引起恐慌和麻烦,出了事我负责。"

罗门深吸一口气,翻了翻通讯录,犹豫了一下该打给谁,然后拇指按向"赵公子"的名字。

"喂,罗门?"

小胖快速拿出纸笔,在一旁等着记录关键信息。

"那个,你们去吃烧烤了吗?我干完活了。"

"没去,老崔出了橘洲才想起来有点生意上的事情说吃不了了,多多又觉得两个人吃也没意思,要回学校,我们就散了。"乐队成员在电话那边回答。

"你和老崔在哪里散的?"

"我们坐地铁出去的,就五一广场啊。我帮你把琴和合成器放排练室了。"

"哦,你们什么时候散的啊?"

"8点钟的样子吧，怎么了？"

"没事，我就问问，老崔有说他去哪里吗？"

"没有，你找他？给他打电话问啊。"

"一点小事，想问问他上次河西买琴的地方，反正我也不急，下次排练再说。我先挂了……"

"哦，拜拜！"

罗门挂掉电话，打开手机相册，翻出一张照片来。照片中的人戴着白色鸭舌帽，背着吉他站在舞台的灯光下，微微偏头，看向按在琴弦上的左手手指，右手则拿着黑色的拨片，在划拨琴弦。

"你感觉像这个人吗？"

罗门最先拿给那个前来自首的保安看。

"应该是他！"保安指着他的鞋子让在场的人看，白色的耐克鞋！

"肯定是他，你想想，你们的排练室在五一新干线，不也离他们给刀的地方挺近的？"刘勇凑过去看照片上那张没有表情的脸，"也就是说，现在他已经离开音乐节现场了。"

他和治安管理大队的同事脸上都稍微松了一口气，这意味着凶手至少不会在安保责任区内再次造成威胁。虽然事情已经发生，责任不可避免，万一消息传开造成恐慌，后果也难以预料，现场的安保仍然不能松懈，但今晚主要的压力，已经从他这里转移到了林立莲带领的刑侦大队这边。

"他家住哪里你知道吗？"林立莲问罗门。

"他没买房子，但是在雨花亭新建西路那边开了一家烟酒店。店里有个阁楼，平时就住阁楼上。"罗门回答。

"多大年纪了，家人呢？"

"今年36，父母早不在了，他也离过婚，现在就一个人。"

"你自己有心理准备了吧？看现场你也知道，虽然没查到前科，但这肯定不是第一次作案啊……"

罗门闭紧嘴唇，没有回答。

"罗门有他的电话号码，不知道还在不在网，要不要找技术做SIM卡的基站定位？"小胖向林立莲建议。

"可以，你去联系。不过估计对方有一定的反侦查能力，SIM卡可能已经换了。尽量找到手机的IMEI码[1]，再通过手机来定位。"林立莲吩咐，"我把这边现场交给浩南，然后分头行动。你给杜然、张伟打电话，让他们开车过来接我和罗门去地铁五一广场站找监控，然后就去联系技术弄手机。"

"我要不要……试着打个电话给他？"罗门在一边很小声地说。

"你不要抱有幻想了，这种劝自首是劝不来的。他能在你眼皮底下做这些事，你还指望他把你当朋友吗？"

林立莲语气很平静，却不容置疑。

"我还是觉得想不明白……"

"想不明白就不要多想，把你手机先交给我保管。电话打不

1　IMEI码：国际移动设备识别码，用于在移动电话网络中识别每一部独立的手机等移动通信设备。

打、什么时机打，等小胖查 SIM 卡之后再看情况，我们现在先去五一广场。"林立莲拿着罗门的手机看了看时间，低着头说，"今晚抓不到人，谁也别想回家。"

"就是他！"

地铁站值班室内，仪器亮着红色绿色的指示灯，显示器左上角的计时数码在不停跳动。

在"20:03:16"的时候，罗门叫了暂停，用手指着一个头戴渔夫帽、背着吉他箱包的背影。

刚才张伟开车通过橘子洲大桥，驶向五一广场的路上，林立莲给后来的两位同事大概讲了一下嫌疑人崔远的身份，以及他和罗门的关系，两人听后纷纷表示惊讶。

张伟一边开车一边问罗门，是不是上次来警局找他，和杜然一起见过的那位。

罗门说是，杜然也就想起来了。那次顺路，四人一起走过一段，那家伙还在路边商铺买了康师傅冰红茶请客。

如今画面暂停，张伟和杜然反倒齐声表示认不出这个背影来了。

"这个人就是崔远？"

林立莲让画面继续，屏幕中的人影转身露出了正面，但是戴着口罩，看不清脸。

"有点反侦查意识啊。"在一旁叉腰的杜然评论。

"往地铁站四号口的方向走了。"

大家把视线转向另一台显示器，快进了时间。

"从四号口出去了，平和堂商场大门的方向。"

林立莲的手指顺着背吉他箱包的人影移动，直到监控画面之外。

"到这里就没有了是吧？"林立莲转头问地铁站的执勤人员。

"没有了，外面道路上的那些监控得到派出所才能看到。"对方回答。

"太慢了，上钩的鱼不能让它跑了……"林立莲停顿了一下，吩咐道，"张伟留在这里，把画面截图，拣清晰的截，然后发回局里的情报组，让他们来跟街道上的安防监控。罗门和杜然跟我一起去外面找附近社会面的监控。"

"没问题。"张伟答应。

"社会面的监控去哪里找？"杜然问。

"地铁四号口外面就是平和堂，先去那边问问吧。"

平和堂是一家日资经营的老牌商场，因 2012 年钓鱼岛事件，曾遭到极端示威者的打砸抢，但事后很快修缮并重启营业。商场不断折转的电扶梯，周围是玻璃包裹的设计，仿佛置身一个镜中世界，可以让人很清晰地从各个角度看到自己的样貌和身前身后的仪表。

罗门看着镜中的自己，忽然想到那年出事，自己是参与了执勤的。

当时他满脑子都是困惑。表达诉求当然没什么不好，但是那些往日里看起来温和平常的市民，为什么忽然就变成了激动和暴力的面孔？他不理解。而如今，他更不能理解，那个平日里斯斯文文、颇有书生气的老崔，为什么做出了这种事。

每天都能见到的脸到底有几分真？生活的碎片如何构成了一个人？

恍惚中，他意识到现实情况是——老崔做了这种事，至少乐队已经垮掉了。拜他所赐，自己心中很重要的东西，刹那间崩塌了。

"出现了！"杜然指着商场监控的屏幕，画面中戴渔夫帽的人从五一广场地铁四号口出来。没走几步，在一个自弹自唱的街头歌手面前伫立了片刻，听他一曲演完，走上前去和他说了几句话。

林立莲问："他好像把自己的吉他给了这个人。他是谁？"

罗门缓缓摇头，表示不认识，只说那把琴还挺贵的，好几千块。

"我们刚才进来的时候，商场门口好像已经没人在搞表演了。应该就是个卖唱的大学生吧，五一广场经常有这种。"杜然从肢体动作判断，这人好像对崔远把吉他给他挺意外的。也许本来是不认识的人？崔远是不是为了处理吉他，就送给他了？

"嗯嗯，有可能。"罗门认同他的看法。

"喔唷？你们找的这人转身进了商场啊。"平和堂商场的安保主管指着屏幕中的崔远，然后在键盘上敲击了几次，说要调到三号监控看一下。

"他进商场干什么？"

平和堂一层多是餐饮美食商铺，还有一家超市，但崔远没有光顾它们，他似乎有着很明确的目的地。

"在往电梯的方向走，估计是上楼了。"

安保主管切换画面，这次是电扶梯的监控。崔远踏上阶梯，在那个电梯的镜子空间里，不同玻璃反射出他的许多身影。

"你看！你看！是他，他这是在盯着监控！"杜然反应过来，有些激动。

他抬起头，渔夫帽下，那张戴着口罩的脸望向这边，眼神里没有任何情绪。

"看看他去了哪里。"林立莲说。

"四楼，这层是运动服装区。"安保主管再次切换画面，老崔的身影进了一家耐克的店子。

"能看到店里的监控吗？"

"我这里看不到，不过店家自己肯定装了监控的。"

"我下去四楼看看？"杜然向林立莲请命。

"等一下，"林立莲转而对商场的安保主管说，"你把画面快进看看。"

监控中，商场这一层的客流量并不大，接着走进耐克店的顾客也只有一对男女。继续快进，一个穿着黑色运动短裤和薄款连帽外套的人，提着专卖店的纸袋走了出来。

"这个穿连帽衫的人，是不是就是崔远？"林立莲指着屏幕上人影的手腕，"他换了衣服，但是手表和刚才是同一款。"

"应该——"罗门凑过去，仔细分辨，"是的！这表我认识，看身材也是他。"

"他好像把口罩摘了，换个监控试试，看能不能看到他正脸。"

"那我就继续快进了啊。"

显示屏上的画面切换了几次，随着崔远的人影经过电梯、超市、餐饮区，直到大门口，终于出现那张淡漠、没有表情的脸。

林立莲的手机开始振动，是小胖打过来的电话。

"林队，技术那边来消息了。崔远手机的 SIM 卡和 IMEI，最后和基站的握手信号都是在五一广场平和堂商场附近。"小胖在电话那头说，"他可能在那附近，把电话卡丢弃了，手机是暂时关机还是也一起丢了不清楚，技术那边说就算换上新的 SIM 卡开机，IMEI 应该也可以找到他的位置和新号码。"

"好，我知道了，你的消息来得太迟了。"

"太迟了？"

小胖的声音还在疑惑，监控显示，崔远把手机从运动短裤里掏出来，放进耐克的手提纸袋里，用纸袋里面换下的旧衣服盖了盖，又快走两步，追上正在打扫街道的环卫工人，把纸袋丢进他身后的绿色垃圾推车。

"手机你暂时不用跟了，我们从监控看到他已经丢弃了。你继续去跟死者的社会关系，最好弄清楚他和崔远是怎么结仇的。"林立莲吩咐完，挂了小胖，又拨通另外一个人的电话。

"林队，张伟发来截图上的人我在找，但是周围的安防监控暂时没看到。"小萌正在局里做情报。

"找不到很正常，他变装了，反侦查意识还挺强的。你跟一下 8 点 20 分从平和堂门口出来的，一个穿黑色连帽夹克和运动短裤的人。"

"好，等下。"那边传来噼里啪啦敲键盘的声音。

"还真有！过了马路，往中山亭的方向走了。然后……"小萌提高了音量，"我快进一下，稍等。"

"找到了！在乐和城附近打了的士！"

"车牌号能看清楚吗？"

"能，湘 AX786E……今日女报出租车公司的，我马上打电话给那边问一下，看能不能联系上司机。"

"好，我先挂了，有结果了马上告诉我，浩南给我来电话了。"

林立莲的手机不停响起，仿佛成了热线。

"浩南，什么事？"

"死者黎万钟破坏监控的那个喇叭样子的东西，我刚刚找我一个长沙理工教电气工程的朋友问了，说没看到内部结构不能确定，但感觉上有可能是一种自制的什么电磁原理工具。"

"什么工具？"

"电磁干扰，就是瞬间通过一种强烈的电磁波把……"

"好好好，现在别说这些了，我没空。你有时间去弄清楚这个东西是怎么带进来的好不好？这边线索已经跟上了，可能马上要抓人了。"

"明白，没问题……"林立莲正准备挂电话，那边却欲言又止地问了一句，"那个，林队……罗门没事吧？"

林立莲撇过头看着罗门那张木讷的脸，回了一句"他没事，你忙你的",然后挂掉了电话。

"林队,司机联系上了!他说目标是在阳光100国际新城下的车。"

小萌再次打来,林立莲应接不暇。

"阳光100?他去那边干什么?"林立莲看向罗门,罗门摇头,表示他也不知道。

"监控呢?有跟上吗?"林立莲只好继续问小萌。

"在跟,看到他从麻园路往北走,暂时就没在其他的地方出现过。"

"麻园路往北,那不就是丰顺路吗?中南大学新校区南门外边的监控呢?"

"看过了,目标没到丰顺路上去。"

"他去阳光100干什么?"林立莲皱起眉头,又问了一遍。

"罗门,他老家是临澧的对吧?后来被一个澧县的女人收养了。"

"我没听他说过,刚才技术那边说指纹的时候好像是这么说的。"罗门回答。

"阳光100?澧县?"林立莲喃喃道,"我倒是想到一种可能,他是不是想逃回老家去?"

杜然不解,以往确实会有很多作案人员逃回老家,但是这和阳光100有什么关系?

"这一点你们不知道很正常,"林立莲摆摆手,"阳光100的公交车站台,正好有从长沙东站开出来的、往返澧县的大巴车,也经过临澧县。我老家亲戚每次来长沙，都是在阳光100坐车。"

"为什么不去车站搭车，要在阳光100搭车呢？"杜然没明白。

"我亲戚是为了省钱。因为大巴要给车站运营分车票钱的，阳光100算在外面上客，钱都是给司机的，所以司机也会少收乘客一点钱，能便宜个十几块。"林立莲思忖，"不过崔远肯定不是图便宜。"

"不去车站，就不用拿身份证买票吧？也不用过安检，没有那么多监控……"

林立莲看向罗门，他说得有点道理。不过这么晚了肯定已经没车了，他就算是想逃回去，起码也得等明天的早班车，得到7点左右。

"那……要不我们直接去阳光100的公交车站布控，等他明天出现？"杜然建议。

林立莲揉了揉睛明穴，摇头否决了他的意见。

"他往麻园路走的，又没有到丰顺路，那条路才500米，好好想想，有些什么地方？阳光100后面就是黄鹤小区，你们也知道这是安置小区吧？传销、诈骗、赌博特别多，闲杂人等多，黑旅馆也特别多，身份证登记不规范……"林立莲认为，反侦查意识强的人，反而不会大半夜在外面游荡，太扎眼了。所以他极有可能找个黑旅馆住下，与其等他上门，不如主动出击，应该组织一些警力，对黄鹤安置小区的旅馆和招待所暗中进行突击排查。

"我同意。"杜然说。

"今天辛苦了，要不先回去？我让浩南过来。"林立莲拍拍他的肩膀，"我也知道，今天是你丈母娘的葬礼，喊你过来挺不讲人情。你也出了不少力了，赶回去守个灵吧。"

杜然说都这个节骨眼上了，走不安心，还是一起去吧。

林立莲把罗门的手机还了回去，看着他。

"我也去。"罗门说。

"那我让张伟把车开过来，我们先回局里组织人手，再马上动身。"林立莲说，"这是非常恶劣的刑事案件，这个崔远威胁性很高，得上家伙，我再申请带几个巡特警。我不管你们之前是不是朋友、喝没喝过他的冰红茶，犯了法，就得服法，不用我多讲吧？明白吗？"

"明白！"

"明白。"

黄鹤安置小区的夜，有蟋蟀躲在楼下的杂草堆里叫，今晚月亮很细。

崔远头枕在手臂上，但是没有睡着，他睁眼看着那细成一枚银钩的残月，透过窗户，把微微的月光洒进来，照得喝完了水的玻璃杯怪好看的。

等下次月再圆的时候，就是中秋了。

他看着月钩，慢慢张开嘴，轻声哼着念了一句："床前明月光，疑是地上霜。"

他没有把李白这首《静夜思》的下半首也念出口。讲起来，这诗还是小学时学的，几乎都要对那个年代没有记忆了。故乡对他而言也成了一个非常遥远的词语，好像激不起太多情绪。

过得了今晚吗？如果过得了今晚，还能回去看一看的话……

他的脸上仍然没有表情，卧倒在床铺上。

睡不着，枕头上有一股闷闷的头油味道，这也是老旧的味道。

门外传来窸窸窣窣的响动，又渐渐安静下来。

直到"砰"一声，门忽地被踹开。

"警察！不许动！"

"不许动！老实点！"

实际上，他很老实。那些电影和电视剧里拼命反抗的情节没有出现，他的双手瞬间被按在后面，身体被好几个人一拥而上，压得死死的。

"叫什么名字！"

"叫什么名字？把身份证拿出来！"他听见有人在吼。

"崔远。"

第二章

1

1999 年的大雪,把澧阳路的清晨下成了一张白纸。电线杆连着那一道道黑色的电线,像五线谱印在上面似的。那些黑色小鸟从电线上飞起,也许是音符全都跑掉了。

汤霞最近在学唱歌,天天都带着自学教材去上班,五线谱对她来说有点难。天蒙蒙亮,远处有了四四方方的轮廓和明亮的车灯,那是 1 路公共汽车,正从远处慢慢驶过来。

待车停稳、开门,她随两三位乘客一起登上去,摘下手套,和教材一起夹在腋下,在棉衣口袋里搜出五角钱纸币,交给售票员。

澧县城区只有这一路公汽,总长 5 公里。从城北的黄桥出发,贯穿整个县城的热闹区域,开到城南澧水河边的黄沙湾。黄沙湾设有堤坝和兰江闸,用于防洪。

去年夏天,暴雨很多,长江流域发了特大洪水,全国各地都在抗洪抢险。澧水河的水位一直居高不下,澧县城内也发生了严重的内涝。汤霞因为天天听人们讲洪水要来觉得可怕,擅自逃离桃花滩宾馆服务员的岗位,回到地势相对高的乡下老家太青山,避了两个月水灾。

后来她重返县城，才听说那时候有人传兰江闸决堤的谣言引起恐慌，被公安局抓了，非常后悔离开。

1998 年是洪水经过澧县的一年，也是下岗潮来临澧县的一年。

以为可以在国有纺织厂吃一辈子"铁饭碗"的表姐，在这年春天下岗了，早汤霞几个月回到太青山。听说汤霞因为怕洪水辞了桃宾的工作回家躲灾，骂她愚蠢。

"你回来干什么？找不到工作，就只能当一辈子农村人了！一辈子住在太青山里，生活一眼望到头了！桃宾那么好的单位，金字招牌永远有饭吃，比纺织厂好多了，让我淹死在那里都可以！"

桃花滩宾馆是全县最好的宾馆，领导人 1995 年来澧县访问时都在这里住过，还为宾馆招牌亲笔题字。在这里当服务员是一份令人羡慕的工作，家里当村干部的大伯当年帮着托了好几层关系，汤霞才有了这个机会。

可是她把机会丢了。

领班果断拒绝了她回归桃宾工作的请求，但汤霞仍然回到县城，想自己闯一闯。

每次坐 1 路公汽经过桃花滩宾馆，汤霞都会抬起头，盯着远处那几个烫金的题字看。也不知道当时要是留下，生活会是怎样？

她现如今在棚场街一家名叫"碟皇"的 VCD 影碟出租店打工。出租店每天早上 8 点开门，晚上 10 点关门，工作时间比在宾馆长一个小时，但要轻松不少，除了登记租簿、收钱找钱、打扫卫生，只需要整理租客归还的碟片，把它们放到分类正确的柜子上就好。虽然不是"铁饭碗"，但老板人好，工资开得比宾馆还要高。

再说，是不是"铁饭碗"又有什么关系呢？喜欢看电影和电视连续剧的县城人越来越多，今后谁家里还不得买台影碟机？影碟出租店不也永远有饭吃吗？而且，澧县的影碟出租店只有三家——碟皇、碟王和新金碟。后两家是仿着碟皇开起来的，生意都不及碟皇。也许，多存点钱，学到了门路以后，自己也能开一家当老板呢！

汤霞曾问过老板为什么想要开这家碟皇。老板告诉她，其实是因为自己的母亲生前喜爱电影。

1997年春节，母亲带他去广州走亲戚的时候，看到有影碟出租店，觉得是门适合自己的好生意。一次投入，反复收利，自己也有看不完的电影碟，一举两得。母亲想着在澧县也能做，便在棚场街盘下门面，开起了店。连"碟皇"这个名字，都是依葫芦画瓢，跟广州的店子学着起的。

母子俩经营这家影碟出租店才一年，生意就好得不得了，甚至要盘下隔壁的裁缝店扩充店面、增加展柜、摆放更多的碟片，才能满足租客们日益增长的需求。

不过，就在汤霞回太青山躲灾的那个月，老板的母亲在丁公桥附近出了车祸，被一个酒鬼骑着摩托车给撞死了。要不是因为母亲去世，老板一个人实在忙不过来，他也不会在店门口挂出招人的告示，被汤霞看到。

"霞妹，吃早餐了吗？"

下了公交车，汤霞正要过马路，遇到碟皇隔壁"首脑"发廊的老板周哥和她打招呼。

"没呢，崔老板昨天说给我买富油包子吃。"

周哥今天戴着红围巾，敞开皮夹克，露出暖和的羊毛衫，挺潇洒的打扮。头发上摩丝的味道也让汤霞觉得有种好闻的男子汉气味。

周哥说这么冷的天吃什么包子，富油馅的吃到嘴里糖都硬了。

"走走走，我请你吃粉！"

汤霞推辞说，那多不好意思。

"哥哥请你吃个早餐，有什么不好意思哦？"

周哥不由分说，轻轻拽着汤霞的胳膊，向早餐店的方向走。

到了这时候，城区的雪已经化得差不多了，被人们踩成了黑色的污水在地上流，只有零星的积雪堆在树上、公用电话亭上、遮雨棚和屋顶上。早餐店心肺大骨汤的香气传得远，老板当街揭开锅盖煮粉，那大团的蒸汽就从锅里升腾起来，遇到遮雨棚之后缓缓向屋里飘去，然后慢慢消散。食客们围坐在一张张小方桌边，挑动筷子吃粉、端起碗来喝汤的样子，让骨汤的香气更为诱人。

老板一边在案台上摆白瓷汤碗一边问二位吃什么粉。

"我吃一碗肉丝的就可以了。"汤霞红着脸告诉周哥。

"吃什么肉丝粉嘛。"周哥不由分说，告诉老板，两碗麻辣牛肉，都加个茶叶蛋。

汤霞没有反驳，其实说想吃肉丝粉也只是一种客气，因为它是最便宜的，只要两块五一碗。麻辣牛肉粉当然更喜欢吃，但要四块钱，她不好意思开口。

汤霞和周哥对坐在一张小方桌上吃粉。因为刚才被香气馋了好久，汤霞吃到一半才想起来得说句"谢谢周哥"。

周哥说谢什么，一碗粉而已，一个人吃早餐多没味。

见汤霞没作声，周哥边挑起烫嘴的米粉吹凉边趁机问她是哪一年的。

汤霞说自己75年的。

"75年？那今年也24了哦，谈朋友了没？"

周哥问得不经意，汤霞却羞红了脸，说还没。

"可以谈了呀，为什么不谈呢？"

汤霞告诉他自己农村来的，县城里的男人没人看得上。

"开什么玩笑？你这么漂亮的姑娘，谁不想娶回家当新娘子？"周哥嚼着牛肉，劝她不要妄自菲薄。

"你那个话不多的崔老板，我看就对你挺好的呀，是不是对你有点意思？"见她又不作声了，周哥随口问。

"你可别乱讲！你不了解他，他话不多，但人很好，不只对我好，对谁都好，不然哪里来这么好的生意？"

汤霞轻轻吹开碗中浮起的油花，呷了一口热汤告诉周哥，崔老板是 78 年的，今年才 21，比她还小三岁，怎么可能有那种意思。

"原来他这么年轻?"周哥有点纳闷，"那他比你小好几岁，怎么喊你霞妹?"

"说了他人好嘛，觉得我还这么年轻，叫姐显老不好听，以后更嫁不出去了。"汤霞抿嘴笑起来。

周哥点点头，说确实霞妹更适合你，叫姐太老气了。

"你说你老家是农村的，我看你坐公汽过来的，你现在住哪里呢?"

汤霞说自己寄住在表叔家里，黄桥光荣院那边。

"哦，那巧了! 我家是新河的，正好一个方向。"

周哥笑着说，现在下雪太冷，等开春暖和了，可以每天骑摩托车载她，反正顺路。

"好哇。"汤霞显然知道他是一种怎样的暗示。

"周哥你哪一年的呀?"

"73 年的，就比你大两岁。"

汤霞问得怯生生，周哥当然也知道，她是一种怎样的暗示。

碟皇影碟出租店内，一排排花花绿绿的碟片堆满架子，白炽灯垂挂在天花板上，发着亮黄色的光，把屋里照得看上去很暖。

关上门有燃煤的硫味，老板崔远正弓着身子，把小蜂窝煤炉放进烤火桌下面。见到霞妹进来，便招呼她过来吃包子。霞妹把音乐教材放在暖桌上，手伸进暖桌的围布里烤，有些神秘地说，今天已经吃过了。

"吃过了?"

崔远也坐到暖桌边,把手伸进围布。在这样一夜大雪之后的早晨,几乎没什么人会来租碟,两人也没事干,就先坐着聊天。

汤霞说遇到隔壁理发店的周哥,请吃了粉。

崔远拿起一个富油包子,自顾自吃了起来,告诉汤霞要是喜欢吃粉,以后也可以带她去。

"好哇!"霞妹开心地笑出了酒窝,说冬天吃粉确实暖和一些。

"不过我好像发现你不太喜欢吃肉?"突然她又想起来。

老板说没事,自己可以吃光头粉。

"为什么肉都不喜欢吃呢?难不成你信佛,想当和尚啊?"霞妹开玩笑。

"那倒没有。我妈去世之前是个信女,不过我不信。"老板崔远告诉霞妹,自己小时候听一个不喜欢吃肉的人,讲过一件特别吓人的事情。当时不觉得有什么,后来到了十几岁,不知道为什么,有次突然想起来他说的那些话,就再也不喜欢吃肉了。

"什么事情哦?"

老板摇摇头,说不会跟她讲,讲了怕她也不喜欢吃肉了。

"讲嘛!"霞妹反而被逗起了好奇心。

"不讲,我不讲。"

老板笑了笑,忽然想起来什么。

"不过说到隔壁理发店,"他搓着手告诉霞妹,"你上次问我的那个问题，我知道答案了。"

霞妹好像已经不记得了，问他什么问题。

"就是理发店外面为什么都挂着一个彩色的圆筒转啊转的。"

"哦，为什么呀？"她想起来了。

老板说，其实还挺有意思的。那个圆筒不是有三种颜色嘛——红、白、蓝，它们分别代表血、绷带和人的静脉。古代的欧洲人相信一种放血疗法，相信人生病是因为血里面有不干净的东西，只要放一部分血出来，就可以治病。那时候他们没有医院，靠理发店帮人放血治病，所以要挂这三种颜色的柱子。后来慢慢地，这三种颜色倒成了地球上理发店的通用标志。

"真的假的？你编的吧？"霞妹不太相信。

"是真的，不骗你。你上次还问过这条棚场街的'棚场'是什么意思，我也知道了，棚场就是从前科举考试的地方。以前人们来澧州书院、如今的澧县一中考秀才，就是在这里。因为有很多考棚，所以叫棚场。"

"你从哪里知道的？"霞妹突然感觉他好有学问的样子。

"丁公桥那边开了家电脑室，我昨晚去学计算机五笔打字，上了一下因特网，在雅虎上面搜索到的。"

"计算机有这么聪明？学起来难吗？"

"我觉得不难，挺有意思的。比如说有一种程序叫电子表格，等我学会了以后，就可以用它来管理碟片的借还登记，什么时候借、什么时候还、租金多少，都可以自动计算，比我们用租借簿方便多了。"老板说他在攒钱，等到了明年，就打算买一台计算机。

"真有这么方便？那你早点买嘛。"听他讲得神奇，霞妹有些期待起来。

老板说今年不行，得等"千年虫"过去了再买，万一刚买就遇到千年虫，那我亏大了。

"千年虫又是什么？"汤霞经常能从老板这里听到一些稀奇古怪的新鲜词。

老板说千年虫不是一种真的虫子，是一种比喻。要解释起来还挺复杂的，他也搞得不是特别清楚，总的来说，其实是计算机的一种程序错误。

"以前的计算机性能不太好，储存不了太多数字，那些科学家呢，为了节约数字，都是用两位数来表达年代的，比如今年是1999年，那他们就记成99年，省略前面两位，成了一种约定俗成的习惯。但是问题来了，明年就是2000年了啊，是一个新的世纪了！那1900年和2000年，不就重叠了吗？电脑毕竟有些方面还是比不上人脑，想不通这个问题，就会坏掉。所以我得等真正到了21世纪之后再买，那时候不会遇到千年虫了。"

"是哦，明年就是21世纪了，电视里也在说。"霞妹打了个哈欠，问老板到底多少年是一个世纪？是一百年，还是一千年？

"一百年是一个世纪。"老板回答。

霞妹的眼睛盯着那些五光十色的碟片封面，有些惆怅。

"突然觉得一百年好短。"

"是啊，好短。"

霞妹说以前小的时候在农村，就觉得人的一辈子好长，当小孩要听大人的话好烦，只想快点长大，到山外面去看看，甚至还想坐火车，去大城市。不知怎么一眨眼都二十几岁了，都下一个世纪了，自己还是一个农村人的命。

"你羡慕城里人？"老板问。

霞妹说当然羡慕，她小时候经常做梦，梦到自己一觉醒来成了城里小孩。

"穿得好，玩得好，吃得好，好开心啊！然后呢？好吃的东西，一口下去就醒了，才发现那是个梦。"

后来她才明白，没吃过的味道，是梦都梦不出来的。

"其实我小时候经常和你做一样的梦。"

崔远告诉她，不过有一天梦醒了，发现自己困在了那个梦里，怎么也出不去了，成了个噩梦。

"啊？"

霞妹正想开口问什么，忽然有人拉开玻璃门，走了进来。

"老板！还碟。"

一个戴着白色蝴蝶结大檐帽的时髦女孩，从皮包里拿出一套《还珠格格》的电视连续剧 VCD 放在柜台上，问有没有最近电视上很火的《刑警本色》。

"我也喜欢看那个，王志文挺潇洒的，不过那个电视台还没播完呢！"汤霞在旁边说，要播完了才会出影碟，现在没有。

"那电影呢？老板你喜欢看什么电影呀？给我推荐一下？"时髦女孩看着崔远，说港片有点看腻了。

"我不喜欢看电影，不过推荐可以。《霸王别姬》《活着》《剪刀手爱德华》《阿甘正传》《菊次郎的夏天》，内地的美国的日本的都有，先拿这几个去看看？"崔远一边登记租借簿，一边把《还珠格格》交给汤霞去归位。

"你一个租电影碟的，怎么不喜欢看电影呢？"时髦女孩吃吃笑，"不过我相信老板的推荐噢，就这几部吧！"

汤霞去找到这几张碟，做好登记给她，她便把碟收进皮包里出去了。

"老板再见！"

在顶着一条雪线的围墙下，她转过身来，轻轻扯着帽檐朝崔远挥了挥手，崔远也挥了挥手回敬她。

"是哦，你一个搞影碟出租生意的，怎么不喜欢看电影呢？"霞妹也意识到这个问题。

崔远回答，因为更喜欢看书。

"你们那边也有打书吧？我小时候非常喜欢听打书，附近有谁家老了人，就会请打书匠，我就喜欢跑去听。我喜欢听《水浒》啊，那些英雄好汉，在我的脑海里，都有各自英勇的样子。后来看了电视里面演的，我觉得好失望，根本不是那回事，所以就不喜欢看电影和连续剧，喜欢看书了。看电影，你永远只能当别人的观众，画面是别人定死的；看书，你有时候其实是让自己在演。"

老板崔远说，他脑袋里的故事，那可比电视上演的好多了，可惜呀，没办法掏出来给别人看。

"那我不信，看书麻烦多了，还是电视方便。"

霞妹突然扑哧一笑，说发现刚刚那个小姑娘，最近来得挺多。

"老板你发现了吗？她老是喜欢逗你。我觉得你还是挺受欢迎的，好几个姑娘，看你的那个眼睛，都水汪汪的。"

老板说有所察觉，不过自己不太喜欢年纪小的姑娘。

"那你喜欢什么？难道是上了年纪的大娘？"霞妹开玩笑。

"别说我了。"老板崔远转移话题，问霞妹上次那个男租客怎样了。

"不是要和你谈朋友吗？也约你下了好几次馆子了，你答应他了吗？"

"没呢，他是说想要追求我，不只请我下馆子，还老带我去歌厅。"

"怎么听起来不太正经？"崔远建议，要不还是别和这样的人谈朋友了。

"是有点烦他了，给他机会吧，他谈又谈不到一起去。"霞妹朝着自己的音乐教材努嘴，"他听说我喜欢听歌，喜欢音乐嘛，就说他自己也喜欢音乐，结果每次都把我带到歌厅蹦迪。"

她告诉崔远，其实自己不怎么喜欢蹦迪，喜欢听那些清纯舒缓的歌，孟庭苇啊，罗大佑和老狼，最近还出了一个年轻的叫朴树，也挺好的。

她说自己喜欢那种含情脉脉弹着吉他的男人。

"老板，新年好！"

新世纪的正月初八，霞妹在老家过完了年，回来县城上班。

她提着两块箬叶串起的熏肉走进碟皇的玻璃门，乐呵呵地找来一张报纸铺在地面，又把黑黢黢的熏肉放在报纸上。

"就当给您拜年了！不要看它黑，我们太青山特产的腊肉，用柴火灶熏的，大蒜叶子一炒，特别香！"

老板崔远嘴上说"你又不是不知道，我不喜欢吃肉"，却还是露出腼腆的笑意。

"我送的你敢不吃？"霞妹假意威胁他，一路搭车那么远带过来的，胳膊都酸了，所以必须吃！她怕老板还是不肯吃，又强调了一遍是真的好吃，不骗人。

"好，那我也送你一个礼物吧。"崔远从身后拿出准备好的塑料袋，递给霞妹。

"今年是 2000 年，21 世纪了。"老板祝她在新的世纪里，天天都快乐。

"那你这个祝福可太好了。"霞妹拉开塑料袋埋头看，惊呼一声"哎呀！"。

塑料袋里面是一个包装纸盒，烫着一些看不懂的银色日文和几个英文字母"SONY"，旁边是一盒磁带，封面印着黄色的麦穗、打着一个个镂空的小圆孔，上面印着：朴树 我去 2000 年。

"这是随身听吗？很贵吧？"霞妹坐在椅子上，拆开包装。

"几百块，不便宜，不过我猜你会喜欢。"崔远看着她拿起蓝色的机器左右端详，然后把磁带外包装的薄膜也撕了去，拿出磁带来。

"喜欢喜欢，这太贵重了！"

"年前听你说喜欢朴树那种弹吉他唱歌的，就买了他的磁带一起。"

霞妹把磁带放进机器里，"咔"的一声关好仓门，一阵精密机械转动的声音。她戴上耳机，按下播放键，线控上的小小单色液晶屏显出"Play"字样。

"音质挺好，你听。"

崔远凑过脑袋来，霞妹把耳机塞进他的耳朵，里面传来朴树的歌声。

"穿新衣吧，剪新发型呀，轻松一下，Windows 98。以后的路不再会有痛苦，我们的未来该有多酷？"

"确实挺好，感觉就像有人在旁边唱给我听的。"崔远近距离看了一眼霞妹的脸，又马上把眼睛晃过去，生怕她发现。

《New Boy》这首歌已近结尾，下一首是《妈妈，我……》。

"不知道为什么不走？说不清留恋些什么，在这儿每天我除了衰老以外，无事可做。昨晚我喝了许多酒，听见我的生命烧着了，就这么吡吡地烧着了……"

崔远愣了一下，摘掉耳塞还给霞妹，让她好好听，说自己还有一批新到的碟片要整理。

"我帮你一起！"霞妹戴好耳机，把随身听揣进口袋里，一边哼歌，一边同老板一起工作。她真的挺开心，本来过年这几天没见，还有点担心关系生疏了，毕竟老板是个沉默少语的人。现在，她觉得这一关没有那么难过，他还给了自己一个大惊喜，真是个好人。

她一整天都戴着耳机，反反复复听歌。把磁带从 A 面听到 B 面，又翻过来，从 B 面听到 A 面，嘴里也哼哼有词，来了租客要说话，都不舍得摘下耳机来太久。

"崔老板！"直到夜晚，临近下班，她才突然想起一件事，很认真地说了一句"谢谢"。

老板倒是很随意，说这有什么好谢的……

"我不！真的谢谢你，这是我这辈子收到的最贵重的礼物了。"

崔远点点头，也说不出别的话来，就又重复了一遍"你喜欢就好"。

两人正要关店出门，门口响起摩托引擎低转的声响。

黑夜中，刺眼的大灯照进店里，穿皮衣的男人正骑在摩托车上，一讲话，嘴里就冒出白气。

"霞妹，走，我先请你去坐夜市，"是隔壁美发店周哥的声音，"然后送你回家。"

"好哇！"霞妹答应了一声，很开心。

"我还以为你之前说天暖和了就送我回家是开玩笑的呢！"

"男子汉大丈夫，一言既出，驷马难追，开什么玩笑？"周哥潇洒地把头一偏，才看到崔远在她身后，说崔老板也还没走，正好正好，要不要一起去坐个夜市。

"我就不去了，你们去吧。"崔远冲他挥手，打了个招呼。

"走嘛走嘛！我可以驮两个。"周哥拍了拍摩托车的黑色皮座椅。

霞妹兜里揣着随身听，戴着耳机，坐上周哥的摩托，笑着让他别劝了。

"他这个人，肉都不喜欢吃的，哪里还愿意和你坐夜市？"

"今天才初八，夜市开张了吗？"

"开了开了，初八还不做生意，一个年还要过到什么时候？"

霞妹说在农村，过完正月十五才算过完年，不像城里人有这么多事可以做。

坐在摩托车上听歌的感觉挺好，虽然风吹在脸上还是有点冷。霞妹一只手抓着周哥的皮夹克，忍不住就跟着哼起来。

她觉得夜里的县城比农村让人感到丰富和安心，到了晚上也亮着路灯，就跟不要钱似的。他们经过一个个路灯，投在黄黄地面上的影子一会儿变长，一会儿变短。而老家的山上到了这个时候，要是没有月亮，就一片漆黑，伸手不见五指。人们睡得早，也醒得早，没有流行歌，只有公鸡打鸣"咯咯喔"。

霞妹下了摩托车，说自己在冷风里僵得太久腿有点麻了，有点站不稳，周哥弯好摩托赶紧过来抓住她的胳膊。她踩踩脚，周哥问好些没，她说好些了，于是周哥就顺着她的胳膊滑下，拉着她的手往前走。

"来来来，吃点什么？"

到了夜市摊，周哥也没有松开。她还是不好意思，扭开了手出来指着麻辣汤里炖的海带结，说要吃这个。

"还有呢？"周哥让她别客气。

霞妹说那就再吃个火腿肠吧。

戴着帽子的老板便取了一根火腿肠来，插进竹签，用学生削铅笔的小刀割开封口的锡铁，利索地褪掉红色的外皮，又一边旋转，一边在火腿肠上割了几刀，丢进油锅里。很快，那些被割过的口子被炸得翻开花来，像根鸡毛掸子。

"说了不要跟我客气，"周哥嫌她点得太便宜了，亲自开口："再来一盘卤牛肉和鸡翅膀，拌个香干子，炒个蛋炒饭。"

"好，要得！"老板就喜欢这种大方的小伙子，笑指着挂了桃花滩夜市招牌的棚子说去那边坐，有炭火，好了给他们端过来。

"要不要来两瓶国人啤酒？"

霞妹连忙摆手说自己不会喝酒，周哥说那就不要了。

"那边还有卖长沙臭豆腐的，你要不要吃？"周哥指着一辆三轮车上架着藕煤灶和铁锅的摊贩。见有人在朝这边看，摊贩大喊了两声："臭豆腐！臭豆腐！正宗长沙臭豆腐啊！"

霞妹摆摆头，说下次吧下次吧，今天点了太多了！

周哥听着很是高兴，问她是不是说的几个"下次"，每一个都算数。

霞妹轻轻推了他一下，卖了个关子。

"那要看你的表现。"

坐在夜市大棚下的板凳上，霞妹搓搓手，告诉周哥自己以前还在这附近的桃花滩宾馆工作过。

周哥忍不住问，那么好的单位为什么要走。

霞妹把自己的随身听从口袋里掏出来，轻轻放在小方桌上。

"还能为什么，不自由呗。"

"自由？那你觉得什么是自由？"周哥看着她手边的随身听，笑了笑。

霞妹想了想，说女人的自由，和男人可不一样。二十几岁了，在这个社会上，找到一个能让她自由的对象，才有自由可以谈。

周哥点头，同意她的观点，说没错，男主外，女主内，赚钱养家，还是得靠男人。

"欸！周哥，你知不知道，你的美发店，外面那个旋转的彩筒是什么意思？"霞妹突然换了个话题。

"这……就是招揽生意的工具。老百姓看到这个在转，就会想自己是不是要剪头发了。"

霞妹大笑了两声，说他答错了。

"我告诉你吧，这柱子上红的是代表血，白的代表绷带，蓝色的代表静脉。是因为以前欧洲人有种放血疗法，说人生病是因为血里面有不干净的东西，这样可以治病。那时候没有医院，理发店帮人放血，就挂这三种颜色的柱子。"

周哥竖起大拇指，夸她聪明伶俐，懂得真多。

"嘿嘿！"霞妹昂起头，冻出了红晕的脸蛋和细长的脖子有一种自信的漂亮。

"我看你的美发店生意挺好的，是不是还挺赚钱的？"

"一个人过日子反正是没问题，如果要成家嘛，两个人也养得活。就是将来有了小孩，那还要再努努力，养小孩是个无底洞呢。"周哥故意盯着霞妹说话，听到小孩，她的眼睛连忙看向一边。

　　这时，老板上菜来了，托盘上一个个不锈钢碗碟，都套着薄薄的白色塑料袋，食物就装在塑料袋里，这样一位顾客吃完，换个塑料袋就能继续装菜。

　　"县城人就是有脑筋，不用洗碗了，多方便。"霞妹拿起那根炸得焦脆、裹满辣椒油的火腿肠，轻轻咬了一口，用手遮住嘴慢慢咀嚼。

　　"周哥，你觉得谈朋友，是一定要有人做媒的好，还是自由恋爱的好？"

　　"肯定自由恋爱呀！"

　　周哥观察霞妹的表情，好像不为所动，又紧接着说："不过好像很多农村还是要提亲的，这也是一种传统，也应该尊重。但是这和自由恋爱不矛盾，我认为啊，现在的年轻人谈朋友，就可以先谈，到时候再找个媒人去……"

　　"这不是霞妹？"周哥话没说完，两个正要落座的男人忽然望着这边喊了一声，拿着啤酒瓶朝着霞妹挥手。

　　霞妹看到两人，有些吃惊，但也朝他们挥了挥手。

　　"新年好呀。"

　　"新年好，"瘦脸的男人用牙咬开啤酒瓶盖，看着周哥，怪笑着问她，"和朋友出来坐夜市？"

"是呀，我那个店子隔壁的邻居。"

"哦……好！好！"

两人也都挺礼貌，但霞妹的脸色忽然变得有些尴尬。

"他们是？"周哥小声问。

"舞厅认识的，不是很熟。"霞妹告诉他。

"你还去舞厅玩？"周哥问。

"我只是喜欢听歌和唱歌。"她看着自己那崭新的进口随身听，说去年还想好好学一学，将来当个歌星什么的，现在想想，还是太不自量力了。

"那我们下次去唱卡拉 OK 吧？"知道了她的喜好，周哥很高兴，说自己也喜欢唱歌，会唱伍佰的歌。

"一言为定！"霞妹高兴得放下火腿肠，拍手叫好。

正月初九，霞妹从家里带了罗大佑的磁带来听。今天碟皇的生意不错，一些穿校服的高中生看到她桌上放的随身听，都忍不住偷看几眼，流出羡慕的眼光。

老板崔远清点和登记完新到的碟片后，带着锄头去挖店后边的粪坑了，让她这两天有需要就去周哥那边的厕所解手。

可能是因为 98 年洪水的时候，县城连续下雨，老是内涝，店里厕所的地基被淹了挺久，就开始逐渐下沉。昨天过完年来上班，霞妹发现下沉越来越严重了，开玩笑说屁股都快挨着粪池了，老板今天就去买了砖头水泥，说要自己弄好它。

先请了抽粪车过来把粪抽干，接下来就是把粪池挖深，然后加固四周，重新用水泥砌好。老板说，以后这一片下水道改造，就不会那么臭了。

霞妹有时候真的不懂他，这种又脏又累的事，他舍不得花钱请人，给自己送礼倒是挺大方，花了那么多钱。

她站在店门口冲着夕阳伸了个懒腰，捶捶肩膀，正要转身进店，却感到后脑勺一阵剧烈的撕痛，像是被人拿镰刀割稻谷那样，割走了头皮。

"老子通你的娘！你什么意思？给老子戴绿帽子？"

霞妹这才明白自己是被一只结实的大手牢牢揪住了头发，一阵应激，僵直在那里。她试着慢慢扭过头来，一双恐惧的眼睛，看见戴着雷锋帽的郭跃满面怒气、咬牙切齿。

抓着头发的大手用力一扯，她痛苦地张大了嘴，辫子也散了，要伸出手指甲去抓郭跃的手。

"讲啊，你什么意思？和男的去坐夜市，啊？通你娘的老子快要被兄弟笑死，你不是和老子在谈朋友？"郭跃揪着她的头发，把她往店外面拖，"不要脸的娼妇！"

"你放手！"霞妹也一声竭尽全力的暴吼，"你放开老子！"

一位路人试图躲开两人，霞妹这才想起来大声喊救命。郭跃松开了手，但并没有人来救她。她转身想往店里跑，却又被拉住了胳膊往回扯。

"你给老子讲清楚，你到底是什么意思，不然老子打死你！"郭跃气吼吼地威胁她。

"我什么时候和你谈朋友了？"霞妹辩称，"我是说的谈谈看，不就是再看的意思吗？你自作多情！"

"通你娘的，你不想和老子谈朋友天天跟老子去跳舞、下馆子？"

郭跃捏起了拳头，在她头上挥舞，说要捶死她这么不要脸的女人。

"老子给你个选择，继续和老子谈朋友，不准再和别的男人勾勾搭搭，你搞不搞？"

"霞妹？"隔壁周哥听到叫声，从理发店走出来，愣在他的旋转彩柱下，手里还拿着理发用的电推子。他的身后，老板崔远也听到了喊声，拿着锄头走了出来。

"我不搞。"霞妹冷冷回了郭跃一句，又赶紧转过身去，不想让周哥看到这样狼狈的自己。

"不搞可以呀，"郭跃摊出手来，勾了勾手指，"你给老子还钱哪。"

"我没跟你借过钱。"

"老子年前天天请你下馆子、去舞厅，不要钱的是吧？"郭跃说，"还有老子的精神损失费！"

在几个路人的围观下，霞妹终于还是用求助的眼神望向周哥。周哥走过来，客客气气地小声问怎么回事，让郭跃有话好好说。

郭跃理都不理他，指着霞妹的鼻子："你自己想清楚，不然老子不会放过你！"

霞妹咬着嘴皮，瞪了他几秒，返回碟皇的门面内，拿了三张百元大钞来，捏在手里。

"我通你的娘，你打发叫花子哦?"郭跃吐了一口痰在地上，"老子在你身上花的有上千不止了。"

"你再通我的娘，我就把你嘴巴撕烂!"披头散发的霞妹紧咬着牙，手里的钞票都快要攥破，"老子农村来的，最不怕死，会怕你个狗入的?"

霞妹声音不大，但表情已经凶狠得像一条狼狗。

郭跃哼笑一声，把自己吐在地上的痰液用鞋底磨来蹍去，擦得到处都是。

"那你等着。"在离开之前，他指着霞妹的眉心威胁道。

2

秋老虎一过，气温渐渐降了下来。长沙的街头永远不缺爱美的女孩，在冷风中摆动着短裙行走，骄傲地袒露青春，但大多数畏寒的行人，已开始穿上长衣和长裤。

穿着传统风格布衣、身材胖胖的中年男人，在太平街拥挤的游客队伍里不停侧身。他转进相对冷清的新胜村小巷，边喘粗气边骂道:"我嬲呢! 今天怎么这么多人咯!"

一个雀斑女孩和他打招呼，喊他"米总"，他点点头，示意听到了。

新胜村小巷的商铺店面，大多数都是米勒老总的资产。尽管小巷处于人流量巨大的旅游观光地太平街主街的一侧，但巷内各个店子的生意并不怎么好。相比太平街主街上热辣香甜的快餐美食和琳琅满目的旅游纪念品商店，新胜村聚集的是一些充满年轻人奇思妙想的创意店铺，文身店、非洲鼓店、小酒吧、鱼疗店等等。这些店子不太符合外地游客的消费习惯，本地青年尝过了新鲜之后，也不一定反复光顾。

这个雀斑女孩上个月在靠近巷头的地方开了一家泡面料理店。没有人来吃，她就站在店门口休息。她身边的玻璃橱窗里堆满了整整齐齐的各种进口方便面，包装袋上写着日文、韩文或者马来西亚文。但上一个女孩开的猫咖啡馆倒闭后，招牌贴纸都还残留在橱窗的玻璃上，依旧写着"Neko Coffee"的字样。

如今，她的泡面店持续亏损，也快要开不下去了，但没人会同情。

"哦，对了，你快要交房租了吧？"米总想起来提了一句，雀斑女孩轻轻"嗯咯"了一声。

在新胜村，各种"创意"店铺开了又倒、倒了又开不是什么新鲜事。那些年轻人带着梦想和本钱、激情和热血、突发的灵感或是从网上学来的新潮来到这里，却往往空着手离开。

这里能长久坚持下来的店子很少，赚了钱的人少之又少，米勒老总除外。

米总没有太多理想，却拥有不少财富。除了新胜村的商铺，他还涉猎别的产业，例如附近繁华地段解放西路上的一些娱乐产业，又或者餐饮奶茶加盟、教育培训之类。

"赵老板！"他在堆满各种单车的门口探头，问坐在柜台电脑后的人安春在不在。

赵老板说安春不在，出去了。

赵老板就是这家"Lets Out"自行车行的老板，安春则是在店里打工的大学毕业生。去年夏天，阴差阳错受米总委托调查他的小情人追追，安春辗转卷入一系列悲剧之中，却也得来了"名侦探鹌鹑"的戏谑称号和一些委托。

"哎哟！是米总啊，好久不见了，又福气了不少哦！"赵老板抬起头发现自己刚才的语气过于冷淡了。

"福气"是"发福"的马屁说法，但米勒听了也不怎么开心。

"你最近店里生意怎么样？"

"不好咧！快搞不下去嗒！"赵老板表演得痛心疾首。

"你的单车店已经是新胜村搞得最久的一批老店了噻，你都说搞不下去了，其他的店子还有盼头吗？"

"崽骗你！生意真的越来越差了，前几年玩户外单车的多，现在大家都去健身房了，说外面空气差。"赵老板叹气，"还有呢，不知道你听说没有，北上广那边已经在开始搞什么共享单车，街上到处都是他们的单车，想骑就骑，骑完了就往路边随便停，一次只要几毛钱。他们说这叫互联网思维、共享经济，就跟打滴滴和快的一样，以后就没什么人还自己买单车咯。"

"听说了，不过这不关我的事啊。安春去哪里了？他现在还接活不？"

"接啊，我现在是他经纪人，业务都是我来对接的。"

"呵，这么大牌啊，还搞经纪人？你们产业转型啊？"

"没有呢！主要是他性格太软，太不会讨价还价了。累得要死，又赚不到钱，和我合作起码吃得饱饭不？"

"那是的，你精得跟猴一样，谈生意是老手。"米总腆着肚子说有个大生意想找安春，"和你谈作得了数吗？"

"这——"赵老板显得有点为难，"你也晓得，去年追追的事，他和你……"

"那都是过去的事了嘛。男人，应该大气一点，往前看咯！"米总苦笑着说，"你帮我劝劝他？"

"我不和你做生意。"

米总回头，一个看起来斯斯文文的男青年站在他身后，正是安春。

"怎么，今天没带保镖过来？"安春绕过胖胖的米总，走去赵老板身边拿烟。

"什么保镖咯，就一个司机。"米总笑着回应安春的讥讽，"你不喜欢他嘛，我当然没让他跟过来。"

去年夏天，米总第一次和安春见面，带了一个叫狼别的打手，很是高调神气，甚至和安春发生了肢体冲突。如今有求于人，就变得低调随和，表现出来为对方着想，米总就是这样八面玲珑。

"其实也不是和我做生意，和我自己的利益真的没一点关系。"他双手合十，"我真的是想请你来一起做一点善事。"

"我对做慈善也不感兴趣。"话虽说得直接，安春的声音还是犹豫了一下。

米总捕捉到了他的迟疑，知道他的态度在松动，嘴角微微扬起笑意。

"不是让你做慈善。虽然是帮助别人的善事，和我自己的利益没有一毛钱关系，但是可以这样，你负责做事，我负责支付你报酬，这样就相当于我们一起积德行善，你觉得怎么样？"

赵老板在一边插嘴，问报酬有多少。

"本来我盘算的是一万五，你现在是他经纪人，我晓得你的厉害，也懒得和你磨嘴皮子了。两万可以答应下来吧？"

这个数还是挺诱人的。赵老板吞了一口唾液，劝安春要不先听他讲讲是什么事，再做决定也不迟。

"那你讲讲。"安春禁不起劝。

米总问他们上周有个杀人案的新闻知不知道，就在橘子洲上的那个星城音乐节。

"知道呢！据说挺吓人的，新胜村好多文艺青年都去了，附近一个搞文身的小姑娘还遇到过警察的盘问，一个个都说后怕，离那个犯罪现场好近的。"

赵老板问安春是不是也听说了。

"听说了，不过人不是早抓到了？网上还有新闻视频，大半夜在阳光100那边安置小区黑旅馆的抓捕行动。你还要干什么？"

安春警告米总，掺和公安局办案的事，再多钱也不做。

米总摆手否定，说不掺和办案，是想让他帮忙找钱。

"找什么钱？"赵老板对"钱"字总是很敏感。

"说来话长了。这次被搞死的老板叫黎万钟，是做网络行业的，搞了一家公司叫'欢聚网络'。这个公司什么玩法呢？说是让大家一起凑钱来启动一些'有梦想''有前景'的高利润项目，赢利之后再按照投入的'本金'和'梦想参与积分'来分享利润。搞生意或者玩投资的都知道，高利润肯定也有高风险嘛，所以他就提出了一个概念，叫'风险下摊，积分保证'。就是说，你只要投资之后，找到更多的投资人来参与项目，就可以平摊你的风险。要是你发展的下线多，得到的参与积分高，就可以零风险，甚至在项目整体亏损的情况下，还能得到什么'溢出投资补偿'。"

"那岂不是稳赚不赔的意思？"赵老板纳闷。

"对啊，但是天下哪里有这种买卖？就是要你给他拉人头，发展更多下线投资人嘛。你的风险哪里去了？击鼓传花咯。说是在搞什么互联网新思维的众筹平台、共享投资经济，在我看来，其实就是一种新包装的传销。"米总给他点破。

"那和你有什么关系？"安春问米总是不是也投了他。

米总连忙摆手，说自己怎么可能投咯！

"不过，我有一个朋友，法号叫随云。他呢，虽然还俗了，但可以说是个真正的大师、大善人、高人。我能有今天，也是多次得他指点迷津、逢凶化吉。"

赵老板不解，还俗了怎么还有法号。

"他修的是肉身佛。他其实早就算到有这一劫，帮了我很多，这次到我来帮他渡劫了。"

"什么乱七八糟的……"安春总结了一下他的意思，"你的神棍朋友被那个音乐节被杀的老板用传销公司骗了钱，所以你让我来帮你找他被骗走的钱？这不还是应该找公安局吗？你找我干什么？”

“公安局的朋友找过了，他们也查过了黎万钟的账，说根据目前掌握的资料，他这半年来迷上了赌博，大部分钱都在地下赌场赌掉了。”

安春说那自己也没有办法。

“你不是有那个朋友吗？帽子哥涛别。我一听这个事，就想到了你们两个。你肯定也知道的，在那种地方输掉的钱，有可能是真的输了，也有可能是假的输了。如果是假输，我也不要求你帮很多，找到去向就可以了，我们再向公安局那边的朋友检举，看能不能把钱追回来。如果是真的输了，我再想别的办法去帮随云大师。”

“假输是什么意思？”赵老板没听明白。

“就是洗钱。找一些赌托在地下赌场里面一起赌钱，约好给对方一点费用，再故意把钱大把地输给他们，事后又让他们从别的地方还回来。这样别人查你的账，问你钱到哪里去了，你就说赌博输掉了，但其实钱还是在你手上。”安春解释。

“那你这个随云大师投了他多少钱啊？”赵老板问米总，米总伸出四根手指。

“四百万？”

米总点头，说不过不是随云大师一个人的钱。

“他真的是个非常好的人，改天我介绍他给你们认识就知道了。他从来不是只结识我们这些当老板的，也还结识了很多经济条件不是很好的人，为他们排忧解难。可是他就是太善良了，相信了这个黎万钟，觉得这种投资方式也可以让那些穷人朋友挣到钱，就号召他们拿钱出来投资，结果都砸在里面了。"

赵老板问这个黎万钟总共搞了多少钱。

"一千三百多万，但是现在公司的账上只有八万了。很多人都亏得血本无归，尤其是一些搞不清白的老人，棺材本都赔进去了。还有些人，也是想赌一把，小孩的学费也拿进去投，真的惨不忍睹。"米总叹了口气，"你在新闻里看不到这些。所以我刚刚才说，是想邀请你一起做点好事，我出酬劳，你出力，我们一起积德行善。"

安春掐灭了烟，用大拇指摸着鼻尖掂量，说行吧，试试看。

"我就知道你会答应！"米总很是高兴，开心得笑出了三下巴，"今天我们就算是尽释前嫌了。"

"你想多了。"安春把头扭到一边，看都懒得看他。

尽管有点尴尬，米总还是赔着笑说，这不重要，重要的是还可以一起做点事情，做点善事。

"你知道的，我真的挺欣赏你的。"

"那真是不好意思，我永远也不会欣赏你。"

"这不重要，这不重要……"米总拿出手机，给了安春一个电话号码，说是负责这个案子的警察朋友，有什么需要可以找他，打过招呼了，告诉他是米勒介绍的就行。

安春看向他手机上的通讯录，一串电话号码前面，写着名字"张伟"。

只要待在自己的房间，安春就时常看着不锈钢防盗窗外的泡桐树发呆。

在这个季节，泡桐花已经完全谢了，珠颈斑鸠也成天躲在枝丫上的窝里睡觉，没那么吵了。叶片之间挂着一簇簇泡桐果，像是一小串一小串的青葡萄。安春在网上搜泡桐果能不能吃，结果搜到它是一味中药，可以治疗咽喉炎症，但也从没见过有人来采摘。

在金盆岭第二机床厂职工的宿舍大院内，除了安春这样的青年租客，更多的是机床厂的退休老人，他们整日养花打牌，日子过得清闲自在，和焦虑的年轻人反差挺大。

安春有时候会想，这些老人年轻的时候过的是什么样的生活。虽然听过"艰苦奋斗"之类的笼统描述和老生常谈，却实在很难感同身受。

同时，他又不免继续去想另一个问题：我们这一代人老去以后，又会活成什么样子？

"你要我问的，我问到了。"

何涛把头上的牛仔帽扔在安春床铺上，用手掌从额头往后抹，梳了梳头发。

"不过我想不明白啊，你怎么又在帮那个米总做事呢？"何涛是安春的室友，两人一起租住这间二机宿舍大院的老旧房子。

何涛没有工作，游手好闲，却总有办法过日子，久而久之，在社会上得了一个"帽子哥涛别"的诨名。"帽子哥涛别"和"名侦探鹌鹑"是同乡，安春远在常德的父亲曾经有恩惠于何涛，即便安春和父亲关系闹僵，父亲还是委托何涛关照他。

去年，安春接了米总的委托，后来又为了一个名叫追追的女孩子和米总争吵闹翻，被米总的马仔打了一顿。这件事后来逐渐变得复杂而痛苦，在安春不长的人生中，算是最为深刻又曲折的经历了。追追的事像一把刀劈过胸口，让血淋淋的心脏露了出来，去感受空气中干涩的残酷。虽然后来伤口结了痂，但幻痛没有消失。

当时，帽子哥替安春教训了回去，不过心中恶气仍在，所以对安春又去接米总的委托有些不满。

安春说自己不是想帮米总做事，只是觉得那些被传销公司骗了钱的人挺可怜的。他让帽子哥别管那么多，问到什么了直接说就好。

"你说的这种'可怜人'我看都是自找的，要不是自己贪心想发财，也不会这么惨。"帽子哥不吐不快，"再说，这种可怜人多得去了，你帮得过来？"

"我以前也和你一样的想法，觉得做一个好人挺难的。经过去年那些事之后，我反而想通了，既然谁都没办法做一个绝对的好人，那么至少也可以放松些，尽量做一个好人。遇到可以做的事情就去做一做，能帮得上就帮，帮不上也不用自责了。"

听他这样说，帽子哥忍不住抿嘴笑了。

安春有些恼火，不知道他在笑什么。

帽子哥说不是他说的话好笑，"我刚刚只是想到了，你和你爸关系那么差，这话倒是和他当年劝我的时候，说给我听的那些一模一样。"

"快点讲吧，你问到什么了？"安春让他别提不相干的人来打岔了。

"你不是要找那个黎万钟在哪里赌吗？"

帽子哥说，他打听到了一个人，一个多月前，在高桥那边和黎万钟赌过。

"走。"安春站起身，把床铺上的牛仔帽捡起来，丢给帽子哥，说现在就去找这个人。

帽子哥一脚踏进解放路的"城市玩家"游戏厅，手插口袋走过一台台抓娃娃机。在跳舞游戏屏幕和赛车游戏的座椅之间，见到了"捕鱼达人"的游戏台。

一个穿格子衫的青年坐在电子屏"鱼池"的一角，正在摇动手柄，按着按钮，放出渔网去网一只缓慢游过的大鲸鱼。

"哎呀！我……"

连续几张网都没有网中目标，他正要大骂一声脏话，抓几个游戏币重新塞入，就被人搂住了肩膀。

"朱玻是吧？"

"你谁啊？"朱玻看着何涛的脸，显然不认识他。

"帽子哥听说过没？"游戏厅里音乐太嗨，何涛凑近他的脸，让他先别玩了，劳逸结合，出来休息一下，顺便有点事要问。

朱玻紧张起来，说就在这里问行不行。

"放心咯，不找你麻烦，就问点事。"何涛拍拍他的背，称这里太吵了，出去请他吃冰激凌。

朱玻接过何涛手上的冰激凌，说自己不怎么吃冰东西。

"你不吃啊？"帽子哥啃了一口冰激凌上的脆皮，指着旁边小巷口的方向，"不吃先帮我拿着，我等下吃。"

安春已经在小巷口等着两人了，看见冰激凌，他感叹帽子哥一年四季都吃这东西，怎么就不怕吃坏肚子。

"多拉屎才能减肥嘛，你看我身材多好？怎么吃都不胖！"涛别笑了笑，朝朱玻一努嘴，让安春别管冰激凌了，有什么要问的赶紧问。

安春丢掉手中的烟头，问朱玻最近是不是和一个叫黎万钟的人赌过。

朱玻却表示没听说过这个人。

"你上个月是不是赢了一大笔钱，还记得不？在高桥那边友谊安置小区的场子里。"涛别嚼着冰激凌提醒他。

"哦！没错，赢了十多万。"朱玻这回记得很清楚，是个穿西装的中年男人，看上去像个很精明的老哥，但赌技确实不怎么样，又好面子，输红了眼，就和他一赌到底。朱玻记得这个人，但是不知道名字。他告诉安春，玩赌的如果不是有欠债或者借款，一般不会问别人名字，不太礼貌。

"你不是在帮他洗钱吧？"安春捏捏鼻子，直接问了。

"洗钱？"朱玻一愣，连忙摆手说没有没有。

帽子哥把吃完的冰激凌棒丢进巷口小卖部的垃圾桶里，又拿过朱玻手上的那一只。一边去扔包装袋，一边含着冰激凌给安春帮腔，让他老实交代。

朱玻称绝对没有。赌归赌，洗钱这种事情太危险了，没那个胆子。

安春低头看着自己的鞋，面有疑色，问他那赢的钱如今在哪里。

朱玻告诉他们还债了。

"全还债了？"

"是啊，债主老哥当时也在那个场子，就全还给债主老哥了。"

涛别问债主是谁，怎么会欠他那么多钱。

"悟空。"朱玻给了帽子哥一个诨名，说不知道他认不认识，自己输了那老哥很多钱。

"哪个悟空？哦，那个瘦猴子，我知道了，确实是个老手，不过不熟。"

帽子哥涛别盯着朱玻，歪着嘴笑了笑，说他看上去不像是个会洗钱的。

安春认同帽子哥的看法，也说不像。

朱玻告诉二人，不过那天在场子里听人说，那老哥输过很多钱，在很多地方都输钱，合起来几百万是有了。

帽子哥问他知不知道，这个黎万钟还在哪里赌过。

"听他提过四方坪和大学城的场子。"朱玻说，他觉得这个老哥也不像是玩洗钱的，真的就是个新手，不知道被谁带进来赌，可能一开始赌赢了一点，尝到了甜头。后来就一直输，越输越红眼了。

帽子哥笑他讲别人还挺有一套。

"那是。"朱玻也不好意思地笑了，说自己还算稳，只要不借高炮，总还是有翻红的时候，只要自己愿意，想上岸也不算太难。

安春打断他们的谈话，问黎万钟有没有可能去好几个场子，找不同的人赌是为了打掩护。

"他不是有一千多万吗？用输十几万这种事来混淆视听，输得更大的才是洗钱？"

帽子哥摇摇头，认为不会。

"十几万也不是小钱啊，输给他这样的人，要输多少笔才能混淆视听？这也太不划算了。"

"这肯定不会的。"朱玻觉得安春的想法好笑，说哪个老哥会这么洗钱，真是散财童子财神爷咧！最好都让他给遇到。

"你知道崔远这个人吗？"安春还陷在自己的思考里面。

朱玻嘟着嘴想了想，表示没有印象。

"那你还有认识的人，接触过黎万钟吗？"

"没有了，也不知道你们从哪里知道我和他赌过的。我真的就和他赌过一次，一点都不熟。"朱玻有点无奈，说不过他觉得可以去问一个人，河西的场子，那人都挺熟的。

"谁？"

"李猜猜。"

"你还跟我卖关子？猜个屁，快说。"帽子哥感觉自己的威严受到了挑战。

"没有咧!"朱玻哭笑不得,说不是让他猜,那人姓李,名字就叫李猜猜。

安春在旁边扑哧一笑。

"他在河西和你在这边还挺像的,消息很灵通,但是性格和你就完全相反,比较内向,也很低调,没你这么出名。"朱玻向帽子哥解释。

"哦?"帽子哥来了兴致,叼着木片在牙齿上一翘一翘,问怎么可以找到他。

出租车堵在橘子洲大桥,阳光虽然已经不再晒人,却把河面和栏杆照得亮闪闪,晃眼睛。

何涛望着车窗外,又用手挡在帽檐下遮光,问安春那个杀人案发生在橘子洲哪个地方。

"上个星期的那个事噻?离这里好远,在桥上看不到的,挡住了。"出租车司机突然接过话茬。

"你也晓得呀?"

"呵,我有什么不晓得?"出租车司机轻哼一声,说那个杀人犯当天杀了人,后来是到五一广场打的的士,就是他们今日女报公司的,还是一个和他玩得好的朋友开的车呢。

"哇!"何涛惊叹一声。

司机说,后来警察打电话给他朋友问情况时,都还不知道是这么个事,他们是后来看新闻才知道的。

"那他当时有说些什么吗？坐你朋友的士的时候。"安春顺势问了一句。

"没有哇，我朋友说看上去就特别平常的一个人，上了车就说要去阳光100，之后虽然一声不吭，但是很温和啊，完全不像个杀人犯。还挺礼貌的呢，下车的时候说了谢谢，现在一般人打车都不说了。"司机师傅感叹，可惜知人知面不知心哪。

"人确实是很复杂的。"安春说。

"对，复杂！"出租车司机很认同他这个说法，说越是像他们这种和人打交道多的，看了太多，听了太多，就越懂人的复杂。每个人都有自己的家庭、自己的身份、自己的喜怒哀乐，这些东西啊，你看起来好像是他自己的，实际上呢？有很多，也是大家相互影响。

"我看你蛮有学问啊，年纪轻轻，晓得人的复杂，以后可就有出息了，能在社会上吃得开。我到了快50岁，才明白这个道理，年轻的时候以为就自己厉害，天天心高气傲、横行霸道，吃了太多亏，晚喽！"

安春看着窗外，露出尴尬的表情，不知该如何回应。

好在前路绿灯亮了，司机推动挡杆，轻踩油门让车缓缓向前。

涛别打了个哈欠，靠在安春的肩膀上，问他如果黎总不是洗钱，就是真的输掉了，打算怎么办。

安春反问什么怎么办。

"钱肯定就回不来了嘛，你还怎么助人为乐呢？"

"那我也没办法。"安春回答。

"那他要真的是在洗钱呢？"

"那就报警啊，交给公安局去办。"

"万一到时候全部当赃款没收了，不还给你关心的那些可怜人呢？你这个老好人不是等于白忙一场？"帽子哥笑着补充，虽然自己是一点也不可怜他们。

安春说，这就不是该他解决的问题了。他只想在自己有限的范围内，去做一个当好人的选择。至于结果最后变成怎样，不是一个好人能决定的。甚至在好人与好人之间，也会因为看待问题的角度、立场有区别，而产生不同甚至完全相反的态度和观点。这些都太复杂了，需要更高级的机制和决策方式来协商出一个更好的结果。

"但这些应该是在大家都想'尽量做个好人'的基础之上才能成立的，你其实不也一样吗？"

"我怎么了？"安春的长篇大论，帽子哥有点绕不明白。

"你也在尽量做一个好人啊。明明嘴上说不可怜那些人，干吗还帮我？"安春把他的头从自己肩膀上推开，说因为帽子哥也知道只要自己出一点力，事情没准就会有改变，至少这个改变不是向着更糟去的。

"我？哈哈！还是算了吧，求放过。"

帽子哥微微笑着，出租车结束了蠕行，转弯下桥。街边行人匆匆，金黄色的夕阳余晖，懒洋洋洒在湘江西岸的潇湘大道。

3

中午的太阳高挂，把澧阳路上印着"中国电信"字样的金色透明亚克力电话亭照得发亮。

汤霞掏出 IC 电话卡，插入公用电话机，打了个电话。

电话响了几声，老板崔远终于接了电话，说这里是碟皇影碟出租，问她找谁。

"老板，是我。"

崔远在电话那头听出了霞妹的声音，问她是不是出了什么事，怎么没来上班。霞妹就用手指绕着不锈钢软管包裹的电话线告诉他，自己今天身体不舒服，想请一天假，在家休息。

过了几秒钟，她答应了一声"好，谢谢老板"，拔出了电话卡，走向路边。

骑在摩托上的周哥正伸长脖子望着她。见她来了，踩着离合器转了转把手上的油门，让摩托的引擎发出"嗡嗡"的轰鸣，很是潇洒。他问霞妹老板怎么说。

"老板说没问题，让我好好休息。"霞妹坐上摩托，搂住周哥的腰，问他今天不去店里会不会不好，有人来做美发怎么办？

周哥说店里有徒弟在，不碍事。

"倒是你这样，让我蛮担心的。"

周哥问她想要去哪边散心。霞妹说，想去兰江闸走走，看看澧水河。周哥便用摩托驮着她，沿着澧县 1 路公汽的路线，往澧水河的方向去了。

尽管呼啦啦的风灌满了两人的夹克，有点冷也有点吵，他们一路上还是聊了挺多的：昨天来找碴的那个男人郭跃是怎么回事，县城男人与农村男人的异同，以及为什么想去河边。霞妹告诉他，自己老家太青山那边也有一条河，叫涔河，自己小时候受了委屈，就会跑很远去河边哭，把眼泪滴在河水里，就觉得，所有的伤心也会跟着河水一起流走。

"我小时候问屋里大人，涔河的水流到哪里？他们说流进澧水。我又问流到澧水然后呢，他们就不知道了。"

站在澧水河的大堤上，霞妹把手插进口袋，望着两岸河滩上稀稀拉拉的杨树。枝叶上挂着一些塑料袋和垃圾，那是 1998 年洪水的痕迹，至今仍保留在那里。

"支流的水流到澧水河之后，会流到洞庭湖吧？洞庭湖流到长江，长江就流到大海。"河面泛起亮晶晶的阳光，周哥眯着眼说，人也应该这样，不把自己局限在小地方。

"霞妹。"他轻轻喊了一声。

"嗯？"

"我们谈朋友吧，我会好好发展，将来带你去大城市，过更好的日子。"

周哥说完，紧紧抿着嘴，表情有些紧张。

霞妹没有立即答应，只是问他有那么多美人来店里做头发，条件比自己好多了，怎么就没有能谈朋友的。

周哥坦白说有是有，但是自从她来碟皇上班，第一眼见到了，心里早就已经装不下别人了。

霞妹不好意思了，转身背对着周哥。

"那你愿意保护我吗，万一昨天那个人又来欺负我？"

周哥说当然愿意。

"你愿意去太青山，跟我回农村，向我父母提亲吗？"

"愿意。"

"你愿意今晚带我去唱卡拉 OK 吗？"

"为了你，我什么都愿意。"

霞妹转过身来，拉起周哥的手说，那她也愿意。

正月十一，碟皇出租屋早早就来了生意。一个女孩从店里走出来，把租来的影碟放进自行车前篓，骑车走开。老板崔远跟在她后面出来，手里拿着"新到好碟"的目录黑板，正要放在店门口，见了汤霞，微微笑着打招呼。

"你昨天请假，是去谈朋友了吧？"

汤霞一脸惊讶，问他是怎么知道的，是不是周哥说了。

"是和周哥？"老板虽然仍然保持着笑脸，但也有一种掩饰不住的尴尬和僵硬。

他不像是听周哥说的，那霞妹真想不到，他是怎么猜到的了。

"你以为我不知道昨天是什么日子？"老板漫不经心地问她。

昨天是正月初十。

崔老板说，按照公历，昨天 2 月 14，是情人节。

"哦！"经老板一说，汤霞才想到，周哥为什么一定要昨天约她出去散心、向她表白了。

"汤霞。"老板特地喊了一声她的名字。

"嗯?"

"昨天郭跃还有去找过你吗?"

汤霞说没有,没见过他。

"那就好。"老板点点头,说郭跃昨天早上又来店里了,要找她没找到,放话还会再来。

"我才不怕他!"汤霞哼了一声,说他要是再敢来,就去报警了。

"好的,反正你自己小心点啊,汤霞。"

从这一天早晨开始,汤霞察觉到,老板对自己的态度有了些转变。或许是因为自己和周哥谈了朋友,已经"名花有主",他似乎在故意保持着一些距离,避免过于亲密的嫌疑。

从早晨喊那一声名字开始,他再也不叫自己霞妹了,"汤霞""汤霞"地叫,仿佛两人的关系忽然就变得陌生了许多。她有些不适应,但又说不上来,好像是自己做了什么错事一样。

这种感觉让人不舒服,汤霞就试图多和老板聊聊天,夸他昨天怎么一天就把后面的厕所弄好了,还贴了瓷砖,干净多了。又问他年前不是说要买电脑计算机的,怎么还没买。

老板说给她送随身听花了些钱,又有点舍不得买了,打算等等再看。这话不带表情地说出来,好像是故意为了让她感到愧疚似的。她心里憋了气,觉得送都送了,现在又突然来提这些,显得小气。汤霞一直当老板崔远是个特别好的人,她甚至开始有点怀疑自己是不是看走了眼。

直到下班，老板的态度也没有什么转变。

坐在接她回家的摩托上，汤霞聊起老板的反应，周哥开玩笑说他是不是吃醋了。

汤霞赶紧让他别胡说。老板怎么可能对自己有意思？

"如果万一呢？"

"万一什么？"

周哥说，万一老板就喜欢你。

汤霞紧紧抱住周哥的腰，把头靠在他结实的背上，闻了闻他身上皮夹克的味道。

"你就放心好了，那我也不可能对他有意思。"

汤霞说，打死也不会找个比自己小的男人谈恋爱，没有安全感。

正月十二上午，棚场街下起了小雨。

汤霞觉得门面开着，风吹进来有点冷，问老板崔远可不可以把门关了。

老板说可以，汤霞正要起身去关门，差点撞到进门的两个人身上。其中一人帽檐上滴进头发的雨水让汤霞感到头皮冰凉。那人正在收伞，汤霞看见两人橄榄绿色衣袖上两道金黄的袖线，才意识到他们的身份。

她抬起头来，果然，是两位身着制服的警察，衣裤都有被雨淋湿的痕迹。

"你好，你是汤霞？"

汤霞没说话，面带困惑地转过头，看向老板崔远。

崔远问他们有什么事，说自己是这里的老板。

"我们是县公安局的。有个叫郭跃的男人失踪了，昨天我们接到他家人的报警，到今天还没有回来。"警察还是在问汤霞，认不认识这个郭跃。

汤霞说，他失踪不关自己的事。

"他家人向朋友打听他最后的去向，有人说他是打算初十那天来找你的，还说初九那天，你们发生过矛盾，有这回事吗？"另一个年轻些的警察拿出笔记，甩了甩圆珠笔，一边写一边问。

"有，他打了我。"汤霞把头扭向一边，撇嘴表示不屑。

警察问汤霞，郭跃打人的原因是什么。

"他自作多情呗！以为我和他吃了几顿饭、去了几次舞厅，就是在和他谈男女朋友。看见我和别的男人坐夜市，就觉得我给他戴绿帽子。"

"听他那些朋友讲，他之前对你挺好的啊，什么都依着你。"年轻些的警察在旁边说。

汤霞又翻了个白眼，说爱情不是单方面的好，而是两情相悦。他对你再好，没有感觉也是枉然。

手持雨伞的警察问汤霞，最后一次见他是什么时候。

"就初九那天，他抓我的头发，欺负我，我还准备报警的。"

"前天，也就是初十，他来找过你吗？"警察追问。

汤霞回答没有。

"有。"

崔远忽然插了一句，两位警察看向他。

崔远解释说，前天早上郭跃来过，是说要找汤霞，不过当时她不在店里。

"哦，对。你昨天还给我说过。"汤霞也想起来，老板说过这事。

警察问大概是几点。

老板告知是早上7点多，快8点的样子。他说汤霞还没来上班呢，郭跃就走了。

警察问是不是往人民路方向走的。

"好像是的，出门就往左边走了。"崔老板反问他们怎么知道。

警察称有老百姓在人民路口捡到郭跃的钱包交了公，里面有他的身份证，但钱一分都没有了。

得到警察的解答，崔远轻轻"哦"了一声，表情像是好奇心得到了满足。

"你确定他后来真没来找过你？你们后来没见过？"警察又问了汤霞一遍，注意力仍在她的身上。

汤霞说初十那天请假了，没来上班。

"请假了？为什么请假？那你初十人在哪里？"警察很是敏锐。

汤霞有点慌了，说自己本来是身体不舒服请的假，后来又感觉好些了，就出去散心了。

警察让她说具体一点。哪里不舒服？什么时候，和谁，去了哪里散心？把这天的行程讲清楚。

"你们是不是在怀疑我？"汤霞垮下脸嚷道，"你觉得我一个女人，能拿他怎么样？他跑哪里玩去了也说不定呢！"

"我们现在来找你，还只是了解情况，请配合一下！"拿伞的警察用更严厉的语气提醒她。

汤霞有点被他的威严吓到，声音小了些，用夹杂着胆怯的颤音说，就是早上起床来例假了，肚子疼……8 点左右，给老板打了个电话请假。

拿笔记本的警察指了指一旁的烤火桌，问要不坐下来聊，汤霞点点头，两人搬开椅子对坐在桌边，这样警察就能把笔记本放在桌子上写字了。

"你在家里打的电话是吗？"

汤霞沉默了几秒钟，才挤出一个"不是"。

警察问那是在哪里。

汤霞说是新河楼下面的公用电话亭。

"你住在那边？"

"没有……我寄住在亲戚家里，亲戚家在黄桥光荣院那边。"

"新河离黄桥有一两公里，既然身体不舒服，为什么还跑那么远请假？你亲戚家没装电话？黄桥路边也有公用电话吧？"这位警察总能很迅速地发现疑点。

"我……骗他的。"

汤霞说那天是来了例假，但没有特别不舒服，就是不想上班，想和朋友出去玩，给老板撒了个谎。她低下头，才意识到老板崔远昨天态度转变的原因，羞红了脸。

一直以来，自己作为一个打工人，太把老板的好当作理所当然了，不知不觉中，越来越过分。

"那接下来呢？初十这一天，你都去了哪些地方？"年轻警察在笔记本上事先写好了"早8点""新河楼公用电话亭"等字样。

汤霞说朋友骑摩托，带她去了兰江闸，在澧水河边散步，一直到中午12点，他们又去兰江公园边的小餐馆吃饭，逛了逛公园。下午2点多，两人去唱了卡拉OK，唱到晚上7点多，再去桃花滩坐夜市，晚上9点半回的家。

警察让她讲具体一点。小餐馆、卡拉OK和桃花滩夜市具体的位置和名字是什么？

"小餐馆是兰江公园大门右边的第三间还是第四间门面，好像叫军哥小钵馆。卡拉OK是在人民路上，丁公桥附近的那家月月红。桃花滩的夜市就是桃花滩宾馆后面的夜市，没有名字……"汤霞的声音越来越小，脸色也越来越苍白。

"你朋友叫什么？你们整天都待在一起？"上了年纪的警察语气总是更为严厉。

汤霞说就是隔壁美发店的老板，叫周为贵，他们在谈朋友。

两位警察对了对眼神，拿着伞的那位问老板崔远认不认识这个人。

崔远说认识，那警察便冲着门外撑开伞，招呼崔远一起过去隔壁，把周哥带过来。

"你们谈了多久的朋友？"趁他们走开，年轻的警察继续问。

汤霞回答他，昨天刚开始谈。

"郭跃初九那天和你闹矛盾，就是因为这个周为贵？"

"嗯。"汤霞点点头。

"我明白了。"年轻的警察埋头书写，不再提问，直到另一位警察和崔远带着周哥进来。

"初十当天是什么情况？你讲一讲。"

周哥看见汤霞耷拉着脑袋坐在那里，想喊她一声，还没等他开口，门口的警察举起湿漉漉的雨伞指着汤霞提醒道，你先不准出声！

周哥重新描述了一遍正月初十那天两人的经过，和汤霞讲的几乎没有出入。两个警察又对了对眼神，记笔记的那个问他们去了这些地方，有没有谁可以证明。

"可以证明，公安同志，都可以证明。那几个老板都认识我，去问一问他们，肯定可以证明的。"周哥的皮夹克外面，还穿着理发师的围裙。

"那你们上午在兰江闸呢？有人能证明吗？"

周哥说那边有个鱼贩子，去的时候自己把摩托车弯在他的摊位边，走的时候他正在收摊，就是不知道他记不记得。

警察点点头，问他们是不是确定初十都没有见过郭跃。

汤霞和周哥异口同声说没有。

"那么你就是最后一个知道他去向的人？"

警察用钢笔指向老板崔远，重新叙述了一遍他之前的目击经过。

"郭跃说要来找汤霞，汤霞不在，然后你看到他是往人民路的方向去了？"

"没错。"崔远回答得很干脆。

警察站起身，收好笔记本，告诉三人今天就先了解到这里，有需要会再来。如果听说郭跃的行踪，让他们务必打电话告诉公安局，说郭跃的家人现在很着急。

三人都答应说好，两位警察便躲在伞下冲出门面，钻进停在雨中的那辆桑塔纳警车。

红蓝交替的警示灯亮起，周哥笑着耸肩"啧"了一声，说这个画面，真像是在演电视剧。

接下来的两三天都是晴天，气温也越来越暖。汤霞早晨和周哥吃粉的时候，才发现路边的电线杆和树上，都贴出了郭跃的寻人启事。看着那些不工整的楷书毛笔字，写他"性情豪爽，身体健康，为家中独子，未婚无后，却突失踪迹，令父母亲人悲痛欲绝"，她有些同情起来。

郭跃脾气是暴躁了一点，自己也确实喜欢不上来，但从没想过这样一个活生生的人，真的会说不见就不见了。

他去了哪里？会不会是被谁给害了呢？可是和他在一起也玩了挺久，又没发现他有什么仇家，会有谁想要害他？警察说有老百姓在人民路口发现了他的钱包，里面身份证还在，钱却没有了。碟皇离人民路也不过短短两三百米的距离，也就是说，他从碟皇出去没多久，钱包就丢在了那里。为什么呢？会是被人抢劫了吗？但是抢劫为什么留下了钱包，人却不见了？

"你在看什么？"

周哥也吃完了粉，擦着嘴凑过来一起看，见到是郭跃的寻人启事，他才有点尴尬。

"对了，晚上来我家吗？今天正月十五，我请你吃元宵。"

他故意拉汤霞走开。

"好啊，我是农村人，还没吃过元宵呢！"汤霞挽着他的胳膊往前走，问他知不知道元宵和汤圆有什么区别。

"我想想啊，元宵大一些，只有甜的；汤圆小些，有糖的，也有肉的。"

周哥明显是不知道答案，他在乱说一通，但汤霞却很开心地笑了。

回想起那天，他在澧水河边和自己说要谈朋友的时候，汤霞其实并不觉得自己真的有多喜欢眼前这个人。她喜欢的是和这个人在一起时的感觉，一种像是从好环境中成长出来的人身上，舒服的感觉，没有苦味。

她沉浸在这种恋爱里，正月很快就过去了。那些四处贴在电线杆和围墙上的寻人启事，经历了一天天的风吹雨打日晒，渐渐成了模糊一片的纸张，又被别人新贴的启事覆盖，再也看不出写的是什么。那个雨天说有需要会再过来找他们的警察，也没有再来。

郭跃仿佛从她存在的人间蒸发了一般，不再与她相关。

5月，天热起来之后，周哥选了个好日子，请媒婆去霞妹的老家太青山提亲。

一切都很顺利，媒婆嘴皮子跟抹了油似的，把周哥夸成了一朵花，说是霞妹前世修来的福，让家里人笑得合不拢嘴。后来霞妹干脆向崔远辞掉了碟皇的工作，离开了寄住的表叔家，搬到周哥家里，和他一起过日子。

10 月转秋之后，霞妹和周哥结婚了。周哥特地到隔壁喊崔远一定要来参加婚礼，汤霞走了之后，他没有再请新的帮手，本来推托说要看店走不开，但也招架不住周哥的三请四催。

崔远在宾馆吃完中午的酒席，写了人情簿之后，周哥还坚持不许他离开，要留他一起去家里吃晚饭、闹洞房、陪十兄弟[1]。

"你还在听？"

等新房里起哄的宾客们热闹散去，崔远摸了摸床头柜上的那台随身听，问化着新娘妆、穿着红衣裳的汤霞。

"是呀，你送的。"

汤霞见崔远没有再搭话，只是站在衣柜边，盯着床头一动不动，问他在看什么。

他回过神来，说婚床床头的那对鸳鸯，雕得真好。

汤霞说哪里好看了，这床是婆婆特地请木匠打的，自己还觉得俗气呢。

崔远告诉汤霞，他家的床头，也有这样一对鸳鸯，自己从十几岁搬到县城住，一直睡到现在，感觉挺舒服的。

---

1 陪十兄弟：两湖地区婚礼习俗，关系要好的未婚男亲友陪新郎一起同桌喝酒。

"那你还蛮怀旧的。"汤霞撇撇嘴，说自己只想睡席梦思。

"新娘子呢？不要躲着我们不出来啊！要开席了！"

门外的宾客们，又开始大吵大闹起来。

"来了！来了！"汤霞冲门外回了两声，一边往外走一边对崔远说："你也快来吧，周哥还说让你陪十兄弟的。"

"好。"崔远歪头看着撒在大红龙凤丝绸棉被上的红枣、花生、桂圆和莲子，让她先去，说就过来。

酒席上，大家纷纷举起酒杯，祝福一对新人喜结连理。

"今天我在电视上看到了一个好消息，悉尼奥运会刚刚结束了，我们中国金牌排名世界第三！这说明什么？说明我们的国家现在越来越强了。那么我觉得，这对新人在今天这么特殊的日子里组成了家庭，必须要跟得上国家的发展速度，幸福、富有、早生贵子、冲上云霄！大家说对不对？"

支客士率先发言，说了些俏皮话，逗得满堂欢笑。

新郎官周哥站起身来，在掌声和喝彩中举起酒杯，说了一些感谢的话。首先感谢了汤霞的家人对这场婚姻的支持，接着感谢了自己父母的养育之恩和谆谆教导，许诺一定不辜负他们，带着媳妇儿过上幸福的生活。

"接下来，我还要特别感谢一位朋友，"杯中再次斟满酒之后，大家都在注视着周哥会把酒杯对准谁，"崔老板，要是没有你当年心肠好，招了霞妹去你的店里打工，我也不会和这么漂亮的姑娘相遇，娶到这么心爱的媳妇儿，我敬你！"

"我祝你们……婚姻圆满，白首偕老。"

在众人的欢呼叫好声中，崔远也端起酒杯，一饮而尽。

次日，汤霞从睡梦中醒来，宾客散去，新房已经变得清净。

早晨洗漱、换煤、烧水、吃早饭、出门买菜、回家洗衣。下午打扫、收拾、做几个菜，同晚归的周哥一道吃晚饭。入了夜，就去洗澡、看会儿电视、重新躺回被窝，等新的一天到来，等肚中的孩儿慢慢长大。

周哥跟着霞妹进到卧室，扶着她的肩膀，悄悄提议一起洗澡。霞妹羞着说不行，自己要先洗，于是她拉开抽屉，去找些换洗的衣物。

她翻来找去，有些困惑，自己新买没多久的一条内裤好像不见了，本来打算今天穿的。

不知道为什么，她的脑海里浮现出昨天晚上，崔远站在柜边看床头那对鸳鸯的眼神来。

"怎么了？"周哥看她拉开抽屉，又愣在那里。

汤霞皱着眉想了想，迟疑了一下说没事。

从此以后，崔远这个人慢慢沉入了记忆的深处，很少浮现在汤霞的生活中。

4

安春与何涛穿过望月湖小区，来到一处药店旁边的彩票投注站。

店内泛黄的墙上贴着走势图，写满了密密麻麻的数字和往期开奖记录。走势图下面，是一张散布着报纸和复印纸的平板大长桌，还有几把塑料扶手椅。

"买彩票在那边。"一个皮肤细嫩得像未成年人，却留着八字胡的小伙子，指了下柜台边另一个年纪大的男人。

"你是李猜猜?"涛别手插在裤兜里，说不买彩票，是来找人的。

"你是帽子哥?"小伙子看着涛别头上的牛仔帽。

"你知道我?"涛别嬉皮笑脸。

李猜猜说不认识，让他也别来烦自己。

"我不烦你呢，就是想找你帮个忙，打听点事情。"

涛别把手搭在李猜猜肩膀上，被他用力拿开。

"不要碰我!"

"莫要这么大脾气咯，交个朋友要得不?"涛别的脸垮了下来。

"我不和你这样的人交朋友，也帮不上你的忙，你不要来我这里搞事，好不好?"

李猜猜让他赶紧走。

"我嬲呢! 我是什么样的人咯? 你讲一讲?"帽子哥涛别捏紧拳头，咬着腮帮子，来了火气，"敬酒不吃吃罚酒是吧?"

"你自己觉得是什么样的人就是什么样的人，但是要在我这里搞事情，后果自负。"李猜猜说完，柜台那边的男人也站了起来，保持着警惕。

"哎哟! 我好怕哦!"帽子哥撇着嘴装模作样。

"你别这样。"安春让他少讲两句，说人家实在不愿意帮忙，就回去算了咯。

"走好。"

李猜猜做了一个请客出门的手势，安春却没有马上动，他望向李猜猜身后的桌面。

"你是在看塞林格的小说？"

"你怎么知道？"李猜猜回头望了一眼，书脊和封面的字都很小，不靠近根本看不清楚。

"这本我看过，《抬高房梁，木匠们；西摩：小传》是吧？"安春说，自己记得封面的样子。

"是啊，这本我刚开始看，不过我最喜欢他的是《麦田里的守望者》。"聊到塞林格，李猜猜的语气缓和了不少。

"我也挺喜欢的，看了两遍。"安春似乎找到了共同话题，说自己以前高中的时候不好好学习，就找小说看。本来觉得它是本世界名著，应该会讲很多华丽和高大上的道理，没想到讲的是一个差生的堕落，简直和自己太像了。

"那我比你看得多，我看了十几遍。"李猜猜一笑，指着墙角的小书架，来证明自己不是在说大话，"你看，书都翻得好旧了，像块抹布。"

"不过，我觉得霍尔顿其实不能说是堕落，而是一种反抗。"他又补充了一点自己的看法。

"对啊，对虚伪的社会来说是堕落，但其实是一种无可奈何的反抗。"安春赞同他的观点。

"你们想找我问什么？"聊了几句书，李猜猜松了口，让安春讲来听听。

安春说就想问两个人，黎万钟和崔远。

"你是警察？"

李猜猜摸了摸自己的小胡子，狐疑地打量着安春，说感觉也不像啊。

"不是呢。"安春赶紧问，"你知道他们两个？"

"他们赌过。上个月吧，就在黄鹤安置小区的一个场子里，黎万钟总是输钱，输了崔远二十万没给，打了欠条。"

"崔远是因为二十万杀黎万钟的？"帽子哥此时也消了火，加入他们的谈话。

"我不知道，有人是在传这个事。"李猜猜把手撑在椅子上，又猜测道，"难道他们两个，欠你们钱？"

"没有呢！"

帽子哥朝安春使劲努嘴，说自己只是在帮他的忙，这事本身和自己一根毛的关系都没有。

"我也是在帮别人的忙。"

安春告诉他说来话长，简单讲就是，黎万钟很有可能是个搞传销的，骗了很多做发财梦的人。富人还好，有些穷人倾家荡产，还挺可怜的。有人听说他死前输了很多钱，觉得很有可能是把钱洗了，拜托自己查查看；如果是洗钱，能不能把钱找回来，还给那些人。

李猜猜再次捻了捻八字胡，说感觉不像洗钱。

"黎万钟输了太多人了，我知道的就有七八个，少的有几万、几十万，多的有几百万，基本上没赢过倒是真的。"

安春问都给了钱没有，还是像和崔远一样打的欠条。

李猜猜称，据他所知，之前的钱应该都给了，可能就只欠崔远的。据他知道的消息，黎万钟和崔远是最后一次赌，当时手上已经没钱了。

"这个崔远是个什么人？"帽子哥很好奇。

李猜猜说这人其实以前很少玩，玩得也不大，没有赌瘾。不过他有个赌瘾大的女朋友，挺多人都认识；叫豪姐，输赢挺大，赌到离婚，丈夫儿子都不认她了。半年前吧，这大姐突然交了个男朋友，逢人就说好，还弹吉他给她听，关键是还比自己小 8 岁。一开始都不信，没想到她还真带他一起去玩了，这个人就是崔远。

"他们什么年纪哦？小 8 岁？"帽子哥咂舌。

李猜猜说豪姐好像四十四五了，那崔远三十六七吧。认识豪姐的人都讲崔远是恋姐癖，毕竟豪姐要钱没钱，欠一屁股账，姿色也很勉强，她自己倒觉得是前世修来的缘。

"他们现在还是男女朋友的关系？"安春在思考。

李猜猜说应该早分了，好像没搞两个月就分手了。豪姐伤心了好一阵，但别人笑她，她也不介意，说崔远这人是真的好，只是自己配不上。

"那黎万钟呢，主要是输给了哪些人？"

"什么人都输过，大都是些老赌徒了，欠一屁股债的人多。输给最多的是鳜鱼哥，三四百万吧。他这个人是个赌场老手，赢了很多钱，但是神出鬼没的，听说赢了大钱就喜欢带着女人到处旅游，等玩没钱了又回来赌，赢了钱又出去花，已经很久没有他的消息了。"

"鳜鱼哥？"帽子哥有点纳闷。

"你认识？"安春扭过头问他。

"听说过，他赢了钱老喜欢带一伙哥们儿去鲁哥饭店吃饭，每次必点臭鳜鱼，所以别人给他取了这么个外号，对吧？"

"他这个名号怎么来的我以前倒是没了解，不过我们说的应该是同一个人了。"

安春问两人有没有办法联系上他。

李猜猜摇摇头，说他这里没有，并表示其实自己不喜欢这些人，也很少和他们来往。

"哦？"涛别坏笑了一声，不太相信的样子，"那我怎么听人说你在河西和我名气一样大？"

"也不知道你们是从哪里听说我的，我和那些人不一样。我是经常跑场子，但其实是为了找机会劝一些还有未来的年轻人离开那种地方，不要走上人生的不归路。《麦田里的守望者》书中怎么说的来着，我都背得了……"他真的把这一段背了出来，"不管怎样，我老是在想象，有那么一群小孩子在一大块麦田里做游戏。几千几万个小孩子，附近没有一个人——没有一个大人，我是说——除了我。我呢，就站在那混账的悬崖边。我的职务是在那儿守望，要是有哪个孩子往悬崖边奔来，我就把他捉住——我是说孩子们都在狂奔，也不知道自己是在往哪儿跑，我得从什么地方出来，把他们捉住。我整天就干这样的事。我只想当个麦田里的守望者。我知道这有点异想天开，可我真正喜欢干的就是这个。我知道这不象话。"[1]

"我有点佩服你了。"安春说他有点像去年遇到的一个诗人朋友。

李猜猜露出自嘲的笑意，说他过奖了。自己不敢和诗人比，顶多算个不入流的读者。除了塞林格也没看过几本书，有时候总觉得自己是在刻意模仿小说里的霍尔顿，还挺羞耻的。

"没有的事。"安春告诉他，一个人要活得像一个优秀的小说人物，可能比写小说更难。

"就是，"帽子哥笑着附和安春，"我也感觉你挺有个性咯！"

李猜猜害羞得更厉害了，说实在不敢当。

"那除了鳜鱼哥，黎万钟还输过谁很多钱吗？"安春接着问。

"熊熊吧，也有几十万，"李猜猜想了想，"而且怎么说呢，还有一些人，赢了黎万钟的钱最后可能也落到熊熊口袋里去了，因为他们本来就欠熊熊的债，又是熊熊带他们和黎万钟赌的。"

"熊熊？"帽子哥皱着眉头，问是不是孙志熊。

"对，是他。"

"怎么？你又认识？"安春问帽子哥。

"刚才我就在心里纳闷，"涛别整理着帽子问李猜猜，"这人和鳜鱼哥是好兄弟吧？"

"好像关系不错。"李猜猜告诉他，"这些人你应该比我熟。"

1　引文摘自 J. D. 塞林格著、施咸荣译《麦田里的守望者》，译林出版社，2010 年版。

"这就巧了。"帽子哥拍着脑袋回忆,"我怎么记得猴子也和他们是一伙的?"

"猴子?"安春有点耳熟。

"刚才我们找的那个游戏厅里玩'捕鱼达人'的朱玻,说了什么还记得不?他赢了黎万钟的钱,不是马上就把钱还给了一个叫悟空的人吗?"

帽子哥说,"悟空"就是"猴子"。

从水泥台阶上跳下来,帽子哥问安春现在该怎么办。

昨晚从李猜猜的彩票站回去之后,两人就在想办法寻找鳜鱼哥。

按照目前掌握的信息,鳜鱼哥是赢了黎万钟最多钱的人,大概有三百多万。而他的两个好哥们儿熊熊和悟空,也通过赌钱和收债的方式,直接或间接地从黎万钟那里得到了钱款。安春认为不少资金在向同一个地方汇集,很可能是有问题的。而涛别和李猜猜都觉得,这些人还是很难和洗钱联系起来,毕竟长沙圈子就这么大,大家彼此知根知底,他们几个没胆子,更没能耐做这种"生意"。

上午,涛别四面打听到了更多鳜鱼哥的底细。他三十上下,虽然好赌,却不像大多数赌徒那样混得有上顿没下顿,落魄不堪。他有个光鲜的身份——青年魔术师。他的魔术就是挺常见的那种帽子变兔子、扑克牌变玫瑰、白纸变人民币,但因为长相不错,很受女孩子喜欢,还上过本地电视台的节目,评过国家级演员。

据说他牌技了得，切得一手好花式扑克，因为特别会赢钱，就有一些人不喜欢和他赌，觉得他是用了什么魔术的办法出老千。不过"出千"的猜想没谁抓过现行，再加上他性格好，不小气，经常请客吃饭，见别人欠了债还不上，有时候心情好就几千几万地免账，也混到了一帮朋友，谁也没得罪过。

以帽子哥涛别在各个场子的人脉，辗转要到鳜鱼哥的联系方式不算费劲，但是那个电话号码拨过去打不通，各种聊天工具的好友申请，也没有通过。有人听说他8月初的时候赢了钱，讲过要带个女人出国去玩，可现在也大半个月过去了，没见人回来。

于是安春和涛别退而求其次，看能不能先找到鳜鱼哥的小兄弟，没想到也联系不上。

"我觉得有点蹊跷啊，这几个人玩消失，正好是黎万钟出事的时间。"安春走出熊熊住的公寓楼，有些不甘心，这两个人现在联系不上，又都不在家……

"我觉得啊，他们真要和黎万钟有关系，最多也就是杀了个猪咯，凭些赌博的手段搞了他一大笔钱。"帽子哥像个多动症儿童一样，站着晃动自己的身体。

"反正只要不是洗钱，你就没办法啊。他的钱经过了那么多人，最后又到哪里去了，根本追不回来。"

"你说得也有道理。"安春叉腰，深吸一口气思考，又把那口气呼了出来。

而且目前关于黎万钟的了解太少了，只知道他是个搞传销的。他有什么原因要洗钱？和他的死有没有关系？什么都不知道。

涛别说搞洗钱的人做的都是大买卖，他没接触过，只是听说。"那凶悍得狠，不是你能碰的，就连你爹那么大的老板，恐怕都要绕着走。"

安春不说话，翻开背包，拿出笔记本电脑，坐在水泥台阶上。

涛别也蹲下来，看着他的屏幕，问他想干什么。

"你要到的号码都打不通，我出门之前就编了一条钓鱼短信发给他们，现在也没别的办法了，来看看有没有鱼上钩。"安春敲着键盘登录系统。

"短信还可以钓鱼？"涛别凑过去看他在玩些什么，颇有兴趣。

"你没收到过？比如说你是 CCTV 节目《幸运 52》的热心观众，中奖了，后面带个网址，点进去让你输入姓名身份证手机号领奖。你真要输入了，信息就被人家给钓走了，接下来他们就会诈骗你。"安春告诉他，"不过我这个简单些，是先查到了他们电话号码的运营商，编了移动和联通的欠费通知短信，里面有个查询链接，点进去是空的，没内容，也算不上真正的钓鱼，但是只要他们点了，我这边的后台就能看到访问记录和 IP 地址。"

涛别问访问记录和 IP 地址有什么用，是不是可以直接定位找到他们。

安春说当然没有那么厉害，差不多可以知道他们是真的联系不上了，还是在躲人。IP 地址的归属地其实是比较模糊的，最多可以查到是在哪个城市访问了网站，而且也不一定准。

"不错啊，你最近真还学了点本事！不过你弄这些，不是得电脑联网吗？这里连 Wi-Fi 都没得蹭的。"帽子哥盯着安春打开浏览器，输入后台网址。

"现在的 3G 和 4G 手机都有移动热点了，你不知道？"安春笑他落伍，说可以把手机的移动流量共享给别的手机或者电脑。

"不好意思，我恋旧，我用诺基亚！"帽子哥有些得意地拿出自己的功能机。

"嗯，甘愿落伍也有落伍的自在，你高兴就好。"安春没空搭理他，望着刷新的页面叹了口气，说目前看来，钓鱼短信没有钓到鱼。

"哈哈，就你不落伍，就你高级，你不也没招了？"涛别反唇相讥。

安春抱着电脑凝神，表情显然在说，他还没有到放弃的时候。

"我看差不多得了，你现在也已经尽力了，去给那个米老板汇报一下情况，交差领工资，剩下的让他去处理好了。你看你，不仅出了力是吧，还用这电脑跑手机的流量，小马拉大车。流量费不便宜吧？也算是出了钱。够了够了，那些传销被骗的人，应该要从心底感激你。"涛别开他玩笑。

安春微微张嘴，压着眉斜眼看他，好像有些被触到，忽然站起身来，把电脑收进背包。

"你刚才倒是提醒了我！"

安春麻利地转身，向着电梯间走去，连续按着上楼的按钮。

"你干吗？要上去找地方尿尿？"涛别不懂他这么急着进电梯是有什么新打算。

安春说想再去熊熊家门口看看。

"他家没人啊，还看什么？"涛别不懂他的激灵，但也跟着钻入了电梯。

公寓的老电梯内总是一股闷湿难闻的味道。涛别看着电梯里网络借贷平台的创意广告：借到了钱的人穿着光鲜的衣裳，表情夸张，两眼放光，好像借的钱根本不用还似的。

安春匆匆走出电梯，重新打开电脑，点进无线网络搜索。列表里出现了许多路由器无线广播的名称，它们多以"TP-link""Xiaomi""MERCURY"等品牌名为前缀，或者是"0603""0511""0711"这种看起来像门牌号的数字。

而熊熊租住的房子，门上贴的0713，并没有出现在列表里。

帽子哥问安春想干什么，是不是想蹭他家网。

"没错，他全名叫什么来着？"安春说想试试能不能进他家路由器。

"孙志熊。"

涛别看安春选择了一个品牌名接着后缀"_Sun"的 Wi-Fi 信号，说可是不知道他的 Wi-Fi 密码呀。

安春试了试几个简单的连续数字密码，又试了六个"8"和八个"8"，全部提示密码错误。

他让涛别再看一下孙志熊的手机号。

帽子哥拿出自己的老诺基亚，按了几下，报出了熊熊的手机号码，安春依次输入，可仍然是密码错误。

"都不对，那只能暴力破解了。"

安春自顾自地打开了一个电脑桌面上的文件夹，然后运行了其中的一款软件。帽子哥问安春，"暴力破解"是什么意思，是不是要通过黑客手段，把他家的路由器烧坏。

"你电影看多了，怎么可能有这种手段。"安春说，"暴力"只是形容词，其实就是通过程序，让电脑自己一个个地试密码，也就是"穷举法破解"。电脑比人厉害，一秒钟可以试上千种密码，如果他家的密码不太复杂，没准用不了太长时间，电脑就能把他的密码试出来。

"啊？原来密码这么容易被破解？"帽子哥觉得不可思议。

"这就要看密码的复杂程度了。理论上密码当然有无限种可能，但是你会设一个多复杂的 Wi-Fi 密码呢？人记不住太长太复杂的东西，密码也一样，所有超出合理范围的'可能'都是没意义的。"

安春告诉他，对人而言，密码的位数越少越好记，对机器来说也越好破解。人其实也不喜欢记没有含义的东西，密码通常都会是一些有规律的组合，比如生日、电话号码、姓名，某些键盘字母顺序或者自己喜欢的单词。把这些可能性高的范围框定下来，做成字典文件交给电脑，让它在字典里面找，破解密码的速度和成功率就大大提高了。

帽子哥问多久能破解出来。

安春告诉他快的话几分钟，慢的话可能几天。电脑也没那么多电，就试试，不行就回去吧。

"要不是刚才和你聊 Wi-Fi 热点，我还想不到这个。"

"难怪你去年突然说要改 Wi-Fi 密码，还改得那么复杂。"帽子哥记起来一点往事。

是啊，那还是查追追的时候……没仔细想过这些门路，只知道这个网络时代方便，不知道它的危险。安春想从裤兜里掏烟出来边抽边等，屏幕上不停滚动的字符突然停止了，跳出一串短短的"bear123"，无线网络的标志也显示出了"已连接"的状态提示。

"连上了，bear 是'熊'的英文，这个路由器应该是他家的没错了。"安春把烟收回裤兜，打开网页浏览器。

"厉害厉害!"帽子哥问接下来做什么。

安春说，接下来就是进路由器了，看能不能在里面找到一点什么东西。有些路由器有上网记录，有些没有。如果有的话，看他最后一次在家上网是什么时候、访问了些什么网站，也许能得到点线索。

涛别问路由器要怎么进，是不是就是安春正在敲的那一串数字网址。

安春说那是局域网的 IP 地址，解释起来有点复杂，总之路由器一般都是 192.168.0.1 或者 192.168.1.1。不过难点不是这个，而是访问路由器的管理页面也要破解。他敲打键盘，刷出来一个登录页面，需要输入账号和密码。

"这种就不能暴力破解了，账号和密码是分开的，而且通常有错误次数限制。"安春打开一个新网页说，不过路由器生产厂家设置的初始账号密码一般都是固定的，大多数人也不会改，网上搜索一下牌子和型号就知道。

他复制了网上搜来的账号密码，粘贴到路由器登录页面，结果显示密码错误。

他又试了试刚刚破解出来的 Wi-Fi 密码"bear123"，仍然显示密码错误。

"再给我报一遍他的手机号码。"

帽子哥再次拿出他的古董诺基亚，一个个数字念给安春。

"成功了？"

"应该是。"

浏览器页面刷新，显示出路由器的管理菜单，安春点开系统设置下的日志选项。

"有上网记录，不过看不到网址，只能看到 IP 地址。有一组 IP 地址访问了挺多次，最后的访问时间是 8 月 25 号，我试试……"

安春复制了 IP 地址，在浏览器中打开，弹出来的只是搜索引擎的页面。

"看来他在搜东西啊，可以看到他的搜索记录吗？"帽子哥问。

安春摇头，告诉他只有 IP 地址的话，最多只知道他在什么时间访问了哪个网站的主页，其他的什么都没有。

"我再找找别的。"

他切换回日志的页面，找到另一个被访问了多次的 IP 地址，粘过去，是一个法律咨询网站。

安春皱起眉头，"他想看什么？"

这个网站上的咨询问题，是以列表的形式呈现的。大多数人都在问财产、合同纠纷和婚姻相关的问题。安春点进一个标题为"另一半人口失踪如何申请离婚？"的帖子，弹出网友的提问和热心律师的解答。

安春调出一个黑色的命令窗口，敲打键盘，帽子哥在一旁看着，完全不知道他在干什么。

他回到刚才法律咨询网站的页面，不停快速往后翻看列表。到了十几页后，又放慢速度，一个个看帖子标题。再翻了一页之后，他忽然点进去一个帖子，有人在询问"帮人洗钱会怎么判"，律师回帖答道："属于刑事犯罪，要看具体数额。一般五年以下有期徒刑并处罚金，情节严重五年以上。"

"找到了！"

安春告诉帽子哥，自己猜得没错，他们就是在洗钱，不然熊熊不会上网问这种问题。

"这么神奇？"帽子哥不敢相信，"你不是说 IP 地址只显示他访问了网站主页，其他的什么都没有？你怎么确定这个问题就是熊熊发的啊？"

"因为还有 IP 地址的访问时间。"

安春告诉涛别，如果熊熊通过这台路由器发了帖子提问，那么在网站上找发布时间与 IP 访问时间相近的帖子，就可以确定一个大概范围。

他指着屏幕让涛别看："我刚刚随便点进一个帖子就发现，如果提问网友选择匿名，网站就会显示出他的 IP 地址。我查了一下路由器的外网 IP，和现在匿名提洗钱问题的 IP 地址，正好对上了。"

"牛！"帽子哥大声称赞道，不愧是名侦探鹌鹑！

安春没理他，拿出手机，翻看通讯录。

"你打给谁？"帽子哥问。

"米勒之前给了我一个办案警察的电话，打给他。"

安春说，自己接这个差事，本就只是想尽力做个好人，现在能尽的力都尽了，接下来就该交给他们了。

第三章

1

射灯的光束照在玄关后的鱼缸里，清道夫停在水草中一动不动，像是死了似的。

罗门从洗手间出来，妻子正在收拾餐桌上的碗筷。

他问妻子刚才在和谁说话。妻子告诉他是老人家打来的电话，他又问说了些什么。

"还能说什么？问我们打算什么时候生小孩呗。"

罗门看得出妻子的无奈，但他现在更在意另一件事。

"老崔的事情没有和他们说吧？"

妻子摇摇头，表示当然没有。

"要是让你家那位老公安知道了，不得跑到长沙来剥你一层皮？你那光荣正义的老父亲，一直觉得你玩乐队是在交狐朋狗友、不务正业，我怎么敢往他枪口上撞？"

妻子是懂得为他着想的，但也说对老崔的事情感到震惊。

"你也想不通？"罗门一边换衣服一边问。

妻子表示想不通，一直觉得老崔是个挺有学问的人，音乐素养挺高，对声音和情绪的理解很有想法。

"他来了之后，你们乐队的新歌和演出水平都上升了一个层次，你不觉得吗？"

"那还真是谢谢你了，难得听你夸我们乐队一句。"罗门整理着衬衣的衣领，没有正面回答妻子，但心里也清楚，她说的是事实。

妻子在音乐培训学校当教师，科班出身。从认识到结婚，她都没怎么瞧得上罗门写的歌，但去年老崔加入之后，妻子对乐队的看法有了转变。从动机到作曲，到歌词的字句，再到编曲和混音时的想法，老崔虽然不亲自写歌，却往往能给出非常精辟的建议，让歌的态度和律动都上升一个台阶。

老崔是个很有天赋的人，不只妻子这样觉得，乐队的其他人也都喜欢老崔。甚至，从去年开始，乐队的现场歌迷和网络听众也都在逐渐增多。

清晨的太阳照在阳台一角那把落了灰的雅马哈 F310 入门款旧吉他上面。这是罗门人生的第一把吉他，崔远上个月来家里做客喝茶，还弹过它。

老崔说自己其实喜欢这种便宜货的音色，有种校园民谣的感觉。

罗门问他校园时代喜欢听谁的民谣。他露出微笑不回答，打岔聊起乐队的新歌，换了个话题。

他一直不怎么提自己的过去，这天临走才说，自己高中都没念过。

如今，这么近的记忆也变得不真实，甚至荒诞。对老崔这个人的所有印象，在事发之后都像是沙子堆出来的，一碰就散了。

"别想了，想也没用。"

妻子递过夹克，让他该干吗干吗，说浩南还在楼下车里等着呢。

自家楼栋的电梯间有一面是光滑的不锈钢，罗门每次出门，都把它当镜子用。他看着自己的脸，前几年还觉得自己长得挺嫩的，不知什么时候开始，越来越显沧桑了。

妻子以前常说，当年就是迷上了他的长相，才倒追过来的。罗门最近常常问她有没有后悔。

至少罗门自己不曾后悔，他对婚姻生活感到满足。妻子是个非常体贴又善解人意的人，对他帮助颇多。结婚之前，他的大部分时间都放在工作和乐队上面。刑警是一份艰苦消耗的工作，只要有任务，几乎就没有假期，而少有的闲暇时间他又一心扑进了乐队。婚后两人聚少离多，妻子也没有太多抱怨。

电梯门开了，罗门走下台阶正要张望，听见浩南按了两声喇叭。

他钻进浩南的红色马自达里，系好安全带。浩南打了转向灯起步，向小区外驶去。

"怎么样？审查了一周才放你出来，都聊了些什么啊？"浩南见面就劈头盖脸地问。

罗门把胳膊撑在车窗的边沿，说还不就是那些，能有什么特别的。除了案发当时在哪里、和谁在一起，以及关于崔远的涉案回忆，更多就是一些思想觉悟和人际交往方面的教育。

"所以案发那个时间点，你们真不在一起是吧？"

罗门说这些都给他们交代过好几遍了,那个时间点之前,他们乐队的演出已经结束了,本来是在一起看其他乐队表演的,崔远突然说想要拉屎,去了半天没回来,鬼知道搞出这么大事情。

"可他到底是怎么做到的?"

浩南不解。最多也就个把小时,崔远要如何完成杀人、离场、处理血衣血渍,然后再若无其事地回到乐队朋友身边?

罗门摇头称自己也想不明白,浩南便换了个话题。

"审查这一周,队里没有你,耽误了不少事。到现在居然还在反复交代,不能让你接触崔远,搞不懂他们怎么想的。"

罗门告诉浩南他自己倒觉得还好,也能理解上面的顾虑。再说以他的了解,老崔要是不想开口,自己去接触了也没什么用。

"你能不能让他开口倒是其次,反正人抓到就好说了,再怎么耗着我们都不怕。关键是上面那几个谁,自己人什么底细他们不知道?林队天天去帮你打包票,也不顶用。办正事的时候没见过这些人几回,苦是我们基层吃了,还要被他们拿放大镜盯着看,这世道……我佩服你脾气好呢!要是我的话,早和他们干一架了。"

同事们常常说罗门脾气好、性格好,他觉得都是妻子的功劳。

"我以前脾气也不好,玩摇滚的嘛,愤怒青年一个。后来遇到我老婆,被她降伏了,跟她慢慢学好的。"

"那你老婆又是跟谁学的呢?"浩南问。

罗门想了想,说她父母脾气也都好,可能是一种家庭和成长环境给予的耳濡目染吧。

"家庭？"浩南重复了这个词，撇着嘴直摇头，一脸不屑和厌弃。

罗门问现在是要去哪里，浩南告诉他去长沙理工大学，找一个懂电气工程的朋友。

"还记得黎万钟弄坏监控的那个像喇叭一样的东西吧？我那个理工大学的朋友说是什么电磁来着。今天周日不上课，终于有空给我们讲讲了。"

在校道的停车位上停好车，浩南给朋友打电话。罗门低头看见自己踩了一脚爆浆的果子，抬头看见几簇翠绿招摇的香樟树叶，又看到操场上有一些人穿着短袖球衣在踢球，还有情侣在散步。周末了，学生的生活总是悠闲惬意，脸上的表情也像常青树一样，永远自信明朗。

"走。"

浩南挂了电话，按下车钥匙锁车，说朋友让他们直接去电苑楼的实验室。

"我介绍一下，这是罗警官，这位是肖老师。"

在实验室楼梯口，经浩南介绍，双方相互握手问了好，罗门才说，没想到是位女老师。

"女老师怎么了？肖老师在物理方面的天赋，可比好多男老师厉害多了。"

浩南在一旁打趣，肖老师边掏钥匙开实验室的门，让他别站在外面拍马屁了，进去再聊。

进门后，肖老师随意抓了一副旧的劳保手套戴上，去实验室一角窗帘下的瓦楞纸箱里乒乒乓乓找出几样电子零件，往工作台上一扔。又拿起刷子，刷掉了黑板上原有的公式和图例，用粉笔重新画了一个简单的二维坐标系，十分干练。

"我先给你们介绍一下什么是电磁脉冲吧，"肖老师在二维坐标系的横轴上写下了字母 t，又在竖轴上写下字母 v，然后沿着横轴画了一段起伏的波浪，"这里 t 代表时间，v 代表电压。简单来说，当一段电信号通过的时候，电压开始像这样不停振荡，就会产生电磁脉冲。"

她又在坐标系的旁边画了两条短竖线："一般电子产品，其实大都是通过继电器的打开和闭合，来传输电信号的。电磁感应原理知道吧？也就是说，如果我在一个集成电路附近给它一个很强的电磁脉冲，就会干扰继电器的工作，从而让集成电路传输错误的电信号，造成故障甚至瘫痪。"

肖老师很有上课的范儿，但浩南和罗门面面相觑，显然都是没有听懂的样子。

"就知道你们两个教不明白。"肖老师嘴歪到一边，扔掉手中的粉笔，说干脆直接做一个出来好了。

她找出一个带有插头和电夹的装置，放在起始位置，说这里首先肯定需要电源。

接着她把其他找来的元件在电路板上按顺序排列，告诉他们现在需要接上振荡器，产生一个振荡信号。

她麻利地把这些元件用电线连接起来，一一说明是功率放大器、变压器和电容，这样就可以得到高频高压的电流……

"我先试下。"

肖老师接通电源，裸露的两段铜线之间忽然冒出蓝色的电火花，滋滋作响。

"你的意思是……这样就可以破坏橘子洲那个沙滩公园的监控器？"浩南似乎领教到了这电火花的威力，但总觉得这玩意儿和当天视频中看到的不像。

"这只是电弧，还需要有这个。"

肖老师把手上绕好的一匝细细的电线，一头贴近刚才放电的地方，一头接在另一段铜线上，说这样就能在电磁感应的作用下，产生电磁脉冲，也就是EMP。

肖老师决定给他们展示一下效果。

电源再次接通，电路板上再次不停闪出蓝色的电火花。肖老师拿着桌子上一只小小的考试用电子计时器靠近电路板边缘缠绕的线圈，很快，计时器上的液晶数字闪烁几下后消失了。

"这就是一个小型的EMP发生装置。你那天发给我的视频截图中，如果监控真是因为男人手中的'喇叭'失灵，我觉得最有可能是这个原理。"

浩南问这东西哪里有卖。

肖老师回答他没的卖，这种能毁坏监控器的EMP装置功率已经很大了，生产和售卖肯定是违法的。

"那……一般从哪里可以弄到？"罗门换了个问法。

肖老师说从刚才的演示也看得出，这东西原理其实很简单，制作也不是特别难。这种电磁方面的小玩意，对于专业学这个的都是小儿科。网上还有很多民间爱好者，比如各种各样的百度贴吧里，集成电路、EMP 装置、电磁炮等等，不少人都能自制。

罗门问，那零件好不好溯源。

肖老师告诉他零件应该不算难找，和桌上这些差不多。要做大功率的话，零件的标值肯定高些，但是从一些废旧电器里面拆解也能得到，闪光灯啊、微波炉啊、电击防狼器啊之类的都能拆出耐高压的零件，再加一些大容量电池。

"我觉得你们想靠零件溯源够呛。"

"就算容易我们也没办法溯源啊。"浩南泼下另一瓢冷水，说根本就还没找到当天那个大喇叭的实物，哪里来的零件溯源。

"还没找到？"罗门以为早找到了。

"崔远什么都不肯交代，也不懂他到底是真不知道黎万钟在搞什么鬼，还是有什么别的原因。"

浩南说完瞄了罗门一眼，罗门没有作声。

"这个电磁脉冲，真的这么管用吗？"过了会儿，他突然又开口，向肖老师提问。

肖老师笑了，问他是不是觉得一个小计时器证明不了什么，说如果胆子大，可以把手机拿出来试试。

"你傻啊？我开玩笑的！"肖老师见罗门真打算掏手机，赶忙制止了他。

肖老师进一步解释说，其实他问得挺好，电磁脉冲的效果，确实受到很多方面的影响。比如刚才讲到的电的频率和电压，线圈的材料和绕的匝数，还有目标电路的距离和保护措施，等等。

"也就是说，这个喇叭形状的电磁脉冲装置，对橘子洲的监控器有效还是没效，在使用之前，其实是不确定的？是这个意思吧？"罗门陷入思考。

"你这不明知故问？肯定是有效的啊。如果没效果，监控器是怎么坏的呢？"浩南没太明白他在意的点是什么。

"不不不，黎万钟不知道，或者说，那天想要破坏监控的人，事先应该不知道。"

罗门这么说，浩南仍然一脸疑惑，看向肖老师。

"确实，这么想是对的。如果事先没试过，这个电磁脉冲装置对橘子洲的监控器有没有效果，谁也不知道。"

"啊！"浩南仰天长啸，有点生自己的气，感觉已经跟不上他们在说的东西。

罗门让他别烦，自己的意思其实很简单。这种不管是买的还是 DIY 的装置，落到了想破坏监控的人手上，要保证使用效果，肯定事先拿橘子洲上的监控试过水。

不试，怎么知道一定起作用？

"是哦！"浩南想了想，一捶手。

"可以让橘子洲派出所查查之前的记录？没准可以查到有谁朝监控器举过这玩意儿。就是不知道是多久之前的事了，找起来的话工作量还挺大的，而且时间太长，视频的存储很可能已经覆盖了。"

罗门说用不了这么麻烦，问一下橘子洲派出所，最近一段时间，还有什么时候监控器出现过类似的故障记录就行了。

"既然后来成功了，如果真的拿那种装置试过水，当时肯定也是成功的，也会造成监控器故障才对。"

浩南明白了他的意思，迅速拿起手机，拨打了橘子洲派出所的电话。

对方说要查一查，让他先别挂电话，要花点时间。

不一会儿，那头的同事告诉浩南，与他们的预期相反，大半年来，橘子洲的监控器都没有出现过类似的故障。

"这……"

挂了电话，三人都闷不吭声了。

"我觉得你们的想法还是有点问题，他如果想试效果，随便在街上找一个监控试试不就可以了？不一定非得去橘子洲上试吧？"浩南提出了自己的观点。

"那还是不一样。监控器这个我稍微懂一点，不同型号有很大差别的，有枪式的、球形的，有模拟信号和数码信号的，有金属外壳的也有塑料外壳的，功能、质量和电磁防护能力肯定都不一样。电磁脉冲这玩意儿不是说对一处监控器有效了，对其他所有的监控器就一定也有效。"肖老师否定了他的否定，但又无法解释橘子洲派出所的反馈。

"那同一型号的呢？"罗门捏着下巴问浩南，能不能在全市近期的监控损坏记录里找与橘子洲那晚相同型号的设备。

浩南说可以试试，不过感觉范围太大了一点。

"这些设备当年应该都是公开招标采购的。不如先试下能不能找到橘洲这批监控设备当年的招投标公示，看有没有同一批次的在橘子洲以外的范围安装。再同损坏设备的记录做个对比，优先从这里面找。"

罗门赞同他的思路，说是个好主意。

浩南马上给分局情报组的萌萌打了电话，拜托她尽快处理。过了十几分钟，萌萌回电给他说找到了。近期有两处符合条件的监控损坏记录，一处在岳麓区汽车西站望城坡附近，还有一处在雨花区雨花亭街道新建西路附近。

"去新建西路吧。"

罗门的选择很干脆，但是情绪有些低落。

"嗯。"

浩南知道他选择新建西路的原因——崔远的烟酒店，就开在那雨花区新建西路附近。

从东塘派出所出来，罗门和浩南都叉着腰站在门口不说话。

很显然，他们扑了个空。这边翻箱倒柜找出来的记录显示，新建西路那处和橘子洲同型号的监控器自7月4日损坏，是一个多月之前的报告了，现在已经更换成了新型号的监控器。而8月之前存在服务器中的全部监控记录，也已经被重新写入的视频文件覆盖，无法恢复。

这意味着，两人无法确定嫌疑人崔远与死者黎万钟破坏监视器用的那个喇叭状电磁脉冲装置之间，是否真的存在关联。

"我在想一个问题，音乐节那两天，治安管理大队那边的安保到底严不严？如果真的有他们说的那么严，黎万钟带这样的东西进去，不会被查到吗？"罗门咬着指甲问浩南。

"瞧我这记性。"浩南一捶手，忽然想起来个事情，"你知道音乐节的舞台后边，有辆电视台的转播车吗？"

他说那天在现场做调查，去电视台的转播车上调视频的时候，有个编导在旁边，告诉他好像看到过黎万钟从后台出来，手里拿着那个喇叭形状的装置。

"后台黎万钟进得去？"罗门对此表示怀疑。

"我那天反正是在外面被拦下来了，有个志愿者之类的年轻人看我没有工作证。黎万钟应该有工作证吧？我记得在现场茶社包厢取到的证物里看到过。"

浩南回忆着问罗门，是不是长长的蓝色塑料卡片，还有根黄绳子可以挂在脖子上。

罗门说这次音乐节的工作证分两种，A证和B证。A证是舞台证，红色的，可以进后台、上舞台，只有音乐节演出相关人员有。蓝色的B证是场外证，其他各种工作人员都会发，可以反复进出音乐节大门，区别于观众门票的单次进场有效。

他以此向浩南解释，黎万钟的工作证按理来说无法进入后台。

浩南问那工作证记不记名。

"记名。"

罗门肯定地说，这次特别正规，工作证里面是有芯片的，持工作证首次进入的时候就会绑定持证人，不仅要刷身份证，还要用摄像头记录首次进场人脸，然后大门的安保人员会人工比对确认是持证人本人再放行。以往办音乐节，有一些人会利用工作之便，借给别人工作证来逃票，这种严密的程序主要是主办方想要防止经济损失。

浩南搓了搓头发，不说话了。

"不过……"罗门仔细想了想，又觉得好像哪里有个漏洞。

"怎么说？"

罗门让他想想，这样一来，好像只有大门口的安保和验证是最严格的。

"你那天也经历了，舞台和后台的验证都是人工看证，只看颜色。证上是没有照片的，所以就算工作证绑定了身份，一旦进到了音乐节里面，不管你是买票进场的，还是持 B 证进场的，只要有人再给你一张 A 证，就都可以进入后台和舞台。"

"是哦！"浩南恍然大悟。

罗门仍有不解的地方——谁给的黎万钟 A 证呢？老崔吗？但是周六那天，老崔应该不在现场，下午和晚上乐队成员一直在一起，为第二天的演出搞排练。

浩南摸摸鼻尖，提醒罗门不如换个思路，打开一点，别钻进这些细节里面去了。

"为什么他要去后台拿那个装置？你有没有想过这个原因？"

罗门迟疑了一下，说显然是为了躲避安检。

"是哦……"很快他想到，如果装置是随表演乐队的乐器进来的，即便被检查，也不会被安检人员注意到，很可能会被当成一种演出器具。

"演出器具？"浩南不懂会有谁拿大喇叭当演出器具。

罗门说偶尔有些音乐人喜欢在舞台上玩花样，用大喇叭或者旧话筒制造一种人为失真的演出音效，大家见怪不怪。

两人的眼神越来越接近，最终碰到一起。

浩南问第一天演出的乐队里头，有没有崔远认识的人。

罗门知道确实是有，一支名为"亲月木"的本地乐队，老崔之前还在那里待过。名气不大，也属于暖场表演的乐队。

他掏出手机来，翻了一下通讯录，说自己没有联系方式。于是只好又打电话给了自己乐队的赵公子。

浩南听到电话那头的队友问罗门是不是在查老崔的事，又问他乐队以后有什么打算。

罗门的情绪似乎有点崩溃，眼圈红了，但还是控制住了情绪，让对方别多问，把号码发过来就是了。告诉对方乐队的事以后再说，现在自己正忙着。

很快，赵公子给罗门发来了亲月木乐队主唱小果的电话号码。罗门寒暄了几句，直奔主题，问崔远是否在周六那天托他们把一个喇叭带进过后台。

"还真有？"

"还真有。"罗门挂掉电话，告诉浩南。

"老崔骗了他，说是带给朋友在音乐节搞笑玩的扩音器，当时里面还没装电池。后来被一个西装革履的男人进后台取走了，这个人肯定就是黎万钟。"

"那看来张伟和杜然的判断挺准啊，崔远和黎万钟，这两人之前就挺熟了。"浩南摸着下巴，猜测这个装置有没有可能是崔远带离了现场。他去报刊亭买了两瓶矿泉水，递给罗门一瓶，拧着盖子说疑点在慢慢减少，重点就聚集到两个问题上来了。

"首先，为什么黎万钟要破坏监控？其次，那个装置去了哪里？这两个问题目前还不得而知，但肯定与崔远的动机有关系。那崔远的动机又是什么？凭我们接触到的这么多案子，无非也就那几个……首先要排除激情杀人，这么缜密的筹划，他肯定是有预谋的；剩下的无非就两种，要么和钱有关，要么和情感有关，你觉得更可能是哪一个？"

罗门把水瓶挂在嘴边想了想，说崔远给他的感觉，不像是个特别在意钱的人。他平日生活简朴，甚至有点超然物外。

"那是感情上的问题？"

浩南这么问，罗门就只喝水，不说话了。

"时间还早，接下来我们去哪里？"浩南把手搭在他的肩膀上，说都已经到这附近了，要不要去崔远的烟酒店看看？

"我可以去吗？"罗门润了润喉咙，拧紧瓶盖。

矿泉水瓶晶莹剔透，在阳光中显出一种不真实的纯净感。

"谁下了命令说不可以吗？我没听说啊。"浩南按了下车钥匙，招呼罗门上车。

"远哥烟酒"的红底白字招牌下，浩南蹲下来插入铜片钥匙，把卷闸门拉起。罗门递给他从车上拿下来的手套和鞋套，自己也穿戴好。

阳光照在玻璃柜上，洁净无尘。玻璃柜上层放着塑料篮子，里面塞满了花花绿绿包装的槟榔，柜子里面挨个陈列着各种烟盒。后排的一排木架上，则摆放着各种酒瓶：白酒居多，从衡水老白干到德山大曲、酒鬼酒、五粮液、茅台都有；也有不多的几瓶洋酒，看上去都是便宜货色。烟酒店的角落还有一台拉门冰柜，里面放矿泉水和一些饮料，一直没有断电，玻璃柜门上结着一些水珠。这样小而逼仄、大概十米见方的烟酒店，在长沙随处可见。天花板上有一处吊门，已经被拉开，垂下了爬梯。

浩南说，已经来搜过两遍了，什么都没找到，干净得像搬过家似的，上面只有一张床铺、几件衣服和一把旧吉他。

"他是不是有洁癖啊？最近挺流行的那个你们文艺青年的概念，叫什么来着？断舍弃？"浩南按着脑门想了想。

"你文艺对了三分之二，是断舍离。"

罗门爬上梯子，往阁楼里面探了探头，说他以前来过，不是这样的。

一切都改变了。崔远喜欢看书，阁楼里边原本乱七八糟堆满了书，包括一些社科著作、大部头小说，甚至是诗集；他也喜欢听磁带，有很多 90 年代的磁带和一台老式的索尼 Walkman 放在枕头边；此外还有一台 ThinkPad 笔记本电脑，应该是用了挺久的，如今连充电器和插线板也一起不见了。

罗门告诉浩南，这把旧的 Takamine 吉他是老崔的一个朋友送的，但是从来没有见他弹过。老崔只是放在那里陪自己睡觉，甚至都没有调弦或装包，上面一层灰。

"崔远吉他弹得好吗?"

"啊?"罗门不知道浩南怎么突然问起这个。

"我只能说,在我认识的长沙玩吉他的人里面,能弹成他这样的,勉强数得出一只手来,绝对数不出两只手。"

浩南问,那他是什么原因开始喜欢弹吉他的。

这个话题自然是聊过的,一起玩乐队的人,谈音乐的初心和启蒙是家常便饭。

罗门记得,老崔说他是十几年前,2000年左右开始学的吉他。那时他正在县城老家开影碟出租店,来了个姑娘在他店里打工,喜欢听歌,也喜欢唱歌,还特地买了本教材自学,说以后要上台表演。老崔喜欢上那姑娘,为了讨人家开心,攒了好些钱买了台索尼随身听送她,又悄悄买了把进口吉他在家里学,想着将来给姑娘弹伴奏,陪她唱歌。

结果还没学会几个基本和弦呢,姑娘就跟隔壁开美发店的老板好上,结婚去了。

老崔偶尔还会把这段苦情的生活拿出来讲,供朋友们当笑料。白天去店里,忍受人家秀恩爱,晚上回去又睡不着,只好抱着吉他苦练,本来只是想靠吉他解个烦闷,没想到成就了一身技艺,焉知非福。

"听你刚才说他有很多书,我也觉得他才识挺渊博的,甚至还怀疑他难不成是出身知识分子家庭。吉他弹得那么好,又猜是不是音乐世家之类的,在闹腾的年代遭了殃。"浩南自嘲地笑了笑,说没想到是个落差这么大的俗套爱情故事。

"还音乐世家？你想象力蛮丰富。"罗门转过身看着门面外的街道，有一只麻雀在地上啄食，又急急飞走了，说最近才知道，他初中都没上过，全靠自己学的。

浩南感叹，真是个本事人，可惜是个坏人。

"那平时你们去演出或者排练的时候，他这个店怎么办呢？"

罗门的形容有些别扭，说他有个没有经常在一起生活的，关系好像也比较疏远的，就是那种偶尔联系一下的女朋友王姐，有时候会喊她来帮忙看下店子。

"你说话什么时候这么拐弯抹角了？"浩南倒是直截了当，"那不就是炮友？"

罗门"嗯"了一声，说差不多是那个意思。

"崔远叫她姐，她年纪比崔远大？"浩南告诉罗门，这个人目前还没掌握，问他觉得会不会和音乐节的事有关系。

罗门摇头，说老崔就喜欢年纪大的，除了王姐，应该也还有其他的女友，好像都比他大几岁。

"和案子有没有关系我就不知道了。我的感觉是，他对那些女友都没有太多真感情。包括王姐，就是解决一下寂寞。"

浩南问有没有这个王姐的联系方式。

罗门摇头称没有。浩南感叹，要是能找到崔远的手机就好了。那晚崔远卸掉了 SIM 卡，把手机丢进了清扫车，后来也派人去附近的垃圾中转站找了，可惜估计是拖去处理厂了，也没找到。

"他既然能想到拔 SIM 卡，我估计找到手机也没用了，要么已经损坏，要么资料也清空了。"罗门拉开烟柜的柜门，里面只有一些没用完的黑色塑料袋。

"远哥在不咯？"

罗门和浩南回头，一个秃顶男人在往店里望。

"不在，你找他有事？"浩南回应道。

"没事咧！我就是路过，看他的店好久都不开门了，你们是他什么人咯？"

"我们是他朋友。"浩南说他有事要离开长沙一阵子。

"你经常来这里买东西吗？"罗门问。

"不咯，经常拿东西来他这里卖。"秃顶男人说他就住这附近，是一家互联网公司的程序员，有时候公司发些烟酒礼品，他就拿来这家"远哥烟酒"回收换些私房钱。

"远哥人好，老实！也懂得多，我没事的时候还来找他聊天呢。"

浩南故作轻松，问他们一般都聊些什么。

"那什么都聊呢，聊歌啊，聊网上一些好玩的啊。去年国外不是有个比特币吗？我们最近经常聊那个。我在这里换的私房钱，全拿去买比特币了，远哥也买了一些，最近行情波动厉害，我还想问他抛没抛呢。"秃顶男人问远哥去哪里了，哪天回来。

浩南说他回老家办点事，一时半会儿回不来了。

秃顶男摸摸脑袋，似乎有些疑惑，但也没多讲什么，说那就改日再来。

浩南看着他走远，问罗门什么是比特币。

"倒是听老崔提过一嘴，加密货币什么的，说是美国硅谷那边流行起来的，可以赚大钱，还劝我买点试试。我没太了解，总感觉像骗人的玩意儿。"

罗门耸耸肩，说这里应该也找不到什么了，问浩南接下来去哪里。

浩南指了指自己的手机，示意先接个电话。

罗门认得那是林队的单位集团短号。要是以前和浩南在一起，林队找来，多是会打电话给自己的。

"林队让我们去澧县。"浩南答应了几句，告诉罗门林队的决定。

"啊？"罗门有些吃惊，这很突然。

浩南收起手机告诉罗门，之前联系过崔远在澧县的前妻，她早就再婚了，两人这几年来都没什么来往。

罗门说这他知道。

"我们给他前妻留了局里的联系方式，告诉她有事情随时来找我们。"浩南腮帮子鼓得紧，"林队说刚刚她还真找过来了，说崔远通过邮政寄了一个包裹给她，没敢拆，就直接打电话给局里报警了。"

罗门把手插进裤兜，低头想了想，问浩南什么时候过去。

"林队让我们赶紧出发，现在就开车去？"

浩南说，跑澧县得将近 400 公里了，好在上午出门的时候，未雨绸缪，加满了油。

罗门点点头，两人朝着红色马自达那边走。浩南问他要不要打电话给家里小娘子说一声。

两人分别打开车门。一阵热浪袭来,在太阳下晒了太久,车内温度有点高。

罗门说不用,告诉过妻子今天不一定能回家,却有些欲言又止。

"浩南,你没有什么事在瞒着我吧?"

"没有啊,哪能啊?"

浩南发动引擎,驾车轰鸣两声,离开雨花亭,驶向南二环。

"我们放点歌吧。"

红色马自达从长沙西收费站上了高速,浩南打开了车载歌单,从一首老鹰乐队的《加州旅馆》开始,又到了大卫·鲍伊的《太空怪客》,两人就那么静静地听了几首歌,一个字也没说。

"这首你都有啊,这么小众……"直到放出银河500乐队《拖轮》的前奏,罗门终于感叹了一句,"平时没怎么坐你车,你听歌品位还可以啊,和我对路。"

"是吗?"浩南想忍住笑意,但还是微微笑了笑。

罗门说,张伟的车里就都是些情情爱爱的流行歌,很难找到几首自己喜欢听的。

"我可没你专业啊,随便讲。我觉得听歌就跟品酒似的,它得经过时间的沉淀和酿造,一代又一代的人去理解和发酵,才能出来那个味道,留下的才是最好的,你说是吧?再一个呢,它也有点像旅游,你是想要去借助它,体验一种陌生的文化和心境,对不对？所以我很少听现在的一些新歌，也很少听中文歌，太熟悉了没意思，就喜欢听一些国外的老摇滚乐，还是这些歌经典、有味、耐听。"

"也挺好的。"罗门点点头，声音有点疲惫，没有去反驳他对音乐品位的理解。

"那你呢？"

罗门说什么都听一点吧。国内的，国外的，新歌和老歌，听得比较杂。摇滚肯定听的，民谣、爵士也听一点，古典和电子，一些没有歌词的，流行和嘻哈也听一点。

"你还听嘻哈啊？那我真的没想到。"浩南扶着方向盘嚼口香糖，说感觉玩嘻哈音乐的小孩子们都挺幼稚的，是一种对国外流行风尚的廉价跟风模仿。

"那也许是因为你没有听到过好听的。"

罗门说嘻哈音乐的起源其实并不幼稚，和摇滚一样也有强烈的底层呐喊和反叛精神作为发声内核，只不过进入国内之后，很多时候被不少只追求"酷"这种外在感觉的爱好者掩盖了，让人觉得嘻哈就是嘻嘻哈哈。毕竟不同地方的人，生活的环境和表达的方式都不一样，理解和自己不一样的人是挺难的。

他谈起自己的见解："其实音乐这种东西啊，它本身是用来沟通的，包容性是很强的。从创作者的角度，没必要非得谁杀死谁，谁把谁比下去，都是可以共存的，甚至可以相互共鸣。"

"你是说音乐不分好坏吗？"从听众的角度，浩南似乎没太懂罗门的意思。

罗门说具体到每一首歌来说，当然也分好坏，但是不应该在类型或者年代上分贵贱。而且好坏这个标准也是由每个人的喜好来评定的，不存在绝对的公论。

"那你觉得这个世界上好音乐多吗？"

"当然多啊，太多了，只要愿意敞开自己去听，好音乐多到听不完。"罗门脱口而出。

"那我就还挺好奇了，既然你觉得好音乐多到听不完，为什么还要去搞音乐创作呢？我们平时的工作也这么累。"

浩南总喜欢聊些有的没的，但罗门也知道，高速公路上的风景单调又无聊，如果不聊天，开车的时候很容易睡着。

聊到创作，罗门说主要还是从自我出发。

"人总得有点爱好吧？你看我们的工作，经常要面对那么多社会的暗面，压力还挺大的，我性格又比较内向，不善言辞，玩乐队就成了我的一个表达出口。"

这种问题罗门其实已经回答过几百遍了，每次新认识的音乐人朋友都会好奇，为什么一个警察想要来组乐队，不温不火还玩了这么久。

浩南问他觉得创作音乐难不难，说自己以前也有过这方面的冲动，买过一把吉他，但是感觉很难被别人认可，就放弃了。

"我觉得难，不过搞创作首先是真心实意对自己吧。"

罗门认为，人与人之间相互理解和信任是很难，人与作品之间的理解和信任就更难了。譬如你写了些自认为纠结和复杂的悲剧，但大多数人想看的其实是刺激。他们把你那种不可说的心情，全当成表达的弊病，只觉得你辛辛苦苦，给他们讲了个不够格的笑话，这样的事情总是没法避免。

"那崔远的音乐好吗？"

浩南调低了车内音响的音量。

"老实说，在我看来挺好。讲白了，对于一个音乐人来说，除了技术这种硬指标之外，最重要的能力也许是共情。能够找到一种合适的表达情绪的方式，传递给他的听众。就像你喜欢这些老摇滚，你当然也有刚才自己分析出来的那些理由，但它肯定不是这么绝对理性的。对这种音乐的喜欢，会有你的心事、你的情绪和潜意识在那里。张伟为什么喜欢听流行歌和情歌？当然是因为他潜意识里渴望得最多的，就是爱情咯。你听老摇滚就复杂一点，也许是有一些社会批判的心情在里面？渴望突破什么？或者对自我现状不满，希望有某种改变？不一定准啊，我瞎说的。"

讲到音乐，罗门来了精神，侧了侧身子，甚至比画起双手，有了肢体动作，加大了音量："那么换个角度，厉害的音乐人是怎样的呢？是能通过各种节奏、音调和旋律，来理解你的情绪，与你的脑袋产生共鸣，让你感觉那些东西是真的穿过了你的身体，把你的心脏和大脑皮层给抚摸到了，老崔是有这个天赋的。"

"所以他情商很高？"浩南是这么理解的。

"这和情商还不太一样，情商是一种自我管理情绪的能力。我觉得音乐的天赋，应该是一种对他人情绪的敏感和理解。"罗门比较了两者的区别。

"那你怎么看崔远去杀黎万钟这个事，你觉得可能的真相是什么?"

罗门沉默了很久,看着挡风玻璃外,不停变换的距离指示牌,并没有直接回答浩南的提问。

"我给你讲个小事吧。"

罗门说去年冬天,他们"哭小孩"乐队想写一首新歌。大家即兴排练的时候,老崔提供了一个很好的动机,乐队几个人都觉得挺不错的。于是他很认真地完善了曲子,写了词,大家一起做了编曲,一直在打磨,本来准备趁这次音乐节首演的。

但令人没想到的是,今年春末的时候,网上有个小有名气的乐队发了一首新歌叫《往事与细节》,和他们那首歌的主要动机一模一样。

"开始还挺吃惊的,稍微打听后发现,这个乐队的贝斯手和长沙本地的一支乐队玩得好。而那支乐队,又正好租了我们的排练室搞排练。"

后来大家回忆,搞排练的时候,那个贝斯手可能正在门外等他朋友收拾乐器,听到了排练,时间似乎对得上。

"我们联系上了对方,想问问是个什么情况,人家一口咬定这首歌是他们自己在成都排练的时候即兴想出来的,说拿人品保证,反倒怀疑我们是不是想碰瓷。你怎么看这个事情的真相?"

"你一个搞刑侦的,这点证据链查不出来?"浩南揶揄他。

"我们有证据,人家也有啊。我们乐队的人平时挺忙的嘛,毕竟不是全职玩这个的,最早想在电脑上把这个动机录下来,是一周以后第二次排练时。而人家第一次在电脑上录动机比我们还早三天，歌的 demo 都快写完了，你怎么比？"

"还有这种事？那最后怎么办？"浩南笑了笑，没想到这种小事能难倒一位刑警。

"还能怎么办，不唱了咯。撞动机这事，在玩音乐的人里面一点都不罕见，而且往往很难说得清白。我们不讨论这事的真相，你觉得这件事，除了我们乐队自己的几个人外，大多数人更愿意去相信谁？从那以后，我就越来越怀疑自己了。有时候真相不真相的，真的很难讲。你说我们办了这么多案子，真的每一次都找对了真相吗？"

"想什么呢？"浩南把右手从方向盘上拿下来，轻轻拍了拍罗门的膝盖，严肃起来，告诉他这肯定是不一样的。

"至少在办案子上，我们的心态会严谨许多。我看得出来呢，你现在很纠结，可能内心还是很难接受崔远这个事实，觉得案子另有隐情，对不？"

罗门摇摇头，说这几天总在反省自己，所以老是想起从前。他揉揉眼睛，给浩南讲了另一个故事。

"我读小学的时候吧，成绩还挺好，人缘也好，老师喜欢我，和班上同学关系也都不错。

"有一次暑假玩得很嗨，开学之后老师交代我们第二天把暑假作业带过来，要统一检查。结果有几个同学没带，我也没带。

"老师就说给我们宽限一天，明天再不带就要拿竹条打手心了，吃'竹笋炒肉'。有几个同学通宵赶着写完交上去了，可还是有少数几个同学没带，我也在内。

"老师平时有多喜欢我，这次就对我有多失望。他怒发冲冠，把我叫到讲台上，拿竹条打了我的手心，问我为什么不带。我告诉他，我昨天回去找了呀，没找到，可能是掉在乡下奶奶家了。

"他一听就来气，狠狠拿竹条抽我，说我撒谎，让我吃'竹笋炒肉'，还问讲台底下的同学们，相不相信我这个理由？

"全班同学都觉得我不可能撒谎啊，都小声表示相信。他就更气了，说这种鬼话你们也信，又狠狠拿竹条抽了我一遍，大声告诉同学们，我肯定在撒谎，根本就没有做暑假作业，是在找借口骗人，还要打电话叫家长。"

"这么可怜？你也太惨了，我这个样子，小学都从来没被老师体罚过。"浩南问罗门真相是什么，你暑假作业到底写了没有？

"啊——"车途还很漫长，罗门举起手臂，伸了懒腰，打了个大哈欠，把头枕在座椅靠背上，打算小憩一下。

"没写。"他闭上眼睛告诉浩南答案。

"后来老师真给我爸打电话了，我爸其实知道实际情况，但他是公安干部，要面子怕丢人，就说我讲的话是真的，作业本确实掉乡下了。"

浩南笑着说真是厉害了，问罗门后来怎样了。

"同学们都觉得老师很过分，不应该那么打我骂我。我把班上所有人都给骗到了，免了一顿更粗暴的皮肉之苦。但是从此以后啊，养成了一个坏习惯，不管谁说的话听起来有多可信，我都会怀疑他是在撒谎。"

罗门问浩南能不能明白这种感觉。

"嗯。"浩南想了想，点点头说明白。

"我还是很在意他那把匕首。"罗门头偏向窗边，都要开始打盹了，忽然冒出一句。

"匕首？你是说凶器？"

"费那么大劲找人带进来，不就是为了掩盖他的身份吗？但上面指纹都没擦干净，你不觉得奇怪吗？还用我排练室的电话，打给那个保安……"

"之前我也总感觉这事有哪里不自然。"浩南略一沉吟，说这句话倒是点醒了他，有一种反差感。

"没错，反差感。"罗门的声音缓慢而轻盈，带着即将入睡的倦意。

在这起事件中，崔远透出了非常缜密和细腻的一面——他小心翼翼地找保安把凶器带进来，弄了肖老师说的那个EMP高级设备来对付监控，包括事后的逃脱行为，都设计得十分精密。不管最后成功与否，至少他试图让计划滴水不漏。

但与此同时，他又暴露出来非常敷衍随意的一面——用排练室的电话打给保安，明明可以带走凶器却丢弃在现场，凶器上的指纹都懒得擦掉，这些行为都太过粗糙了。

这截然相反的两面出现在同一个人做的同一件事情上，并不协调。

"他是疏忽了？还是……"

一辆油罐车从旁边驶过，猛按了两下喇叭。罗门没有睁眼，浩南急抖了两下方向盘，才稳住车身，差点撞上护栏。

现在不是出神的时候！他决定暂时搁置心中的疑问，集中精神开车。

前路还很漫长。

2

若娟盯着楼下，男朋友提着菜，嘴里叼着烟，正在埋头往里走。

桃花源路的这栋老房子，随时可能会被拆掉。常德这些年来发展得太快了，到处都在搞拆迁。邻居们都在议论拆迁会补多少钱，若娟却盼着它晚点拆，最好是不拆。

她习惯了这里的生活，从小到大，再到出嫁离开又回来。父母走后，房子成了她唯一在世的"血亲"。

邻居们总是背着她讲闲话，她是知道的，但并不怎么往心里去：关于她的工作，每天要接触到的病孩子，又或者是她让比自己小好几岁的男人住进家里，却一直不结婚。他们说这个女人太放荡，不是什么良家妇女，难怪被前夫抛弃了，不值得拥有家庭。

"回来啦？"她托着腮，懒洋洋地和男朋友打招呼。

"回来了。"男朋友说，"洗个手就去做饭。"

若娟问今天吃什么。男朋友告诉她一个菜是辣椒炒肉，还买了点豆渣，昨天烫了点萝卜叶子，就搞萝卜菜炖豆渣。

男朋友换了拖鞋，把吉他包丢在沙发，把菜放在厨房的砧板旁边，然后熟练地系上围裙，去洗手做菜。

"你来把饭煮起？"他对若娟说。

若娟告诉男朋友已经淘好米了，在电饭煲里，按一下就好。

相比于拥有家庭，十二年前被前夫一家逐出家门时若娟就已经想通了，她更希望自己拥有爱情。

但有些爱情是假的，只是诱捕女人的陷阱。回想刚结婚时，丈夫和他的家人对自己的好，都是以自己的生育能力为前提的。对于前夫一家而言，婚姻真正的意义就是为他们家传宗接代延续香火做准备。当他们知道自己无法完成这个任务时，所有人的脸都变了。

曾经，她试过尽最大的努力留在那个家里，在力所能及的范围内都做到尽善尽美，哪怕只是拿热脸贴他们的冷屁股。那时的她已经无法变得更卑微，最后换到的还是婆婆递过来的一纸离婚协议书。

"若娟姐，家里还有盐不？"男朋友卷着袖子，拿着锅铲，青椒都已下锅，才发现盐缸里没盐了。

若娟告诉他多的是呢，盐在卧室床底下的纸箱子里。

男朋友关了火，去到卧室，蹲在地上把纸箱子拖出来，拍拍灰打开，惊呼怎么买了这么多盐。

若娟扑哧一笑，说是 2003 年的时候买的。

"这盐都五年了？"男朋友皱了下眉头，才想起来是怎么回事。

"'非典'的时候吗？你也去抢盐了？"

若娟告诉他，那时候她妈妈刚走一年，她害怕爸爸也因为

"非典"离开自己，就拼了命去各个超市抢盐。后来呢，"非典"结束了，爸爸也走了。

男朋友拿着盐往厨房走，说"非典"那年，自己前妻也去抢了好多盐，还有板蓝根，天天冲给他们一家三口喝。自己和两岁的儿子都不喜欢板蓝根的味道，经常偷偷倒掉，前妻发现了，又哭又骂，发了好几天的脾气。好在后来都说盐和板蓝根能预防"非典"是假的，她才慢慢消停下来。

若娟看着男朋友重新开大火炒菜，油烟从锅里升了起来。

"哈哈，一点盐和板蓝根就让你受不了婚姻了？"

男朋友说那倒不是。

"一直没听你讲过你儿子呢，他今年多大了？"

男朋友也曾简略聊过自己离婚的原因，说是奉子成婚，后来自己的生意越来越不景气，又发现自己并不能承担丈夫和父亲的责任，就净身出户，离开了澧县，来到常德。

"7岁了，都两三年没见过他了。"男朋友把盘子里的肉倒进锅里，滋滋作响。

若娟自己没有子女，无法体会这种感觉，但仍然很好奇。

她靠着门框问男朋友："你难道就不想儿子吗？"

男朋友一边翻锅铲一边说，忘了他才是对他好。

"屁呢！那你前妻呢？你想不想她？"

男朋友笑了笑，没有说话。

若娟也笑了，倚靠在厨房门口继续逗他。

"你喜欢她多一点，还是爱我多一点？"

"当然是你。"

若娟便问他有多爱。

"这么说吧，我以前特别不喜欢吃肉，跟你在一起生活久了，都开始吃肉了。"

男朋友把菜盛进碗里，推着若娟往餐厅走。

"哈哈，你有毛病吧，这是什么狗屁话？"若娟觉得他的说法好好笑，在餐厅咯咯笑起来。

男朋友的表情却很认真，说没有骗人。

两人坐在餐桌上吃完饭，若娟去洗碗，男朋友就坐在沙发上，弹吉他给她听。

男朋友除了一些自己练习的指弹曲目，还会很多不同的弹唱曲目，她经常就附和着在家里唱起歌来。她喜欢唱《风中有朵雨做的云》、《甜蜜蜜》和《光辉岁月》之类的，一些上个世纪的港台老歌。

那时的若娟 20 岁出头，正值青春，还未开始那段糟糕的婚姻。如今 36 岁了，跟着伴奏唱这些歌的时候，她经常忍不住去想象自己的容貌和气质，会不会也随着嗓音时光往回流转，再次回到当初的那个自己。

若娟认为男朋友的吉他弹得好，不仅仅在于技术上的熟练，或者节奏上的工整，而是一种理解他人的能力。他懂得如何通过拨动琴弦，来与自己的各种情绪相呼应。

"我一直想问你来着，你是什么时候开始弹琴的呀？"若娟洗碗的时候，转过头来问男朋友。

“2001年吧，怎么了？”

男朋友按住琴弦静音，专心和她聊天。

“你弹得这么好，又这么喜欢弹，当初是怎么想到要学吉他的呢？”

男朋友笑了笑，告诉她自己算是音乐世家，从小就接触乐器。

“就你？还音乐世家？”若娟才不信他的鬼话，“你不是说你是农村人吗？”

“你以为农村就没有音乐？”男朋友笑若娟眼界不开阔。

“那我还真不知道农村有什么音乐，山歌？”

两人总是这样有一搭没一搭地乱开玩笑。

“你还别不信，农村搞婚丧嫁娶，不都要音乐吗？”

男朋友说，那可是祖祖辈辈传下来的音乐，只是现在大家都不爱听了。

若娟把一个“哦”字拖得很长，觉得他讲得有些道理，但也有些无聊。

“那贵府以前是演奏什么传统乐器的？打鼓还是吹唢呐？”

“我父亲以前主要是打铜镲的，你知道是什么吧？哐、哐、嚓、嚓、哐、哐、嚓！就是两个像帽子一样的铜片系着红布夹在手上，和鼓啊唢呐一起演奏的。”

“哐、哐、哐、嚓、嚓、嚓、哐、嚓、哐、嚓、哐、哐、嚓？”若娟不知道为什么自己也记得这样的节奏，小时候和父母一起去走亲戚，确实有这样的演奏，但那时候并没有意识到它也是一种音乐，只觉得太吵闹。

男朋友笑了，说没错，确实也有这样打的。

"说到小时候啊，你有什么小时候喜欢的歌吗？弹一首给我听听呗。"

男朋友的"没有"回答得非常干脆，表情也有些出神。

"没有？"

若娟在毛巾上擦干净手，说那弹一首我小时候爱听的吧，问他《让我们荡起双桨》会不会弹。

男朋友试了一小段，问若娟是不是这样的，她说是。

然后男朋友从头开始弹起来，她也跟着唱起来。

"让我们荡起双桨，小船儿推开波浪。"

若娟一边朝他走去，一边轻轻跟着唱。

"海面倒映着美丽的白塔，四周环绕着绿树红墙。"

若娟也坐在沙发上，依偎在男朋友的身旁。

"小船儿轻轻飘荡在水中，迎面吹来了凉爽的风……"

她脱掉了身上的粗布裙子，没有穿文胸，胳膊搭在男朋友脖子上，直勾勾地盯着男朋友。

"想来吗？"这是一句废话。

她吻了吻男朋友的脸颊，男朋友便停止了弹奏，把吉他放到茶几上。相比于20多岁的那个自己，若娟明白，现在她的皮肤已经粗糙了一些，眼角也起了细细的皱纹，但是男朋友对它们仿佛有种狂热的迷恋。

这种被迫切需要的感觉，也正是她所需要的。它仿佛在竭力证明，自己并不是那些人眼中"无用"的女人。

"今天你不是要去值晚班吗？"男朋友喘着粗气问。

若娟压低嗓子，用迷惑的声线告知他来得及，唐主任说今天可以晚点去。

男朋友是个不善言辞、性格内敛的人。对于这间屋子来说，他更像是个没感情的租客。但在这一个个日子里头，有晚餐，有唱歌和做爱这样丰富且坦诚的交流，若娟已经感到很满足了。

她知道，也许有一天他会离开，但当他还在这里的时候，就和这间屋子一起，构成了自己更向往的那个"家"的全部意义。

"对了，后天我带班的唱歌康复治疗，你要去吗？莲莲说她想你了，周沆也在问你。"说到值班，若娟让自己暂时出戏，顺口问了一句。

"姐姐，现在不说这些了……"男朋友用力吮向她的脖颈。

若娟在食堂工作区拿小刀削完一个苹果，递给橱窗外的同事赵蓉。

心急的孩子们围在赵蓉身边，等她喊出自己的名字。

"马恬妍！"

也有安静的孩子，坐在餐桌边等她喊了名字之后，再乖乖过来的。

屋顶的吊扇慢悠悠地转，窗外有两只黑燕匆匆掠过，撞进杉树里不见了踪影。有个孩子赶紧把苹果扔在桌面，抓起蜡笔，想把燕子在素描本上画下来。

在常德市康复中心住院楼的 F 区域，患者都是 8 到 22 岁的精神病人。

苗若娟在这里上班已经有 6 年了。离婚之后，不得不放下家庭主妇的身份，又不希望一辈子啃老，就让父母出钱去读了几年医护专业的成人职业教育，找到了这份工作。

每天要和精神病人打交道，一开始她是害怕的。特别是其中那些不受控制的狂躁和暴力，让危险也偶尔存在。但是后来，她渐渐发现这些病人身上，也有着可贵的迷人之处。他们的想象力是如此丰富，自由无拘束，还挺好玩的。

有的人哪怕是苹果皮，也能看成蛇；有的人把窗外的鸟想象成胖胖的间谍在监视自己；还有的人把桌子当成大海，那么其他所有午睡的人就成了搁浅的鲸鱼……

若娟想起昨天问过男朋友，怎么看这些病人。

男朋友想了想反而问她，这世界上到底有没有精神百分之百正常的人。

在若娟看来自然是没有。一个人格再健康的人，在这个社会上也总会遇到不顺心的事，总有失去理智突然崩溃的时候，又有谁敢说自己精神永远绝对正常呢？所以她告诉男朋友，这世上的每个人或多或少都有精神问题吧，病人与非病人之间，只是严重程度的差异。

男朋友继续问，那这个界线是谁规定的。

自然是有一套科学的标准。这个若娟倒是耳濡目染知道一些，包括汉密顿量表之类的问询评定，或者多巴胺、脑电波、心率血压等等生理上的检查，都可以判断一个人是否患有精神疾病。

男朋友摇头，说这些医学上的标准归根到底还是人定的，那么凭什么一些人有权利选择一个值或者一个范围，来界定正常与非正常的标准呢？

那当然是以绝大多数人的状态为依据了。若娟说，绝大多数人的状态，就是相对健康的状态。

为什么绝大多数人的状态，就是相对健康的状态？男朋友摇头否认，说这些东西实际上没办法证明。人和社会一直都在变化，很多事情以前合理如今不合理了，以前不允许的现在又允许了。那怎么能说现在的大部分人就一定是心理健康的，其他的人就是有问题？也许他们才是未来人类进化的方向呢？

若娟一时语塞，没办法回答了。男朋友周启森倒是笑起来，让她别继续这么认真地想了，自己是开玩笑瞎讲的。

"我只是觉得每个人都差不多的。我怎么看自己，就怎么看他们。"

若娟总觉得男朋友昨天的这句话有些怪异，但又说不出来具体是哪里有问题。不过她记得别人说，聪明人和疯子之间只有一线之隔，男朋友周启森肯定不属于疯子，他是个聪明人。

"周沅！别打架！"

忽然，赵蓉喊了一声，苗若娟赶紧放下手中的苹果和水果刀，冲出工作区，同赵蓉一起拉开周沅和欧朱一。

"是他先动手的！是他先动手的！"周沅大嚷。

若娟问周沉发生什么事了。

"他把蚂蚁放在我背心里面！"

"哪里有什么蚂蚁？"赵蓉一边问，若娟一边掀开周沉的衣服，露出他瘦小的背，上面起了很多红色的疹子，但没有看到蚂蚁。

若娟安慰周沉说没事没事，可能是有点皮肤过敏了，等下涂点皮炎平软膏就好了。

"哪里有什么蚂蚁？"赵蓉严厉地又问了一遍，周沉就不说话了。

"欧朱一，你给他的背心放了蚂蚁吗？"赵蓉又转向另外一个病人问。

欧朱一个子比周沉高一大截，性格却内向羞怯，摇头摇得像是在打冷战。

"蚂蚁？生日？星期几？"

口水从欧朱一嘴里流了出来，若娟又赶紧去拿纸巾来，给他擦嘴。

"算了算了，又搞成这样了。我给你说了多少遍，没有人给你背心放蚂蚁！"赵蓉告诉周沉。

"有，不是他，是另一种人类！"周沉反驳说。

"谁啊？外星人吗？"赵蓉问。

"是唐主任！唐主任放的！唐主任给我背心放了蚂蚁，他不让我出院！"周沉大叫。

"怎么可以这么说唐主任呢？唐主任人那么好，你不是很喜欢他吗？"若娟温柔地直视着周沉的眼睛，试图安抚他。

"不要再给我放蚂蚁了！不给我放蚂蚁，我就会好了！是真的！我想出院！唐主任，求求你！"

周沉哇地哭出来，若娟就拍着他的背，安慰他很快可以出院了，只要再多多坚持一阵子，等完全康复了，出院的问题不大。

"周叔叔来啦！"

一个女孩在门口喊了一声，周沉看着背吉他包的周启森走进食堂来，忽然就破涕为笑。

唐主任把手插在白大褂的口袋里，跟着苗若娟的男朋友周启森一起走进来。他微笑着和孩子们打招呼，说今天的唱歌康复治疗，周叔叔又来给大家弹吉他！

"周沉又开始有点激动了，说什么你在他的背心放蚂蚁。"若娟走过去，悄悄告诉唐主任刚才发生的情况，说等发完苹果，让他们吃完了再唱歌吧。让周叔叔先去和周沉聊会儿天，这孩子特别喜欢他。

"好好好，我和周启森老师一起。"唐主任微微笑着说没什么大问题，让若娟放心，周沉这种双相情感障碍的就是这样，狂躁相和抑郁相都是他表达自我内心困惑的一种方式，还是需要多理解和倾听，再和他多交流，化解他的心结，病才会慢慢好。

"我总觉得他一阵阵的，每次都快出院了，就又发病了，怪可怜的。"若娟皱着眉头。

唐主任强调没事的，让若娟去给孩子们削苹果，说和周叔叔一起来跟他聊聊。

苗若娟往食堂工作区走的时候，男朋友周启森轻轻拉住她的胳膊，说了一句悄悄话。

"若娟姐，刚刚我在外面看你削苹果的样子，忽然觉得你穿这身制服的样子还挺好看的，我喜欢。"

瞬间，她脸红得像是开水烫过一样，用力掐了掐男朋友的胳膊："你有毛病吧！"

不过，在给孩子们发完苹果之后，苗若娟还是给男朋友也削了一个，一把塞进他嘴里。

周沉在和唐主任聊天，又是一些错乱而古怪的话语。什么宇宙、笼子、黑夜和星星，若娟问男朋友听不听得明白，男朋友竟然点点头，一边吃苹果，一边说差不多能听明白。

若娟就问他，那周沉到底在说些什么。

"他很怕。"

"怕什么？"

男朋友几大口吃完苹果，用力在嘴里嚼着。

"怕一直被什么东西缠着，只能留在这里，再也出不去了。"

若娟觉得男朋友是在胡诌，拍拍唐主任的肩膀，问他周沉最近到底什么情况。

"他没事，我感觉就是太急着想出院了。"唐主任站起身，解释说。

赵蓉发完苹果出去洗了个手，环视一圈，似乎觉得孩子们都吃得差不多了，就大声喊："大家做好准备，我们马上要开始唱歌了！"

男朋友坐在小板凳上，拿出调音器夹在吉他上，拨动几根琴弦来调音。

孩子们窸窸窣窣站去食堂一角，赵蓉把打印好歌词的 A4 纸拿来，分发给他们。纸上的字一个个都打印得很大，这样比较能吸引他们的注意力，今天若娟想教大家唱的歌是《明天会更好》。唐主任瞄了一眼歌词提议："马上北京奥运会要开幕了，不如下次启森老师再过来，就教他们唱奥运会的主题歌《北京欢迎你》？"

若娟答应下来，然后让男朋友周启森弹了一些和弦套路给自己打伴奏，先把《明天会更好》独自示范着唱了一遍。

要是平时，她就只能用医院配的老磁带机放一些伴奏录音，但如今磁带已经不怎么好买了，又没出太多新歌，医院的十几盒磁带里，选来选去，也就《感恩的心》《小草》《好日子》那些老歌，孩子们都唱腻了。男朋友那天说要来当志愿者，看看她工作的地方，她就想着不如让他来给自己打伴奏，教孩子们唱一些磁带里没有的歌。结果效果挺好的，孩子们都觉得新鲜，非常喜欢这样的形式，也都喜欢男朋友过来。

唐主任觉得这非常有助于他们的精神恢复，还鼓励若娟也多去学一些当下年轻人中正在流行的歌曲，比如《隐形的翅膀》《飞得更高》《奔跑》之类的，再来教他们。若娟实际上总觉得有点不好意思，毕竟男朋友和自己并不是什么法律上的家人关系，老是麻烦他过来帮忙，有一种亏欠感，好在他还挺乐意来的，也很喜欢这些孩子的样子。

若娟甚至觉得，相比于正常人，平日里沉默寡言的男朋友在这些孩子面前，反而表现出了更多交流的意愿。

"好，下面一句句地学啊，我唱一句，大家就跟着我唱。"

男朋友弹出一些 G 调和弦，若娟带着孩子们唱起来。

"轻轻敲醒沉睡的心灵，慢慢张开你的眼睛。看看忙碌的世界，是否依然孤独地转个不停？"

孩子们圆溜溜的黑眼睛，目光随着打印纸上的歌词移动。

"春风不解风情，吹动少年的心。让昨日脸上的泪痕随记忆风干了。"

虽然歌声并不优美，一些孩子因为精神状况，发音甚至特别怪异，但每个人都规规矩矩、认认真真地在跟着唱。

"抬头寻找天空的翅膀，候鸟出现它的影迹。带来远处的饥荒，无情的战火，依然存在的消息……"

跟随吉他演奏唱出来的这种感觉和往常的唱歌治疗是不一样的，若娟也变得更加专注起来，捏紧了自己手上的那份歌词，想要唱得更好一点，也让他们学得更好一点。

"好，下面大家来跟着我一起唱。"

只要情绪稳定，精神病人学歌并不比正常人慢，有些敏感的孩子，天赋甚至更高。带了几遍之后，若娟让他们跟着自己和伴奏完整地合唱一遍。

"唱出你的热情，伸出你双手，让我拥抱着你的梦，让我拥有你真心的面孔！"若娟不确定他们是不是真的理解这些歌词，但唱到最后，周启森的吉他弹得更用力了，孩子们也跟着几乎是大声呐喊出来，与之共鸣，"让我们的笑容充满着青春的骄傲，让我们期待明天会更好！"

男朋友的现场弹奏十分感染人，若娟抬起头，才发现好多孩子的眼睛都红了。整个食堂安静了几秒，站在一边的唐主任突然高呼了一声"好！"然后和同事赵蓉一起鼓掌，周启森也放下了吉他，给孩子们鼓掌。

若娟忽然感觉，这是这么多年来，她在这里教过最好的一次唱歌。她让孩子们解散，先休息一下，等下再过来合唱几遍，周沉就跑过去周启森那边，蹲在地上托着腮看他的吉他。

"你还好吗？"

"周叔叔，我很好。"周沉回答他。

"你刚才唱得挺好的，音调很准，我听得出来你的声音。"男朋友表扬周沉。

"可那是我的肺想唱的歌，不是我的喉咙最想唱的歌。"

男朋友问他，喉咙想唱的是什么歌。

"周杰伦可以弹吗？"

"你会唱周杰伦的歌？"

周沉用力点头，周启森就问他会唱周杰伦的哪首歌。周沉告诉他不记得名字了，只记得怎么唱的。没等周启森开口，他就自顾自唱起来。

"仁慈的父我已坠入，看不见罪的国度。请原谅我的自负，没人能说没人可说，好难承受……"

唐主任立马过来打断他，让他别唱这个了，给了周启森一个眼神。

"来，我们唱点周杰伦别的歌，"周启森领会到他的暗示，抱起吉他问周沅，"《龙卷风》会不会？"

黑色的燕子张开剪刀状的尾巴，在橙红色的晚霞中掠过。

若娟见到男朋友在康复中心的门口等自己，扬起小臂向他跑去，挽住他的胳膊。

回家的路程并不远，步行就可以到达，若娟感谢男朋友今天来帮忙，说要请客去吃点夜宵。

男朋友抓住"夜宵"一词有点感慨，说好几年前在他的老家，这都是个新鲜词，当年人们一般是说"坐夜市"。

"是哦！我们常德市里以前也叫'坐夜市'，不知不觉什么时候起，就流行说'吃夜宵'了！"

若娟喜欢男朋友这一点，他好像对很多事物都有着一种古怪的观察，抛出一些奇怪的疑问，这样两人总是能发现新鲜的话题可以聊，不至于枯燥。

"你后来出去又和周沅聊了些什么？感觉你们俩关系挺好的，简直有点像父子。"即便是开这样过分的玩笑，他也迁就着自己，不会生气。

男朋友说就瞎聊，梦啊，鸟啊，外星人什么的。他挺喜欢那小孩儿的。

"因为都是姓周嘛。你觉得是周沅好，还是你儿子好啊？"

"我儿子又不姓周。"

"那姓什么?"

"跟他妈姓的,姓刘。"

"怎么听起来你像入赘似的?"

男朋友说不是入赘,当年前妻怀上了,自己本来不想要的。她一定要留,两人才结了婚。

"我说结婚随便,别让孩子跟我姓。"

"天啦,没想到你这么不要脸一男的。她怎么这都愿意和你结婚啊?"若娟听了直摇头。

男朋友说,自己也没想明白。

"对了——"男朋友看着若娟,才发现她和往常下班时有些不一样,问她今天怎么制服都没换就出来了。

"你不是说喜欢看我穿这身制服吗?"若娟喜欢这样挑逗和捉弄男朋友。

趁他还没做出反应,她又突然说是逗他玩的:"就是看工作服穿得有点脏,懒得换了,穿回去洗洗。"

若娟重新穿好真丝内裤之后,不禁用手背在自己光滑的小腿上摩挲了几下。这是她最满意的身体部位,骨骼直且细,有平坦的肌肉线条包裹,皮肤也仍然保持着少女时期的紧致。

然而大部分男人看女性的美貌从来只会囫囵吞枣,不懂得品味身体的细节。

若娟自我欣赏了几秒钟,回过头发现男朋友还裸身平躺在一旁,缓和着刚才粗重而急躁的呼吸,她就蜷着身子,把耳朵贴过去，听他"咚咚"的心跳。

"一直都没问过你，你身上的这些疤是怎么来的呀？"

她其实早就好奇男朋友身上的这些痕迹了，私下里也猜想过男朋友是不是有着什么不好的过去。比如打架斗殴后又浪子回头，或者遭人欺辱后背井离乡，甚至他告诉自己的，有关他的一切，会不会都是编造的？但是身处一种约定好的、理想的、轻松的同居关系，她试图保持一种恰到好处的距离感。在很多事情上，她都遵循自己暗暗定下的原则——凡是彼此不想主动说的，那也就没什么问的必要。

但是今天，她突然来了兴致，问出来这个问题。

"哦，这些啊？小时候被我爸打的。"男朋友周启森弯着脖子看看自己的身体，回答倒是很干脆。

"天啦！你爸怎么忍心把你打成这样？"若娟心疼地摸着他肩膀上的一处伤疤，说父母都特别宠自己，因此从来没有挨过打。

"每个人的命都不一样吧。"男朋友说得平淡，好像对当年的事情并不怎么往心里去了。

若娟用有些责备的语气说他大度，这样都没有怨恨。

男朋友抚摸着她的头发说，现在想想也理解了。

"我爹那时候穷啊，自己也是烂命一条，又能对我好到哪里去？"

两人之前很少谈论自己的孩提时光，也不怎么聊彼此的家庭，这种话题难免会碰到伤。

若娟看他如此豁达，对当年的往事没有负担，便放下心来，想和他聊点轻松有趣的话题。说自己听唐主任说过一些理论，许多孩子小时候受到了家长欺负或者缺爱，长大了都会在性方面产生特别的癖好。

"真的吗？"男朋友颇感兴趣，问她具体是哪方面的癖好。

若娟说比如一些虐恋倾向，就是很多人常说的 SM，捆绑啊、滴蜡烛啦，还有打屁股，一些奇奇怪怪的玩法。

男朋友说，那你打我试试。

"什么啊？"若娟哈哈大笑，觉得他在开玩笑。

"试试。"男朋友真的转过身子，侧躺着背对她，露出自己结实而紧凑的臀部。

若娟这才发现，男朋友的屁股其实挺性感的。他身材很好，虽然不是那种健美练出来的肌肉型男，但匀称、立体、有线条。若娟忽然觉得自己很喜欢他那些疤痕，知道了来历，它们也就有了意义似的。

若娟轻轻拍了一下屁股的一边，男朋友说她力气太小了。

"用点力！"

"再用力！"

若娟干脆使出全力，在男朋友的屁股上狠狠扇了几个巴掌，直到自己手疼得受不了才停下来。男朋友的屁股上全是红通通的巴掌印，若娟甩着手问他感觉怎么样。

男朋友缓缓转过身来，恢复平躺的姿势，凝神仔细体味了片刻。

"好像……"男朋友说，"没什么感觉。"

若娟哈哈大笑，说自己倒是找到感觉了，打得挺爽的。

"可能我本来也是缺爱的，不过运气好，后来父母都去世了，我被一个女人收养。她对我很好，应该是把我缺的那些爱都给补回来了。"

男朋友这句话语序有点奇怪。按照正常的语序，"运气好"应该放在"后来父母都去世"后面才对，不然就会让人误解成另外一种意思。若娟觉得不舒服，但也就当一个口误，没有纠正他，也没有指出来。

"你喜欢那个收养你的女人？"若娟盯着男朋友的眼睛，他快速眨了几下。

男朋友说哪能啊，就是母子关系。

"不，你肯定是喜欢她，只是你自己不知道而已。不然你为什么总喜欢年纪比你大的呢？"

若娟咯咯笑着，其实心里有些酸。

"是这个原因吗？"男朋友枕着双手呢喃，说好像也有点道理……

若娟说他在演戏，他之前不可能没有想过这种可能性。有哪个男人总是喜欢比自己大的女人，却从来没有思考过这种癖好的根源呢？男朋友却摇头，说之前真没有考虑过这一层。

"先不说这个。那我问你，你是喜欢你养母多一点，还是喜欢我多一点？"

若娟老是喜欢开这种选择题的玩笑，哪怕她内心知道，真实的答案是什么并不重要。

"喜欢你多一点。"男朋友的眼睛眨都没眨一下。

"那你给我写首歌呗?"

若娟的这个要求已经提过好几次了,但男朋友每次都说,自己不会写歌。

"我是真的不会写歌,那些瞎哼哼的调子,不能算歌的。"见若娟不高兴,男朋友强调。

"你试试嘛,我觉得你在音乐这方面挺有才华的,上次给周沅即兴弹的那一段,就特别好听。"若娟也不是第一次这样鼓励他。

男朋友却一直拒绝,说那都是脑海里一些随便的旋律凑起来的。

"我以前也不是没有过这样的尝试,但后来发现在很多事情上,感受和表达,审美和创作,并不是一件事。"

男朋友眼神空洞地看着天花板告诉若娟,创作是需要内在的,而他已经是一个没有内在的人了。

他指着刚刚若娟听过的心脏位置,说自己时常感觉啊,这里是空的。

"净瞎说!"若娟最不喜欢他讲这种丧气话,干脆起身穿衣服,告诉他不写就不写,谁稀罕!

"我要起床去上班了,你今天来不来?"起身了还气呼呼地问他一句。

男朋友想了想,说还是去吧,去看看周沅。

"你最近和他这么亲,不是真的把他当儿子看吧?别的孩子都要嫉妒了。"

跟自己去了几次单位之后，男朋友和周沉越走越近了。若娟猜测，是不是上次自己拿他和男朋友的儿子比较之后，激起了男朋友"父亲"角色的亏欠感。

他是想把没能给自己儿子的关爱转送给周沉，来填补心中的缺口吗？

"哪能啊？只是上次听你说了他的事，感觉他和我小时候挺像的。"

3

罗门睡了一觉醒来，竟然已经下高速了。

映入惺忪睡眼的，是典型的县城街景。路边的建筑多比城市里要旧一些、矮一些，仿佛很久没被清洁过的老家具。路上的汽车尾部大都挂着"湘J"牌照，也有很多农用车和拖拉机在跑。自行车、摩托车、电动车上的不少人皮肤颜色都很深，看着像是经常在烈日下过生活的样子。

不过澧县的街头门面也到处都开着米粉店，这一点和长沙还挺像的。

罗门问浩南知不知道老崔前妻家的地址，浩南说知道，导航上定着位呢。

导航提示还有 700 米，就快要到了。浩南打方向盘，驱车驶入一条小巷，开了近百米之后，在路边停好车。

"162 号……"

这巷子里都是独栋的私房，浩南留意着每家墙上写有门牌号码的金属牌。

罗门拍拍他的胳膊，指着一个出门张望的女人，她的头顶上，正好是蓝底白字的 162 号。

"你们长沙来的？"女人方言口音挺重，看着他们的湘 A 车牌。

浩南上前和她握手，告诉她是长沙岳麓区公安局的。

女人轻轻和他的手握了一下，说没想到这么快，今天就过来了。然后转身去拿一个方方正正、被棕色编织袋包得严严实实的包裹递给他们。浩南在手上轻轻掂量了一下，好像还有点分量。

"您好，我们可以进去聊两句吗？"罗门看她好像没有邀请自己进门的意思。

女人犹豫了一下，勉强说可以。

"就这么进来吧，不用换鞋。"女人往后退了两步，移出空间让两位警察往里走。她双手扣在腹部，有所犹豫但还是交代了一声，说不过现在时间不早了，儿子快要回家了。

"我儿子还不知道我前夫的事，暂时没告诉他。他现在读六年级，明年小升初，成绩还可以，打算考九澧实验中学。我怕影响到他学习，可不可以……"

浩南说没事，就随便聊几句，了解一下她前夫崔远这个人的过去，很快就走。

他打量着房子，望着一台被布罩遮住了上半部分的缝纫机和女人套近乎，说小时候自己家里也有这个东西，都老古董了。

女人看浩南这么好说话，受到了一些宽慰，招呼两位在木沙发上坐，又去厨房洗了两个白瓷杯，给他们泡茶。

"这缝纫机是我前夫的养母留下的，这房子本来也是她的，都是老古董了。"

窗外的夕阳洒进来，橙黄色的光在蓝布上投下斑驳的青色。缝纫机只能看见踏脚的部位，结着厚厚的灰，确实有些年头了。

"我没见过她，九几年的时候出车祸死了，房子继承给了我前夫。他和我离婚的时候，又把所有的东西都让给了我和孩子，相当于净身出户。"女人说得直截了当。

"那这房子有蛮老了，看不出来呢。"罗门摇头晃脑四下环顾，又盯着那缝纫机出神，仿佛在体会崔远住这里时的感觉。

女人说她再婚的那年重新简单装修了一下，换了几扇门，之前都被白蚂蚁啃了，还给受潮的墙面刮了仿瓷。

"那你现在的生活感觉怎样？"

罗门看着女人的脸，有一种全职太太的温和与疲惫。

"啊？"女人没有反应过来他的提问，罗门这才察觉问得唐突了。她并不知道自己认识崔远，也不知道崔远曾和自己聊起她。

"还好，马马虎虎过日子。"惊诧过后，女人归于平静，也许是把罗门的问询当成了好奇。

"我硬是想不通啊，他哪么就变成这么一个坏人了呢？"女人这句有着很重澧县口音的话，讲得很真诚。她说虽然崔远抛下了她和儿子，但是能有现在的生活，也多亏了这个前夫。住的房子，包括和现在的丈夫开的店子，那个门面，本来都是崔远的。

浩南问她现在开的什么店子，她说在棚场街那边开了一家卤味店。

"本来那个门面，我前夫之前是开影碟出租店的。我们离婚以后，我一个人又不太会打理那些，再加上那时候影碟店生意也不好了，就打算换个生意做。后来遇到现在的丈夫，他是厨师职业学校毕业的，我们就想改成餐饮。不过那个店面又小又老，还年年说要拆迁，搞不了大生意，就开了个卤菜店先混着，生意还可以。"

"那地段听上去还不错，拆迁可以拿不少钱吧？"浩南的语气中带着点羡慕。

女人有点不好意思，只说还可以。

"他这么大方，什么都送你了，可见还是有感情的吧？那么当时怎么想到要离婚的？"浩南问。

女人被这个问题问得有些蒙，一边回想一边告诉他，那时候自己老是找他吵架，觉得他不是真的在乎自己。

"他对你不好？"浩南好像不太理解这个"在乎"是什么意思。

"我讲老实话，他在很多方面对我和孩子都还不错，但是我感受不到他的心情，好像那只是出于一种责任。"

往事不堪提，女人摇摇头说，他仿佛是脑子有什么毛病，永远学不会成为丈夫或者父亲该有的样子。孩子刚出生的时候还好，等孩子逐渐成长，有了意识开始渴求父母的关怀，她越发难以忍受前夫那种古怪的疏远和冷漠。

浩南显出一个更为疑惑的表情，罗门正要张口试图给他解释这种感觉，却被浩南伸出手打断了。

"所以是你找他离的婚？"浩南继续发问。

"他受不了我老是找他吵，主动找我离的。"

女人说，本来以为没有到那个地步，他却非常坚决，而且条件……就像浩南说的，非常大方。思来想去，不只是为了自己考虑，还有孩子的将来，她同意了。

浩南抠抠鬓角，问她和崔远是怎么认识的。

女人说自己老家农村的，以前在金龙玉凤酒楼打工，宿舍里有一台电视和影碟机，她们几个打工的老喜欢去他店子里租影碟看，去得多了，也就认识了。

她把头扭到一边，说那时候都没怎么谈朋友，自己心甘情愿，后来奉子成婚。

"我以为他是真的喜欢我呢，我想错了。"

"你对他小时候的事情知道多少？他被养母收养以前的家庭，和你说过吗？"浩南继续问。

女人摇头，说崔远从未和她提起过以前的家庭。

"爸爸！"忽然，门口一声响亮的喊叫，罗门循声望去，看到崔远的儿子戴着红领巾、背着书包，急冲冲地往里跑。

他的眉毛和眼睛，几乎长得和崔远一模一样。看到是两个陌生人，突然多了怀疑的脸色，表情也很相似。

"爸爸今天怎么可能这么早回家？还在店里做生意呢。"女人冲儿子笑了笑。

"我想吃爸爸做的饭了！他还说今天给我带卤鸡腿回来的，我明天要带到学校去吃，食堂的菜越来越难吃了，像猪食！"小孩似乎有些泄气。

"你这孩子，懂不懂礼貌？"女人给两位警察使了眼色，"这两位是爸爸在外地的朋友，叫叔叔。"

"叔叔好！"

"小朋友你好呀。"

"刘近小朋友，你好。"

浩南和罗门分别同崔远的小孩打招呼，女人盯着罗门的眼睛看了一眼，有些不解。

"那我们今天就先回去了，等下次他在家的时候，再过来？"浩南很识趣。

"好的好的，不好意思。"女人回过神说。

罗门和浩南戴好手套，把崔远寄回来的包裹放在桌子上。

在澧县公安局借来的办公室内，还有一位当地做证物检测的警察陪着他们。浩南觉得今天回长沙太晚了，说不定这边还有其他任务要接着处理，提议不如就在这边拆掉，把结果告诉林队，然后找个招待所住下，伺机而动。

罗门接受了他的提议。

"表面没有什么好检的吧？这包裹运输的时候被人扔来扔去的，直接拆了吧？"

浩南也同意直接拆。

包裹内有什么东西被泡泡纸好好保护着，当地警察小心地对泡泡纸表面残留的一点指纹做了采集，没有发现毛发和其他可以技术处理的东西，浩南让他继续拆。

"是他的 Walkman。"泡泡纸还没有拆完，罗门就看了出来。

"什么东西，随身听吗？这可是个老古董了啊……"痕检警察忽然紧张了一下，把它轻轻放在桌子上，说不会是个伪装成随身听的土炸弹吧！

"那怎么可能呢，你放心弄咯！"浩南笑他一看就没见过真的土炸弹。能做出这么超薄超微型的土炸弹，那得是个高级人才，再说这包裹是通过邮政寄的，肯定安检扫描过，没什么大问题的，不然也不会想着拿来这里拆。

"你们……还真见过土炸弹？"

浩南说干这行什么还没见过，见多了。

澧县公安局的年轻警察"啧啧"两声，开始认真干活。

不久之后，他摘下手套告诉浩南和罗门感觉没什么特别的，可能就是一些指纹，回头弄给他们。

"可以听了吗？"浩南拿起来瞧了瞧，说里面好像有磁带。

"可以啊，你们听吧。"

痕检警察说完，浩南和罗门一人带上了一只耳机，按下随身听线控上的播放键。

耳机里，一个男人的声音清了清嗓，念了一句"这首歌叫《旅人》"。

吉他和弦的伴奏响起，罗门和浩南相互留意着彼此的表情。

"或许我不该来这世界，就和你一样。窗外的白杨树，一棵一棵在走路。我坐在这拥挤的汽车里，不知它会带我去向何方？

还记得二十年前的鸡蛋汤，白炽灯下闻到猪油香。我曾是悲惨世界里的浑蛋，又成了无药可救的坏蛋，就让一切这样吧。"

浩南问这是不是崔远唱的，罗门说是。浩南又问罗门这是什么歌，罗门说不知道，从来没听过。

"或许你不该来这世界，也跟我一样。家边的上学路，还在一步一步走着吗？你的书包里有什么作业和玩具？它们会带你去向何方？二十年后的人们不爱喝鸡蛋汤，会乘上飞船远航。这悲惨的世界你来都来了，就要去做个有希望的好人。跟我不一样，跟他们不一样，我想你会是，最酷的旅人。跟我不一样，跟谁都不一样，你一定会走到快乐的地方。"

"醒了？"

罗门坐起来，揉揉眼睛，掀开招待所一股漂白水味道的硬白布被子说醒了，然后叹了口气。

浩南问他怎么了。

罗门告诉浩南，那天在黄鹤小区抓崔远，他也是住在一个小招待所里面，刚才将醒未醒的时候，恍惚间觉得，这个招待所和那天的挺像的。

"你那天还进门去押人了？"

罗门用手捂着嘴打了个哈欠说没有，当时自己站在门外，看着他们把崔远押出来，然后去里面勘查了现场。

浩南坐起来，光着上半身直摇头。

"昨晚睡得怎么样啊？"浩南点燃一支烟，在床边的烟灰缸上弹了弹。

罗门告诉他没睡好，说做了很多梦。

"我梦到崔远的孩子了，梦里她竟然是个小女孩。

"我想把那个 Walkman 交给她，她不要，然后就开始跑。我就追着去找她，跑到乡下一个村子里面，突然村子里面的广播响了，就开始放昨天我们听的那首歌。

"我看到一个小男孩蹲在河边玩水，就去问他认不认识刘近，他说认识，那是他孩子的名字。我问他孩子在哪里，他就指着河里的一个小木盆。

"那个小木盆被树枝拦住了，就定在河边。我涉水过去，看见里面是个小婴儿在哭，身上放着一封信，大意是说，这个女孩名叫刘近，自己家已经有一个儿子了，条件不好养不起，希望命运能让好心人捡到她收养。

"我正准备把小婴儿抱起来，那个小男孩突然暴躁地打翻了木盆，把婴儿溺进水里。我没拦住，潜进水里去找婴儿，却怎么找也找不到了，就冲小男孩发脾气，质问他为什么这样做。

"他就和我吵，说这样的孩子活下来有什么意义，只会在苦日子里受折磨。我问他小小年纪怎么就这么悲观，他却大声吼我，说我都不了解他经历过什么，哪里有资格教训他？我问他叫什么名字，他说他叫老崔，然后我就惊醒了……"

浩南抽着烟静静听他讲完这个奇异的梦境。

"崔远随身听里面那首歌，叫什么来着？《旅人》？感觉还挺好听的，像是写给他儿子的。"

罗门点着头，说这还是头一次听到崔远唱自己写的歌，和乐队的风格不太一样。

"他这个人还真是挺复杂，和我之前以为的不太一样。我开始有点能理解你了。"

浩南端着烟灰缸起身，走到窗边拉开窗帘，县城的阳光洒进房间里面，照在两人的脸上，把两人的眼眸都照出玻璃般透亮的深棕色。

浩南告诉罗门，随身听现在肯定还不能交给他儿子，再一个他前妻好像也不太希望自己的孩子受影响。

"我问你一个问题啊，浩南，"罗门也起身穿衣服，"老崔这次，基本上就是死刑了。如果你是那个女人的话，你会不会让孩子去见他最后一面？"

浩南在可乐罐上掐灭了烟，看着招待所窗外县城的清晨，没有回答他会或不会。

罗门抬起眼睛瞟了他一眼。

"你赶紧洗漱一下吧，我们下楼去吃个早餐，"浩南同罗门讲，"听说澧县的牛肉粉挺好吃的，我们找个地方去吃碗粉吧。"

"你也吃完了？"浩南拿牙签剔着牙，说澧县的粉味道和长沙的果然不一样。

"嗯，没那么多汤，粉没那么软，码子¹有差别，那个粉里面

1　码子：米粉或面条等食物上摆放的配菜，也称浇头。

的干炸麻辣牛肉还挺好吃的。"罗门擦了擦嘴，也从粉店出来，把卫生纸丢进垃圾桶里，问浩南刚刚是林队打的电话吧，说什么了？

"也没说什么特别的……"

浩南吐掉牙签，组织了一下语言。林队说崔远从 1992 年到 2004 年，这段时间一直都在澧县。这不可能是他第一次作案。14 岁到 26 岁，从统计上来讲是比较容易犯事的年纪，所以希望他们继续在澧县公安局找找，看有没有什么和崔远前科有关的案底和线索。

罗门说，昨天在澧县公安局已经打听过了，那段时间发生的重案和大案，看起来都没有能和他扯上关系的。

浩南说林队的意思就是反正现在要一直摸他的底，他 2004 年去了常德，2008 年又去了长沙，这之间的生活轨迹，林队亲自在那边查，目前也没太大进展，就让他们在这边找找。

罗门问林队怎么去了常德。

"嗯，他在那边干过几年，关系还是在，所以做事方便。"浩南说，不过昨天出了点急事要处理，又回长沙了。

罗门动了动嘴皮子，还是没有开口问是什么急事。以往，工作上的事情，林队从不对他藏着掖着。

"反正林队的意思，就是让我们先在这边弄着，摸崔远的底。到时候送检，音乐节那个案子肯定不是唯一的，全部搞清楚一次性送了最好，你说是不？"

"可是澧县这边，他还接触过什么人，我们也不清楚。"罗门沉吟片刻，说要不再去找他前妻打听打听。

"也可以，不过你还记得他小时候指纹进库的事情吗？"

浩南说，林队倒是有点在意当年他父母那件事情，要不先去临澧县公安局问问，回头再来他前妻这边，也不迟。

"嗯，我都可以。"

既然是林队的意思，罗门也不好多说什么。自打接受完内部调查出来，他总是觉得这次崔远的事情，和往常案子的处理方式都不太一样。林队好像一直带着大家在围着周边打转，对于最核心的崔远本人，反而有些敷衍了。

尽管不好表现出来，他内心其实按捺着急躁。他非常迫切地想知道原因——他不敢相信而又必须要相信的，崔远做出这种事的原因。

"什么叫找不到啊？"

在乌云压迫下的临澧县公安局，同事多年的浩南第一次见到罗门发脾气。

提到崔远，办公室里很快有人反应过来当年停弦渡周家的那个案子，说当年主办这个案子的警官赵老师已经退休了，不在局里，联系方式倒是有，但打过去是对方老伴接的。

"她说赵老师出去钓鱼了，又没带手机。我也没办法是不？"临澧县负责接待的年轻人有点委屈。

"不急，不急。"一向暴脾气的浩南反而帮着打圆场，说要不晚点等他回去再联系。

"我们时间很紧！"罗门仍然在强调自己的立场，年轻人有点下不来台。

忽然，坐在办公桌旁一言不发办公的中年领导站起身来开口说，要不我带你们去找吧，赵老师平时去哪些地方钓鱼我知道。

浩南一边开车，一边抱歉地说不好意思，领导却让他不要在意，称自己只是举手之劳。他还告诉二人，当年停弦渡那个案子，自己其实也有参与。

"我那时候在停弦渡派出所任职，就跟你们一样年轻莽撞，呵呵。"领导看了后座的罗门一眼，打趣说那时候总以为自己很能耐，在现场乱动，被和赵老师一起搭档的老公安教训了一顿，讲了一番做这份工作的道理。一开始还挺不服气，后来慢慢琢磨，从最基础的工作一点点往好了学往好了做，才逐渐上道。

说到这里，他又慢慢收起了笑容。

"那个年代，他和赵老师搭档，两人真的很潇洒呀，穿着一身老式橄榄绿，骑的是边三轮，很有派头，让我这个乡下派出所的羡慕不已。那位前辈叫什么名字我不记得了，人很老派，做事一丝不苟，如果有机会，我还真想好好谢谢他。可惜就是那个案子之后不到半年，他因公殉职了。"

"你爸也是老公安，也很有派头啊。"浩南笑着瞟了罗门一眼，又很机敏地问领导，这位前辈殉职，和当年崔远父母那个案子有没有关系。

领导摇头说没有关系，那个案子已经办结了。前辈是在办后来的另一个案子，都说是因为操劳过度，骑单车时从山坡上摔下去了。

罗门把头扭向一边，看着窗外的风景出神，似乎不想参与两人的谈话。

"我听你们说是岳麓分局的，那林立莲你们肯定认识吧？"

"当然认识了，我们队长啊。您也认识？"浩南惊讶于这位临澧县公安局的领导突然提到林队。

"认识呢，我们以前玩得好。那小子，喝酒、打架样样比我强，一天到晚都闹腾，后来他能力强，机会也好，就调去了长沙。"

罗门这才看向他，那天在传达室里，依稀记得林队提到案子时，说过有一位朋友在场，应该就是这位临澧县公安局的领导了。

"哈哈，真的假的？林队年轻的时候这样啊？现在一天天板着个脸，神情特认真，不喝酒不打牌，除了说案子话都不多，每天都让我们肃然起敬。"浩南哈哈大笑。

当地领导说，人是会变的嘛。你们再过十几二十年，到我们这个年纪，也会和现在不一样了……

浩南和领导有一句没一句地聊着，罗门完全不搭话，他只是盯着阴云之下，这座静静的县城看。

渐渐地，有些水滴砸在玻璃上，他才下意识地提醒了一句，好像下雨了。

浩南打开雨刮器，说那快点开，领导告诉他不用慌，就快到了。

浩南把车开上堤坝，领导让浩南把车停下，摇下车窗冲着一个正在收拾钓具的背影大喊："赵老师！"待那人一路小跑过来，暴雨骤然而至，雨刮器再怎么疯狂摇摆，也是徒劳。

　　罗门往左侧挪了挪，给赵老师和他正在往里收的钓竿让了位置，红色小塑料桶里，一条小鲫鱼正在做无谓的挣扎。

　　"谢谢你呢！怎么这么巧？刚下雨就遇到了你？"赵定尧乐呵呵地问带路过来的当地领导。

　　"巧什么巧，他们是特地来找赵老师你的。你又没带手机，我只好带他们过来了。"

　　"哦，不好意思，手机是忘家里了……那这两位是？"

　　浩南的车停在澧水河的堤坝上，四人坐在暴雨中的汽车里，外面窸窸窣窣的白噪音，反倒让车内显得特别安静。

　　"赵老师好！我叫刘浩南，他叫罗门，我们是长沙岳麓分局的，最近在调查一个临澧籍的嫌疑人，名字叫崔远。听说您之前负责过一个案子，和他有关，不知道您还记不记得？"

　　"这个名字是有点印象，不过年纪大了记性不好……"赵老师聚着眉心回忆。

　　"怎么就不记得了？停弦渡的那个案子，农药那个，姓周的一屋人？"临澧县警官提醒他，自己当时也在场。

　　"哦！那个啊，当然记得。"赵定尧一拍脑门，说是的，崔远，想起来了。他以前是穷人家的孩子，本名周启森，后来被隔壁澧县一个叫崔静莲的女人收养了，改了名字叫崔远，后来应该一直在澧县生活。

罗门告诉赵定尧，他们就是从澧县找过来的，崔远后来又去了常德，再到长沙。

"那后面的我就不清楚了。"赵定尧若有所思，问这个嫌疑人犯了什么事。

浩南简短地给他介绍目前了解到的案情，赵定尧不自觉把头扭到一边，看着塑料桶里面挣扎的小鲫鱼，有些感伤。

"没想到会是这样……"

他捶了捶被雨淋湿的肩膀，说自己那时候也和这两位年轻人一样，有个搭档叫乔先贵。

"对，乔先贵！我刚才一直在想他的名字。"坐在副驾驶上的当地领导也回忆起来。

"我讲个实话，周启森父母喝药的事情，先贵当年确实是有质疑过周启森那孩子的。"赵定尧说，但是自己一直觉得不可能和小孩有关，再加上乔先贵手头上事情又多，就劝他别搞了。

"这位去世的乔先贵，二十多年前，就怀疑小时候的崔远害死了自己的父母？"罗门的语气里透露着难以置信。

赵定尧摆头，称乔先贵那时的想法也没有这么具体。

"他只是有时候特别敏锐，会察觉到一些人身上不太自然的地方。"

赵定尧继续回忆，按照乔先贵当年的说法，只能得出小孩和他养母身上藏了些什么可能性。当年，乔先贵也试图去找一些证据，来把这孩子身上藏的东西给挖出来，看和他父母的案子有没有关系，但是并没找到什么特别关键的东西。

"他去查了哪些地方？赵老师您还记得吗？"浩南问。

"他去澧县找过崔静莲我记得，"赵定尧想了想，"他还去当时的生资问过。"

"去哪里？"浩南没有理解他说的那个地方。

"就是生产资料供销社，算是计划经济时代的遗产，现在已经没有了。90 年代后，农村逐渐市场化改革，就取消了。"当地领导替赵定尧解释。

"那他当时去那里，是为了查什么？"

"我想想啊……"年代太久远，赵定尧实在有些记忆模糊了。

浩南提醒说看到指纹库里有这个案子的记录，是崔远小时候的指纹，问这个指纹是不是当时采的。

"那还是我录上网的。我有印象，是先贵去澧县崔静莲家里采的。原本的指纹不太清晰……"

赵定尧一击掌，惊呼自己想起来了。

"先贵去生资是查农药来着。当时农药瓶子上，有那小孩的指纹残留，先贵就想知道，这农药到底是谁让他买的，是他爹，是他娘，还是他自己？不过最后好像也没查出个所以然来。"

浩南问具体是什么农药还记不记得。

"什么牌子我不记得了，反正是杀虫剂吧，基本上就是有机磷农药，农村挺常见的……"赵老师捏着下巴回想，称当年案宗上应该有记载，不知道这部分有没有录上网，没有的话可以去公安局的档案室查一查，应该还在的。

浩南问好不好查，当地领导说那可能要花点时间。

"浩南，我们现在查这个有意义吗？几十年前的案子了，那时候崔远还是个小孩，你觉得和最近这个案子会有什么关系？"罗门在一旁终于听够了，来了点脾气。

"你什么意思？"浩南反问。

罗门把头扭到一边，车内的气氛有点尴尬。

"你不觉得我们现在跑这么远搞这些，离案子本身越来越远了吗？"他问。

浩南愣了一下，罗门以前几乎从未透露过这种烦躁。

"不，可能越来越近了。"

平日里脾气不好的浩南，反倒比他镇定。

"怎么说？"罗门让浩南解释自己的话，但浩南有些犹豫，话到嘴边，又吞了回去。

"你说啊，哪里近了？这八竿子打不着的。"罗门不愿退让，不顾身旁有临澧县公安局的两位长辈。

浩南话一落音，车上的几人都微微张嘴，转过眼睛来，齐齐盯着他看。

"崔远死了。"

他说，昨天清晨在看守所里有人发现他身体不适，紧急送医，没救过来。法医根据身体特征判断，也说是有机磷中毒。

车外不远处一阵闪光，安静了几秒，一声惊雷在空旷的堤坝上炸开，特别响亮。

"对不住啊，兄弟。你昨天问我，我没说实话，是林队的意思。"

浩南转过身来，看着罗门的眼睛："他怕你太激动，让我先瞒着你。这也是为你好，怕你想去见他，引起不必要的麻烦，上面一直都在注意你，懂我的意思吧？"

"开什么玩笑？人在看守所里，每天都有人盯着，怎么可能有机磷中毒，你告诉我？"

罗门把手抬起来，不知道往哪里放好。

浩南说目前还不清楚，林队从常德赶回去，就是亲自查这个事。

罗门不再说话，其他人也不再说话。

红色塑料桶里，赵老师今天钓的唯一那条可怜的小鲫鱼不挣扎了，有气无力又机械地鼓动着腮，像是偶尔会呼出某种腥臜之味，车内的人可隐约闻见。

红色马自达停在倾泻的暴雨中，看不清来路，也无法倒车，只能暂时停着一动不动。

4

在常德市康复中心门口，若娟远远望见一个熟悉的人影踩着急促匆忙的步伐往这边走，那是住院部主管自己工作区域的医生唐主任。

"若娟，你们来得正好，有个孩子不见了，帮我找找。"唐主任脸上很少露出这种焦灼的表情，咬肌紧绷着突出在两颊，像塞了两坨硬铁。

"哪个孩子？"

男朋友这么一问，若娟的第六感瞬间指向他们下床时聊到的那一个。

"不会是周沅吧？"

唐主任问若娟怎么知道，是不是有谁打电话通知她了。

若娟摇头，神色也有了不安，告诉唐主任自己是凭感觉猜的，好像最近就周沅的状态不怎么好。

男朋友周启森让他们两人先别急，说周沅胆子小，应该不会跑太远，建议先多在医院里面找找。

若娟问唐主任，周沅是什么时候不见的。

唐主任告诉两人大约是半小时前。本来趁清晨门诊病人少，自己带着几个孩子去旧楼房那边拍 CT 做检查。周沅排队的时候突然说要去解大手，就让他自己去了。结果等了好久也没看到他出来，去旧楼房的厕所找，发现他没在厕所里面。周围找了一圈，也没见到人。

"旧楼房是什么地方？"

男朋友对医院不了解，若娟就顺手指给他看。那是停车场后面，扩建修大楼之前就有的一栋老旧小楼。现在主要用作影像医学技术的诊断科室，X 光、CT 和核磁共振都安排在这边，也许是为了减少住院楼和门诊楼的辐射风险。

"我觉得周沅应该跑不远，他穿着病号服，门卫不会看不见。先在医院里找找吧，他可能想自己回去，发病迷路了。"若娟建议，去问问有哪些科室的医生见过他。

男朋友看着停车场一角的自行车棚，表示同意她的判断。

"赵蓉急得要死，和春艳在住院楼里找了半天了。分头找吧，我们去门诊楼那边看看。"唐主任招呼若娟和自己一起走。

男朋友周启森表情很是凝重，说他先在外面看看，去问问大院里的门卫、保安和清洁工，也许他们之中有谁见到孩子去了哪里。

若娟和唐主任进了门诊楼，问导诊咨询处的护士有没有见到一个穿着病号服的小孩单独进来。护士说医院里穿病号服的小孩多了去了，有没有什么其他特征。

"剃着平头，很瘦，总是低着头看墙角，喜欢到处找蚂蚁。"

同事问了问身后一起值班的人，然后摇头告诉若娟都没有印象。此时，有个看上去和周沉年纪相仿的长发女孩和若娟擦肩而过，低垂着头，小声问厕所在哪里。

"丫头！总算找到你了。"

她身后一个削瘦的中年秃头男人迈着吃力的脚步追了过来。长发女孩转过身，表情突然变得惊恐不安，瞪大了眼睛尖声大喊起来。

"啊！啊！"

若娟被吓了一跳，耳朵也被她喊得发疼，本能地躲开几步。

门诊楼里的人都把目光聚向这边，女孩握紧了拳头，咬紧了牙，仿佛在努力让自己镇定下来。

"没事的，没事的，你放松一点。"

若娟一边用手掌推向中年男人，示意他保持距离，一边劝女孩放松下来。

"你去三楼找高医生，让他快来看看。"唐主任小声吩咐导诊咨询台的护士，又走到秃头的中年男人身边，问他是女孩什么人。

男人显得很慌乱，说自己是女孩的父亲。

"她可能是精神分裂，狂躁，有幻觉，还比较严重。"唐主任问他是不是第一次来，又指给他看在哪个窗口挂号和登记，等会儿可能需要做哪些检查。

在康复中心，这样的场景平日里并不罕见。大家见女孩的情绪逐渐平复下来，也就转过了目光，去做各自的事了。

"我谢谢你了，医生！"中年男人眼睛红红的，忍不住倾诉起来，说自家的这个丫头，不晓得怎么就得了这么个怪病呢……不晓得还整不整得好。

"整得好的，整得好的，你要有信心，信心很重要。"

这句话若娟不知道听唐主任说过多少遍，但实际情况恐怕远没有他表现的乐观。康复中心从来不缺悲剧与失落，有人治愈出院迎接新的生活，也有许多家庭因为一个病人的精神问题，被折磨得鸡犬不宁、人人皆苦，这样的例子她也看得不少。

"唉！我经济条件不好，还不晓得要花好多钱……"

女孩的父亲说，孩子也不总是这样，就是受不得刺激。早上骑车带她过来，自己衣裳单薄胃吹凉了有点拉肚子，就进来找厕所，让她在外面等着帮忙看单车。一出来人不见了，单车也不见了，慌慌张张到处找她……

秃头削瘦的中年男人像抓住了希望似的一直向唐主任倾诉，

若娟想劝唐主任找周沉要紧，又不忍打断他，幸好此时护士已经带着高医生下来了。

"老唐，什么情况？"

"这孩子刚才突然歇斯底里了，现在好像又平静下来了。你给带上去诊断诊断，做点检查，看要不要住院。"

"好，这位是家属吧？"高医生扶了扶眼镜，看向秃头削瘦男人。

"没错，是患者的父亲。"唐主任拍拍男人肩膀，让他扶着女儿去门诊，又俯下身子和女孩说，高医生人很好，让她放心。

"对了，高医生！我问一下，你见到周沉了吗？"

若娟看唐主任拉住高医生衣服，在他耳边小声问了一句。

"哪个周沉？"

"就是那个喜欢捏蚂蚁的……"

"哦，想起来了，之前还是我接的诊，他怎么了？"

"早上带他去拍 CT，一眨眼就不知道跑哪里去了。你如果见到他，就马上联系我，好吧？"

高医生答应说没问题，和患者家人一起上楼去了。

接下来的时间过得很快，若娟一层层往上爬楼梯，去各个科室敲门，各个卫生间也拜托男同事去看了，但都没有找到周沉，甚至没有一点和他相关的消息。

她一边下楼往回走一边想，周沉可能根本没有往门诊楼这边来。

"若娟！"

回到门口的分诊咨询处，唐主任叫住她，看来他也一无所获。

唐主任说，刚刚给赵蓉打了电话问，住院部那边也没见到人。他的额角渗着汗，显然越来越焦急。

"几点了？"

"九点差三分。"若娟看了看墙上的挂钟。

"快个把小时了，是不是真跑外面去了？"唐主任揉着头发焦头烂额，说跑外面去就真不好找了，这下责任大了！拍CT应该叫个护士一起的，就觉得这些孩子都这么熟了，没想到他会……

若娟知道，唐主任也不容易。在这地方工作，每个人每天都要打起十二分精神，来应对这些会突然失控的病孩子。眼前的这个男人，也有自己的家庭、自己的孩子要养活，万一因为这件事情受到处分，很可能会丢了工作。

"真跑出去了，就赶紧通知院里报警吧？"

唐主任深吸一口气，缓缓呼出来，高耸的肩膀渐渐垂下。若娟说得没错，当务之急是找回孩子，也只能这样了。

当他拿起手机准备打电话报警的时候，若娟的手机先响了。

"你找到周沉了？"她抬头，和唐主任对视了一眼。

"好，在什么地方？我们马上就过来……"

一把推开唐主任老别克的车门，若娟用手背碰了碰下巴上的汗。

心情有些焦灼，身子也有些热。太阳已经升起来了，亮亮的白光斜射在水文塔的灰墙上，也洒在沅江静静流淌的水面上，随着水波闪闪的像鱼的鳞片。

唐主任抬手遮在眉眼处挡光，下车来张望，问若娟人在哪里。若娟说没看到，唐主任让她给男朋友周启森打电话。男朋友在电话里让他们沿着大堤的左手边走，说自己在诗墙的长廊下。

沿着沅江堤坝修建的诗墙是常德的一处人文景点，若娟记得听谁说过，这处景点耗资上亿，长达好几公里，还申请过吉尼斯世界纪录。从小到大生活在常德，若娟却没怎么来过这里。那些雕刻在黑色石板上的白色诗文，她并不是不感兴趣，只是觉得诗墙就在这里又不会跑，等哪天有兴致了，随时可以过来看看。

但事实上，七八年一晃而过，仿佛被谁按了遥控器上的快进键，很短暂地过完了。

男朋友周启森和走失的小孩周沅坐在长廊的飞檐下，若娟已经远远可以看见了。快步走过雕刻着毕加索《和平鸽》画作的石板，她听见周沅在读诗。

"我不怕你，生活！我也绝不会……"

"逡巡。"男朋友周启森开口教他读黑色石板上那个陌生的词语。

"我不怕你，生活！我也绝不会逡巡！"周沅大声地、一字一顿地念道，"虽然在本可享安乐的地方，你制造着斗争！我宁愿创伤遍体，不愿偷偷地死去！"

"我要深深地被激动！像男人被激动那样，我所遭受的打击，对于我有益无伤……"

这首诗《我要斗争》，署名是澳大利亚的诗人吉尔摩，若娟完全没听过这个诗人，却能感受到字里行间的坚韧与激情。

"有种海明威《老人与海》的感觉。"她小声说。

男朋友告诉她，吉尔摩是位女诗人，但很多诗都挺猛的。

"孩子没事吧？"见到周沆没什么大碍的样子，唐主任松了一口气，紧绷的面容绽开了不少。

"也算不上没事。"男朋友瞟了一眼唐主任的眼睛，说先带孩子在这里走一走，散散心，回去再讲。

三人带着周沆沿着沆江的诗墙走。男朋友推着一辆破旧的单车，说是周沆从医院骑过来的，若娟立刻想到刚刚在医院遇到的那个带女儿看病、丢了单车的秃头削瘦男人。

"你要是想来江边走走，只要你情绪好，以后我每周开车带你过来散心。但是不要再突然消失了，我们会很担心的，你知道吗？"唐主任拉着周沆的手，让他上车。

周沆好像不想理他，不停晃动着脑袋四处观望。忽然，他的目光落在"渔父阁"的牌匾上，问三位大人"渔父"是什么意思。

若娟和唐主任面面相觑，之前也从没在意过这种问题。

"渔父好像是革命先驱宋教仁的号，他是常德桃源人，这里应该是纪念他的。"

男朋友想了想，告诉周沆。

"号是什么呀？"

"号啊？号就是……你生下来，父母给你取了个名字。小时候你什么也不懂，也不知道这个名字自己喜欢不喜欢。后来你长大了，遇到了一些事情，有了自己的人生，自己找到了一个更合适的称呼，让别人来叫你，这个就叫作号。"

"那他的号为什么是渔父啊？他喜欢钓鱼吗？"

"他啊……他是先驱嘛。当先驱从来都是很危险的，总有人想害他。有一次呢，他被坏人追杀，逃到了河里，遇到一个正在打鱼的渔夫，那个渔夫救了他，他为了感恩，就号'渔夫'。后来好像是别人搞错了吧，以为他号'渔父'，他就将错就错，号'渔父'了。"

"那周叔叔，你号什么？"

若娟扑哧一笑，唐主任也跟着笑了，周沅的问题总是天马行空。

"你简直是个提问机，以前的人才有号，现在已经不搞这些了。"唐主任轻轻揉了揉他的耳朵。

"我啊，我号崔远。"

男朋友也笑了，双手插在裤兜里告诉周沅，这和他的名字还挺像呢。

若娟和周沅一起坐上唐主任的老别克。她摇下车窗往后望了一眼，男朋友说要把单车骑回康复中心，一走神就已经看不到他的身影了。

若娟仔细找了找，还是没有看见他。吹散头发、灌进耳朵的风，好像是有谁在快速地说一种听不懂的语言。男朋友刚才和周沅开玩笑讲的那个号，感觉没有什么缘由，也不带任何意义，但听着就好像有一个一直在离开的人，去了别的地方。

她有些担忧起来，一种隐隐约约的预感：那种轻松的、理想的、有距离感的情感关系，仿佛快要结束了似的。

自己在担心什么？是不是已经开始在意有朝一日会失去他了？她有些烦躁起来，这比真实地失去他更让人痛苦。

"还好人没事，但情况不是很乐观。"

唐主任关上门，办公室里有若娟、男朋友周启森和两位护工同事。

"他越来越不向我吐露真情了，我感觉他的心越来越封闭，讲的话也给我一种很有壁垒的感觉，好像是谁教他这样讲的一样……"

唐主任看了看周启森。

"周兄，我就照直问了啊。他突然偷了人家患者家属的单车骑到江边，真的只是照他说的，想去那边看看水、散散心吗？你找到他的时候，他在干什么？怎么鞋子都是湿的？"

周启森倒是很轻松，说孩子毕竟是精神病人，有点不能自理也很正常。看到他的时候他就蹲在江边玩水，估计没有注意到浪打过来，漫到鞋子了。

唐主任摇头，说他虽然有精神疾病，但是住院这么久了也一直在观察，没到这种程度。

"我就直接问了啊，他看起来……有没有想自杀的意思？"

"那不像。"这回换周启森摇头摆手，很直接地否定，说周沉看起来挺轻松的，在玩水呢。

"我一直觉得，他是不是对我有什么意见？虽然他一直有幻觉，说我那个……欺负他，给他放蚂蚁什么的，我当然也没往心里去，但是我就怕他这个心结……"

"那没有那没有，我觉得他是信任你，才和你说那些的。"

周启森让他千万别往这方面多想，说周沉悄悄告诉他了，医院里最喜欢的人就是唐主任。

"那就好。"从表情上看，唐主任的疑虑并没有完全打消。

"你怎么知道他偷了人家单车，骑到江边去的？"

周启森回答，当他们去门诊楼找人的时候，自己正好遇到了那个也在找女儿的男人。他说自己本来让女儿看单车，结果女儿不见了，单车也不见了。因为单车棚离那栋做 CT 和 X 光的老楼房很近，很快就联想到车是不是被周沉骑走了。

"其实他求了我好几次，让我带他去江边，我就想，他是不是自己去江边了。"

"那你又怎么知道，他是去了渔父阁呢？"

"他告诉过我一个秘密，也不知道真的假的。他说他父母的骨灰撒在那边，想去看看。"

在场的所有人，都从未听周沉提过这件事。办公室内陷入了长久的沉默，每个人都不想往下问了。

大家都知道周沉的病因，还有他父母的死是怎么回事。

若娟忽然想到，小孩子穿孝衣的样子，和单位里穿白大褂的同事很像。

以前会觉得医院的制服简单得像是一张挂在身上的白纸，现在看孝服也是。也许越接近疾病和死亡，人就越希望穿得干干净净一点？

哀乐从灵堂的方向，潮水般一层层地涌来，每次声音变大的时候，若娟的心情也跟着沉重。

殡仪馆内外，人人都透出沮丧。电视里在放奥运会紧张激烈的比赛，都没人看，那些四方桌散在大厅里，也没人去打麻将。

毕竟赵蓉30多岁殒命，不比那些老人驾鹤西去的白喜事。她太过年轻，死得太过突然。

同事赵蓉十几岁的小女儿和60岁的老母亲，扑在棺材边哭了好几个小时的丧。有相熟的亲戚往吊，她们都要哭到失声，然后等嗓子恢复些了，又继续喊，听着都觉得心肺喉咙疼。

赵蓉的丈夫也瘫坐在一把靠背椅上，时不时遮住眼睛抹眼泪，小声啜泣。

葬礼全靠赵蓉的弟弟在操持，在门口接待来客，给他们递烟，回鞠躬礼。

唐主任进来了，把烟别在耳朵上，用别针在袖子上别好白纸花，鞠完躬，抬头看到若娟站在这边，便向她走来。

若娟问他怎么现在才来，唐主任说有点事情耽搁了。

"警察刚才来康复中心，问了我一些情况。"他告诉若娟。

若娟好奇到底问了些什么情况。

"问她最近的工作状态是不是压力很大，有没有和人发生矛盾、有过争执，心情不好之类的。"

"都没有啊。"若娟和唐主任聊得小声。

平时和赵蓉一起工作得多，她说的是实情。唐主任也认为这事发生得毫无征兆，告诉若娟自己和警察也是这样讲的。

若娟问唐主任，那警察怎么说？

"警察说她的家人也没发现什么异常，觉得那就应该不是自杀。"

唐主任四下看了看，小声告诉若娟，可能就算是意外跌落。

"可是我刚刚听她家人哭的，说她家楼顶那个天台，护栏有一米二，发生意外……还真的挺难相信的。"若娟也小声告诉唐主任，刚刚康复中心的领导来过了，说会出于人道主义抚恤五六万块钱，但是家属不同意，咬定是工作压力太大寻的短见，要价二十万。

"要这么多？"唐主任感叹。

若娟说也可以理解，她一大家人都靠她那点工资贴着，老公又不怎么会赚钱。刚才领导听说了也同情，两边谈到了补偿十二万，就答应了。

"十二万？"唐主任稍稍有点惊讶，说那在我们单位算是高标准了，毕竟人又不是在医院里出的事。

不知道为什么，对于同事赵蓉的去世，两人并没有把伤感明显地表现出来。若娟不知道这是一种怎样的心理，好像没话找话聊点别的，就不会陷入悲痛似的。

实际上，她确实也没有特别悲痛。身边朝夕相处的一个人，平时除了工作之外话也不多，关系谈不上好也谈不上坏，说没就没了，更多的是惊愕和诧异，只觉得人生无常。

若娟大多数时候都在忍受看护工作的枯燥和琐碎，偶尔也能从那些孩子逐渐打开的心扉那里，得到一些成就感和宽慰。唐主任或许也是这样，但他们也许是少数——对赵蓉和她的家人来说，单位从来就只是谋生的场所。医院从患者那里挣钱，她从医院领工资，哺育自己的小孩和家庭，都是交易。

赵蓉有时会对康复中心的孩子们缺少耐心，私下抱怨小孩很烦，但她又特别喜欢自己的女儿。她总是夸自己女儿聪明，每次考得好了、参加什么活动了、被老师表扬了，都要在同事面前吹嘘一番。在她口中，女儿也特别喜欢她这个妈妈，工作辛苦了，还能得到捶背洗脚的孝顺。母女情深这点如今看来倒是不假，只是，没有孩子的若娟，好像不能对这种母女情产生太多的触动。

其他一些有孩子的女同事过来，看到那孩子在哭，基本上都潸然泪下了。

"有个事情，我谁也没说。"

唐主任的声音突如其来，又压得更低了，若娟几乎以为自己听错了。

"想了想还是告诉你，憋在心里真不舒服。"

"你讲。"若娟把耳朵凑近了些。

"就是警察和家属今天来，在办公室翻她的遗物，从白大褂口袋里，抖出来两只死蚂蚁。"

"蚂蚁？"若娟怕自己声音太大了，赶紧轻拿手指点住嘴唇。

"嗯，掉在桌子上。不过他们没注意，又没问，我也就没多嘴。我就想，周沅一直说，有人在他衣服里面放蚂蚁，还老说是我给他放的，我们总是当他发病了乱说的，是不是我们那里真有人恶作剧，往人衣服里放蚂蚁啊？"唐主任问若娟。

"那会是谁放的啊？专门针对赵蓉和周沅吗？可是赵蓉不怕蚂蚁啊。"

周沅这孩子的精神问题和蚂蚁有关，住院部很多人都是知道的。他的表现常人难以理解，在精神大体正常的时候，对蚂蚁之类的小虫子特别恐惧，但一旦发病，又表现出一种极端的愤怒，到处去寻找蚂蚁，想要把它们弄死。

周沅对蚂蚁的恐惧是一阵一阵的，有时候感觉都要康复了，精神状态又突然开始逐渐崩溃。他还总喜欢强调，是唐主任在他身上放蚂蚁。

唐主任说谁放的蚂蚁他也不清楚，想不到有什么人做这种事。也许只是个巧合而已？那边的病房和办公室密闭性不好，一到夏天虫子还挺多的，可能是她口袋里的糖果化了之类的，吸引到了蚂蚁？

若娟突然想到，有没有可能是周沅发病的时候，不受控制给赵蓉搞的恶作剧？

"可能性不大的，你看他哪次真的找到了蚂蚁？"唐主任轻轻敲着自己的脑袋说，他要捏死的那些蚂蚁在这里，是一种记忆和错觉，是幻想出来的。

"那你告诉我这个事是觉得……"

"没有没有！你听听就好。"若娟明明话都没说出口，唐主任就赶紧否认了。

若娟屏息想了片刻，摇摇头说，她也觉得这两件事情完全联系不起来。

蚂蚁和赵蓉的死，能想出个什么联系来呢？

可能是唐主任太敏感了，不过这种时候，人多多少少会变得有些敏感起来。她又想到刚才家属和院领导之间的谈判，家属们不断强调赵蓉的工作有多么辛苦，压力有多么大，才导致她撑不下去，选择了从楼顶一跃而下，寻个解脱。

以旁观者的身份来看，这样的说法有够牵强。但是和逝者亲近的人，却听得深信不疑，一齐帮腔，向院领导施压，增加赔偿金的谈判筹码。

人是很复杂的，情感和策略有时候混在一起，就难辨是非。

"两位客人，还没有吃饭吧？可以入席了。"负责安排酒桌的支客士过来，请他们和周边前来吊唁的人们去酒桌边就座。

"好，谢谢！"

若娟和唐主任刚坐下，穿着围裙的帮厨端了一盘梅干菜扣肉放在他们面前。

还冒着热气，散发着香味。但是在从灵堂那边一阵阵涌来的哀乐声中，在逝者女儿声嘶力竭的哭喊下，那油亮、起皱的猪皮，突然让若娟有点倒胃口。

不知道为什么，她忽然想起了男朋友周启森，想起他那天说自己以前有很长一段时间特别不想吃肉的事情来。

"我还以为你会在那里守夜的。"

今天男朋友一个人在家没有做晚饭，若娟回来后，便给若娟煮了一碗方便面。

"赵蓉的女儿哭得太惨了，我看不下去，就回来了。"

若娟表扬说，男朋友煮的方便面，比殡仪馆的饭菜好吃多了。

男朋友坐在沙发上，抱着吉他弹了会儿，没有太多回应。

若娟吃完方便面，自己洗了碗，又去洗澡，靠在男朋友身边，对着电风扇拿着毛巾擦头发。

"你怎么了？是不是觉得我太没人情味了？我也觉得怪，毕竟也是我同事，不知道怎么的，我是不是应该更伤心一点？"

男朋友一边弹着吉他，一边让她别想太多。说有时候人就是这样，越是有情绪的时候，反而越是不知道该怎么表达。

"我发现你有时候会这样，其实我有时候也会这样。"

"你不觉得我有问题就好……"下半句若娟没有说出口——我怕你不喜欢我了。

于是她又闲谈起殡仪馆的经历来。聊到唐主任今天给她讲了一件挺奇怪的事情，说警察和家属去医院检查遗物的时候，看见赵蓉的衣服里掉出来两只死蚂蚁。

"蚂蚁？警察和家属怎么说？"

男朋友对这个话题倒是挺感兴趣。

若娟就把唐主任的话，还有他们在殡仪馆的讨论又转述了一遍。说警察和家属都没注意到这两只死蚂蚁，但他们两个人聊着，倒是不约而同想到了周沅之前的事。

"你怎么看？"

男朋友有些出神，耸耸肩，表示没什么看法。

若娟翻开男朋友的衣袖，才确定刚刚没看错，有一些抓痕的结痂。

"你胳膊怎么了，什么时候弄的？"

男朋友说，昨天早上在楼下看到一只流浪猫，蹲下逗它玩，觉得它软绵绵的就想抱抱它，没料想碰到肚子它就生气了，一爪子过来。

"去打了防疫针没有？疼不疼？"若娟倒是有些心疼起来。

男朋友说不要紧，用肥皂清洗过了，只是如今 30 岁了，没想到伤口愈合都变慢了。

"小时候受了伤，伤口愈合也快，就安慰自己，疼有什么大不了的呢？疼到底最多就是死罢了，死了就是什么都没有了，其实也不可怕。"

男朋友说完，紧闭着嘴，像是在掩盖着什么心事，若娟不懂他为什么说起这个。

"应该是你们想多了吧。"

"什么？"

"我是说你和唐主任讲蚂蚁的那件事。"男朋友又把话题聊回蚂蚁和周沅。

"说起来我倒是隐隐约约有个怀疑，但是没和唐主任提。你说，有没有可能赵蓉口袋里的蚂蚁，就是她自己抓的啊？"若娟问。

"什么意思？她又没病，抓蚂蚁做什么？"男朋友不假思索，直接否定了她的说法。

"这么想不太好啊，人走都走了，逝者为大，我随便乱讲的……"若娟其实认为自己的想法有一定合理性。人人都知道周沉怕蚂蚁，如果有人给他放蚂蚁这件事是真的，会不会就是赵蓉？所以她的袋子里会有死蚂蚁。

可是，为什么呢？

"那周沉为什么老说是唐主任，不直接说是赵蓉？我还是觉得你想多了。"男朋友今天一而再再而三地否定她。

"那肯定不可能是唐主任放的。我觉得周沉这孩子有时候就这样，他每次都说唐主任怎样怎样，其实是因为他只信任唐主任、依赖唐主任，把所有的不好都推给他。你看，他现在喜欢你了，就不说唐主任了。"若娟也说不清楚自己为什么会这样想，和这些孩子打交道多了，她总是有一种直觉，觉得自己能看透他们每一个人在想什么。

"不说这个了，反正都是没影子的事。"

男朋友顿了顿，揉揉眼睛，告诉若娟有个事情想给她说，一直又不知道怎么开口。

若娟仿佛知道他要说什么，迟迟不接他的话茬。

"我可能想离开常德了。"男朋友还是自己挑明了。

若娟愣了一下，赶紧转过头去，对着风扇快速拨弄几下自己的头发。

"你打算去哪里呀？"

若娟几乎是对着风颤抖着说出来的，她明白男朋友今天情绪不对头是什么原因了。是啊，她清楚，这种关系就是这样，没有契约是自由与轻松，但也存在突如其来的风险。去哪里并不重要，重要的是，离别的话一旦说出口，就是留不住了，这显然是个慎重的考虑。

"想去长沙，其实考虑了蛮久。你不是也一直鼓励我吗？我还是喜欢弹吉他的，想试试去搞音乐。常德现在没有这样的机会，可能还是得往大城市走。"

"能不走吗？"尽管知道留不住，若娟还是开口留了。她的眼泪滑过眼角，啪嗒两滴落在地上，不过没关系，背对着他，就当那是未干的头发上滴下的水。

她等了几秒，他并没有开口说什么。

"没事，我支持你，你去吧。"

她转过身，搂住周启森的脖子吻了过去，泪水还是蹭在了他的脸上。

男朋友周启森离开常德的那一天，若娟特地请了假，去火车站送他。

"也不知道送你点什么。"

她把一片铜钥匙塞进他手里，说就这么一个人跑去长沙混也不容易，万一过不下去了，随时欢迎他回自己家里。

她想到一个比喻，自己愿意当一处港湾，等这艘远航的船。

"苗苗，你是个好姑娘，没必要为了我这样。"

这是男朋友第一次这样叫她，不再叫她姐了，像是在呵护心爱的小女孩。

"受你照顾这么久，本来应该我送点什么给你的，但是想了很久，我也不知道该送什么好，就先等等吧。等以后我长进些了，就写首歌送给你。到时候如果你还在康复中心工作，还在教那些孩子唱歌，就可以告诉他们，这是你自己的歌。"

听他这么说，苗若娟的鼻子一酸，眼泪就流下来了。众人在他们身边走过，她已顾不上那许多。

周启森把那片钥匙放回她的手心，将她的手轻轻握住，然后松开，转身进站。

下午还是得去上班，她的手里全是汗，那片钥匙在口袋里，被她捏得像是熔化了似的湿润光滑。

"老人家，你找谁？"

她抹了抹眼睛，门口站着一位佝偻的银发奶奶。

"我找你。"

"找我？"若娟感到有些莫名其妙，甚至开始联想她会不会和刚走掉的男友有什么关系。

"你是照顾我们周沅的护士吧？我姓曾，是周沅的家家[1]，每个星期都给他打电话的。"

---

1 家家：常德方言，家家读作 gā gā，指外婆。

"哦，您好您好！没看您经常来呀？"

"我屋里是石门农村的，有蛮严重的风湿病关节炎，腿脚不方便，来一趟很要命。不过我今天必须来，让我的亲戚把我送到车站，坐中巴车过来，又找了常德的亲戚来接我，送我到医院。"

"那真是辛苦了，理解。你找我有什么事？"

绝大多数不愿意过来看望孩子的亲属，都会讲各种各样的理由，但这位很真切。

"是这么个情况，我听说赵护士辞职了，不在你们这里了，我就想找你，给周沉打打招呼。"

若娟不太懂她说的打招呼的意思，老人家拿出早已准备好的一张纸和一支笔，递给若娟。

"你看这样好不好？写个你的银行卡号给我，我每个月给你打五百块钱的红包，就当是辛苦费。"

"啊？"若娟赶紧婉拒，"感谢您的好意！不过红包就不用了，我会好好照顾周沉的。"

"哎呀！"老人家急了，"你不要和我讲客气嗒，我也听人讲过精神病医院的情况，你们工作压力确实大，有时候病人也确实不好管，都是脑筋不做主了的一些人。我就只希望你对我的外孙稍微照顾一些，不要打他。不要拿他出气，他也不想成这个样子的，真的好作孽哟……"

她一边把纸笔往若娟手里塞，一边焦急地恳求。

"康复中心有康复中心的规矩，我要是拿了您的钱，会丢工作的！真的不用，我不会打他的。"

"姑娘啊，规矩是死的，人是活的！不要再推辞了，免得给别人看见！你不要和我说什么规矩，我也请赵护士帮过忙，都给她打了三四年的钱了，每个月都打！"

若娟愣了两秒，赶紧把老人拉到楼梯的转角。

"你以前……每个月都给赵护士的账户上打钱？"

她的眼睛本来就哭得又红又肿，表情极度错愕，盯着老人，像是在拷问。

"虽然我在农村弄点钱不容易，但是我的孙孙也作孽啊，一大家子人，现在就我一个人还疼他，我就是少吃口饭也得出这个钱，只盼他哪天可以病好出院的。"

蚂蚁。忽然密密麻麻出现，若娟感觉到头皮上有成千上万只蚂蚁在啃噬，十分难受。

哭声。她仿佛听到了那天灵堂上，赵蓉女儿的号哭，回过神来才发现是病房里有孩子哭了。

若娟说，周沅以前的情况确实时好时坏，不过最近相当不错，说不定很快就可以出院了。

"老人家，我真的不要你的钱，你把钱留着，以后给周沅买衣服、买吃的。我也不会对他发脾气的，我们这里每个人对他都很好，您放一万个心好不好？我保证。"

她转身，径直向那些孩子走去。

第四章

1

林立莲赶到湖南省人民医院的时候，崔远的遗体已经从太平间送往司法鉴定所进行尸检解剖。

大楼的上空阴云密布，马上就要下雨了。

林立莲快步走进楼里，看见几个同事的脸比乌云还黑。领导冲他劈头盖脸来了一句："这个崔远抓到后就跟块木头似的，一个字也不说，现在还真会搞事情，把所有人都搅得鸡犬不宁！"

他明白，现在看守所那边肯定得挨责任，处理不好，自己手底下正在办案的几个人，很可能也得先停下来接受内部调查。

"到底怎么回事？"林立莲问，人怎么就死在看守所里面了。

小胖告诉林立莲，法医暂时只能判断是有机磷中毒，通过消化道吸收。

"看守所里哪里来的有机磷呢？"

看守所来的狱警噘着嘴，很是郁闷，说现在那边也弄不清楚。

"误食、有人投毒、他自己带进去的。"林立莲掰着手指陈列可能性，说无非这几种情况，现在不至于一点方向也没有。

"误食太巧了，可能性太低。看守所那么多人吃同一锅菜，就只有他一个人出事，要是食堂的饭菜有问题，肯定不止他一个人有反应的。

"投毒的话，没发现谁和他有仇啊。再说有机磷这种东西怎么进的看守所？之前在监的人肯定不可能。这东西带也带不进去，寄也寄不进去。除非让我怀疑自己同事，这问题就严重了，谁会想要毒他呢？

"他自己带进去的？还是上一个问题，怎么带？人是你们抓的，押进去之前已经全面搜身检查，做了体检，也不可能啊！我是真的完完全全，摸不着头脑。"

林立莲一边听监管支队看守所的狱警反馈，一边做抬头思考状，问对方有机磷这种毒药，有没有可能是他在关进去之前就已经服下去了，但是一直在潜伏期，到今天才发作？小胖连忙摆手，说已经问过法医了，他们反馈不太可能，因为有机磷的起效时间不会拖这么长。

林立莲开始在大厅里踱步，说不着急慢慢来，让看守所来的狱警讲讲这些日子崔远在里面的情况。

8月26日中午，长沙市第一看守所二区过渡监室，穿着橙色马甲、铐着脚镣的新人进来报到。

按照规矩，新人报到都要蹲在门口自报来路：姓名、年龄、犯了什么事。

"崔远，36岁，杀了人。"

崔远的自述很短，讲完便不作声了。

教官像往常那样，发给他新的塑料盆、毛巾、牙膏和牙刷头，告诉他柜子的哪一格是属于他的。然后又大致讲述了一下看守所的规矩，在哪里洗漱、上厕所，可以做什么，不可以做什么，做什么必须打报告，问他听明白了没有、能不能守规矩。

他回答说听明白了，能守规矩。

教官指着墙上贴着的监规，让他两天之内背下来，说时间到了会考。他答应说好，教官便转身离开，关上了监室的门。

等教官一走，他开始收拾自己的东西。同所有新来的人一样，他似乎也对那枚短短的圆润牙刷头感到不解，拿在手里看了看。监室里就有人笑了，告诉他那是套在手指上刷牙用的，设计成这样是为了防止有人自杀。

"用牙刷自杀？"崔远看着那小小的牙刷头，又看看他们。

"以前拿牙刷磨尖了当武器打架的、自杀的都有呢，你没看过电影吗？"一位监友说。

"何止牙刷，这种地方自杀的办法可多的是呢，只有你想不到，没有你遇不到的。有些犯了事的人进来，知道自己没指望出去了，就想着一了百了。"监室内另一位监友告诉他，不过那都是以前，现在各种漏洞都补上了，鞋带和裤腰带都搞不到一根，看守所里面，要打架和自杀，要搞事情的，想都别想了。

"你刚来，慢慢就熟悉规矩了。"

还有一个人抬起胳膊指来指去，把监室的情况介绍给崔远。说这边一个监控，那边一个监控，都是高清无码，洗澡上厕所全看得见。白天晚上一个样，二十四小时不关灯。

"所以你最好是守规矩。"

"一个人不守规矩，教官挨批评了，全监室都得遭殃，所有的娱乐活动都得取消，罚静坐，知道了不？"

"那是的！还关系到伙食好不好。进来了就不要想那么多了，听话一点，对大家都好。"

十几号人七嘴八舌地讲起来，大都是些劝新人不要搞事情的话，崔远点头答应下来。

有个监友问崔远请律师没有，崔远说没有。

又有监友问他家人知不知道，告诉他这里的日子也还是有点苦的，但是家人可以在这里办张卡，往里面打钱，就可以用来消费了。崔远说没有家人了。

"欸！你杀了什么人啊？是钱的事情，还是人情上的事情？"

有人这么一问，崔远就把头转过去，不回大家的问题了。

"人家一看就是有苦衷的。你看他的面相斯斯文文的，不像个穷人也不像个恶人，哪里像你？别问了别问了，要到午睡时间了。今天中午我和小廖值班。"坐在最里边靠墙位置的大哥嘱咐一句，大家就准备午睡了。

看守所的监室没有分开的床铺，只有一排大通铺，每个人都相互挨着睡在一起。位置是按照进监的顺序来排的，进来最久、资格最老的人睡靠墙头的位置，是最舒服的。依次往门口这边排，离厕坑更近，难闻的臭味也就越重，让人难以入睡。崔远最新进来，几乎紧挨着厕坑，厕坑两边只各有一堵一米多高的矮墙阻挡，算是稍微顾及一下隐私，除此之外几乎完全开放，没有顶也没有门，每分每秒都会被监控器掌握。

"新来的，不准埋头！"值班的大哥交代他，在这里睡觉，必须时时刻刻把五官露出来，监控器里在看着呢。

大哥看他的身体扭来扭去，告诉他进了里面就这样，灯光亮得刺眼还不准蒙眼睛，睡不着很正常。一开始谁都觉得难受，不过白天晚上都得开灯，熬个两天人累了就习惯了，自然睡得着了。

崔远点点头，表示知道了。

自那以后，崔远的话就不多。同一监室的人都觉得，他是个挺沉默的人，有种难以接近的冷漠。但他也确实听话，任何事情都很配合，不给同监室的人和教官们找麻烦。

看守所的日常都是单调的重复：睡觉、吃饭、静坐、背监规、放风、休息。新的一天，新的循环。

崔远进来以后，经常会被警方提审，一去就是好几个小时。

通常都是午休结束之后，教官叫到他，他会先将双手伸出窗外，让教官上手铐，再等教官打开门，把他带到审讯室，等到晚饭时间再回来。

这几次审讯几乎没有任何结果，他对大多数问题避而不答，纯粹是在耗时间。

一开始看守所的人看他如此沉默，以为他是脑袋有问题，有点傻，但他一次就把监规一字不漏地快速背出来后，再也没人觉得他笨了，只觉得他怪。

他为什么这么怪？谁也不知道。

"审讯室那几次我基本上都在，而且也有监控。"林立莲一边叉腰思考一边说。

"只要进来了，二十四小时全程都有监控的。"

看守所的狱警越来越烦躁，说以往从来没有发生过这样的事情，真是碰到个鬼了。

"你们已经看过所有监控了是吧？也问过和他同一个监室里的嫌疑人？就真的完全没发现他有什么反常的地方？"林立莲实在难以相信。

看守所的狱警沉吟了片刻，告诉他也不能说完全没有，但只能算是自己的一种直觉，和一般的新人相比，崔远的表现确实有些微的反常。

局里领导问反常在哪里。

"他很冷漠，不怎么和人打交道。"

林立莲有点没明白这位狱警的意思。在刑警的职业生涯中，冷漠和不善交际的犯罪嫌疑人并不少见，看守所里也有很多，这不算什么反常的事情。

狱警继续说："所以我感觉他有点太熟练了。"

"熟练？"林立莲捕捉到了矛盾的关键词，冷漠与熟练。

"你们也知道啊，进了里面就不是自由身了，各种条条框框挺多的——睡觉要注意什么啊，被子怎么叠怎么放啊，吃饭要注意什么啊，上厕所要注意什么啊，放风有什么规矩啊，坐卧的姿势啊……刚进去教官一下子也讲不到那么全，只会说个大概，要是以前没有进去过，肯定不习惯。如果嘴巴灵泛跟人天天打成一片，问着学着慢慢都懂了是正常的。"崔远这么冷漠，几乎从不和人打交道，却对看守所内各种规矩都这么熟练，在他看来就不太正常了。

众人都在凝神消化看守所狱警说的这种反常。

"我很少见过'一进宫'的人这样，他简直就像事先知道里面的情况似的，"狱警说，"你们搞进来的这个崔远，他真的没有前科吗？"

他判断，崔远要么不是第一次进看守所，要么在进来前，就已经做足了充分的调查。

坐落于长沙县远大二路的长沙市公安局看守监管支队此刻窗外阴雨绵绵，林立莲刑侦大队手下的视频侦查小组已经事先去往此处的第一看守所调看监控。

按照看守所监控室值班狱警的说法，崔远自进来之后，一切举动都应该在监控的范围内，没有离开过画面。也就是说，这七天之内的每一小时、每一分钟、每一秒，他的身影与行为都记录在案。

林队的电话打过来，问这边有没有发现什么端倪，小萌接到电话，告诉他暂时还没有。

林队便让她讲讲，崔远中毒事发的时间段内，监控视频里看到的详细经过。

9月2日凌晨12点半，崔远睁开睡眼。有人在拍打他的肩膀，现在该换他站班了。

按照看守所的规矩，所有监室晚上不仅不许关灯，每个人还得露出五官，相当于隔层眼皮望着荧光灯睡觉。这样的措施是为了看守所的视频监控和巡查考虑，既能确认监室人员的身份，杜绝发生伪装顶替的情况；也能及时发现在监人员因闷头睡等造成的窒息或其他危险事态。

当然，这还不够。

"昼行动物"这条天性是写在人类基因里的，人到了夜晚总是容易倦怠，放下警惕。因而在这些严密的监管场所，绝大多数"意外"事故往往都发生在夜间。

所以，看守所又规定了凡是睡觉时间，在监人员必须有人值班。两人一组，相互监督，每隔三小时轮值。值班的内容倒很简单，就是观察其他人睡觉，留意是否有异常情况出现。如果发生异常，就要按监室门边墙上的警铃报告给教官。

值班的时段安排，通常由监室内最早来的领班大哥决定。

白天午睡时段的值班最轻松，一般都被睡在靠墙好位置、资格较老的几个人选了；接下来就是晚上9点半之后的三小时，和次日早晨6点半之前的三小时，无非是睡晚一点，或者起早一点，也没那么难受，多半会分给进来了一些日子的监友；新人往往会被安排在凌晨12点半到3点半之间的糟糕时段，早晚都要经历一次还没入睡多久就被叫醒的痛苦。

今晚已经是崔远进入看守所以来第三次值这个时段的班。他揉了揉眼睛，和身边另一位新人从通铺上爬起来，开始站班。

这个新人是8月31日进来的，比崔远晚几天。因为挪用了公司的资金去炒股，想买房子和女朋友结婚，结果亏得血本无归，自首之后就进了这里。

刚开始他有些害怕崔远，一是听说崔远杀了人，二是看同一个监室的人都不太和崔远说话。好在崔远只是沉默话少，并不主动找谁的麻烦。

和其他人站班时，还能有一搭没一搭地小声聊几句，和崔远站班极少交流。只有一次，听到外面巡视的教官走过，崔远看他有些犯困，提醒了一句，别睡着了。

监控器显示一切都很正常，崔远站班非常认真，简直有些过于认真了。其间他只是帮助几位不自觉蒙头睡的人把胳膊拿了下来。他动作总是很轻，做得很仔细，让他们露出五官又不至于弄醒他们。除此之外，他只是靠在墙边站着。

崔远的认真和好心提醒，让新人监友打心底感到一丝可靠。他猜测崔远并不是自己想象中的恶人，只是有苦难言罢了。新人甚至想和他分享自己女友存钱进来之后买的沙琪玛，被崔远拒绝了。

"尝一尝嘛！我看你怎么好像都没办卡？进来就没吃口好的吧？"

崔远说不用了。

"不要客气，来来来，就尝一口。"

崔远告诉他，真的不用。

新人反复劝说了两三遍，但崔远异常坚决，推辞了他的沙琪玛，两人重新回到互不打扰的状态。

崔远既不走动，也不坐在地上休息，以一种近乎站岗的姿势站完了这三个小时。时间到了，他就抠了抠腰上的痒，伸直胳膊撑了个大懒腰，不由得捂住嘴，打了个大哈欠，去桌台拿起自己的杯子喝了一口水，叫铺上的人来换班。

新人也和他一起挤回铺上，人挨着人继续睡下。

监控器显示，凌晨4点20分，替换崔远站班的一人原本正在看杂志，忽然，他放下杂志瞟了一眼，走向睡在崔远身边的新人。

"你怎么老是动来动去的？就不能睡安稳点？"站班的人小声让新人安分点，不然等下教官在监控器里看到要来检查了。

"太挤了，他身上全是湿的，还一直在抖。"

新人右边是厕坑的隔墙，没人。于是站班的看向新人左边躺着的崔远，才发现这家伙真的全身都是汗水，绷硬了脸，双手紧握着拳头，克制着自己身体的发抖。

"你怎么了？搞什么哦？哪里不舒服吗？"

另一个站班的人见状也过来，问了他一遍哪里不舒服，但是崔远僵硬地摆了摆脖子，并不回答他们。

监控显示，4点26分，两个站班的人犹豫了片刻之后，按响了墙上呼叫教官的电铃。

两位狱警是 4 点 30 分进入监室的，这时所有睡着的人都已经醒来。有人吓得起身躲远，有人坐在通铺上睡眼蒙眬地望向这边，试图搞清楚发生了什么。

"你怎么了？哪里不舒服吗？"没有回答。

"听不听得到我说话？"没有回答。

"要不要叫医生？"没有回答。

看守所的狱警等了几分钟，在他的身上捏来捏去，实在看不出个所以然来，于是拿起对讲机，让所内值班的医务人员过来看看。

4 点 44 分，看守所的两位值班医生到场，把狱警问的问题又问了一遍、捏过的地方又捏了一遍，依次检查了呼吸、瞳孔和颈动脉的脉搏。

"他也许还有意识，只是不愿意说话或者没法说话了。"医生说。

看守所狱警问这是怎么搞的。

医生的神情有些迟疑，说不清楚，但是心跳和呼吸挺乱的，瞳孔也有点缩小，可能得申请取保候审外出就医，去大医院才能弄清楚。

"要不先开点药试试？送医务室去再说？"

所内医生摇头，说看上去有点像是急性食物中毒，但是不敢确定，乱开药恐怕只会让情况更危险。

两位狱警商量了一下，说手续挺麻烦的，这个叫崔远的人，连个可以申请签字的亲人都联系不上，而且现在这个时间，负责审批的局里领导都还没起床。

"那我就先把话说明白了，这样下去撑不了多久，可能会死人。"

所内医生这样告知，他们便决定，还是赶紧联系各级领导办手续。

5点32分，崔远在看守所狱警的护送下，被抬上救护车，在城市尚未苏醒的晨曦中，驶向湖南省人民医院急诊室。

6点29分，急诊室内科医生根据毒蕈碱样中毒症状、烟碱样症状以及四肢无力、昏迷等中枢神经系统症状的临床表现，血清胆碱酯酶活性低的验血结果，诊断崔远为急性有机磷中毒。

7点18分，随着仪器"哔——"的一声长鸣，屏幕上的心电图化为一条直线。

7点32分，满头大汗的医护们放下了手中的设备，宣告抢救失败，崔远死亡。

会议室拉上厚重的窗帘关了灯，亮起投影仪的光。

"先说结论，崔远的死亡应该是服毒自杀，但这只是我的个人推测。"

林立莲面对公安局和检察院的领导做汇报，小胖帮忙把笔记本电脑连到投影仪上。

"各位都已经知道了，崔远的死亡属于有机磷中毒，通过消化道吸收。具体来说，根据法医学实验室分析的结果，主要致毒成分是甲拌磷，别称三九一一或西梅脱，人口服致死量 0.1 微克每公斤，属高毒杀虫剂。"

林立莲指着投影中标红的段落，请在座的各位特别注意这个部分。

"口服有机磷中毒最快 5 至 20 分钟即可出现症状，也就是说，死者崔远消化道接触到有机磷的时间，可以判断在出现症状前的一个小时之内。"

林立莲切换了幻灯片，是看守所监控视频的静帧截图，左上角显示时间是凌晨 2 点 49 分。监室内，有人在给崔远递送什么东西。

"崔远被值班人员发现中毒迹象是在 4 点 20 分左右，我们按照这个时间往前推两个小时，范围已经放得很宽了，有个场景是这样——"林立莲播放了监控视频，说画面中当晚和崔远一起值班的嫌疑人名叫高易，因为挪用公司公款被捕，进监室两天，是个新人，没有前科。

"我们怀疑过他，后来提审得知，画面中他递给崔远的是一块在看守所里面购买的沙琪玛，检查过了，没有问题。"林立莲解释投在幕布上的这一帧定格画面，"他声称崔远坚决不要，后面的监控也可以证实他的说法，崔远确实拒绝了他好几次，最后并没有吃他给的沙琪玛。"

检察院的领导问林立莲讲这么多，是不是想说这个人和崔远的死没有关系。

"可能还是有一点关系，不过没有证据。"林立莲面向领导告知了自己的猜想。

按照所内狱警的说法，在看守所里面，如果没有亲人存钱办卡、自己买点小餐，平日的伙食肯定算不上好。人在这种情况下出于本能，没过几天就会强烈地想要吃点好的，一块沙琪玛已经算世间美味了，正常人应该不会拒绝，除非有什么别的特殊原因。

"什么原因？"领导让他把话挑明。

"如果崔远当时吃下这块沙琪玛，高易肯定就成我们的重点怀疑对象了。"林立莲顿了顿，他认为崔远如果不是不喜欢吃沙琪玛，那很有可能是知道自己就要中毒而亡，所以拒绝沙琪玛，不想牵连这个人。

领导们你看看我，我看看你，不做评价，让林立莲继续往下说。

"接下来我们看这组画面。"

幕布上出现了一组连贯的监控视频逐帧截图，是崔远换班之后，打哈欠伸懒腰，然后喝了口水去睡觉的画面。

林立莲圈出后几帧画面中的水杯，说看守所方面当时做了一定的现场保存，崔远的水杯自此之后就没有被人动过，而且直到技术人员前来、放入取证袋之前，一直处于监控画面之中。

"我们拿他的水杯去做了检测，没有检出有机磷残留。"

公安局的领导放下茶杯，指了指幕布左下角前几帧的画面，说自己倒是更在意那个打哈欠的动作。

"没错，他这一套动作就两秒钟，在视频中看还是比较自然的，但是逐帧静止一琢磨，就不难发现这里是个最明显的可疑点。"

几位与会人员都微微点头，林立莲的意思太好懂了。画面中崔远只轻轻捂了下嘴，然后把胳膊伸直，但正是这捂嘴的一瞬间，存在服毒的可能性。

"可是两个监控器都没拍到他手上有没有东西吗？"检察院的领导问。

"他动作太连贯了，虽然'一看'的监室都是高清摄像头，但帧速率每秒只有 24 帧，那种距离下，动作太快就会糊掉。"

林立莲边说边把监控视频的片段放了一遍。

"我有一个疑问啊。如果他像你说的这样服毒，那他手里的有机磷是哪里来的？就算这一刹那他动作快，模糊了，也不可能一直都没拍到吧？"

公安局的领导把目光投向之前的那几帧画面，才留意到崔远打哈欠之前，有一个在裤腰上抓痒的动作。

"等等，他的裤子做了检测吗？"

领导如此一问，林立莲便知道，他已经大致领会了自己的猜想。

"做了，仍然是未检出。"

林立莲告知他，根据法医的解剖结果，崔远的胃部仍然有少量的明胶残留，而明胶是制作胶囊的常用原料。所以他们推断，崔远应该是提前把有机磷制成了胶囊，借着打哈欠的动作放入口中，然后喝水送服进肠胃。

"如果他真的制成了胶囊，那就有一层胶囊壳挡着，裤子上几乎就没办法检出有机磷了。"公安局的领导侧身，向检察院的领导解释。

"要说这抓痒打哈欠是种掩饰，我反正是看不出他动作上的漏洞来。也太流畅了咯，莫非练过？"检察院的人对此将信将疑，而且认为胶囊不胶囊的并非重点。这个假设要成立，必须回答的问题是，他用了什么办法，把有机磷带进看守所？

林立莲说这个问题困扰了他很久。坦白讲没有证据，不过他想先谈下某种可能性。

"我想请各位来帮忙判断，在目前的已知条件下，它是否成立。"林立莲抛出了一个并不陌生的词——体内藏毒。

体内藏毒这种方式，在场听报告的人再熟悉不过。以往缉毒大队和负责治安管理工作的刘勇提得更多。通常，贩毒运毒的犯罪分子为了躲避各种安检，会铤而走险，利用人体运毒。

人体运毒在涉毒犯罪中十分普遍。随着机场、火车站、地铁等公共交通枢纽的安检工作愈加严密，技术愈加先进，通过行李和衣物藏毒也越来越容易被查获。为了逃避安检，运毒人员先将毒品用防水塑料薄膜包装成小份，吞食或塞入肛门中，体内藏毒大大增加了犯罪的隐蔽性。

除非对人体进行 X 光、超声波、内窥镜等影像学检查，藏毒很难被发现。而即便是进行影像学检查，如果毒品量少体积小，不仔细分辨也较难识别。

"9月1日晚上9点，崔远打报告上厕所。"

林立莲放了下一段视频，崔远打报告之后，拿着两张手纸前往厕所的坑位蹲下。画面中可以看到他剪短的黑色寸头、背上橙黄色写着白色编号的马甲、向外打开的双膝，以及裸露在外的屁股。

幕布上的视频突然出现，让会议室的同事们都有些尴尬，大屏幕看人如厕确实有种怪异的感觉。不过很快大家也都调整过来，干这一行，什么场面没见过。

约九分多钟后，崔远用手纸伸到背后擦了擦屁股，折了折，再擦，丢掉。然后他又拿了一张手纸去擦第二轮，接着，他蹲了约半分钟，提裤子起身，冲水之后离开了蹲坑。

"你是怀疑，他趁着这个排便的时机，把密封好的、含有有机磷的胶囊从体内取了出来，别进裤腰？"领导问。

"没错，虽然看守所内的监控覆盖范围很广，也确实二十四小时都在工作，但肯定也没办法做到绝对完美。"

林立莲阐述他的观点，认为监控器的一些面向和角度，仍然存在被身体遮挡的可能，比如刚才排便的时候，摄像头就只能看到他的背面，没法看到他的正面。

"你的意思是，他刚才那样蹲着是在从自己的大便里面，取出来你之前说的自制胶囊？然后监控被他的身体挡住了，才没办法看到动作？"

检察院的领导皱着眉头露出一个复杂而厌恶的表情。看着崔远隆起的背，按照林立莲的意思去想象他正面的动作，多少有些恶心。

林立莲倒是很平静地回答没错，就是这个意思。

"不对。"

公安局的领导敲敲桌子："立莲，我问你，看守所那边说崔远进去之后十分正常，完全没有什么不对劲的地方是吧？那他肯定没有绝食，也在正常喝水？"

"是的，每天都吃，每天都喝。"林立莲回答。

顶头上司很敏锐，问题直切要害："那他进去之后，排过几次便？"

"共十四次小便、三次大便，监控都有记录。"林立莲脱口而出。

"所以问题就来了。"

领导说，自己听过刘勇的很多次报告，那些体内藏毒的犯罪分子，基本上都不吃不喝，最多能坚持十几二十个小时。有时候毒品在消化道内遭到腐蚀破裂，甚至会造成生命危险，所以很多毒贩子都是骗别人或者威胁别人藏毒，十分可恶。

"毒贩让这些人不吃不喝，等到了目的地之后，才方便把他们藏在体内的毒品排出体外。"

领导指出此次事件矛盾的地方在于——崔远是 8 月 25 日清晨被捕，8 月 26 日体检之后入监收押的。暂且不讨论入监体检是否真的检查不出他腹中有异物，如果崔远在监室内每天都正常饮食，几天之内总共排了三次大便，那么他不应该在第一次排便的时候，就已经把所谓密封好的有机磷胶囊排出体外了吗？为什么直到 9 月 1 日晚上,他第三次排便,才从体内排出有机磷胶囊?

"他吞下去了。"

"我听明白你的意思了,他在进看守所之前,就把密封的胶囊吞下去了,然后通过体内藏毒的方式带进看守所。"领导摊开手向他要答案,"可是你没有回答我的问题啊。他第一次排便是什么时候?如果他第一次排便把胶囊排了出来,又是怎么把胶囊带在身上这么多天不被发现的?"

"我的意思是,他又吞下去了。"

林立莲看了看在场所有人,他们都是一副不解的样子。

"他第一次排便的时候,背对着摄像头在厕坑的粪便中找到了那枚胶囊,然后吞下去了。接着第二次排便,他再次背对着摄像头从粪便中找出那枚胶囊,又吞下去了。直到那晚的第三次排便,他可能剥开了密封膜,藏在了裤腰带那边。"

"呕——"

检察院的领导首先反应过来林立莲的意思,脑袋向前一伸,翻着白眼捂住嘴干呕了两声,差点真的呕吐出来。

"我的妈呀……"他拍拍胸脯定了定神,努力控制住自己的呕吐欲。那个画面不能细想,否则难免会产生强烈的生理不适。

"怎么可能下得去嘴哦!是个人都受不了吞下带屎的东西吧?不得呕出来?那气味,那颜色……呕——"

检察院领导又想吐了,赶紧把茶杯中的水一饮而尽。

"我一开始想到这个办法的时候也有这样的困惑,确实太恶心了，人本能地应该都吞不下去。"

林立莲说，自己刚从常德回来，就想到了以前的职业生涯。想起来第一次在那边碰到高腐尸体的场景，也是吐了好久，几天都吃不下饭。他相信，在场的很多同事刚入行时都有过这样的经历，有些东西确实会让人产生生理上的强烈抗拒，但是工作久了，面对得多了，竟然也就慢慢习惯了。

"所以我想到了这种可能性……人本能的厌恶感不一定是绝对的。极少数的人有异食癖，还喜欢吃常人觉得恶心的东西；部分人天生就对某些一般人会感到恶心的东西没有反应；就算是正常人，实际上也可以通过一些办法去克服本能的心理不适，这些事情都是可以练习的。"

林立莲切换画面，分别是崔远的前两次如厕。同第三次一样，监控只能从背面看到头顶、马甲、臀部和膝盖，无法观察到崔远的手和脸。

"这要怎么练习？总不至于进去之前经常吃……"站在较远位置的一位年轻同事话音还没落，忽然想明白了林立莲在说什么，夺门而出。

随即，门外传来几声呕吐。会议室内的几人也不自觉捂住嘴。

公安局的领导摇摇头，告诉林立莲，这个思路仔细想想，从还原人物行为的角度，目前来说可行是可行，但是太难让人接受了，真的太过极端。

"你不会一点证据都没有吧？"

林立莲切换幻灯片，又是三组静止的视频截图。

"这是崔远三次如厕之后的行为监控，第一组是第一次，第二组是第二次。每次如厕之后，他的第一件事都是去喝水，我认为很可能是吞咽胶囊的需要。第三组是 9 月 1 日晚那次，他没有去喝水，我认为此时他已经把胶囊去除了密封防水的外包装，藏在了裤腰的部位。打完哈欠之后，他又喝了水，也可能是为了吞咽胶囊。"

林立莲讲完，面色有些犹豫，与会的同事们也议论纷纷。

"这个疑点太过弱相关了，几乎算不上什么证据。"顶头上司抿着嘴，虽然很不想承认，但还是照直说了，"你这就好像是假设了'崔远一定是自杀'的'题目'之后，再找到的一种可行'解法'，说是说得通，但不像是你的风格啊。"

"确实是这样。"林立莲坦承，他已经很久没做过这么不自信的报告了。

而且，他总觉得喉咙有些不舒服，像被鱼刺卡住了似的。

音乐节事发的那个晚上，他带领着手下的小年轻们抵达橘子洲，信心十足。

没错，根据对现场凶器、痕迹、人员等等线索的梳理，确实很快锁定了嫌疑人崔远，并揪准了位置将他抓获，顺利完成了任务。

但现在想来，和如今发生在看守所里，如此精巧、极端又干净利索的自杀手法相比，那天的现场显得太过粗糙了。

崔远要是真有如此缜密的头脑，为什么会留那么多破绽，让警方这么快找到了自己？

简直就像棋到了第二局胜负难分，他才意识到上一把赢得轻松只是因为对手在佯装发力——林立莲感觉被羞辱了。

"那你的这个'题目'是哪里来的？为什么要假设崔远自杀？"检察院的人歪着头问。

"我手下的两个年轻人，罗门和浩南，现在正在崔远的老家，也就是我的老家临澧县。"林立莲照直告诉他，他们找到了当年侦办崔远亲生父母案子的退休警官赵定尧老师。赵老师还记得1992年的那个案子，让那对夫妻双双中毒的农药瓶子，是在崔远的房间里被发现的。当年，赵老师的搭档乔先贵调查并怀疑过崔远下毒的可能。

22年过去了，又是和当年一样的死因——有机磷农药中毒。

还有人会知道、记得且在意这件事吗？

除了他自己，还会有谁呢？

2

钟雨和伸出手指试着敲了几下面前的 MIDI 键盘，不响。于是她起身，顺着线去检查笔记本电脑上的接口，又去弄了弄混音台的几个开关。

位于太平街新胜村巷口一角，这座木制小楼本是一家招牌为"独角鲸"的唱片行。而这个摆满了珍藏黑胶唱片、一般不对外开放的二楼房间，有时也是亲月木乐队的排练室。

"你起身了就把窗户关下，冷飕飕的。"黎冰心脱掉呢绒大衣，从包里掏出鼓槌。

"哦，好。"

两个女孩子斯斯文文地说话都冒着白气，今晚确实有点冷。窗外太平街的石板路上，还飘着细细的小雪，在昏黄路灯的一小片照射范围内就化为了金箔似的碎屑，怪好看的。

钟雨和关好窗回头，门开了。脖子上裹着英伦风米格红围巾的主唱胡果背着琴包进来，后面跟了一个也背着琴包的中年男人，脸瘦瘦的，穿着一件臃肿的黑色羽绒服。

"这是崔远，远哥。"胡果介绍，他就是新找来的吉他手。

"这是小黎，黎冰心，鼓手。这是小和，钟雨和，键盘。我自己嘛，已经介绍过了，小果，贝斯兼主唱。"

远哥抬起手，和女孩子们一一打招呼。

"唉！上个吉他手是湖大的学生，一毕业就抛弃我们回北京发财去了，所以我们才缺吉他手。"小果告诉远哥，"妈的长沙玩得来的贝斯手太难找了，我就干脆改弹贝斯了。贝斯就贝斯吧，披头士的保罗不也弹贝斯？弹起贝斯唱起歌，老子就是长沙的保罗·麦卡特尼！"

崔远被小果的话逗乐了，说自己认同这个观点，乐器没有高低贵贱之分，只要能演奏出来好音乐。

小果拍拍远哥的肩膀，让他进去再聊，不要太拘谨，反正大家都是为了开心才做音乐的。

远哥一边往里走，一边卸下背后的琴包，说自己还没太了解亲月木是一支什么样的乐队。

小和发现，远哥开口说话的时候，偶尔会习惯性地去看小黎。

"是一支人员流动性很强的乐队！"

小黎突如其来的自嘲，让崔远笑得呛住了。

"我是想问，什么音乐风格？"

"我们没有固定风格，大家随便玩的。"小和向他介绍乐队的来历，说小果是这家独角鲸唱片行的店员，老板九哥见他一天到晚闹个不停，觉得他很有激情，就建议他搞乐队。他当年在豆瓣网的长沙同城小组上发帖，找了几个人，本来都没想着能组起来，但是不知道怎么搞的吧，一起玩很开心，所以就暂时还没解散。

"硬要说的话，朋克肯定会有点儿，因为小黎的鼓是很躁的。但是怎么说呢，小和的键盘带点小清新和电子的感觉，就很可爱。"小果像触电了一样翻着手解释，"我是天才，所以风格比较多变，抒情的、爵士的，激动起来还会唱核，十八般武艺，什么都会。最近一直想和小黎尝试玩 funk，可惜她兴趣缺缺，还要再做做思想工作。所以小和说得没错，我们乐队没有固定风格，但是换个角度也可以说，我们乐队拥有所有的风格。"

小果就是这样一个人，自信到自恋的那种好玩儿。

"远哥，你玩什么风格呀？"小黎转了转鼓槌，一边戴耳塞一边问。

"我其实之前都是一个人玩，没组过乐队，所以有点担心跟不上你们。"远哥很是谦虚，说自己弹布鲁斯比较多一点，有时还玩玩指弹。

"指弹牛逼啊，来一段？"小果怂恿道。

小和与小黎也都附议，想让远哥来秀一段吉他指弹。

"没事的，现在弹得好不好不重要，你不要有压力。技术这东西都是可以慢慢练的，重要的是我感觉你这个人很舒服，和我们的音乐理念很合拍，有一种……随性！没有拘束！朴实无华！"

小果又把远哥逗乐了，他拿出吉他，调了调音，说那就献丑了。

"我来段即兴吧。"

小和还没反应过来，远哥左手已经开始琢磨着打板，试着给自己一个节奏，接着以一段让人起鸡皮疙瘩的滑音起头，击弦、扫弦、扣弦、颤音、琶音……所有的技巧组合都是如此自然和动人，仿佛在诉说一个温情的、久别重逢的故事，又像是恋人的分手，从此不再相见。

小和的眼角正要渗出一阵暖意，远哥却戛然而止，没让她把泪流下来。

"太好听了，我现在觉得……"诚实的小果立即觉得有些惭愧，"我们乐队可能有点配不上你。"

"不不不，没有的事，我是来向你们学习的。"远哥连忙摆手否认。

"远哥……"小黎似乎也有话要说。

"欸。"崔远应了一声，柔软的目光放在她身上。

"你弹得真好，不过你如果要来我们乐队的话，我有点小想法，不知道说了你会不会生气？"

"不生气啊，你说。"

"我刚才就觉得叫你远哥有点别扭了。你看我们乐队，小果、小和、小黎，对不对？你如果进来我们亲月木乐队，我们叫远哥，是不是太有距离感了？太不像一个 team。我觉得啊，一起玩乐队吧，名字让人家叫起来顺口很重要。"

"那你说该叫什么？"远哥笑了。

"你年纪比我们都大，叫你小崔也确实不合适，还搞得我们乐队像做《实话实说》谈话节目的。要不你就叫老崔？对！老崔顺口多了。我的偶像崔健也叫老崔，棒不棒？"小黎伸出大拇指，对自己取的外号很满意。

小果哈哈大笑，说这个好，这个好。

"行啊，沾沾摇滚教父的光。"远哥说，从现在起，他的艺名就叫老崔了。

小果摊手晃晃脑袋，告诉他小黎就是这么古灵精怪，喜欢搞这些，乐队成员"小"字系列的外号也是她给取的。

"乐队的名字难道也是她取的？"老崔说，他其实还不太明白这几个字合在一起是什么意思。

"是啊！每次都要给别人解释半天，亲月木是什么意思。"主唱小果一脸无语，"听起来是不是很抽象很艺术？其实挺无厘头的，因为我们是在新胜村成立的乐队嘛，她就一定要拿'新胜村'三个字的一半来当乐队名。不过现在有一定知名度了，粉丝们反馈倒还不错，一些人觉得听久了也挺顺耳的。"

"可以可以，我觉得特别好。"

小和后来才发觉，打第一次碰面开始，无论小黎说什么做什么，老崔都会觉得特别好。

仿佛只要看向小黎，他的眼皮都会稍稍放松，眸子里映出温柔的光。

有时在太平街流连得足够晚，游客们就会听见新胜村巷口，独角鲸唱片行木房子的二楼，传出间歇的音乐与歌唱。

"不要再念那些晦涩的诗，不要再写那些扭曲的字了。在缤纷的霓虹世界中，你的灰色多幼稚……"

"停一下，停一下。"这遍才起个头，小果就叫停了排练。

他抓着头发转身，痛苦地表示感觉仍然不对。如果开头想要传达出来的那种情绪没有表达出来，很难在一开始就去抓住听众的耳朵。

老崔问是不是自己的吉他有问题。还没等小果回答，小和连忙表示否定。

"我认为吉他没问题，你的吉他反而是目前最到位的一部分。可能是我的合成器进得太早了？"她思忖着解决方案，"要不试试前面做得简单点？前奏的 8 个小节之后，主歌开头的 16 个小节，都把主唱的人声突出出来，稍微给点鼓点垫一下，接近清唱的那种。然后到下一段再进吉他和键盘？"

小果把双手搭在贝斯上望着天花板思考，似乎在脑海中复现了一番她说的效果。

接着他撇下嘴，摇起手指："我明白你的意思了，但是有个问题。在我的理解中，开头最戳人的地方是主歌后边那句'在缤纷的世界中，你的灰色多幼稚'，我觉得最适合这部分动机的编曲应该是能形成一种对比的。"

"对比？"

小果立即解释："什么意思呢？就是通过编曲的强律动和噪音来表现'缤纷的世界'，同时通过我的人声来表现'你的灰色'，这样说你们能明白吗？通过外与内概念的对比，来表现出歌词里的孤独感。"

小果这个人，平时好玩归好玩，一旦进入音乐，他又会变得一丝不苟起来。

小和看老崔若有所思地点点头，也大致明白了自己提的方案问题出在哪里。

"所以按照我说的类似于清唱的办法来弄，编曲起得太简单了，一下子又进不了那种'缤纷复杂世界'的感觉，是这个意思吧？"

小果手指着她连连点头，说问题的关键确实就在这里——编曲太简单，对比的意图没了；编曲太复杂，人声的情绪不够满，好难。

小黎摘下耳塞，问小果要不要试试这一句换个唱法，唱个核啊，或者变个音什么的。

"你不说你是天才嘛，展示一下你的天赋嘛。"

小果说天才也会累啊，得再想想办法，琢磨琢磨……

"这首歌先到这里，休息下吧，我出去抽根烟去，老崔一起吗？"

"好啊。"

崔远刚起身，小黎也放下鼓槌从椅子上蹦起来，像只企鹅一样跺了跺坐麻了的脚。

"我也去！我也去！"

小果转身丢给她一个无奈的表情，带有点关心的责备。

"你不是有慢性哮喘啊？少抽点咯！"

"抽死拉倒，抽死拉倒。"小黎笑嘻嘻地走过去，挽起他的胳膊往外走。

三人抽烟回来的时候，老崔给小和带了一瓶她喜欢喝的饮料。

"我还是想快点把这首《世界观》弄出来。"小果接着聊刚才的排练曲目，说自己特喜欢这首歌，做好了应该会是乐队的招牌歌曲，想拿它参加比赛。

"什么比赛？"老崔还不知道比赛的事情。

小果告诉他，乐队今年的目标，是在 6 月份"长沙音乐新势力"的比赛中拿到前四强。这样就可以争取到明年上星城音乐节的名额。

"虽然啊，这个名额是下午顶着大太阳演出，相当于暖场乐队的性质，但是星城音乐节是长沙目前最大牌的音乐节，有挺高的曝光率，没准会被大的厂牌相中签约，我们离走红也就不远了！"看得出来，小果对这首新歌寄予厚望。

"想赢比赛还不简单？"小黎一撇嘴，欲言又止。

"那不行，我们要赢就堂堂正正地赢。"小果显然知道她在说什么。

"我也觉得还是别吧，这种事情对我们有害无益，做音乐还是得踏实点。"平时好说话的小和，这次立场也很坚定。

只有老崔一个人蒙在鼓里，问他们在说些什么。

"今年的比赛和明年的音乐节都是小和亲戚家的房地产公司出资赞助的。只要她去给亲戚说一声，别说前四强，拿个第二名至少没问题吧。"小果耸耸肩，说不过这太不体面了，搞摇滚的玩这些，丢人！

"你们就是把这个世界想得太干净了。"小黎对他的观点不以为然，说你既然想出头，出不了头才是真正的丢人。

气氛一度有些尴尬，不过小黎很快又说她是无所谓的。自己和大家一起玩乐队也不是为了出头，只是觉得开心，所以比赛这事随便，都可以接受。

"小和家里这么有钱？"老崔也在帮着她转移话题。

"你还不知道小和是富二代？没看见她开的那辆奥迪跑车？超帅的！"小黎一把过去抱住小和，往她脸上蹭，"呜呜，我一直在等着我的小富婆来包养我！"

"得了吧，你爸不也是开公司的？"小和反过来抱住小黎，咯咯笑,"我也在等我的小黎总来包养我!"

"那开公司的和开公司的不一样,你爸是真正的企业家,我爸开的那是骗子公司,他整个人就一骗子。"小黎的眼睛里,闪过一丝锐利的恨意,不过很快又被她掩饰过去了。

"无商不奸嘛,玩商业的哪里会有什么太干净的人?不过他毕竟是你爸,亲情这东西……"

小果还没说完,就被小黎打断了。

"好了好了,别说这些了,我们继续练歌吧。"她站起身来,走回到鼓前坐好,戴上耳塞。

小和瞥见老崔的表情,像是陷入了某种思考,但他什么也没说,只是抱起吉他。

"不要再念那些晦涩的诗,不要再写那些扭曲的字了。在缤纷的霓虹世界中,"小果切换了一种嗓音来唱,"你的灰色多幼稚……"

"他们都正确,他们说的都正确。活得辛苦的人……"

又是一句没唱完,小果再次用左手手指顶着右手手掌,示意大家暂停。

感觉仍然不对,无论是之前说的编曲与人声之间的对比感,还是歌词的情绪,完全没有出来。

"是不是歌词本身不够意思哦?"小黎嘀咕了一句。

老崔问这歌词谁写的。

"我写的啊。"小黎举着鼓槌说。

"嗯。"老崔沉吟几秒,表达他的看法,"我觉得你的歌词没问题，小果之前唱的那种也没问题，现在这样唱反而复杂了。"

"之前那样唱是比这次好，但小果讲的那个问题确实存在，总觉得有哪里不对，感染力不够。"小和也参与讨论。

"我提个问题啊，"老崔看向小黎，"你这首歌叫《世界观》，那你写的这个'在缤纷的世界中，你的灰色多幼稚'，这个人称'你'，写的究竟是谁？"

"写我自己。"小黎告诉他，"本来这首歌里写的都是'我'而不是'你'，还有下面那段'看你的纯真多可笑'和后面的副歌。但是给小果唱嘛，改成'你'就更合适一些。"

"所以问题也许就出在这里，"老崔说，"我刚才一直觉得，小果唱得没有问题，但是整首歌给人的冷静感在于一种'客观视角'——他并不是这个故事的主角，只是在'客观'地讲述'你'的这样一种人生给别人听，所以在情绪上有些欠缺。"

小果同小和一起"哦"了一声，认为老崔说到了点子上。

老崔进一步剖析："说到底，这首歌更像是你小黎的世界观，所有的情绪也是你的。无论小果怎么唱，可能都改变不了在'讲述'的事实，但情绪是很难通过'讲述'来转达的，它需要你亲自'倾诉'。"

小果打了一个响指，他已经明白老崔的意思了。

"我们试试！"小果说，"小黎你接一个话筒，帮我加个和声。像这样——我唱主歌'在缤纷的世界中，你的灰色多幼稚'的时候，你从第 22 个小节开始，就进'我的灰色多幼稚'。后面也是一样操作，所有我唱到'你'的后一个小节，你都这样以你自己写词的情绪，高三度，进一段主观视角'我'的和声！"

3

　　警车从岳阳平江县虹桥镇驶出来，一路都是盘旋的丘陵公路。

　　安春被绕得有点晕车，埋头伏于膝盖上休息。坐在前排的杜然回头看了他一眼，说小帅哥辛苦了，递给他一只呕吐用的塑料袋。

　　安春说没事，过了这一段就好了。比自己想象的简单很多，还以为要抓到人挺难的。

　　张伟呵呵笑，告诉他很多时候抓捕行动不仅难，而且危险。要不是前期布控觉得风险不大，又急着需要他提供的那些信息，也不会申请带他过来。

　　"小帅哥还挺有正义感的，做什么工作啊？"

　　杜然再次转过头这样问。安春不好意思说自己在做的事，就说自己喜欢单车，所以在太平街的一家单车行打工。

　　"你别装，我们知道你咯。张伟和那个米老板熟，我也听过你的事。你一个打工的，来掺和这些赌博佬的事干什么？都在眼皮子底下呢。"

　　杜然扶了扶墨镜，头枕双手一本正经地说："我其实觉得你挺不错的，就是现在干的事情也有点危险，游走在法律的边缘地带呢。要不要去考个公务员，来加入我们'正牌军'？"

　　"那是的！"张伟哈哈大笑，说平时就你喊累喊苦的时候最多，这时候倒策起人家小帅哥进坑了？不过说得没错，确实是块料子。

"人不比狼，是群居性动物，个人的理想再大，能力始终是有限的，得拥抱集体才能施展拳脚，你说是不是这个道理？"张伟聊了聊他的看法。

安春此前从未考虑过进体制这样的选项，但又不知该如何回应他们，索性一声不吭，摸摸鼻子，装作一边忍受晕车，一边陷入思考的样子。其实也不一定是装，他短暂地思考了几秒两人略带调侃的提议，但没有得出结果。考公务员从事警察这种职业，在他的脑海里无法想象。

"另外一位帅哥呢？不要这么沉默，一起聊聊天嘛！总不至于一定要回到长沙的审讯室里面问你，才得开口吧？"

绰号"熊熊"的孙志熊坐在警车最后一排，他上车的时候手腕被衣服包裹着，用来遮挡那副打眼的手铐。杜然忽然把话题转向他，安春松了口气，这才明白警察们刚才找自己聊天打哈哈的用意，可能是做个引子，为了让孙志熊慢慢放松些警惕。

孙志熊咬着干枯脱皮的嘴唇，小声说他们抓错人了，自己没犯法，没什么好说的。

"你没犯法？那你在长沙待得好好的，突然跑回老家躲什么？我们没证据，会跑来铐了你？"

杜然的语气轻蔑，表情不屑，一副已经听过很多遍这种鬼话的样子。

熊熊便耷拉着脑袋，闷不吭声。

"反正你迟早得说的，早说早轻松，早坦白早宽容，我们不急的。"张伟在旁边唱白脸、打哈哈。

"我真的不知道是怎么回事，那天是我兄弟来我家里，让我跑回老家避避风头的。我问他怎么了，发生了什么事，他又不告诉我。"熊熊辩解道。

安春在车内后视镜里同张伟、杜然相互对了对眼神。

"你说的兄弟是谁？鳜鱼哥？"

熊熊轻轻摇头，说自己不想出卖兄弟。

"你们在做洗钱的生意，是不？"

熊熊大力摇头，告诉他们自己什么都不知道。

"还兄弟？"杜然气不打一处来，问他刚刚在稻场上哭天抢地的老人家是谁。

"你外婆还是你奶奶？你考虑过她没有？你考虑过邻居左右怎么看你的家人没有？你是想这一进去，他们煎熬个三年五年呢，还是八年十年？给你机会你不珍惜！还不快点如实招来？"

熊熊的眼泪流出来了，从他宽大的脸颊上滑落，滴在包着手铐的衣服上，但他依旧没有开口。

"我从你家路由器上看到你在一个论坛里问洗钱相关的法律问题，你怎么可能什么都不知道？"安春轻轻问他。

熊熊说，他不知道什么论坛，也没有问过这种问题。

"那我懂了。当天你兄弟来你家里，是他用你的 Wi-Fi 上网提了那个关于洗钱判刑的法律问题，然后让你回老家躲一阵子，是这样吧？"

安春直起身板，一动脑筋，反而没那么晕车了。

"你这么护着你兄弟，他拿你当兄弟吗？"安春接着问，"你以为我们是怎么这么快找到你的？他在那个论坛上提问的时候，是用的你的手机号码注册的。"

其实那个问答论坛是匿名提问的，没有电话，只留下了 IP 地址。而警方通过身份信息查到他的电话，再通过手机定位到他的活动范围，实施布控和抓捕，都是轻而易举的事情。

安春不过是用谎言编造了一个试探的陷阱——手机号码注册这事是假的，但如果他与网站上的提问无关，他应该不知情。只要他表现出诧异和不信任，就说明他很清楚网站规则，对网上提问的事至少知情，更大的可能就是他自己问的；如果他继续打兄弟情谊牌沉默不配合，也很可疑，按照他们的"江湖规矩"，已经这么被兄弟出卖了，应该也不至于替兄弟继续保密，自己遭罪受了。

所以，孙志熊此刻应该在心底做考虑，不交代点什么是说不过去的。

"袁文斌。"

"谁？"杜然赶紧追问。

"那天是袁文斌来找的我，在我家里住了一晚上，就说让我第二天一早回老家躲一躲，最近都不要回长沙了，别的我就没听他说。"

"这个名字有点印象啊……"张伟喃喃道。

杜然也想起来了这号人物，问是不是那个脸上蛮多毛的家伙，长得又瘦，也是个赌博佬。

安春听他们的描述，回想了一番，问是不是绰号叫"悟空"的那个，熊熊说是他。

张伟问他现在人在哪里。

熊熊称自己也不知道，那天来他家之后，两人就分开了。

"你要是不知情，他为什么让你离开长沙躲躲？你又为什么躲？"杜然问中了要害。

熊熊说，他以为是因为赌钱的事情。

这个答案难以令人信服。他在那一带赌钱也不是一天两天了，之前从来没躲，为什么突然就躲了？

"上上个周日，你们躲出长沙之前，橘子洲有个人死了，你知不知道？"

张伟冷不丁问了一句，熊熊说不知道。

"那就巧了，这个人名叫黎万钟，你应该认识吧？他是不是输了你和你兄弟们很多钱？"

熊熊承认赢了这个人很多钱，但是不知道他死了。

"讲讲吧，你们怎么认识的？"

车路还很漫长，熊熊的眼帘下垂，一边回忆一边讲述。

那是开年后不久，他像往常一样，和几位同乡一起搭乘商务车，沿着同如今一样颠簸的道路，从平江县回到长沙的住处。

才把从家里带来的土鸡蛋和腊菜放入冰箱，电话响起，有朋友问他要不要过去炸金花。他早就手痒了。

然而并不走运，半路下了大雨，他又没带伞，被淋了个落汤鸡。冲进场子里，正好老板烧了一大盆炭火，他就先不急着上桌，坐在炭火旁，把衣服表面的水烤干，让身子暖和一些。

　　"你就是熊熊哥吧？"

　　一个女人，穿着黑羽绒服，系着豹纹围巾，明显比他年纪大，却依然叫他一声哥。

　　"我叫吴弟豪，幸会！幸会！"

　　这个名字他有点熟悉，随即反应过来："哦！你就是豪姐？"

　　"是的，是的，大家都叫我豪姐。"中年女人赔着笑，问能不能要他一个电话号码，说想认识认识，有空切磋一下牌技。

　　熊熊向来不拒绝牌友，尤其是女人，所以很爽快地给了她自己的电话号码。

　　豪姐说等两天介绍个大老板给他，就住在这边，有钱！最近瘾大得不得了，但是呢，他这边不认识什么人，所以不太放得开。

　　"熊熊哥你人缘广，方便的话带他多玩玩，多带点朋友和他耍？"

　　"豪姐客气啦，听起来像个散财童子啊，怎么就让给我了？你自己在各个场子里朋友也不少呀。"熊熊打了个哈哈。

　　"兔子不吃窝边草不？我跟太熟的朋友玩不开的。再说，我和他堂客熟呢，经常带人家老公一起玩，像什么话咯！"豪姐笑起来就露出一排整齐的白牙，和一大截肉粉色的牙龈。

　　熊熊说那是那是，只觉得她在讲客气话，想故意套个近乎罢了。问她今天要不要找几个腿来两把，她也很快推脱掉。

"今天就不和你玩了，我刚下场，快输死的。"豪姐举起手机说，改天再和他摇铃子[1]。

熊熊很快忘了这件事，沉浸在当日的赌局厮杀之中。这是新年的第一局，他一定要赢个开门红，来个好兆头。但往往运气就是这样，你越想赢就越赢不了，那天玩了一通宵，他输了挺多。

清晨踉踉跄跄去吃了碗肉丝粉回家，倒头睡到下午4点，熊熊被电话吵醒，是个陌生号码。接通之后是昨天刚认识的豪姐的声音，问他今天来不来玩，想带老板过来相互认识一下。

熊熊穿好衣服起身，在路边随便一家粉店吃了碗老干妈蛋炒饭，就奔着场子过去。没多久，豪姐也带着老板来了。那位老板看上去有些年纪了，西装穿得干干净净，确实像个老板的样子。

豪姐介绍说这位是黎总，这位是熊熊哥，两人便算是认识了。

黎总算是那种非常标准的"散财童子"——赌技极烂，又贪脾气又大，很容易输红眼、输上头。

他非常有钱，赌资阔绰，但又特别小气，一包烟一包槟榔都舍不得给别人一点，每次都掐得严严实实。黎总也输不起，虽然从他这里赢了不少钱，但熊熊挺受不了他的，他玩的次数越多，越喜欢讲七讲八，怀疑别人出老千或者联合起来骗他钱。

后来黎总干脆不跟熊熊玩了，让熊熊给他介绍其他兄弟，然

1　摇铃子：长沙俗语，指打电话。

而不管赌桌上的人怎么换，输得最惨的永远是他。

再后来，朋友带朋友，黎总认识了包括悟空在内的很多老哥，去了一些别的场子，两人便渐渐疏远。

熊熊说，已经很久没见过他了，两三个月吧。至于他之后发生了什么事情，谁杀了他，不清楚。

"你认识崔远吗？"杜然问。

熊熊抿了下嘴，说不认识。杜然让他好好想想，想好了再说，但他坚持称自己不认识崔远这号人物。

"你刚才提到的那个豪姐，"张伟看了眼安春，"她的男朋友，你有没有印象？"

熊熊仍然称自己没有印象，说和豪姐打交道也就那一两回，没见过，也不知道她有男朋友。

"那你和鳜鱼哥是什么关系？"

"朋友，酒肉朋友。他经常喊我们一些人去鲁哥饭店吃臭鳜鱼，人比较大方。"

"我怎么听人说，你和他挺熟的啊？"安春打量着熊熊的鞋子，他一直在不停抖脚。

"反正也算不上不熟，有时候一起玩。"熊熊说普通熟，比豪姐熟些。

"那鳜鱼哥，他和黎万钟赌过吗？"

熊熊说也许赌过，不是很清楚。

"我有个事情很在意啊，我们刚刚一开始只告诉你黎万钟死了，你不是说你不知道吗？"安春摸摸鼻子，"但是刚才你讲完故事的时候，又说不清楚是谁杀了他，对吧？你怎么知道他是被杀的？"

"他要是自杀的，你们来抓我做什么？"

熊熊把头扭向一边，看着车窗外的公路，已经快上高速了。

"再一个，黎万钟显然不是那种会自杀的人。自杀也是需要勇气的，我就想过自杀好几次，做过好多心理斗争呢，有一次差点真死了。不过总会有兄弟跑来开导我，说不管怎样，人还是得好好活着，我想明白了，才没死成。"

熊熊说他一看就知道，黎总这种德行的小老板，最自私自利、贪生怕死，肯定不会自杀的。

这两个解释倒是说得通，安春不打算再抠字眼了。

"你说那天在你家里，洗钱的问题是你兄弟悟空问的，你不知情，那我就要问你了。我打听到的消息是，黎万钟输给鳜鱼哥那拨人的钱最多，其次是你，输给悟空的钱比较少。如果真如你说的那样，不可能只洗悟空那点钱吧？悟空和鳜鱼哥关系怎么样？他们两个的事情，你知道多少？"张伟接着问。

安春看见熊熊用力咬了下嘴唇，然后摆头，说不知道他们的事情。

"真不知道，还是假装不知道……"

对于他的说辞，杜然一脸的不信任。接下来近一个小时的车程里，三人又轮番问了些类似或相关的问题，但熊熊的回答似乎越来越敷衍，越来越不肯配合，只是重复着刚才讲述过的内容。

下车的时候，水泥地把轮胎都烫出了橡胶的味道，好在有一片乌云遮蔽过来。

"暂时可能问不出更多实质性进展了。"杜然拉上警车车门，晃着胳膊指了指被押走的熊熊，转过头和安春说，感觉这小子嘴挺硬，肯定藏了挺多的。

"我也这样觉得，"安春仍然在思考，"可能得再从别处找突破。"

"不是难事，交给我们，不成问题。不过今天还是多谢你了，小帅哥。"

安春说不用，应该的。

"我感觉你这个人，挺内向的，总是让我想到年轻时候的自己。"杜然笑了笑，摘下墨镜塞进 Polo 衫的口袋，说年轻人还是应该要有朝气一点，要积极阳光，才能不负青春。

安春点点头，没作声。

"你是不是很迷茫啊？如果实在不知道自己想做什么，我刚才在车上说的那个建议，你真的可以考虑考虑。有很多人不喜欢进体制，不喜欢也没关系。"杜然告诉安春，自己年轻的时候也和他一样倔，但年轻意味着人生还有很长，任何事情去试一试都无妨。

永州东安县，清晨的阳光明亮，但不灼人。

在文生路的大庙口馄饨店，大锅里蒸腾着热气。老板麻利地点馄饨，丢进沸水里，又去给另外几碗已经煮好的撒调料。张伟让杜然先去找地方坐，问他吃大碗小碗，说自己去一起点单。

这家挂着绿色破旧招牌的小店生意挺好，杜然摇头晃脑四下环顾，像是找不到落座的位置。

此时，一个穿着褐色T恤，吃得满头大汗的青年，放下勺子，扯了桌上的一截卫生纸抹了抹嘴，起身往外走。

他碗里的馄饨没吃完。

张伟朝这边望了望，说算了，人太多了不在这里吃了，换一家吧，杜然应声和他一起走出馄饨店。他们跟着褐衣青年的脚步，又稍微保持着一点距离。褐衣青年抬头往前瞟了一眼，好像发现有另外两个中年人也在朝他走来。

"去哪里吃啊？"杜然问。

"那边有一家，"张伟手一指，说出来约定好的暗号，"这次你请客。"

那两个中年人忽然加快了步伐，往这边奔来，张伟和杜然也一个箭步冲上去，要拿住那个脸面上多毛的削瘦青年。

"不许动！警察！"

杜然一声雷霆大喝，抓住了褐衣青年的手腕，但全是汗，太滑了，一下就脱了手。

褐衣青年抡起拳头朝他挥了一拳，趁他下意识闪躲的瞬间，从旁边的空隙溜了出来，开始拼命往身边的巷子里跑去。

"站住！"剩下的三人跟着往里面追，青年回头望了一眼，左拐进另一条小巷。

"让你站住听见没有！"

马上要到另一个巷口了，张伟又大喝一声，青年不再回头，步伐像是要转身跑入另一个拐角。

忽然，一个壮实的男人从拐角猛撞过来，把青年撞倒在地。正当他想要用身体压住青年的时候，青年慌忙地在裤兜里摸起来。

"小心！有刀！"

杜然一脚下去，把那把没有来得及打开的弹簧刀踢远，跪在地上把青年的手压在背后，其他几位便衣警察一拥而上，把青年制伏在地，让他动弹不得。

"胆子够肥啊！还想袭警是吧！老子这一脚给你省了个三年五年你懂不懂！抓你会没准备啊？早就布控了，你跑到哪里去咯！你老实不老实？"

杜然一阵狂怒，青年吓得点头如捣蒜。

"叫什么名字 ?!"

"悟空……"

空间逼仄的审讯室，灯光刺眼。

"我还如来佛祖呢，说了问你叫什么名字，就说你叫什么名字，不是问你叫什么绰号，也不是问你的网名昵称。"

"来的路上不是已经问过好几遍了吗？袁文斌。"坐在审讯室的椅子上，褐衣青年老是动肩膀，好像浑身总有哪里不舒服似的，活像个猴儿，其实"悟空"这个绰号对他挺贴切的。

"什么叫程序和规则你知不知道？年龄？"

"29。"

"因为什么事情来这里的？"

"你们抓的我，我哪里知道。"

悟空把头一偏，盯着地板瓷砖上自己的倒影，深蓝色的审讯室里陷入沉闷。

杜然把笔往桌上一丢，扭头憋住一口气。

前一天下午出发，连夜摸底布控，今早在永州抓到人，驱车回长沙，现在已经是晚上9点多。从接到安春电话开始跟洗钱嫌疑这条线开始，杜然和张伟高强度工作连轴转了三四天，没少加班，身体和意志都已经有点吃不消了。

"不知道就继续想。"杜然揉着睛明穴，低头伤脑筋。

"赌钱的事？"

张伟也搁下笔望着他，顿了几秒说："如果你就只是赌点钱，至于慌慌张张跑了大半个湖南躲永州去了？见到警察上门不配合调查，还拿弹簧刀伺候？"

悟空歪着头想挠挠自己的头发，抬不起来的手腕发出清脆的手铐响音。

"你们想要拿我怎样搞就怎样搞啊，我一人做事一人当。别的人、别的事，我统统都不知道，问我没用。"

"你以为我在这里和你浪费时间是为了谁？你以为你是什么？硬汉？猛男？讲义气？你的好兄弟孙志熊，都已经在这里住了两天了，该说的都说了。你为什么要在他的家里，上网提'洗钱判几年'这种问题？你有没有在帮谁洗钱？"杜然调子很高。

"不可能!"悟空有些激动起来。

"怎么不可能呢?他天天都说是你搞的事情,与他无关。说他介绍过一个名叫黎万钟的老板给你。8 月 24 日那天,黎万钟死了,第二天你跑到他屋里,让他赶紧离开长沙避避风头,他问你为什么,你还不肯给他说原因。我们通过技术手段,发现当天他家里有人上网问过'洗钱判几年'这个问题,孙志熊说不是他提的,那肯定就只能是你提的了不?不然你让他避什么风头?不就是因为你给黎万钟洗钱?黎万钟的死是怎么一回事?为什么他一死了,你们就要避风头?"

杜然的猛攻下,悟空似乎有点蒙了,对他说的这些事一下子难以消化的样子。

"说啊。"张伟拉高了音量打配合。

悟空的喉结上下移动了好几次,好像是一些句子卡在了那里,每次快要说出口,又被他硬生生咽下去了。

"明明是他们在洗钱……"终于,他以很微弱的声音嘀咕了一声。

"谁?"张伟抓住这个时机。

"熊熊啊,他怎么就把我给卖了哦……"

悟空耷拉着脑袋,驼着背身子向下蜷缩,像一条伤心的小狗。

眼泪已经在他眼眶里打转。

"是熊熊在帮黎万钟洗钱,8 月 25 日那天我在网上看新闻,看到黎万钟死了,就打电话问他怎么回事,他说这个事情可能搞大了,要跑路了,让我也跑路,避避风头。我那天根本就没有去他屋里，他怎么可以这样把事情推到我身上来哦……"

悟空的说辞，与孙志熊的描述并不吻合，张伟和杜然交换了眼神。

"你参与了洗钱没有？"杜然问。

"也算是……参与了。"悟空说，但自己不是主谋。

张伟重新捡起笔写字，让他讲出来整件事情的来龙去脉。

也许是因为炽热的太阳把湘江的水都煮开了，7月的长沙总是像一屉大蒸笼。

悟空正躺在沙发上午睡，电风扇的档位开到最大对着吹也不怎么解闷解热，昏昏沉沉、半睡半醒间，一个电话响起，像是从梦里打来的。

"悟空别，你在打飞机吧？这么久不接老子电话。"

电话那边的声音是熊熊，神神秘秘的语气，问他想不想赚大钱，说自己最近找到了一个路子，有个机会。

"干吗？抢银行啊？"悟空有点将信将疑，要真有这样的好事情，他绝对是不愿意错过的。熊熊让他到人民西路的茶馆里来谈，说这件事如果做成，比抢银行还赚，兄弟几个后半辈子的生活可以全都包揽。

他去厨房龙头下用冷水洗了把脸，确认自己没喝醉，也不是在梦中。

推开包厢的门，里面几个人在打麻将，基本都是熟人，但是有个穿白衬衣的男人悟空不认识，面相显然比熊熊的兄弟们都要年长，看起来文质彬彬的，笑起来却总让人想到电视剧里会出现的那种变态。

"来了啊，介绍一下，这位是黎总。"熊熊在麻将桌上扔出一张八条，告诉悟空。

悟空正想和黎总打招呼，黎总却先抬起头瞟了悟空一眼，和熊熊说这位兄弟长得有个性呢。

大家都暗暗发笑，这让悟空很是不爽。

"他叫悟空。"

"哦，那难怪了，原来是大圣啊，失敬失敬，"黎总撇着嘴，带有讥讽意味地笑着，"这个名字可真是太适合你了，Monkey King，interesting！"

"你来打，你来打，我来和大师兄聊一聊。"正好一位牌友和了牌，黎总拉身边另一个朋友上桌替自己。

"服务员！"

黎总叫来茶馆的女招待，给悟空泡了杯茶，然后拉他到一边坐下。

"情况是这么个情况，我以前是个人民教师，和马云差不多的经历，下海从商。马云我是比不了，不过目前也算是个连续创业的企业家，在长沙开了一些公司，也有一定资产。

"但是啊，你看我年纪也不小了，就慢慢想着把这些机会呢，还是都让给更有激情的年轻人吧！"

"创业者的四要素，skills, mind, execution and luck，"黎总指

着自己的脑袋说，"我现在啊，就剩下这个 mind 和 luck 没有落伍了。"

悟空对英语一窍不通，黎总突然转出这些单词来，让他感到肃然起敬。

他开始相信，熊熊说得没错，黎总是个有能耐的老板，手上确实握着大把机会。对于他刚才调侃自己外貌的反感，也消散了不少。

黎总说，国家最近也在鼓励年轻人创业嘛，这是好事。

"那我们这些老兵老将自然就得把位置让出来，换一条跑道，你说是不是这么个情况？"

"嗯。"悟空小声答应了一下，其实并不太懂得他在说什么，但是如果表现出不懂，恐怕又要出丑了，只得应声赞同。

黎总轻轻拍他的肩膀，面露欣慰，仿佛是遇到了一位难得的知己。

"我接下来的打算，是进军资本市场！"

黎总双手轻握着，声音很大，气宇轩昂，不像是在对悟空一个人说，更像是在进行一场小型演讲。他很真诚，尽管旁边是几个混混在嘻嘻哈哈打麻将，他也丝毫不受影响。

"如果仅是国内的资本市场，那就太 simple 了！我的目标也没有定太高，但是既然有决心走向海外，那我就要成为世界上第二个巴菲特。"

股神巴菲特悟空听说过，是个很有钱的人。

"悟空兄啊，我的初步计划呢，是把我在国内的大部分资产都拿出来，进军海外。首先在纳斯达克敲钟上市，借助资本的力量，让我现在的网络服务公司成为一家投资控股公司，然后再通过它来进行投资领域的 develop，我将成为一个顶级的投资大师。"黎总说，但是他现在遇到一个问题，国家的资金进出管得太严了。如果现在要把国内的钱弄出去呢，正规的途径比较困难，所以就找了熊熊，希望兄弟们可以帮自己一把。

"要怎么帮？"

悟空有些困惑，他感觉黎总的理想是挺高大上的，但唯一的问题是，他的宏伟目标，好像和包厢里坐着打牌的这些人扯不上什么关系。

"你现在手上有多少债？"熊熊一边扔麻将，一边问悟空。

"两三万吧。"悟空告诉他。

"那少了，你最近多去玩一玩，多搞点债。"熊熊说，就用这些空头支票，把黎总的钱搬出去。

悟空问黎总的钱有多少。黎总笑了笑，伸出一根手指。

"一……百万？"

他话一出口，就知道自己没有猜准。是啊，在那些场子里见多了，如今一百万也不算什么大钱了。

黎总忍俊不禁，悟空也吞了吞口水。

一千多万人民币，他从未想过自己此生会和这样巨大的数字如此接近。

"可是熊熊问你手上的赌债，"杜然抬起一只手，然后又扬起另外一只手,双手向外摊开,"这和把黎万钟的钱搬出去有什么关系?"

悟空说,黎万钟去找那些欠了债的老哥来赌,故意把钱输给他们。但是黎万钟输掉的所有钱,等他前脚出门,悟空和兄弟们后脚就通过收债的方式从那些老哥身上要了回去。表面上看,人人都以为黎万钟是把资产散在了赌场,散给了几十上百个赌徒老哥,无法追回了,但实际上,这些钱最后又像蚂蚁搬家那样,汇集在了一起。

杜然和张伟面面相觑,这件事最让他们惊讶的地方在于——那个名叫安春的年轻人之前已经假设过了。但当时三人很快否定了这个想法,它有太大的漏洞。

"不是,如果黎万钟这样搞,不就等于在给那些赌客做慈善吗?"张伟在桌面上点来点去,"钱本来是你们赌赢了,先不说合法不合法啊,那都是欠你的债,没错吧?黎万钟输钱给他们,他们再把钱还给你,实际上不就是黎万钟拿自己的钱,帮他们还了债吗?你的账是平了,那些债也是你赌来的呀。"

悟空有些不安分了,他的身体一直扭来扭去,摇头晃脑的,目光也没有地方搁置。

"如果我全都坦白的话,会不会对我有利?"终于,他憋出来一句。

"只要你愿意配合,将功赎罪,现在就是最好的时机。"杜然赶在他说下一句话之前,赶紧给他喂定心丸,"我们是真的想帮你,你想想我今天早上在东安县踢掉你刀的那一脚,是不是为你好？持械袭警的问题有多严重你想得清楚吧？有些事情我们还是有处理空间的，就看你是不是真的全部坦白。"

悟空盯着地板抿着嘴，考虑了几秒。

他交代，黎万钟确实是熊熊介绍过来的，但是平日里一起玩的几个兄弟，有五六个人吧，实际上服气的不是熊熊。

"那是谁？"

"鳜鱼哥。"悟空交了底，说鳜鱼哥虽然赌钱，但不像其他人那样游手好闲，有工作有地位，性格好口才也好，是个魔术师，上过湖南电视台，还是什么二级演员。

"鳜鱼哥的真名是什么？"张伟插了一句。

"郑念。"

"好，你继续说。"和他们掌握的情况一致。

"我们几个之所以都服鳜鱼哥，怎么说呢，除了他仗义，把他当大哥之外，更把他当师父。"

悟空说，鳜鱼哥是玩魔术的，懂很多手法，比如扑克牌的花切、假切，真的出神入化，一般人想都想不到。几个兄弟中悟性高的学到他六七成，悟性低的也学到三四成，那些技术用来炸金花，只要胆子大、手法稳，在小场子里面想赌赢就能赌赢。

"你们……玩出老千？"杜然肘部撑在桌面上，双手慢慢握紧，思绪也在慢慢凝聚。

"胆子这么大？你们那些场子我也有耳闻，狠角色不少呢，搞事情的也不少。出老千被抓，被往死里教训的情况不要太普遍了，伤的残的死的都有，你应该也知道吧？"

张伟在一旁啧啧感叹，悟空却说，那他们也要有本事抓住。

"也就是说，你们其实一直都在跟着鳜鱼哥学千术，每次都能赌赢全部是靠出老千？你们通过这些逢赌必赢的杀猪局让对方欠了债后，再让黎万钟去和他们赌。等黎万钟前脚把钱输给他们，你们这些债主又后脚上门，把钱收回来？"杜然基本上懂他的意思了，"可是你们为什么要冒这么大风险？赚得多吗？"

"反正我们都是听鳜鱼哥的……"悟空磕磕巴巴，"我也不知道怎么给你们解释，鳜鱼哥真的……很厉害。"

"不只是说牌面上的功夫，他常常给我们讲一套他关于表演魔术的理论，说魔术师只要上了舞台，失败只有零次和无数次，弄砸一次就万劫不复，职业生涯就毁了。赌局也是一样的道理，必须慎重慎重再慎重。他就拿这种标准来让我们训练……

"他还说，手法功夫当然很重要，但又不是最重要的。舞台上的魔术表演，最重要的还是懂得人的心理，懂得自己的观众是什么人、想看到什么、会怎么看。赌局上也一样。这些东西一时半会儿说不清楚，要正经去学的，怎么心理暗示，怎么转移注意力……"

鳜鱼哥教他们的出千手法有一套系统的扑克牌技术和心理学知识支撑，但悟空告诉杜然和张伟，鳜鱼哥称这些都是"术"，只有术是远远不够的。

想要一直赢，口诀只有一条——"懂得选择跟谁赌，才是最重要的"。

选对了人，摸清他们的性格和习惯，才可以判断能不能下手、好不好施展手脚，这就是鳜鱼哥的"道"。

"有些老哥，赌得内裤都没了，欠一屁股债，还想继续赌——欠的债只是个数字了，反正把自己卖了也还不上。除了我们没人跟他们赌。他们一上赌桌就杀红了眼，只会死盯着自己的牌指望咸鱼翻身，鳜鱼哥说这种是最好下手的……"悟空举了一些判断赌徒是否合适下手的例子，"还有些老哥胆子小，怕惹事，这种也方便。你对他调子高一点，他就被吓得六神无主，不能集中注意力了……这种一般是刚入局的，有的玩着玩着，也就变成第一种了。选对了人，懂点技术，怎么都能赢。你非要去和那些眼尖人狠的老哥玩手段，那自然是找死。"

张伟叹了口气，直摇头。

"你就没有在乎过，你们把第二种人变成了第一种人，是毁了人家的一辈子？他们的家庭，他们的亲人和小孩，没准从此就过上落魄的生活？"

"那谁又在乎过我呢？我不也是从这样的家庭里来的？"悟空伸长了脖子问，"警官，你晓得这样的家庭有好多不？"

"好了好了，别岔开话题了。"杜然对这种讨论不感兴趣，"鳜鱼哥带你们搞这个多久了？"

"记不清了，两三年吧，但赚的大都是些无法兑现的空头支票，一般都是自己挣一点小钱来花，我们不怎么催债，能要一点是一点。之前没做过黎总这种，反正我是没做过。"悟空回答。

"那你们这次冒这么大风险帮黎万钟，他给了你们多少回报？"张伟很好奇这个。

悟空说，他一分钱没给。

"你们就白给他做？"杜然不相信。

"那不可能的。"

按照悟空的说法，黎万钟称，这笔资产一旦到了国外，他就会促成公司的纳斯达克上市事宜，届时将以原始股份的形式，将资产按比例分享给这帮兄弟。如此一来，他们得到的收益，就远远不是简简单单的一笔回报了，而是随着资本市场水涨船高的源源不断的财富。所以熊熊才说，兄弟们的下半辈子都不用愁了。

"这你们也信？"

悟空低着头，用力一挤眼睛说，现在不信了。

杜然打了个大哈欠，问他们又是怎么把钱弄到国外去的。

"鳜鱼哥以前出国搞过演出，认识了一个朋友，说是专门帮留学生转钱的。具体我不清楚，反正我们每次把钱交给鳜鱼哥，鳜鱼哥就把钱转给他，他再转给黎总美国那边的人。他们总是说什么对敲对敲[1]，我也弄不明白。"悟空也跟着打了个哈欠。

张伟问鳜鱼哥现在人在哪里。

"不知道，我已经快两个月没有见过他了。"

悟空低下头，身体呈现出一种疲惫的静止。张伟和杜然也都累了，好像暂时没有什么要问的了。

"警官，我觉得我不是那种很坏的人，现在也都坦白了，真的可以宽大处理吧？"

---

[1] 对敲：跨国洗钱行为中，双方通谋，分别扮演卖方与买方的角色，甲方在境内把本币资金交易委托给乙方的同时，乙方在境外把外币资金交易委托给甲方。

恍惚中他感觉，审讯室蓝色的墙壁像是深海，空调吹出来的冷气，像是水流在缓缓将自己笼罩，头顶的荧光灯就是海面之上的太阳。

而他不敢抬起头来，他无法往上游。

关着灯的会议室一片昏暗，只有一束光从投影仪的镜头散射出来，投在荧幕上。

那是一个男人的艺术照，头发上喷满了定型水，穿着西装，打着领结，看上去还挺时髦，颇有艺人风采。

林立莲口干舌燥，喝了水坐在会议桌一角继续说这个人就是郑念，男，32岁，国家二级演员，魔术师，江湖人称"鳜鱼哥"。

鳜鱼哥祖上是望城那边的江湖人，杂耍世家，据知情人说清朝就在玩耍猴、顶碗、吞火吐火、三仙归洞等传统戏法，靠手艺吃饭。后来他爷爷归纳总结，集先辈之大成，成了知名民间艺术家。原本家庭条件还不错，却在上世纪七十年代遇到了时代变故，家道中落。受到打击的父亲放弃了手艺成为农民，过得浑浑噩噩，在郑念七八岁的时候醉酒失足，夜晚跌入了阴沟，没能爬起来。郑念后来发愤图强当上魔术师，表演现代魔术，好歹算是变相延续了祖辈的家传，然而时过境迁，这一行很难再像以前那样辉煌了。

"这小子十年前就开始进赌博的场子，有点名气，结识了一帮兄弟，出手阔绰，游刃有余。"

林立莲说，根据目前掌握的资料，鳜鱼哥在二十天前买了一张出国的机票，此后失去踪迹。

"他出国了？"张伟问去了哪个国家。

"机票显示是飞往泰国的航班，但是人却没有登机，也没有出境记录。"

林立莲说，郑念经常出国游玩，身边有联系的人都以为他又出去潇洒了，所以暂时断了联系也不以为意。

"那他现在到底是在国内，还是在国外咯？"杜然很郁闷。

林立莲说他也不知道："这个事情仍然交给你和张伟负责，三天之内我要结果。熊熊和悟空问不出来，就再去找别人，必要的时候可以再去问问那个小安，看他手上有没有什么新的线索。"

"好。"张伟答应。

林立莲切换了一张幻灯片，上面写着几个关键词"崔远""黎万钟""鳜鱼哥（郑念）"，在屏幕上构成三角形。

"现在很明显的是，这三个人最近一段时间，因为这个东西，有了很强的关联性。"

三角形中央，出现了一个大大的"钱"字。

"有一点很清楚，黎万钟开的所谓网络公司，众筹和分销等等概念，实际上就是互联网传销，通过传销敛财集资。他手头有过一大笔资金，经侦那边的同事初步估计，数额在一千万以上。"林立莲说，崔远的作案动机，和这么大一笔钱肯定是脱不了关系的。

"崔远在看守所的事情，除了我汇报上去的那个推测，暂时没有其他说得通的解释。但这是一个很复杂，也很曲折的手法，他为什么要这样做？"林立莲从会议桌边站起来。

"根据法医的结果，消化道中有明胶残留。所以林队你说的事先吞下密封胶囊、体内藏毒至少应该是十拿九稳的。"张伟的看法是，如果真是这样，崔远很有可能是在赌。

"赌什么？"杜然在旁边歪着脑袋，皱起眉头思考。

"赌自己不会被抓住。"

张伟提示他设想一下，如果那天崔远没有被警方抓住，成功外逃，那么他把密封的胶囊屙出来丢掉就是了。体内藏毒是他留给自己的一道生死选择题，取决于作案之后会否被抓。

"噢。"杜然懂了他的意思：没被抓住就继续逃命，被抓了就自我了断。

"这一点同我的推测一致。"林立莲手插口袋，说仍然有疑问。

"他为什么要给自己设置这样的选择题，被抓了就要自杀？是觉得自己减刑无望，横竖都是死？还是怕被我们问出什么事情？"

杜然抬起手，指着幻灯片上那个大大的"钱"字，说自己始终觉得，崔远自杀的动机，和他杀死黎万钟的动机之间，肯定有某种很强的关联性。而要把这一整个事件串联起来，转出去的那笔钱就是关键。

"所以鳜鱼哥是个特别关键的人物。"林立莲同意杜然的看法，说只要你们找到了他，整个案子马上就会清晰很多。

杜然问能不能多给点人，把浩南或者罗门叫回来一起帮忙，毕竟这个任务如此重要，难度如此之大，时间又如此之紧。

林队让他们克服一下困难，告诉他这两人目前在临澧县和澧县一带挖崔远当年的生活轨迹，也很重要。

"是不是因为罗门……"

"没有这方面的考虑。"林立莲回答张伟，是案子本身的需要。

张伟点点头，不说话了。

"崔远这个人，太复杂了。包括他的原生家庭、他父母的死、少年和青年时代的生活……"林立莲补充说，"根据罗门的记忆，他自称 2004 年离开澧县，在常德生活了几年时间，2008 年来到长沙。"

"但我这次去常德，发现了一件很奇怪的事——他几乎没有在常德留下任何痕迹。没有开过房、住过宾馆，甚至没有用身份证办过电话卡。一个人在一个地方生活，一点痕迹也没有，为什么？他把自己隐藏起来了，不想被人发现？

"我凭直觉认为，他身上有前科或悬案的可能性极大。所以我让浩南他们留在那边继续挖，我自己也会再过去常德那边，看能不能找出一些蛛丝马迹。"

杜然认可他的安排，说明白了。

"我知道你们最近很辛苦，坚持一下。"林立莲拍拍他的肩膀，"还有个人物，和你们要跟的鳜鱼哥有关系，就是那个豪姐，崔远的女友。这条线我暂时交给小胖，如果小胖有时间，也多给你们帮帮忙。"

小胖在一旁举手,表示收到。

"还有个事情,我想查一查黎万钟现在有没有亲人在国外,这个也是小胖负责。"

"他的家庭关系已经查过一遍了,感觉……和案件关系不大。"小胖顶着黑眼圈说。

林立莲让他再仔细查查:"我觉得肯定是有。直系亲属要查,关系近的非直系亲属也要查,尤其是在他公司有过任职背景的。如果亲属实在查不到,就去查他有没有过情人,目前在国外生活。"

"为什么啊?"小胖挠着后脑勺,表示不理解。

"你们仔细想想。他找鳜鱼哥把钱转移到国外,原因是什么?最大的可能就是传销的骗局兜不下去了,打算卷款跑路。如果是你,这么大一笔资产转出去,自己人又在国内,会让什么人帮你在外面打理?没有绝对可靠的人,你会放得下这个心?"

"我明白了……"小胖若有所悟,"目前和黎万钟一起生活的亲属确实都仔细查过了,暂时没有找到什么有价值的线索,不过我刚得知他的生活经历和作风都比较复杂,结过三次婚……"

"结过三次婚?"这句话引起了林立莲的注意,他要小胖对此敏感些,感觉这是个很重要的突破点。

"好。"

小胖答应之后,林立莲转身面向昏暗的会议室,对所有人做最后的总结发言。

"我们先不要钻进一些细节里，把自己逼进死胡同，要大胆去猜测。没错，这个案子现在一团乱麻，情况复杂，难度很大，但肯定可以解开。

　　"我教你们一个道理，干我们这行，保持理性思考很重要，但不是最重要的——最重要的永远是直觉。"林立莲说，大家应该训练出一种类似猎人对野兽的直觉。要想抓住狐狸和狼，得让自己按照野兽的行为习惯去想问题，揣摩它们的欲望和恐惧，本能和情绪。

　　"他们犯了罪，但他们也是人吧？"杜然似乎觉得，把犯罪的人比喻成野兽有些不妥。

　　"你可以有你自己的观点，我只是在说我的经验。人类社会有很多规则，但其中某一些得到了全世界法律的公认，这是为什么？因为有一条区分人和动物的底线，跨过了那条底线，人身上的很多东西也就变了。"林立莲看了看手表，说自己得动身了，交代的事情尽早给结果，有事情随时联系，手机保持开机。

　　"林队这次怎么感觉和以前很不一样啊……"

　　出了昏暗的会议室后，杜然小声同小胖讲。

　　"我也觉得，变了个人似的。"小胖撇嘴点头附和。

　　"你们不知道，他以前其实就是这样子。"旁边一位老同事告诉两人，只不过这几年因为技术手段进步，什么天网工程啊、DNA啊、网络数据库啊，办案子方便太多了，犯不着……

　　"没错。"张伟说，他只是很久没遇到像样的对手了。

4

芙蓉国剧场内，冷气很足。幕布上的灯光给得比较暗，舞台上有灰尘的味道。

亲月木乐队的几人还没调试完乐器和设备，妆容精致、穿着银色礼服、踩着高跟鞋的女主持人再次走上台来。

"那谢谢刚才一组选手的精彩演出……6 月的骄阳，似火，而下一组选手的激情，比火还要热！这是一支年轻的乐队，他们成立两年多，彼此却已经结下了难忘的友谊。"她一边举着主持词卡片一边念，然后伸手给了小果一个介绍的手势，"他们的年轻，是青春的证明，也是激情的证明！下面有请——亲月木乐队，用他们的激情带给我们音乐的快乐能量！原创摇滚歌曲《世界观》，让我们一起，嗨！起！来！"

台下的观众们稀稀拉拉地鼓掌，像是在参与一场乏味的联欢晚会。

小果转过身，给了小黎一个眼神，轻轻的鼓点响起。

"不要再念那些晦涩的诗，不要再写那些扭曲的字了。在缤纷的霓虹世界中，你（我）的灰色多幼稚……"小果开口唱，"他们都正确，他们说的都正确。活得辛苦的人，其实是自己有罪。"

小和扫视了一眼舞台上的搭档——老崔的吉他今天情绪非常饱和，一层一层的和弦晕染开，每一根琴弦的振动都能击中她的心；小果的贝斯很有劲，嗓子也完全放开了，唱得比以往任何一次排练都要自然；小黎的鼓也打得非常好，节奏稳而清晰，同时还能把那个以"我"为视角的和声唱好，唱出一种孤寂的感觉。

登上舞台的这一刻，她才感受到这首《世界观》是真正地完成了。它是独一无二的作品，凝结了大家的心血和才华。

"十四岁那一年，鼓起勇气给喜欢的男孩送樱桃，班上同学都说你骚，看你（我）的纯真多可笑？"

舞台下，有几个观众被这句歌词逗笑了，也有人在跟着节奏轻轻点头，或是全神贯注地望着舞台聆听，若有所思。

"从小就知道，你（我）从小就知道，那些得不到的，是不准你（我）得到。"

小和清楚，今年这场比赛属于半公开选拔赛，所以这些观众大都不是真正的摇滚乐爱好者。有不少人穿着同一家公司的文化衫，也有人穿着西服，还有头发花白的老人带着小孙孙，几乎全是比赛主办方单位的职员和赞助商公司的员工，以及亲属或客户。这些素不相识的人中，能够有那么一些人与这首歌共情，已经是件足够令人欣慰的事情了。

"渴望着，理想和爱。只看见，行走的梦貘与饕餮。你（我）的世界都坏了，他们怪你（我）没有好的世界观。"

只是，坐在最前排的领导嘉宾和几位写着名牌的评委，多少有些心不在焉。一位嘉宾和身边的熟人说说笑笑，一位评委干脆放下手中的笔，开始玩手机。小果唱得再投入，仿佛也进不了他们的心。

"不知道该哭着离开，还是加速跑，撞毁这一切？你（我）的世界都坏了，他们怪你（我）没有好的世界观……"

很快，演出结束了。果不其然，乐队的几个人都挺满意这次发挥，连平时一直要求严苛的老崔，也觉得这是最好的一次演唱。

"那能入围吗，你们觉得？"小果试探着问。

"肯定能啊！"小黎信心满满地告诉他，"你看看我们前面的乐队都唱的些啥，有几个把音唱准了的？都是大学生乐队水平，有几个歌都是扒的，连 Coldplay 都扒，当评委聋呢？除非后面几支乐队全部比我们强。"

"老崔你觉得呢？"小和问。

老崔说，他也觉得问题不大。

"啊……你都这么说，我的心就放下了。"小果笑嘻嘻地拍拍自己的左胸口。

"刚才那一组选手的歌好听吗？好听呀？那下一组选手你们可得好好期待了！我先考考大家，提到长沙，你最先想到的山是什么山？对！大家都很聪明……"

亲月木乐队的几个人背着乐器回到观众席，那位穿礼服的主持人小姐又踩着高跟鞋上台了，说着晚会司仪般的主持词。

"下面有请 Crybaby，我们长沙的哭小孩乐队，为大家带来一首属于我们长沙的《岳麓山》！"

整齐的军鼓前奏一响，老崔就转过身去，盯着舞台看，说这乐队还可以啊，和刚才的那些感觉都不一样。

"燕子飞过穿石坡湖的时候，带来了你的哀愁。那些证人全部都沉默，为什么他还在夜宵摊喝着酒？"

"你说哭小孩啊？是挺棒的，我也挺喜欢。"小果说自己有朋友认识这支乐队，让他们猜猜主唱是做什么工作的，说绝对猜不到。

小黎歪着头，看着主唱身上《新世纪福音战士》的紫色初号机 T 恤，问是不是从事动画或者游戏相关工作的。

"看这野林开始燃烧，买得起一把玩具枪，带给他贫穷的儿子，或者献给富贵的凶手。"

"才不是咧！他叫罗门，岳麓区公安局的警察，还是个刑警。说了你们猜不到的。"小果很是得意。

小和同小黎都很惊讶，说那真的猜不到，刑警不都挺忙吗，怎么还有时间玩乐队？

"啊，我喜欢警察！这主唱挺帅的。"小黎说等会儿一定要去认识一下。

"比我还帅？不可能吧！"小果扫她的兴，"再说人家都结婚了，你认识他有啥用？"

"人们丢失舒适的去处，在拥挤的地铁唱起来歌。而我不能再爱上谁了，一颗心碎到不能碎，是否还能拼出她的轮廓？哦，岳麓山……"

只有老崔不和他们插科打诨，在默默听着歌，体会其中的情绪。

"这歌真的挺好的。"他一边喝水一边说，要是接下来的选手都有这个水平，说不定进四强就有点悬了。

一组一组选手上台，直到最后一组表演完，穿着银色礼服的女主持也有些累了。她拿着话筒走上台，草草说了几句今天的比赛到此结束，评委老师正在统计分数，结果马上公布之类的话，又下台去候场休息。

此时，一些观众已经开始离席，比赛结果对他们来说不怎么重要，他们只是来完成任务，或者看个热闹。

小果冲着他们直摇头，说他们不是真正的听众，这里也不是真正的舞台。

"等我们将来真正出道了，台下会有千万个人跟着我们的表演一起 pogo，都是懂音乐的年轻人，不是这些成天浑浑噩噩、不知道生活意义的空心人。"

老崔对小果的这句话透出些许不解的神情，问他生活的意义究竟是什么。

小果惊讶地垮着下巴看老崔，反问老崔怎么会不知道生活的意义是什么。

"生活的意义就是他妈的杰克·凯鲁亚克，就是他妈的《在路上》！"

"好的！现在到了大家最期待的时刻，也是最最激动人心的时刻！"主持人重新回到台上的时候，脸上的疲惫已经被掩盖下去，她再次恢复了风格激昂的主持腔。

台下大部分参赛乐队，都把目光聚向她手中举起的卡片。

"正是二十组选手的奋力演出，我们今天得以收获了一场完美的比赛。那，我想说的是，这不只是一场比赛，更是一次激情与激情的呼喊，音乐与音乐之间快乐而美好的交流。在公布结果之前，我想请各位把掌声送给他们，送给今天如此精彩的演出！"

她保持着微笑的表情，等待舞台下稀稀拉拉的掌声慢慢停止。

"我相信，很多人和我的想法一样。此刻，结果其实已经不再重要了。比赛从来不是为了争输赢。今天的这个舞台，'2012长沙音乐新势力'让我们看到的，是年轻人对生活的感悟，是创意与才能的百花齐放。讲真心话，我为长沙有这么多这么棒的音乐人而感到自豪、感到开心……"

小果对她语重心长的啰唆已经有点失去耐心，他屏住呼吸，低头看自己的鞋，只想知道结果究竟是怎样。

他想知道明年的自己，究竟是否有资格，站在星城音乐节那样真正的舞台上。

"获得'2012长沙音乐新势力'第四名的是 ——"主持人念出了"Crybaby 哭小孩"的名字，那个叫罗门的主唱和他的队友都表现得挺淡定，只是潦草地鼓了鼓掌。

小和有些理解他们的态度。毕竟乐队所有人，包括老崔在内，都一致认为《岳麓山》是今天最好的一首歌。无论歌曲创作，或是舞台表演，都不存在什么值得争议的点。

"获得'2012 长沙音乐新势力'第三名的是……"

"获得'2012 长沙音乐新势力'第二名的是……"

"获得'2012 长沙音乐新势力'第一名的是——"主持人深吸一口气，大声念出来，"沉默宇宙！"

"让我们恭喜以上四组音乐人，他们将获得由本次比赛协办方九道湾置业提供的共计三千元音乐人奖励，以及 2013 年长沙星城音乐节的参演资格！本次比赛是由长沙……"

人们在陆续离场，大部分平庸的选手基本上也明白自己的平庸，对结果没有异议。

在亲月木这边，平时理性温和的老崔反而是最愤愤不平的那一个。

"不是你家赞助的吗？"他带着一丝质问的语气厉声问小和这个结果是怎么回事。

小果在一旁说算了算了，明年继续努力。

"不是，这一二三名都是些什么啊！"他的愤怒显于形色。

"老崔！"小果本来也窝着一肚子火，但此时他很清楚，不应该把气撒在小和身上。

"这结果肯定是有问题的，扒 Coldplay 都能扒个第一名？"小黎也很无语。

"要不我打电话问问吧，其实我家不是做房地产的，赞助商是我叔叔的公司。他们这里的人都不认识我……"小和有点委屈，但她说能理解老崔的情绪，这个结果，自己也接受不了。

"喂，雨和，我在外面出差考察呢。"

电话拨通了。

"什么比赛？"

"哦……那个比赛啊，想起来了！你也参加啦？怎么不早说呢？这次的前三名都是客户和领导们说好了的，我不能给你啊，但是给个第四名肯定是没问题的。你放心吧，我待会儿忙完了就给他们打电话。"

"啊？已经比完了啊？比完了就有点不好弄了，不过你是我亲侄女儿，我看能不能让他们想点办法……"

"不用了！不用了！叔叔你别多事了，我先挂了！"小和赶紧摁掉电话，叹气摇头。

四个人杵在那里，有点不知道该说什么好。

"想办法……"老崔重复着她叔叔的话，扑哧一笑，然后向小和道了歉。

"对不起啊，我刚才失态了。"他说自己忽然感觉到，有钱人有时也有可怜之处。

落选的几人拖着乐器从芙蓉国剧场走出来，阜埠河路锦绣潇湘文化创意产业园已近暮色。

一些天马学生公寓即将毕业的学生，在傍晚办起了跳蚤市场，出售一些旧书、旧教材和懒得带走的生活用品。

"还有钢琴考级教材呢，周铭孙老师那本。"小果拿起一本书，摆摊的大学生连忙告诉他，五块钱一本，十块钱三本。

"不用不用，我就看看。"小果连忙把书放下，却发现老崔正盯着摊位的右下角出神。

那是一台磁带随身听，上面印着"SONY"的商标，底下垫着包装纸盒。现在已经没多少人用这玩意儿了，短短十几年的时间，人们听音乐的方式换了又换，磁带渐渐被 CD 取代，CD 又被 MP3 取代，MP3 再被手机取代。一代又一代，快速流行又快速地被忘却，要不是再次亲眼见到这种机器的实体，它的存在都已变得模糊和不真实。

"你喜欢这个？"小黎弯腰把那台随身听拿起来，老崔的眼睛就跟着她的手慢慢移动。

她按了按上面的按钮，磁带仓弹开了，虽然有一些轻微磕碰的痕迹，但总体来说保存得挺不错。

"多少钱？"小黎问大学生。

"四百吧，带包装电池说明书充电器。我以前自用的，可爱惜了，后来一直收在盒子里面，还挺舍不得卖的。"大学生挺懂得经营之道。

小黎把随身听还给她，让她把所有配件都装好，然后从背包里翻出钱包，点出四百块钱。

"只要钱给够呢，就没有什么舍不得卖的。"小果在一旁小声嘀咕。

"送给你！"小黎把随身听递到老崔手上，然后冲他笑了笑。

她让老崔别不开心了，说很多事情再努力也会失败，因此结果没那么重要。

老崔说谢谢，紧紧握着那随身听的盒子，同大家一起往街边走。

"这个随身听，十几年前我给喜欢的姑娘送过一台，一模一样。"

他告诉大家，当时自己可喜欢那个姑娘了，但是没来得及表白，她就跟别的男人跑了。

小黎问老崔怎么遇上她的。

"那时候我在老家澧县的县城开一家影碟出租屋，她来我店里打工，我就爱上了她。"老崔说，自己虽然拼了命地想对她好，但那时候终究笨手笨脚不懂浪漫，隔壁开理发店的老板懂得讨女孩子欢心来追她，两人很快就结婚了。

"她说她喜欢音乐，想学唱歌，我就买了这个送给她，那时候这东西可贵了。她随口说喜欢那种抱着吉他含情脉脉的男人，什么也不会的我就买了把日本进口的 Takamine 吉他，开始悄悄自学。"

老崔的眼眶红了，说自己当然知道很多事情再努力也会失败，结果没那么重要，"但我就不知道他妈的为什么，从小到大，所有的事情都是这样！越努力越失败，越失败我越看不开，就像一个与生俱来的错误。"

小和说今天这事，有情绪是难免的，过几天就好了。

"别想他妈的那么多了，"小果宽慰他，"那个姑娘、这场比赛，相对于你的才能、你的本事，我只能说，错过你，是他们的遗憾。"

"这和他们没有关系，是我自己心里渡不过这个劫。"

老崔握紧手中的随身听，再次向小黎致谢，告诉他们自己刚才突然想明白些了。

"看到这东西的时候，忽然感觉像一切都转了个圈，没有什么结果不结果的，人回不了头，只能往前走。"

"这才像你嘛！我们亲月木可是一支摇滚乐队，不搞那些娘炮唧唧的东西！"小果又强调了一遍他擅自决定的乐队宣言。

"不过没想到，老崔你还开过影碟店啊？以前我家花炮店附近也有一家影碟店，我看的好多电视剧都是从那里租的，什么《还珠格格》啊，《少年包青天》啊，还有些港片。"小和说，十几年前老崔最多也才20岁出头啊，就已经自己开店做生意了，好厉害。

老崔说自己小学学历，没念什么书，所以出社会出得早。

"你小学学历？"小果惊叹道，"骗人的吧？我一直以为老崔你高才生来着，不仅吉他弹得好，上知天文，下知地理，左知动物，右知植物，又理性又博学。"

"没骗你，越失败，越努力嘛。"老崔说正是因为没念过什么书，想着自己学，结果学来的都是些碎片。好像什么都懂，却根本不成体系，没什么大用。后来逐渐明白了，学知识这事是有门槛的，你得一个台阶一个台阶地被人引着往上走，才进得了那扇门。否则就会像他一样，这个门口转转，那个门口转转，一个门也进不了。除了吹吹牛、装装逼，其实没什么用，都太浅了。

"我记得你上次跟我说，亲生父母早就去世了，后来是被养母给领养了？"小黎有些困惑，"你不是说她对你特别好，比亲生父母还好，那为什么她都不送你去念书呢？"

"她给过我选择，是我自己放弃了。"

老崔说，那时候养母被前夫一家骗走了孩子，因为前夫是当老师的，所以她特别恨老师，也特别恨学校，不太想让自己去念书。

老崔说，养母那时候已经开始信佛了，告诉他人只要有信念，就能活得通透。知识分子那一套，都是障眼法，只会蒙蔽人的心，让人变得虚伪。自己那时候虽然不相信她说的，但又不想她伤心，就放弃了念书。

"我倒觉得她说得有道理，知识分子就是虚伪。"小黎说。

"为什么啊？"小和对她突如其来的这一句有些费解。

"哈哈，你忘了她之前和我们聊过吗？她爸爸黎总以前也是当老师的，也是知识分子啊。"小果在一旁打哈哈。

"哦。"小和想起来了，确实是有这么一回事。

"嗯？你是不是说过你爸老家也是常德澧县的，虽然你从来也没有去过那里？"小和在老崔和小黎之间指过来指过去，"那你俩算起来应该还是老乡？"

"你爸不也是再婚吗？"小果凑上去逗小黎，没准老崔说的他养母这个事……

"不可能，不可能。"小黎像扇苍蝇一样让他走远点，"我和老崔早聊过了，他养母姓崔，我妈姓金好吧！我还有她照片呢。"

"那老崔呢？知道养母的前夫叫什么名字吗？没准就姓黎哦！"小果又凑上去问老崔。

老崔摇头，说不知道。

"你个傻子，天底下哪里有这么巧的事，又不是演电视剧。"小和捂着嘴笑小果幼稚。

"那谁知道呢！小黎那个神奇的爹……"

"别策我了好吧！"小黎翻了个白眼，说还不如继续去策老崔当年的那个姑娘。

"好好好！聊老崔！"走在人行道的人造岩上，小果彻底聊起劲来了，放肆地笑，放肆地闹，仿佛用这样的方式，就能冲淡刚才落选的消极情绪。

在外人看来，他总是这样"乐观"。

"老崔，我说你那姑娘后来怎么样了？你们还有见面吗？"

"没有了。"

老崔的表情恢复了那种冷淡的平静，说她结婚那天，还特地把自己叫去。

"我实在觉得不甘心，就从他们的新房里，偷了一条她的内裤。"

小和同小黎两个女孩子的表情瞬间有种尴尬的僵硬。

"这……你他妈也太猥琐了吧！"小果哈哈大笑。

"我这辈子，错事做得太多。"老崔说。

夏天过后总是秋天。

在这样的夜晚，北风一层层地过来，把长沙街头那些道旁树、那些建筑、那些行人身上的温热渐渐吹凉。

因为小和也说要离开乐队，小果决定今晚就不排练了，喊大家一起吃个饭。

四人打车到韶山路加加大街的江家菜馆，这是一家不大的川菜小店。小果自己是四川人，说想带大家吃吃正宗的家乡菜。

水煮肉片、辣子鸡和豆花鱼，还有几个小菜，味道都挺好。不过小果发现老崔不爱吃肉，小和说自己也发现了。新来的鼓手小昭是个长头发的漂亮男孩儿，他说自己不吃鱼就没有被发现，这是赤裸裸的歧视。

"不吃肉很正常，你们不知道吗？"

小昭告诉他们，在这世上，人类的忌口千奇百怪。有的人是素食主义者，完全不吃动物；有的人不吃四只脚的动物；有的人不吃两只脚的动物；还有的人不吃没有脚的动物，他自己就属于最后一种。

"没有脚的动物？除了鱼还有什么？"小果问。

"蛇啊、贝类啊、一些蠕虫啊……"

"那四只脚的动物我知道，"小果用筷子指着水煮肉片说，"猪、牛、羊……可是两只脚的动物有什么呢？"

"鸡鸭鹅嘛。"小和笑他反应迟钝，明明眼前就放着一盘辣子鸡。

"小黎以前就不吃两只脚的动物。"小和想起来，她还说过自己怕鸡怕鸟，看到翅膀和羽毛都会发抖。

老崔夹起肉片，送进嘴里慢慢嚼，说自己不是不能吃，只是吃得少。

他说人的恐惧其实挺复杂的，自己以前就认识一个小孩，特别害怕蚂蚁。

"哈哈，那他的忌口一定是蚂蚁上树！"小果替这小孩想了个忌口。

老崔笑了笑，问大家最近和小黎有没有联系，大家都说没有太多联系。

"这没办法，有时差，我们和她相隔一个白天黑夜呢。"

突然聊到小黎，小果还是有些想念，说不知道她现在习惯了没有。

"我是觉得挺突然的。她那个神奇的爹，平时对她那个样子，会舍得送她出国读书？"

"说是让她先在国外打好基础，等她弟弟读完高中以后也出去，就有人照顾了，算是捡了个便宜。"小和记得，小黎是这样对她说的。

"她还有个弟弟？"小昭问。

"同父异母的弟弟。"小果告诉他。

"她是去读音乐学院吧？是学鼓吗？"同为鼓手，小昭对此有些羡慕。

"对，她说是个野鸡大学，不过她想先过去了，再看有没有机会考更好的学校。她还想进伯克利的打击乐专业来着。"小果忽然笑了笑，同小和讲："你看人家小黎多上进，为了自己的理想而奋斗。你倒好，刚认识一个什么诗人，就把自己的爱好给丢了，也把我们给抛弃了。"

小和其实有些歉意，她说主要是觉得自己也不小了，是时候想一想往后的生活。有没有音乐天赋自己其实很清楚，但是男友有写诗的天赋，这一点是可以肯定的。不过，写诗在这个时代太难生存了，所以，她希望自己能想办法做点赚钱的生意，将来也许能维持两人的生活，支持男友的理想。

小果直摇头，说便宜那小子了，遇到小和这么好的女孩子。

小和说打算在新胜村开一家店子，卖点小东西试试水，不会离唱片行很远。

"我会经常来看你们的！"

"哈哈，随时欢迎啊！"小果干了一杯啤酒下肚，又聊起来乐队的现状。

"说实话，你要离开我真的挺舍不得，希望接下来能找到一个和你一样玩得来的键盘手。我一直觉得，我们亲月木乐队还是有前途的。

"我有一个朋友。新干线乐队你们听过吗？"

小昭说听过听过，也是长沙的乐队，挺喜欢他们的《文艺狗》和《真正的雨》几首歌。

"他们的主唱刘枪枪，我前两天和他聊披头士，聊乐队关系，他说的几点我深有同感。他说保罗·麦卡特尼就是那种理性的音乐人，而约翰·列侬就是感性的音乐人，一个乐队要成功，很重要的两个核心就是理性和感性。他们一定要撞在一起，这东西才牛逼。虽然不能涵盖所有乐队，但那些著名的乐队基本上都是这个配置，是两种极端的人去合作。

"打个比方啊，其实搞乐队很像是搞男女关系，甚至是家庭关系，当然家庭关系的核心也是男女关系。创作者的角色更像是女性，他要一切从情感的角度出发，去想问题，去创作，更倾向于自我价值。而编曲者呢，更像是男性，以音乐市场价值为导向，讲究理性和严谨，更强调音乐的功能性。除了这两个人以外，其他的人也各有作用，比如很多贝斯手都是乐队的第二经纪人，作用是协调关系；而鼓手更像是家长，必须把最终的东西丁是丁卯是卯地纳入他的节奏范畴。"

小果打了个酒嗝，扳着手指继续说。

"看我们乐队吧……以前小黎在的时候，就很有家长作风，现在的小昭也很不错，能把控全局。小和你其实就是一和事佬，性格好，特懂协调。我！乐队的核心人物，弹贝斯的灵魂主唱，足够感性吧？情感丰富吧？这还没完，你们看看老崔，他真的太理性了，我给你们讲，除了上次'音乐新势力'的比赛没拿奖那件事，我就没见他有过什么情绪，整个人就是一台理性的冷酷机器，也不知道是哪位神仙给造出来……"

他搭在老崔的肩膀上，有了些许醉意，举起手臂高呼，亲月木是最棒的乐队！总有会发光的那一天！

小和有些动容，本来已经暗自下决心不要表现出太伤感的，小果这么一说，眼泪还是没忍住在眼眶里打转。

她举着可乐站起来，玻璃杯碰撞出清脆响音，几人都将杯中物一饮而尽。

"亲月木乐队是最棒的！"

她几乎是用尽全力吼出来这一句，小菜馆里的食客们都被吓得一愣，然后纷纷看向她，嘴角弯起一丝浅浅的笑意。

很快，秋天也要结束了。

小和磕磕绊绊地忙着张罗自己小小的创业计划，总算在太平街的新胜村租到一间门面。她在离独角鲸唱片行排练房不远的地方，开了一家苔藓微景观店。"野蕨"的名字，是诗人男友取的，不求富贵，她憧憬着能靠这家小店自力更生，继而支持他的诗歌理想，甚至待往后关系更近一步，支持两人去过一种平淡而惬意的生活。

乐队的朋友们已经一段时间没有联络了。开业这天，小果过来捧场，送了花篮，上面写着："亲月木乐队祝野蕨·苔藓微景观店开业大吉，生意兴隆！"

他显得有些疲惫和伤感，没有俏皮话，也不再嘻嘻哈哈。

"怎么啦？灵魂主唱今天怎么把魂给弄丢了？"小和想逗他开心一点。

"没。"小果叹了口气，说好不容易和新来的键盘手磨合好，老崔又走了。

"老崔也走了？"小和想起那天小果在川菜店的一番话。确实，对于乐队来说，加入不到一年的老崔已经是个很关键的人物，他身上的那种理性不可或缺。

"他说他有些要紧事，以后都抽不开身来排练了，让我重新找一个吉他手替他。"

"唉。"小和不知道说什么好，也陪小果一起叹气。

"没办法，毕竟我们是一支流动性很强的乐队嘛。"小果苦笑了一下，反过来安慰她，让她别担心了，吉他手还是好找的，等找到了，就向着明年的比赛进发。

"再怎么搞暗箱，总不至于一个真名额都不给吧？老子就去拿个第一看看！"

他说，等到了后年，亲月木一定会站在 2014 年星城音乐节的舞台上。

第五章

1

红色马自达停稳之后，三人从车上下来。

罗门环顾四周，目之所及已经少有民房，杂草丛生的路旁只有稀疏种植的瘦弱杨树，和他们背后一片被围起来的厂房。

"告诉你们房子早没了，都那么多年过去了。"

来到停弦渡复船村[1]三组的这处地方，临澧县公安局领导安排陪同的镇派出所警察给两人递烟。他同浩南讲，真羡慕你们这些城里的警察，福利待遇好，也多的是立功升职的机会。

浩南笑了笑，说也羡慕他，因为他看上去挺放松的，不像自己总是忙里忙外。

"我农村出来的，好不容易考上了警察吧，结果又被派到农村的派出所。大城市就别想了，不晓得以后有没有机会调去县公安局。"

镇派出所的警察说，现在不比以前了。以前好多农村派出所出去的，听他们讲，只要有本事有能力，去县城和大城市，当领导的都有。

1　复船村：即前文所述 20 世纪 90 年代的临澧县停弦渡镇覆船村。2014 年时改名"复船村"，后又改名"福船村"至今。

"现在呢？现在可就没那么容易了，再忙也忙不出个所以然来，那我还有什么必要忙呢？你们说是不是这个道理？"

浩南和罗门都没有回他的话，径直往前走。

"时代不一样喽！农村出来的在农村，县城的在县城，大城市的在大城市，除非你有关系，各自的萝卜就待在各自的坑里，也挺好，也挺好。"

停弦渡镇派出所同来的警察拍拍自己的大肚皮，自嘲一般打起哈哈。

"站住！"

靠近厂房门口，一个头发稀疏、皮肤黝黑的男人忽然从铁皮大门后面走了出来，喝住三人，问他们是干什么的。

"我们是警察，可以进去看看吗？"浩南摸摸屁股兜，亮出证件。

"哦哟！警察？什么事情哦？"守门人一听他们说的普通话，表情瞬间有些绷紧。

"放心咯！就只看看，很早以前的一个事。1992 年，一对夫妇喝农药死了的事情。其实屋子早就没了，也看不出个所以然来，但是这两位领导就是工作认真负责、勤勤恳恳，坚持要来看看，我就带他们来看看。"

一听到派出所的警察说方言，守门人的表情又舒缓了些。

"这里是老方主任儿子开的搅拌站呢，你应该晓得吧？"

"晓得晓得，没事没事。"派出所警察劝他放轻松。

于是头发稀疏的守门人放三人进来。

看着那些高耸的大铁罐和成堆的黄沙，罗门有些不解，问守门人搅拌站是干什么的。

守门人指着一辆正在装载的水泥罐装车，告诉他就是混合砂石水泥的，再运往各个工地。

"以前我们村穷，好穷的！但是现在经济发展起来了，到处都在修路修工厂，开搅拌站就好赚钱的。"守门人又指着围墙边一辆宝马SUV，说那是老板的车，平时就停这边，还有一辆奔驰轿车，开出去得多，又指着一辆大众宝来，说那是自己的车。

"赶上了好时代呢！"

守门人感叹，经济发展快，让这里以前的穷人，也有机会过上好日子了。

"你们说的那对夫妇其实就是我邻居。"

守门人说那户人家姓周，都是好几十年以前的事情了。这一带因为澧水河涨水容易被淹，政府做工作，把住的人全部搬走了。

他指着一排工人住的集装箱房子说，那就是自己以前房子所在的地方，是那种红砖青瓦的房子，现在已经拆了。又指着旁边一座搅拌站的大铁罐，告诉几人，那就是周家以前在的地方，也早没了。

"他们家更穷，还是那种泥砖房，地面没铺水泥，有时候下大雨屋顶漏水，家里的黄土就变成了泥。"

浩南问罗门能不能想象出来泥巴地面的房子是什么样。罗门摇头说想象不出来，浩南点点头，说自己也想象不出来。

"你们自己非要来的,我都说了,一点痕迹都不会留下的。"停弦渡派出所的警察笑他们天真。

罗门看着那三层楼高的蓝色大铁罐,上面印着四个白色的大字"富祥商混",嗡嗡低鸣,仿佛在不停强调着现代工业力量的厚重机械感。

"过去那么久的事……"守门人掰着指头算,说都二十二年了哦,你们现在还过来查什么。

"你说你那时候是他们家邻居,他们有个小孩儿你记得吗?"浩南问。

守门人说记得,那小孩儿当时十几岁,父母出事的时候人不见了,后来听说是被一个澧县女人收养了。

"你觉得那小孩儿,当时有没有可能想过害死自己父母?"

守门人一愣,慢慢闭上嘴,歪着眼睛想了挺久。

"我记不太清楚了,"他说,"那小孩是叫周启……明?我就记得他还挺乖的,读书成绩好,也孝顺。"

罗门纠正他,是周启森。

"哦,对,周启森。"守门人又掰着手指算,说他今年应该也有三十好几岁了,自己也都快六十,好久没见过了,现在见肯定也认不出来。

他强调自己年纪大了,记性不太好,但如果硬要问有没有可能,好像也不能说没有这个可能。

"小孩是个乖小孩呢,但是为人父母的,确实没有尽到自己的责任。

"尤其是那个男人，自己本事不好，让家里日子过得特别苦不说，还动不动就打女人、打小孩出气，这是很不对的。

"那个女人吧，有人说她不守妇道，勾引条件好的男人带她过几天好日子，也不怎么顾家。这里我讲个实话，如果是我年轻的时候遇到这样的娘老子，那我很有可能也做得出。"

守门人一边回忆一边讲述，转过神来才意识到几位警察找上门的原因，问这孩子是不是在外面犯什么事了。

"你只知道他被一个澧县女人收养了？后来一次也没有见过他？"

罗门问，那小孩是不是从那时候起，就再也没有回过这里。

守门人摆手，说自己没见那小孩回过。

"这片地当时拆了，还是能补一点钱的。我要的钱不多，但是得了个工作搞到如今，也很划得来，还培养出了一个大学生。"讲到这里，守门人几乎要收敛不住脸上颇为自豪的表情。

他继续讲，听说村里后来还去找过那孩子或者孩子的叔叔，但不知道是没找到还是他们不愿意回来，没下文了。反正这么几十年，不少出去的人都是这样——他们好像和自己的家乡已经断绝了联系。

"当年出事的时候，你有没有什么特别的记忆？比如说这家人有没有什么反常的举动？讲过什么特别的话？"镇派出所的警察顺口问，更像是一种猎奇。

"那怎么还记得呢？"守门人抱着胳膊，眼珠子打了个转，忽然又改了口说有。

"那段时间，那小孩特别喜欢跑到我屋里来找我儿子玩呢。说是一起玩，又玩不到一起去，我儿子喊他扇纸片、打纸包他都没兴趣。

"我家墙上那时候贴了一张中国地图。那个周启森呢，就老是趴在墙上看，好几天都过来。我就觉得好玩哪，他手指着一条线慢慢动，嘴巴又跟着不停地念，像是想要把那些地方的名字背下来。"

罗门皱起眉头，问他指的是一条什么线。

守门人说，那就不晓得了。

"反正我就站在后面看他搞，最后一直指到河南嵩山少林寺。我开玩笑问他是不是想出家当和尚，他发现我在后面，吓了一大跳。"

浩南问罗门，那会不会就是他当年计划离家出走的路线。

"可是赵老师给的案宗里面，关于他和养母是怎么在长沙见面的，乔先贵的笔录里说他离家出走是想南下去广东深圳那边打工，所以两人在长沙碰到了。"罗门感到不对劲。

如果要去河南嵩山，则要往北走，和案宗中口供的方向完全相反。

"澧县是在临澧的什么方位？"浩南和罗门异口同声地问。

"北边啊。"守门人和派出所警察异口同声地答。

连日在两个县城之间奔波，人疲惫了，车的油耗也厉害。

浩南熄灭引擎，告诉敲车窗的工作人员 92 号汽油加满，要发票。

"今天那守门人的话，你怎么想的？他记性这么好，感觉有点怪。"

趁加油的间隙，他同罗门再次聊起今天的事。

罗门说自己倒是信他，但问题是这算不上证据。

"设身处地想一想，要是有个小孩每天跑来你家说是找你孩子玩儿，却总是一个人趴在墙上地图那里，比画着去少林寺的路线，你是不是觉得挺反常的？人总是对反常的东西更警觉、印象更深，所以时隔多年他对这事有记忆没什么好奇怪的。

"再一个，我们去那边，正好发现他就是崔远小时候的邻居，这事其实非常偶然。我们当时也就随口一问，他没有必要乱说或者撒谎。"

基于这两点，罗门比较认可守门人的回忆，但是一南一北，守门人的讲述和案宗上的笔录完全矛盾。

如果崔远那时候"打算去河南嵩山少林寺"为真，那么案宗上他告诉乔先贵"打算去深圳打工"的说辞就为假。如果守门人没有撒谎，那么崔远和他的养母就都撒了谎。

"会不会他当时考虑了两个地方，最后选择了深圳呢？"浩南问。

"按理来说，去深圳和去河南的路同样复杂，他应该也会在地图上记下南下的路线，但邻居每次都只看到他往北边比画。"

罗门摇头，让浩南回过头来再仔细审视这份案宗。当年崔远14岁，"去少林寺出家"和"去深圳打工"哪一个更符合他的心智？去深圳的想法，更像是他养母那个年纪的人容易想到的。

浩南搞不懂，按照乔先贵的笔录，他们两人确实是在长沙相遇的。甚至还有崔远步行到长沙的路途见闻、长沙下河街派出所走失儿童的接警回执单、养母从津市去长沙的船票，以及两人回程的船票，看上去蛮真的。

那不就确实往南走了？长沙是在临澧县的南边。

罗门告诉他，自己刚才一直在仔细想那份案宗，想到一种可能。

"如果崔远当时本来是打算往北走、去少林寺的，那么澧县是他的必经之路。有没有可能途经澧县的时候，他遇到了他的养母，但是出于某些原因，他们不想让人知道真实的相遇情况。所以，他们又从澧县出发往南走，崔远步行在前，养母乘船在后。这样一来，他们也确实在长沙相遇了，只不过是用第二次相遇伪装成第一次相遇。"

"搞这么复杂？为什么呢？"浩南想不明白。

"或许他们知道崔远一旦露面，警察就肯定会来找他。为了制造乔先贵笔录上的那次相遇记录，拿第二次相遇当作第一次相遇，掩盖一些东西。"罗门十指相扣，盯着挡风玻璃外的一只苍蝇。

"比如说？"

"比如时间。"

罗门说，从临澧县到长沙，或者从澧县到长沙，都有三四百公里。开车走高速几个小时总能到，用时相对固定，但如果是个小孩子走过去，因为体力、耐力和意志力的差异，误差会相当之大。到底走了两天、三天还是四天、五天？很难讲。

"这操作空间可就大了！"浩南反应过来。

也就是说，崔远真正离家出走的时间，和父母中毒相关的不在场证明，都得打上大大的问号。

"但问题是，这么多年过去了，如今所有当事人都已经不在了……"

罗门摇了摇头，这也实在算不上什么证据。

"您好，三百二十五。"工作人员再次敲了敲车窗，浩南收好发票，在置物箱里拣了几张钞票递给他，又拍拍罗门的膝盖，再次发动引擎。

车厢里飘着一丝淡淡的汽油味，胎噪掩盖了外边万物的声音。

在夜间的乡村公路行驶，远光灯不时照亮路边田地里还未收割的稻穗，这种静谧总是让人格外的伤感与疲惫。

招待所的被子和床单硬邦邦的，罗门昨晚又没睡好。

拉开窗帘，澧县的街道上起了浓浓的白雾，能见度很低，见不到远处的车，只能见到楼下走路的行人，从雾里来，在雾里渐渐消失。

浩南端着水杯，含着牙刷站在卫生间门口，见罗门起床了，让他也来洗漱。

浩南咕噜咕噜漱口，擦掉嘴边的牙膏泡沫，说澧县公安局的人早上打来电话，他们查崔远的资料，还真联系到一起旧案，所以等下下楼吃碗粉，要再去一趟澧县公安局。

罗门去拿自己的牙刷，问他是什么旧案。

接过澧县公安局警察递过来的照片，罗门仔细端详照片上的人。他的腮帮子很硬，棱角分明，眼神里透出一股怒意，看上去是个脾气火暴的角色。

警察说，2000年初他们接到报警，照片上的男人无故失踪，他名叫郭跃，至今仍未找回——而他失踪前最后的目击人，正是崔远。

"这你们当年都没有怀疑过他?"浩南很是惊讶。

"当时确实没有重点关注。我们调查发现崔远和郭跃的生活没有什么交集啊，更不存在矛盾，所以他的作案动机几乎没有。"

澧县公安局的警察说，再加上他非常配合调查，有什么说什么，更没有把他当作目标的理由了。不过最为关键的原因是，那时警方其实有一对重点怀疑对象——在崔远店里打工的女人汤霞，以及她的男朋友周为贵。郭跃失踪前两天，在崔远的店门口和汤霞大吵了一架，还打了她，讲来汤霞是存在很强的复仇动机的。

浩南问，郭跃为什么打这个叫汤霞的女人。

"说来话长，汤霞之前可能和郭跃有点暧昧，有种在谈朋友的意思。但是呢，汤霞又背着郭跃和周为贵好上了，郭跃的兄弟发现两人一起坐夜市。

"郭跃就来找她理论，觉得她脚踏两只船，给自己戴了绿帽子，让自己很没面子，两人就这么起了争执。汤霞又说呢，自己没有在和郭跃谈朋友，是他自作多情。也搞不清楚谁讲得有理，总之是有情感矛盾。

"郭跃当街打骂汤霞，汤霞不管是身体上还是面子上，肯定都是受了伤的。"

当地警察最后补充，谁知后来郭跃那么巧就失踪了，如果真是遇到什么不测的话，汤霞的动机肯定最明显。

"那确实最明显。"浩南问他们后来查得怎么样。

警察有些无奈，说后来什么也没查到。

"找了好几个人盯了他俩挺久的，一两个月吧，没有什么不对劲的地方，只能做失踪处理了。"

他说，当年这件事是他和他师父主要负责的。那天下着大雨，他和师父一起去崔远的影碟店找汤霞、周为贵和崔远做笔录。如今听说有长沙来的人在查崔远，就突然想起来这个事。

他把案宗里的笔录翻出来给浩南和罗门看，纸张存放太久，钢笔的黑色字迹因为受潮已经有点模糊。他点了点太阳穴，表明自己在思考。

"因为你们是来查崔远的，我就在回想啊，当年这个案子，假如——我是说假如啊，就是崔远做的，思路居然一下子变得清晰起来。

"那天我去他店里上了个厕所，发现厕所是重新翻修过的。你们再看这份笔录，当时我们问崔远，郭跃打汤霞的时候他在做什么？他说店里的厕所因为 98 年洪水地基下沉了，在重新翻修厕所。

"那时候估计那一片还没有做下水道系统改造，老门面用的还是化粪池，如果当年就是他害了郭跃，丢进化粪池里……可惜啊，当年实在觉得他没有动机。"

"他有动机。"

十几年前的事情，罗门忽然说得这样肯定，澧县公安局的警察有点不解，问他是什么动机。

罗门没有说得太细，只说了个大概轮廓。他想，当地警察也许无法理解，这个人后来所展现的才华、那一次次精湛的演奏，都始于这场因为怯懦难以启齿、没办法得到的爱。

罗门也未曾料到，崔远的过去，竟是和这些事扭曲纠缠在一起的。

"她如今还在澧县吗？"

"谁？"

罗门扭头盯着窗外仍未散去的浓雾，问可不可以去见汤霞一面。

上午 10 点多，浓雾还未完全散去，但已经淡了不少，像一层薄纱笼罩在县城的街道上。

一个顶着黄色大波浪头发、薄唇上涂了厚重口红的女人从自动玻璃门里走出来。

尽管在形象上花了很多功夫的样子，但也谈不上美貌，面相和气质甚至有点不讨人喜欢。她一直忙着讲电话，不时变换出谄媚和刻薄两种态度。

"肖老板，我们谁跟谁呀！我晓得呢！晓得！你放心哦！肯定是给你最好的啦！体检的问题好解决呢……"一会儿是笑脸。

"你不给老子打电话了好吧！给你讲了退不了退不了！那所有买保险的都像你这样喜欢反悔，保险公司还过得下去哦？买一份保险，不是为了赚好多钱，买的是一份平安、一份安心！最怕遇到你们这样的，讲也讲不明白，好歹也是个亲戚，我还坑你的钱不成？"一会儿是怒面。

两通电话都打完了，她气冲冲地把手机丢进提包里，翻了个白眼强调农村人就是难缠。

"农村哪里的呀？"澧县公安局的警察问她。

女人说是太青山的。

"太青山的腊肉好吃，茶也好喝，不过那还有蛮偏远的呢。"当地警察笑称她卖保险都能卖到大山里去，挺厉害的。

"赚他们的钱太难了，农村人都好抠的。"女人没听出来他的话外音，仍在一脸嫌弃自说自话，"还是我亲表姐，前年在我手上买的保险，今年问可不可以退，我看她是脑壳上有坑喽！"

罗门露出一脸不敢相信的表情，眼前这个女人竟然就是汤霞，崔远口中提过多次的那个纯朴姑娘。

"你们怎么还在查郭跃那个事？都过去好多年了。"汤霞说，自己知道的当年全都讲过了，没必要再特地来找她。

"你还记得崔远这个人吗？"

罗门提到崔远的名字，汤霞马上说当然记得，自己当年离开桃花滩宾馆后，能重新从农村回到县城，多亏了崔老板给的工作机会。

"崔老板人挺好的，当年我喜欢听歌，他还送我一台进口的随身听呢。"汤霞回忆称，自己结婚后他们见面就少了。他好像后来也结了婚，有了小孩，没联系，不晓得现在过得怎么样。

"你们……问他做什么？"忽然，汤霞似乎察觉到了奇怪之处。

"就是一些旧案子，上面来人监督我们再多查一查，看有没有什么新线索。"澧县公安局的警察把话岔开，"这么多年没见了，你男子汉还在开美发店吗？你们现在过得怎么样？"

汤霞说，棚场街的美发店早就没开了，门面都卖给了别人用来还钱。

"前几年我男子汉不省事，赌博欠了一屁股钱，到如今都还没还清。他还硬说是我给他压力，骂我又想要过好日子又懒得出来做事，才逼得他去赌钱的。你说这是什么道理？他真的是脑壳上有坑！"

汤霞似乎很不服气："我就出来卖保险哪，还是要赚钱供我儿子读书啊！希望他好好读书，不要像他老子，以后能有点出息！考个好大学，将来离开县城去大城市生活。县里人过的些什么日子？不就没事天天赌博打麻将？"

罗门问她儿子成绩怎么样。

汤霞说在初中班上成绩还可以，但是学校不怎么样，不知道能不能考上县一中。她消极的语气中透出担忧和焦虑。

澧县公安局的警察说那是的，在这县城考一中很重要，考上一中就是鲤鱼跃龙门，全县最好的教育资源都集中在那里，能进去离大学就近，进不去离大学就远。

"你们要问什么就快点问，问完我还要去谈客户。"汤霞催促他们。

浩南捏着拳头掩住鼻子清清嗓，问她郭跃失踪那一阵子，崔远是不是正好在他的影碟店修厕所。

她咬着自己的薄嘴唇用力回想，口红被牙齿擦去了一块，露出里边近乎苍白的唇色。

"是的，我记得有那么一回事，还是我提的。"

汤霞说，那个门面之前是旱厕，1998年澧县发洪水的时候，可能被淹过，地面下沉了，屁股离茅坑太近，又臭又容易溅起来粪水。自己向老板抱怨上厕所不方便，他说那就搞一搞。

"这种又脏又累的活，他当老板的为什么要亲自搞，不请人呢？"浩南对此表示不解。

"节约呗。"汤霞说他不是没钱，只是舍不得钱。

"他舍不得钱，在那个年代，还给你送进口的随身听？"罗门试探着问。

"那我也搞不懂，他对我又不小气，很大方的。"汤霞回答。

"郭跃失踪的那段时间，你有没有发现你们店子里面有什么异常？"浩南的关注点仍然在当年的现场。之前地方公安局的警察说因为郭跃只是失踪，所以也没有特别仔细地调查过影碟店的门面。

"什么异常哦？"汤霞没懂他们的意思。

"比如说，厕所里有没有古怪的臭味？"浩南很仔细地形容，不是那种厕所常有的粪臭味，而是有点类似坏鸡蛋的味道，混着一丝怪甜味。

汤霞轻轻摇头说没有，眼神越来越狐疑。

浩南又问，那店里有没有地方出现过破损的痕迹，像是有人打斗过。

"你们到底什么意思？难道觉得当年是崔老板害了郭跃？"汤霞皱着眉，说不可能。那怎么可能呢？他们两个无冤无仇，话都没讲过几句，又为什么要害他呢？

"你回答我的问题就好。当时店里有没有出现过什么异常的痕迹？比如玻璃碎了呀，柜子倒了呀，地上有血迹之类的？"

汤霞呆在那里，表情慢慢有了变化，显然是想到了什么，但不愿意说。

"你们要问就去找他啊，和我有什么关系？"她快速转身离开，说你们去找他不就问清楚了！

"和我有什么关系？与我无关！我要回去谈客户了！"

她背过身一边小步快走，一边抬起胳膊在眼睛的高度轻轻掩着。

浩南快走两步抄到她的正面，果然，她已泪流满面。

简简单单几句话，她想必已经猜到了面前这几人站在这里问这些，究竟是什么意思。汤霞其实很聪明，甚至有些狡黠，罗门看在眼里。

有些东西她不是真的感受不到，只是在必要的时候，她懂得如何骗过自己。

"崔老板……"她带着哭腔问，"他人现在在哪里？"

罗门开口告诉她，人已经不在了。

她紧闭着眼，泪水不停从眼皮的缝隙中渗了出来，画上去的细眼线就像在冒水的注射器针头。

"和我有什么关系？和我有什么关系哦……"浩南扶着汤霞坐在冰冷的瓷砖台阶上，她嘴里还在重复这句话。

"和你没关系，一点关系也没有。"罗门面无表情，对于眼前这场突如其来的心碎和崩溃，他好像已经麻木了。

他告诉汤霞，只要回答问题就好，哪怕汤霞现在这个样子，显然已经无法回答。

"他是为了我吗？他是为了我吧……"

坐在保险公司门口的台阶上，不顾路人纷纷侧目，她终于放声号啕大哭。

"他是为了我啊！"这一声撕心裂肺。

到了中午，太阳晃眼，笼罩着县城的雾气已经完全消散。

澧县公安局陪同的警察说，棚场街以前比现在热闹。当年这里开了许多歌舞厅和卡啦OK，年轻人不分白天黑夜过来蹦迪，唱歌跳舞的声音走在路上都听得见。如今不流行那些了，歌舞厅和卡拉OK没了，来这边的人也没以前多了。

汤霞老公的美发店换成了一家廉价女装店。店内贴满了大大的打折标签，却仍然等不来生意，胖胖的驼背女老板就搬来小板凳，坐在店外那早已断电的红白蓝旋转灯下，抱着自己扁瘪的腰包，张开嘴巴打了个长长的哈欠。

隔壁卤菜店的生意倒是不错，刚有人提着一塑料袋子卤菜离开，又有两三个人过来排队。老板麻利地把猪耳朵切成薄片，又拣了些香干子放到电子秤上去称。他家"老杨卤菜"的简易毛笔字招牌，就是在原来老招牌上面覆了一层喷墨打印的薄塑料胶膜。透过浅白色的底，甚至能依稀看到原来招牌上的"碟皇"字样。

几人在旁边站着，等到顾客暂时走光，才前去说明来意。

"我们是公安局的。"

警察们领着汤霞走进店内，一会儿抬头看天花板，一会儿看看墙壁，所有陈列都不一样了，几乎看不出来任何从前的痕迹。

卤菜店把原来的影碟店隔断成了两层。外层贴着门面是玻璃橱窗与菜品陈列柜，还有案板台面和老板的躺椅；内层是堆着两口大卤锅的液化气灶、不锈钢大冰柜和水槽，紧挨着当年的厕所。那些塞满了几百几千张碟片的铁架子一个也没有了，唯一剩下的，只有那根电线吊着的白炽灯，还是当年那样，从屋顶上垂下来，发昏黄的光。

汤霞看见那结满灰的电线，又捂住嘴闭上眼睛忍不住要哭了。

她朝冰柜的后面指了指，几位警察很快就明白了她的意思，前去搬动那冰柜。

"小心点，挺重的，别压到手。"浩南提醒另外两人。

根据汤霞的回忆，在郭跃失踪之后的那个上班日，她整理碟片的时候，发现一个放碟片的铁架子被移动了位置。

架子下面有个纸箱，里面装了十几二十张破损的碟片和塑料壳包装。汤霞见其中一些破碟片上还残留着水渍，像是被清洗过，感到有些不解，也不知道还要不要，于是拿了纸巾，蹲下身子去擦。

擦了两片，她的余光留意到那架子后面，踢脚线的瓷砖好像破了。

墙上多了一小片裸露的水泥，有块瓷砖掉在地上，碎成几片。

那几片掉在地上的瓷砖碎片，看上去也是湿漉漉的。

"汤霞，没事，你不用管。我昨天拉那个架子的时候，不小心把架子拉倒了，那里就砸破了。"

她正要去捡那些瓷砖碎片，忽然被身后的崔老板制止了。老板告诉她，那些碟片也不用管了，都是摔烂了清出来的，正准备扔掉。

不用管就不管。正是从那天回去上班起，老板对她的态度发生了挺大的转变，开始冷言冷语，她也不想多管闲事。

起身之后，她把擦了碟片的纸巾往暖桌上随手一放，想着只是沾了点水，还挺干净的，只要不擦嘴擦脸，还可以继续擦别的东西。

"外面又下雨啦，我没拿伞。"

下午，一位女顾客冲进店里，头发都已经湿透了，汤霞顺手拿起那张纸巾想递给她擦一擦，想起是用过的，又把手收了回来，给她一张新的。

然而，她留意到自己手中那张擦过碟片的白纸巾，在暖桌上干掉之后，有水渍的地方竟然显出来淡淡的褐色。

这种褐色她印象挺深，几乎和有时来例假之后，内裤上洗了两遍仍然没能洗去的淡淡血渍一样。

碟片上有血水？崔老板被拉倒的架子砸出血了？应该不至于。一来没看见他哪里受伤，二来那架子其实挺轻的，就是一层镂空的薄铁皮制成，即便是摆满了碟片，汤霞一只手都能拉得动，不太可能砸出很多血。她转而又有了另外一个疑惑——那么轻的架子，怎么会把瓷砖砸破呢？再说，架子都是正着摆的，就算是拉倒了，又怎么会砸到侧面的墙上去？

但汤霞当时也懒得细想了，她只感到委屈。管他的，他对我不理不睬，耍老板脾气，我又想他那么多做什么？

第二天早晨来上班，汤霞整理碟片的时候发现，架子后面被隐蔽的地方，瓷砖碎片已经被重新砌回去了。

完成整理工作，外面的棚场街又下雨了，她觉得有点冷，问老板可不可以把门关了，老板说可以。

在影碟店门口，汤霞差点和两个要进来的制服男人撞了个满怀，一辆桑塔纳警车，已经停在了门外。

"你好，你是汤霞？"那两人说，他们是澧县公安局的。

三位警察都蹲下身子，仔细观察冰柜后面踢脚线的瓷砖，确实有一块是由碎片拼接着补上去的。

"就不说架子的重量，还有架子怎么倒的问题了，无论如何都是不太可能砸成这样的。"浩南摇着头，判断得十分笃定。

"两种可能，一种是正面撞击，"他指着瓷砖踢脚线表面破损的中心点，"但是这个方向完全不对，其实也不容易把瓷砖撞掉下来。"

"还有一种是从上面撞，"他又来回指着瓷砖的上部边缘，"这就比较符合架子砸下来的方式，但是破损的中心点肯定会是瓷砖的上缘，撞击时也会是那种粉碎性的破损，而这块明显没有。"

他摸了摸踢脚线墙上四周的腻子粉，接着说墙这里也补过一点。

"如果还是从上面，看着有点像……沿着墙，用锄头或者铲子，一下把这块瓷砖给完整地铲了下来，掉到地上摔碎了。"

陪同的当地警察问浩南是不是指这里就是作案现场，凶器是铲子或者锄头，说当时崔远正好在修理化粪池，可以对得上。

"瞎猜，纯属瞎猜。"浩南抱着胳膊说，这样一处十几年前破损的瓷砖，完全当不了线索，更算不上证据。

"但他至少在骗汤霞，其实我还蛮认同你的。"当地警察又说起自己的猜测，如果当年真的是崔远把郭跃杀害了，方便藏尸的地方应该就是那个粪坑了。可惜那时候没有想到把他作为怀疑对象。

他瞟了一眼目光呆滞的汤霞，说这样的动机就杀人，在当时实在难以想象。

听警察提到粪坑，罗门站起身来，往屋后那个狭小的厕所去看了看。

"老板，你这个厕所，还是那种化粪池？"

罗门扭头问卤菜店门口的老板，老板似乎不太想理他，说自己也不晓得。

"不是。"汤霞忽然开了口，告诉他们2001年的时候棚场街就搞了下水系统改造，都做了暗渠直排到下水道里面，那时候她老公的理发店也是一起搞的。

罗门点点头，说那就有问题了。

"如果当年崔远真的把郭跃的尸体丢进了厕所的化粪池，即使尸体已经高度腐烂甚至白骨化，一年之后市政部门做下水系统改造，肯定也会发现白骨。既然没有发现，那么将尸体扔进化粪池这个猜测，就不太准确。

"再一个，根据我之前几个案子的经验，老式的化粪池厕所应该是没有水封的，会很臭。尸臭和粪臭还是有所区别，上午你问汤霞的时候她也说了，那段时间上厕所，没有察觉到异样的臭味。"

浩南想了想他讲的两点，还是表示认同。

"不是他做的？"汤霞的眼泪都已经哭干了，似乎从他们的话语中找到了一丝宽慰。"不。"罗门说，现在基本可以判断崔远当年有重大作案嫌疑，而自己只是觉得，崔远不会这么不严谨。

"罗门，我问你啊，"浩南的眼皮忽然跳了一下，"按当时的情况，假如你是崔远，你会把尸体藏在什么地方？"

罗门看着厕所的方向，沉默了几秒，告诉他会藏在化粪池下面。

"和我想的一样。"浩南抱着胳膊说。

澧县公安局的警察伸长了脖子歪着脑袋，有点没搞明白他们两人的意思。

"不是刚刚才说，不可能在化粪池里面？"

"对，确实不大可能在化粪池里面。"浩南向他解释，就像刚才说的，除非崔远当时把郭跃碎了尸，或者后来把尸体捞了出来，不然一年后下水工程改造，肯定会被人发现尸骨。

从汤霞对当年环境的描述来看，不具备碎尸的工具和可操作的环境。在当年歌舞厅流行的棚场街，日日夜夜都有人，捞尸很不方便，又能弄到哪里去？显然也不太可能。

"他当年修厕所的时候，应该首先要抽走化粪池里面的粪水吧？"

浩南转过身问汤霞，得到了一个肯定的答复。汤霞说崔远当年修厕所，确实先用粪桶挑走了化粪池中的粪水。

罗门说，既然是干的，他要是崔远，就会先把化粪池挖深，把尸体埋在化粪池下面。

浩南进一步设想，如果凶杀在室内此处发生，没有被人发现，那么崔远很可能先把尸体藏在厕所，去外面把粪池挖深，然后趁夜间人少的时候，挖开准备修缮的粪坑把尸体推进粪池深处，最后用挖出来的土把尸体埋好，继续把厕所的维修工作完成。

"所以你们觉得，他不是把尸体丢进了化粪池里面，而是埋在了化粪池底的泥土下面？"汤霞不禁打了个哆嗦。

当地警察也总算是明白这一字之差的意思了，认为这样确实更隐蔽。既能避免尸臭，也不至于有人上厕所的时候，看一眼粪坑就发现凶迹。当年下水系统改造的时候应该不会挖到那么深，自然也就不会出现白骨。

"可是这样的话……"旋即，他意识到问题所在——尸体应该还被埋在当年化粪池的位置啊！

"不清楚。"浩南扭过头去看卤菜店老板的脸色，说挖一下就知道了。

挖掘工作远比浩南预料的要困难。

卤菜店老板称自己不能做主，打电话叫来了妻子，也就是崔远的前妻。

几人沟通了前因后果，屋主情绪很大。

"哦！你们说挖就挖？有没有考虑过我们的感受！"

一方面，她对前夫杀人的事感到惊愕和恐慌，另一方面，她惧怕挖掘给她的生活带来不良影响。

"我们是搞餐饮的！不管你们挖不挖得出来，就算挖不出来，这事情传出去了，谁还敢来这里买卤菜？我们家就这么一个支柱撑着，你们是不是想让我们无依无靠！"

罗门看她急了眼，又哭又骂，试图平复她的情绪，说只是先这么商量，看有没有什么稳妥的解决办法。

"解决办法？有什么解决办法！你们有没有想过我儿子！他还那么小，会被老师同学怎么看……"她已经有些喘不上气来了，丈夫拉下卷闸门，暂停了营业，把她扶到椅子上坐。

"我的命怎么就这么不好，当年遇到了他？"

汤霞看她这么可怜，忍不住也把头扭到一边，再次小声抽泣起来。

"这都是些什么事……"她也有些站不住，扶着浩南的肩膀感叹。

浩南说，要不等夜深人静的时候再找人来挖，如果没挖到，就当这件事没发生过。

"那要是挖到了呢！"

对于崔远的前妻来说，这件事的打击实在是太大了，丈夫的生意肯定没得做了，儿子的未来也会艰难许多，而这一切又不是他们的错。

"我理解，如果这件事真的发生了，从某种意义上讲，你们也是受害者。"浩南告诉她，这个世界就是这样，有时候大家都不容易。

"但是你想一想别人，你想一想那个郭跃的家人，他们这十几年来，遭遇的是什么？会不会比你们更难过呢？"

"道理我都懂，你不要和我讲道理！"

崔远的前妻大口呼气，虚弱地问："我的家庭怎么办？我的儿子怎么办？你告诉我？"

浩南垂下头叹了口气，无法回答她。

丈夫紧握着她的手，闷不作声很久了。

"挖吧。"忽然，他说。

罗门和浩南都看向他，他从写着"老杨卤菜"的围裙里掏出纸巾，给妻子擦眼泪。

"还有我在。只要我有一口气，你和近近就不可能受苦。"他捧着妻子的脸，一边保证，一边劝慰。

"要做就做顶天立地的汉子，管别人说什么我问心无愧！"

他说自己没什么文化，但起码懂得要维护公道。又说近近现在是他的儿子，以后肯定也是顶天立地的汉子，闲言碎语打不倒他，只会让他更强。

他替妻子做主，让浩南就按刚才说的来，等夜深人静了再挖。如果什么也没挖出来，那就当没发生过；如果挖出来了，该怎么办就怎么办。

屋主听他这么说，也点头同意了。

"你们挖吧。"

她其实心很软，说真要有人被埋在这种地方十几年，太造孽了。

到了半夜，秋天的雾气再次笼罩县城，从淡到浓。

在汤霞的指认下，县公安局的技术人员确定了当年化粪池的位置。先用警戒线围上一圈，接着四人分别从四边一齐动手往中间挖。如果真埋在当年的化粪池底下，因为下水系统改造，会相当之深，本来挖掘机的效率更高，但考虑到可能对卤菜店造成的影响，他们选择了人工挖。

这活又脏又累，还要先拆掉一截连接下水道污水沟和垫底的红砖。一开始几个年轻小伙子穿着制服，后来脱得只剩下汗衫，额角冒汗。旁边提照明灯的人手都酸了，仍然没有挖出什么东西来。

"什么都没有啊，这都快挖到两米了。"一个小伙子抱怨。

浩南蹲在坑边，说两米还远着呢，让他继续挖。

"有了！"一个拿铲子的人忽然喊了一声，照明灯都聚向了他，他从土里清理出来一个硬物，被泥包裹着，从露出的形状看，像是一个金属皮带扣。

"小心点。"浩南也跳了进去，同他们一起慢慢翻找。

慢慢地，一具完整的人体骨骼被挖了出来，摆在旁边的垫子上。

等挖掘工作彻底完工，雾色已经变白，天要亮了。

"除了尸骨，比较好辨认的还有一件人造皮的皮衣、一个打火机、一个金属皮带扣、一块观音玉坠。"浩南一边清点，一边告诉澧县公安局的当地警察，估计这就是郭跃了，请他通知亲属过来确认一下遗物，应该还能认得出，不过肯定还是得做 DNA。

"你在想什么？"

浩南看罗门仿佛陷入了某种沉思。

"还记得我们出发过来的时候，聊到的那种反差感吗？"

罗门越发感到不解，崔远十几年前就有能力把现场处理到这种程度，而音乐节那天的不少线索都得来得太轻松了，仿佛不是同一个人的作案风格。

"现在看来，那把有他指纹的匕首，就像是故意留给我们的。"浩南打了个哈欠，也有同感。

他拍拍罗门的肩膀，说太困了脑袋转不动，得先回车上打个盹。

几乎整夜没睡，所有人都很疲惫。罗门从马自达的副驾驶座上醒来，感觉像睡了很久，但看看时间，还不到半小时。浩南正伏在方向盘上打呼，驼着的背慢慢起伏。

罗门没有叫醒同事，独自推开车门，外面一片白茫茫，仿佛在云雾之中，不真实得如同在做梦。

有个人影骑着自行车从他身边疾驰而过，又消失不见了。

不远处有人在哭喊，他就循着哭喊声走去。

"我的儿呀！娘对不住你呢！"

几个警察扶着一个上了年纪的女人，她瘫坐在肮脏的泥土上，不停地挣扎，试图用自己的头撞击地面。

"十四年呢！我们找你十四年呢！你的爹都找出了精神病，也都离我而去了呢！我的个儿呢！"

她的每一句话都带有长长的拖音，拖到后面又不停地发颤，几乎要窒息。旁边一个来看热闹的女人已经看不下去了，红着眼转身离去。

"我的儿呢！你十四年在这种地方，让人天天在你的头上屙屎屙尿欸！我的儿！遭天杀的呢！"

"是我这个当娘的前世做了伤天害理的事情吧？他们要这么折磨我的儿呢！"她开始用力捶打自己的胸口。

"你们不要拦我！你们让我跟着我的儿去呢！我这辈子还活着做什么？你们让我跟着我的儿走，在阴曹地府好相见呢！"

罗门不敢走近，退了两步，转身回到迷雾中的红色轿车旁，伏在车门上。

"我的儿！我十四年每天都做梦，一做梦就梦到你呢！我梦到你回来了，喊你的娘，说'娘，我回来了'，哪个晓得你是这么回来的呢……"

2

杜然从折叠躺椅上猛然醒来，蒙了很久才回过神，想起自己人在哪里。

办公室内，同事们一个个油光满面，盯着电脑屏幕的眼睛目光呆滞。

他揉揉自己粗糙的脸颊，起身走向工位坐下，瞟了瞟桌上的结婚照，又动动鼠标，看了看屏幕右下角的时间。

也没睡着多久，才四十几分钟，最近大家都太累了。

"张伟？小胖？"他喊身边的两位同事，问他们在做什么。

张伟说他在从黎万钟的公司入手，看有没有人会和鳜鱼哥有什么关联。小胖说自己在查崔远的那个女朋友豪姐，还有黎万钟的一些过往情况，都是林队的吩咐。

"查得怎么样了？有什么新线索吗？"

两人都噘着嘴摇头，说没什么头绪。

“都搞了一天了，什么也没搞出来，干脆别搞了！”杜然似乎来了点起床气，“走！哥哥带你们下馆子去。”

张伟瞟了他一眼，说不想去，就在单位吃食堂算了，晚上还要接着干活。

小胖倒是有点兴趣，问他去哪里吃。

“今天别吃食堂了，我们开车去河东吧，去鲁哥饭店吃臭鳜鱼。”

鲁哥饭店的臭鳜鱼正是郑念“鳜鱼哥”名号的来由，传言他特别喜欢请客去吃臭鳜鱼。

“你这是想去撞运气，看看那边有没有什么线索？”张伟觉得意义不大，说林队给的时间这么紧，还是先从比较靠谱的地方入手吧。

杜然让他别天天跟脑袋里供着菩萨似的只想着林队，现在林队人都不在这里。

“那林队也说，让我们不要拘泥于理性呢！”见张伟不为所动，杜然大声辩称，“他让我们训练一种‘猎人对野兽的直觉’，你怎么又不听呢？我今天的直觉就是鲁哥饭店值得去。”

张伟抬头看着身后的杜然，他也表情严肃地瞪着自己。一时间竟分不清，他是在调侃林队，还是在说真心话。

“去咯去咯！缓口气，机器人也要松松发条。”小胖哈欠连天，也同意杜然。

张伟拗不过他们，拿钥匙去开车。

"你们觉得单位门口的志凌家菜馆和鲁哥饭店哪个好吃？"一到餐桌上，小胖就来了精神，说自己两三年没来吃鲁哥饭店了，喜欢他家的腰花和牛百叶。

"我觉得都好吃，不过要说腰花好吃，还得是新开铺的曾嫂驰吧？"张伟喝了口热茶，也缓过气来，脸色红润了不少。

"曾嫂驰？好久没去咯！那也有几年了，腰花和牛肉是一绝。"小胖已经忍不住吞口水了，大声喊服务员过来点菜。

"吃糖饺不咯？"

小胖一口气点了五个菜，酸萝卜牛百叶、爆炒腰片、酸包菜炒粉皮、花菜和水煮洋芋，还觉得不够，想再点一份糖饺子。

张伟说自己有糖尿病，吃不得太甜的。杜然让他想吃什么就点，顺便从口袋里掏出手机，递给服务员看。

"杜哥哥，你今天这么早就抢着买单？"小胖嘻嘻笑，杜然让他别闹。

"这个人你眼熟吗？"

服务员看了看手机，又打量了他们几人，问他们是做什么的。

"我们是公安局的。"

杜然收回手机，又掏出警官证。服务员连忙收起菜单，让他们等一下，走去收银台那边，和另一个人交谈起来。

"你的直觉还真的灵了？"张伟说，看样子她们对鳜鱼哥有印象。

收银台那边的人走了过来，说要再看看他们的警官证，小胖就掏了自己的给她看。

杜然问她是不是认识这个人。

"哦，不认识。"收银台来的人问，能不能告诉她找这个人做什么。

"不认识你问做什么？"

"是这样子，遇到个怪事。"

收银台的人说最近有个女孩隔两三天就来店里，也不吃饭，说要找人，也是给自己看照片。找个男的，具体的样子记不清了，但是长得和这个挺像，发型不一样。

"什么样的女孩子？"张伟赶紧问。

对方告诉他算是个小美女，年轻漂亮，长头发。就是情绪看起来比较低落，每次都愁眉不展的样子。

小胖问，那女孩子有没有说找照片上这个人做什么。

"没有，所以我刚刚才想问你们。这个人是怎么了？你们找他做什么？"

杜然问，这女孩留了联系方式没有。

"也没有。"

于是杜然拿出自己的笔记本，扯下一张纸，写上了自己的电话号码递给她。

"她下次如果还过来，你就先想办法留住她，赶紧打电话给我，明白吗？"

对方收好纸条答应下来，又回到收银台那边继续工作了。张伟突然想到，要不要去调一下他们的监控，看能不能找出那个女孩子，然后想办法确认她的身份。

杜然说也是个办法，不过不急，等吃完饭再去也不迟。

不一会儿，菜就上来了，小胖往嘴里塞了几口腰片，服务员又端来牛百叶和粉皮，杜然说上点米饭，服务员让他稍等。

三人都夹了两筷子菜，说好吃。最近搞这案子太过劳累，好久没吃顿好的了。鲁哥饭店总是飘着一股邻桌臭鳜鱼的臭味，他们几人都不好那一口，但也不影响自桌饭菜吃进嘴里的香。

"您的米饭，请慢用。"

小胖给杜然和张伟都盛了饭，正要急吼吼地为自己盛碗饭，突然有服务员过来拍他的肩膀，朝门口收银台的位置指了指。

一个穿着白裙子的女孩，正在和刚才收银台的人交谈，收银台的人一直看着他们这边，给小胖递眼色。

三人几乎条件反射似的放下碗筷站起身来，往门口冲。

"美女，我们公安局的，请你配合一下。"

在去往长沙黄花国际机场的高速公路上行驶，天色已经暗了下来。

鲁哥饭店的那顿晚餐，三人每人吃了两口菜，米饭都还没进嘴，就丢筷子走了人。

"你几几年的啊？今年多大？"小胖开口问女孩的年龄，肚子就饿得咕咕叫。

"95 年的，今年 19 岁。"

"19 岁不应该还在读书吗？"张伟感到奇怪。

女孩告诉他自己读的是职高，已经毕业了。

女孩名叫小语，自称是郑念的女朋友，两人已经交往一年多，但是不知道他有个外号叫"鳜鱼哥"。郑念一直告诉小语自己很忙，多半时间在外地演出，但只要在长沙，他偶尔会去小语的住所同居。

警方之前并不掌握小语这个人的情况，不过根据张伟的调查，鳜鱼哥很可能还有不止一两个女朋友。他替小语感到可惜，又不忍告诉她这个事实。

小语说二十多天以前，她给郑念打了最后一通电话，从此就再也联系不上他了，所以才来他经常吃饭的馆子里找他。

小语有点崩溃，她怕郑念是在玩消失，故意不理她，所以隔三岔五地来。

她和郑念的最后一通电话打得有点莫名其妙。那天晚上，郑念告诉她自己有个紧急的演出任务要出国，就不回家了。她问郑念人现在在哪里，郑念告诉她正在机场的停车场找位置呢，登机还要一会儿，等换了登机牌再打给她。

然而郑念再也没有打给她。半个小时后，她给郑念发了信息，没有收到回复。一个小时后，她给郑念打电话，对方已经关机，从此失联。

张伟不太理解这两个人的相处方式。

"你父母知道他吗？"

小语说不知道。

"那你见过他的父母吗？"

小语摇头。

"你们有共同的朋友吗？"

小语说也没有。

一开始，她安慰自己郑念已经去了国外，可能没办法上网，演出又忙，所以不能及时回复，等他回国就好了。可是焦急地等了近半个月，还没有任何消息，小语已经无计可施。她甚至想过报警，但想到对方是上过电视台的魔术师，也算是公众人物，事情曝光可能会给他带来负面影响，始终没打出报警电话。

对于两人的恋情，郑念为小语编织了一场美梦。

他称自己是公众人物，又在事业发展期，恋爱这种事对于自己的观众和粉丝来说影响太不好了，所以一定要保持低调，不能让外人发现。只要等到自己功成名就，像刘谦那样成功后，便会公布恋情同她结婚，给她买最好的婚纱和钻戒，在马尔代夫举办婚礼。

"那你今天上午打车过来机场这边，是怎么找到他车的呢？"杜然很在意这一点，"他告诉了你停车位置？"

小语摇头，说自己是一台一台找的。

"机场那么多停车场，还分 P12345 的，每个停车场都有那么多停车位，你一台台地找他的车？"张伟咂舌，"万一他骗你呢？万一他车根本没停这里呢？"

小语说，自己之前没来过机场，对这边又不熟，找了整整五个小时，腿都要走断了。

张伟口气有点凶，说你这个妹子怎么对他这么痴情哦！

"我只想找到他，我也不知道该怎么办才好。"憔悴的小语靠着车窗向警察们哭诉，"我怀孕了。"

在这种时刻，路灯的光透过玻璃浅浅在她脸上照着，连同几人笨拙的安慰一起，都显得非常无力。

"你确定这台车是他的？"

地下过夜停车场角落里灯不怎么亮，一辆银色本田思铂睿，已经蒙上了一层薄灰。

小语很确定，说这个车牌号码里有他的生日和名字的缩写"ZN"，所以记得很清楚。

张伟拿着手电筒往车窗里面照，车内干净整洁，似乎没有什么异常。杜然让小胖打电话给局里的同事，查一查车牌的行驶证登记情况。

杜然问小语上午来的时候碰过车没有。小语说自己就拉了下车门，没拉开，然后用手机的手电筒从挡风玻璃照着往里看了看，什么也没看到，再就没怎么碰过了。

小胖挂了电话告诉杜然和张伟，内网查到，这辆银色本田的车主确实就是郑念。

杜然自己都不敢相信，听林队的话跟着直觉走，还真抓到根藤了。就是不知道接下来还能不能再顺着这根藤摸到个瓜。他分配了一下任务，小胖联系局里开搜查证、找郑念家属、走程序、请开锁和现场勘查的人过来；张伟和自己去查附近监控与出入记录系统，了解这辆车这些天的行驶轨迹。

"啊……可惜了一桌好菜。"小胖好不容易打完电话，口干舌燥，饥肠辘辘的他想起没能下肚的晚饭。

去张伟的车上拿瓶水喝吧！

拉开车门看到坐回车上的小语，他才察觉到刚才忙去了，长时间把人家女孩子给晾在这里。

小胖向来不太擅长和女孩子交流，更不知道这种情况应该如何给予对方帮助。

他也坐回车上，告诉小语郑念的家属等会儿可能也会过来。

"你要不要……和他们谈一谈你们两个的事？毕竟都有了孩子。"

小语用力摇头。

"他爸早不在了，年轻的时候喝酒摔沟里摔死了。他妈和他关系不好，老是觉得当艺人没好下场，劝他不做艺人他不听，他妈就不管他，和别的男人结婚过日子去了。他说我们的事情，我们自己做主，与其他人无关。"

"那你自己的父母呢？"小胖一边喝水一边说。

"他说等将来公开了我们的恋情，结婚以后，会照顾好我父母的。"郑念教她做人要懂得延迟满足，告诉她所有的付出和等待都不会被辜负。

小语说得笃定，想必是深信不疑，这让小胖有些如鲠在喉。无法再往下问了，再问就会触碰到那些让她崩溃的地方。明明是个如此单纯的姑娘，为什么要被这种人欺骗和伤害？这世间究竟还讲不讲道理，他也搞不明白。

"如果你自己的父母对你还不错，"小胖建议，"我觉得这种时候，你真的应该去和他们商量商量。"

他说关键时刻你要相信自己的父母，只有他们才会真心为你好。

小语咬紧嘴唇，眼睛直勾勾地盯着窗外郑念的车，既没有点头，也没有摇头。

忽然，车门被拉开了，张伟和杜然也进到车里。

张伟拉开塑料袋，分面包和饮料给大家，让小语也拿。

"监控那边是没戏了，"杜然一边吞面包一边说话，差点噎着，"最早只能往前查十五天。这十五天内车都在这儿没动过，就只有今天上午，小语过来时的监控画面。"

"出入记录显示，这车是 8 月 17 日晚上 9 点 31 分入场的，现在已经欠机场一千多块钱的停车费了。"张伟说，这也证明这车从那天起，就没出去过。

杜然喝了口饮料拍了拍胸口止住打嗝，问小胖增援部队联系得怎么样，什么时候能过来。

"半小时之内都能到，不过家属那边还不确定。"

小胖刚说完，手机又响起了，仍然是"帅哥快接电话啦"的巨大声搞笑铃音，猝不及防的小语竟露出了一丝忍俊不禁的笑意，这让他在接电话的瞬间也有了些许欣慰。

"他们说家属自己不来了，但是同意让我们搜查她儿子的车。"

不久，现场拉起了警戒线。

开锁前，技术人员在车门把手的位置采集到了一些指纹，从大小和形状来看，很可能是小语的。

给上锁的汽车开锁其实并不麻烦，用一个薄片气囊塞进车门驾驶位的缝隙，然后挤压鼓起，让车门留出一道缝隙，再将铁丝和钩子组成的开锁工具伸进去，钩住车门拉手，轻轻一拉便开了。

开锁后，情况就变得复杂起来，原因是车内太过整洁和干净了，几乎难以找到任何有价值的痕迹。没有指纹，方向盘、车窗玻璃、档位杆，甚至中控屏幕和内饰上，一枚指纹也采集不到。也没有毛发，脚垫和座椅，各处缝隙间，连一根头发也找不出来。连刹车和油门踏板都干净得像擦过一样，甚至没有留下一点尘土。

杜然让他们再仔细找找，这种干净让他紧紧皱眉，仿佛有种不好的预感。

"后备厢还没看呢。"小胖提醒他们。

"后备厢打不开啊，没车钥匙。"痕迹检测的技术人员告诉他。

"后备厢能开吗？"杜然问开锁人员。

"这个车型我没弄过，外面没有看到机械锁孔，得研究一下。"开锁人员说，其实最好是问家属拿到备用钥匙。

"他平时自己一个人住，备用钥匙应该也在他家里。"杜然拍拍张伟的肩膀，说要不去他家里找找备用钥匙，顺便先把小语送回家，毕竟也这么晚了。

"看来今夜又注定无眠咯。"张伟答应下来，但语气有些疲惫。

"辛苦辛苦，好不容易摸到的藤。"杜然安慰他。

小语坐在他的车上，瞪大了眼睛，看这边的这些人到底在干什么。

"我们先把你送回去吧，今天也辛苦你了。"张伟关好车门，正要打火发车。

"等一下！"一直在看手机的开锁人员忽然喊了一声，让他们过来。

他从挎包里找了一两把细细的开锁工具，钻进车的后排座位。

"我在网上查到了，这车的后备厢还是有机械钥匙孔的。"他对自己的技术似乎很有信心，说巧匠难为无孔之锁，但是只要有孔，那就什么锁都能开。

开锁人员把后排座椅放倒，手机的灯光照亮了一个隐藏的小小钥匙孔。他说网上讲的果然没错，这车的后备厢机械钥匙孔藏在车内。

"咚。"

不到几秒钟，银色本田的后备厢发出一声沉闷的响音，后备厢开了。

杜然抬起后备厢的盖子，所有人都聚拢过来看，然后露出微微困惑的神情。

乱。相比于车内的过于简洁，后备厢里杂乱地放着不少衣物、洗漱用品、男士内裤，还有手机充电器。那些衣物堆在一起，倒是不脏，像是洗过还未穿的。

"这……"小胖一头雾水。

"少了东西。"杜然很肯定地说。

"什么东西？"张伟看着他的脸。

"这些都是他的行李呀，怎么这样放着？"只有小语很快明白过来少了什么，"行李箱呢？"

"他的行李箱你见过吗？"杜然问小语。

小语说见过，日默瓦的经典款，铝合金硬壳的那种。

"还挺贵的，值一万块。"她特别强调是正版，不是山寨的。

"正版不正版现在不重要，关键是有多大？"

小语说是挺大的那种，因为他平时出差，箱子里除了衣物，还要装一些随身的魔术道具。

"具体尺寸你知道吗？28寸？还是32寸？"杜然问。

小语摇头，表示不清楚。

张伟戴上手套，稍微翻了翻银色本田的后备厢里那堆看似从行李箱里倒出来的东西。

"他不是告诉你这次也是要出国演出吗？这里面没有魔术道具。"

杜然叉着腰，问小语郑念身高体重多少，让技术的同事来看看后备厢的情况。

"身高穿鞋1米7，体重120斤左右。"

小语忽然反应过来，杜然为什么问她箱子的尺寸和男友的身高体重。

"他是被人绑架了吗？"她惊恐不已，"被人装进了箱子里面？"

"绑架他做什么？你觉得他家很有钱？再说这么久了也没谁联系他家人，不像是绑架。"

杜然让她别乱猜了，告诉她现在这个情况，看不出个什么来。

"怪，实在是干净得太怪了。"

痕检的同事依旧没能从后备厢里得到什么有价值的线索。

"时间不早了，要不我们还是先把这个小妹子送回去？"杜然和张伟商量，再叫个拖车，把这车拖出去仔细查查。

张伟沉吟片刻，说他倒是有些想法。

"你8月17号和郑念打最后一通电话，手机上的通话记录还在吗？"他问小语。

小语翻出手机，说应该不在了，每天都要给他打十几次电话，过去这么多天，那么早的记录肯定早已经被覆盖掉了。

张伟看了看她的手机，果然最早的记录已经是昨天的。

"我记得你说那天挂了电话，大约半小时之后给他发了信息，他没回你。那条信息还在吗？"

小语接过手机，打开聊天软件，翻了好几分钟，找到了那条信息，再次把手机递给张伟看。

"你还没值好机吗？"时间是2014年8月17日晚9点28分。

"啧！"

张伟把手机递给杜然看，杜然很快明白问题在哪里。他们查停车场的出入记录时，只觉得车既然是17日晚上进来的，时间就对上了。然而，按照小语的叙述，这条信息是郑念停车不方便，挂掉电话之后约半小时才发给她的，现在却比张伟查到的车辆进场时间还早了3分钟。

也就是说，按郑念和小语打电话时的说法，停车的时间应该是晚9点28往前推半小时，9点整不到。停车场收费系统记录的车辆入场时间却是9点31分。两者差了半个小时以上。

杜然绕到车前看了看，确认装了ETC，又走回来叫小胖联系机场高速交警那边，请他们帮忙查一下这辆车当天的扣费记录，看看他具体是什么时间到机场这边来的。

小胖报了车牌过去，对方很快就返回了结果。

"ETC的记录是晚7点56分。"

张伟捏着睛明穴，说这到底是怎么回事，时间差越来越大。

郑念的这辆银色本田思铂睿，晚8点不到就已经开下了机场高速、到达机场附近；9点左右他和小语打电话说在停车；但9点31分，才进入现在这处停车场。

"他不会是被人给害了吧？"小语看得出他们的困惑，也越来越焦虑。

"说了让你别乱猜了，现在什么东西都没有，你胡猜乱想有什么意义？"

杜然说时间也不早了，今天就到这里，问张伟要不要先送她回去。

"那你和小胖呢？"张伟问。

杜然拍了拍小胖的肚子说，他们一起坐痕检的车回去。

"那好。"

张伟带着小语走后，杜然在银色本田的右后轮边蹲了下来。

他从痕检同事手上借了一把镊子，用手机照着轮胎的前面，刮了刮挡泥板上的泥沙，夹起一片小小的、半透明的不规则圆片。

"刚刚张伟的灯照到这边的时候我瞟到这里有亮晶晶的反光，"他喊来痕检的同事，"应该就是这个东西，你们看着像什么？"

"干了的鱼鳞吧。"痕检的同事看了挺久，才做出判断。

"这么细的鱼鳞？"小胖捏着小拇指比照，还不到指甲盖十分之一的大小。

痕检的同事说，那得看品种，有的鱼鳞片大，有的鱼鳞片小，有的鱼没有鳞。

"这边还有。"杜然又从挡泥板上刮下来一两片，问他能不能判断是什么鱼的鱼鳞。

"反正不可能是草鱼、鲫鱼和鲤鱼。"痕检的同事说，细鱼鳞的淡水鱼比较少，常见的有鳜鱼和鲈鱼，海水鱼那就多了，一般都是细鱼鳞。

"今天的蒸腊鱼好吃，好久没这道菜了。"

打完午饭，张伟碰见杜然，夸赞食堂的饭菜可口，顺便问他上午干吗去了。

"黎万钟那个公司，本来都关门大吉了，今天去了一帮人闹事，拉横幅、讨说法。我就过去瞧了瞧，还真是些可怜人。"杜然夹了他一块腊鱼走，说自己刚才打菜的时候都没看见。

"可怜咯！可怜之人必有可恨之处。"张伟如此评价。

"你这么说也没错，"杜然点评他的评价，"但是我最近感觉到，人有时候真的是感性动物。你是没有去现场，有个女人揪着自己的头发，发狠地捶自己的头，说她把给老公治慢性病的医药费都投在里面，已经不知道该怎么活了，只想去死。我看到那个画面，只能想到可怜，恨不起来。"

张伟叹了一口气，说这让他想到那个女孩小语。那天送她回去的路上她一直哭，也不知道怎么样了，等会儿应该给她打个电话问问情况。

"鳜鱼哥那辆本田车我们还接着跟吗？"张伟问杜然。

"暂时不跟了。"杜然告诉他，线索实在太少，只能先放一放。不是所有藤上都能摸到瓜，没必要在一根藤上吊死。

"你那天不是在他车上的一块挡泥板上发现了鱼鳞，拿去做检测了吗？"张伟问。

"对，去做了 DNA，想检测一下到底是什么鱼的鱼鳞，但是很可惜，没检测出来。"

"什么鱼？"张伟似乎不理解为什么要测这个。

"嗯，结合机场附近的环境，我设想了三种可能性。"杜然告诉他，"第一种是这辆车去过水边。机场那边有两个大一点的水库，谷塘水库和蛟龙水库，好像都有渔场，还有好多大大小小的无名湖。你再想想那个消失的行李箱，鳜鱼哥被害的可能性就很大了。"

"装进行李箱，抛尸沉水？"张伟在脑海中推演了一番，"这样一来凶手可就厉害了，懂得把车停到停车场制造登机假象，还把车里收拾得干干净净，反侦查能力很强啊。可是这和是什么鱼的鱼鳞有什么关系？"

"机场附近还有哪里最可能出现鱼鳞呢？"杜然并没有直接回答他，"我想的第二种情况是车去过机场的生鲜货运区。这个就有点难理解了，我去问了机场那边的同事，他们感觉人不见了最大的可能性是偷渡。"

"偷渡？"

"对，他们说这种事情在别的机场有侦破过的案例。这种事一般很复杂，要买通机场内部人员，还要找外国人当赌托，通过伪装成工作人员混进关卡，再通过摆渡车之类的移花接木登机飞走。黄花机场这边还没发现过这种情况，但也不能说百分之百没有。"

"可是为什么要偷渡呢？他好像经常出国演出和游玩，去哪里签证应该都很好办吧？"

杜然说他也搞不清楚，如果郑念要偷渡，唯一能想到的情况就是发生了什么非常紧急的事情，他不得不走，而签证一时半会儿又办不下来。

"一周之后……崔远的死？"张伟陷入沉思，旋即又回过神来，"不是，我还是没太明白，这和你去检测是什么鱼有什么关系？"

"去水边常见的是什么鱼？"杜然反问。

"死鱼啊。"

"不是活鱼死鱼的问题，"杜然白了他一眼，"换个问法吧，走生鲜空运的一般是什么鱼？"

"那当然是贵的鱼啊，海鲜啊……"张伟忽然懂了他的意思，

"是哦！如果能通过 DNA 测出来鱼的品种，知道是淡水鱼还是海鱼，那就能确定车去过水池水库边或者生鲜货运区的两种可能性，哪种更高一些了。"

杜然耸肩说，可惜没测出来。

"你刚才不是说有三种可能吗？还有一种是什么？"问了半天，张伟的饭菜都快凉了，他仍然在期待一些曙光般的突破。

"第三种可能，那点鱼鳞根本就是偶然挂在挡泥板上的，和这些事情完全无关。这才是可能性最高的一种啊，你不觉得？"

"也是。"张伟当然也懂。

"偷渡、被害，或者其他什么，不管是哪一种，都处理得太干净了，"杜然扒了几口饭进嘴，边嚼边说，"林队不是让我们找直觉吗？我的直觉告诉我，鳜鱼哥这事，不出意外会成为一个悬案。"

"你怎么又调侃林队，就不怕我打小报告？"张伟无奈地笑了笑。

杜然没有笑："不是在调侃，我讲真的。"

田刚泡了一壶茶，用头泡的茶水洗了两个杯子。

"老林，我们多少年没有一起喝茶了？"

"得有七八年了吧。"林立莲将杯中的茶水慢慢饮尽，说还是老田泡的茶最好喝。

林立莲告诉老田，去长沙以后，自己也曾买了茶具和好茶叶，但不管怎样弄，就是泡不出这种感觉。

"那是自然。"田刚饮着茶告诉林立莲,"自古禅茶一味,你的观念里有没有那些东西,会反映到你的行为上来,行为又影响结果。这世间很多事不都是这样吗?"

"所以,你这茶里是禅味?"

"茶自然就是茶味啊,"田刚笑了笑,"但是你说你自己泡不出来的那种感觉,它又是什么呢?"

"我不知道。"林立莲答不上来,说这么久没见,你怎么越来越深奥了。

"我只是想说,你问我的茶为什么好喝,我也不知道那是为什么啊。"田刚告诉他,一个人的行为是由他的观念驱动的,而观念怎么潜移默化影响人,很多时候自己是无法感知到的。如果被别人感知到,问他那是什么,很可能他也是说不清、道不明的。

林立莲问他这些年是不是还在看佛经。

"在看。"

老田说最近在重新看《仁王护国般若波罗蜜多经》,看到"一念中有九十刹那,一刹那经九百生灭,诸有为法悉皆空故"。

林立莲问那是什么意思,老田便告诉他,经书这种东西,向来各人有各人的理解,各时有各时的理解。

老田说自己之前的理解是,时间的度量是相对的——有时候在你看来极其短暂的时间里,很多事也许已经发生了无数次的变化。同理,有时候你觉得这世界上发生了很多事,但站远一点看,又会感觉那只是一刹那,从因到果,再简单不过了。

林立莲问他现在又是如何理解的。

"现在我觉得我不理解了，也不想去理解了，就只是看看。"老田说，"做我们这种工作，接触到的净是些人间的悲剧。之前我难免会把这些东西，往那些人的命运上面靠，越去思虑就越困惑，罢了，罢了。"

在林立莲眼中，田刚一直是个很有趣的老朋友。当年的他能力突出，比自己还强，但有一点古怪。他自称是个坚定的无神论者，不信佛也不信其他宗教，却又特别喜欢看佛经。林立莲清楚，他的无神论立场不是那种出于工作便利的遮掩，是真真实实地贯彻到他所说的"观念"之中，而他对佛经的喜爱，仿佛又是一种沉迷逻辑思维解密的趣味。

这么多年，老田一直在常德市公安局当基层刑警，没有提过升职，也没有提过调岗。

"好了，不聊这些有的没的了。"

老田递给林立莲两张 A4 打印纸，第一张是一个女孩的身份证信息。激光打印的黑白图像，可能是硒鼓缺墨的缘故，面部模糊，字也几乎都看不清。

"你讲的那个崔远，真的是一点信息都没留下。我琢磨着，他如果真的到常德生活过几年，很可能是用了个假身份。"

老田说，于是他换了一种思路，从案件的另外一个关键人物黎万钟入手，查了查他那几年在常德的活动轨迹。

"也很少，不过有。"

"真有？"林立莲眼睛一亮。

根据老田查到的信息，2007 年 4 月份，一辆登记在黎万钟名下的小汽车，在柳叶大道出过交通事故。司机叫姚罗巧，长沙人，今年 38 岁。转弯进长庚路的时候，碰到了一位骑电动三轮车的 78 岁老农，老农找姚罗巧索要医药费，姚罗巧怀疑他是碰瓷的，两人僵持不下，就报了警，所以有了痕迹记录。

　　"不就正好是我离开的那一年？"林立莲问能不能联系上这个姚罗巧。

　　"已经联系过了，他给黎万钟当过一段时间的司机，不过几年前就没在做了，后来自己买了台的士，在长沙当的哥。"老田做事总是快人一步。

　　他问过姚罗巧，还记不记得当年那起交通事故，姚罗巧表示记得。他后来又问姚罗巧那一年开黎万钟的车来常德做什么，姚罗巧的说法是，送黎万钟的女儿来常德看病。

　　"黎万钟的女儿？"

　　林立莲低头看着自己手中的 A4 纸，仔细分辨女孩身份证上的名字。

　　"黎冰心？"

　　"对，准确点说，黎冰心应该是黎万钟和前妻的女儿。2006年，黎万钟再婚之后又得了个男孩。"老田说。

　　"黎万钟应该挺有钱的，什么病在湘雅都看不好，还非得来常德看？"

　　林立莲不理解，老田也不理解，所以他问了姚罗巧同样的问题。

"姚罗巧说，他记得黎冰心是有精神方面的问题，才需要住院的。她有很严重的焦虑症和恐惧症，容易突然惊恐，怕鸡和所有长翅膀的东西。至于当年为什么选择来常德住院，姚罗巧自己觉得，黎万钟就是嫌弃她是个女孩，不想在她身上花太多钱。在常德康复中心住院，比在长沙住院便宜很多，省钱。还有一点是父女俩关系不融洽，隔得远就见得少，眼不见心不烦。"

回想起黎万钟上千万的涉案金额，林立莲听到荒唐的"省钱"二字后，露出极度厌弃的表情。他仔细分辨黎冰心身份证号码上的生日编码部分，1992 年出生，2007 年不过才 15 岁。这究竟是怎样的一个父亲。

"本来这个事，查到这里也就结束了。"老田重新泡了一泡茶，用公道杯分给自己和老林，喝了两口。

"昨天我去常德康复中心查了查档案记录，2007 年底，黎冰心就结束治疗出院，回了长沙。"

老田说，查完档案已经到了傍晚，他本来准备直接回家。

但是走到医院的导诊台前，将要出门的时候，心底一直有个声音，隐隐约约，告诉他必须要再回单位一趟。

老田把林立莲手中的 A4 纸翻到第二张，又是一个女人，是她的死亡报告。

"我回来查了查那两年和常德康复中心相关的案子。"老田告诉林立莲，还真有。

"2008 年 8 月 9 日清晨，奥运会开幕的第二天，康复中心一个名叫赵蓉的 32 岁女护士，从自家公寓的楼顶坠亡了。当时区分局的同事做了些简单调查，写的死因是意外坠亡。"

老田用两根手指，从一张白纸滑到另一张白纸上，从一张面孔，滑到另一张面孔。

"这个 2008 年意外去世的护士赵蓉，"他说，"正好是黎冰心 2007 年出院之前负责她的护士。"

常德市康复中心的唐主任听明白了林立莲和田刚的来意。

"黎冰心我知道的，在我这里住院治疗了半年多吧。"

他说，那孩子的父亲黎万钟黎总，之所以送她来这里治疗，价格便宜可能是一方面，但更重要的一个原因是，他和自己是熟人，知根知底，希望这边能尽快把女儿治好。

"我和黎万钟算得上半个朋友，他以前也找我看过病的。"

唐主任说黎万钟和自己一样，都是澧县一中毕业的，黎万钟的同班同学又是自己在中南大学的师兄，后来几经介绍也就认识了。

"黎万钟也是常德澧县人？"

这个信息，林立莲尚未掌握。崔远与黎万钟都有澧县生活的经历，如此一来，他们的距离在渐渐拉近，但仿佛又隔了一层薄薄的窗纱。

"是啊，他很年轻的时候在澧县当老师的，教英语，80 年代吧。九几年的时候去了长沙做生意，都是很早以前的事情了。"

唐主任说，他已经好几年没有和黎万钟联系了。2007 年黎冰心出院之后的几个月，他们还偶尔电话沟通一下康复情况，后来病情好转很少复发，也就没有往来了。

"这个黎冰心是什么病？"

"焦虑症和恐惧症。"

这两个词听起来意思接近，林立莲问区别在哪里。

"这两种都属于精神疾病，要讲清楚全部的区别不是很容易。简单来讲，恐惧通常有当下存在的、具体明确的激发对象，比如我突然面对密集的东西、巨大的东西、人际交往等等，会感到害怕；而焦虑是对未知的、模糊的未来感到不安，什么事也没发生，但是我就是担心坏事会落到我头上。"

"听说黎冰心特别怕鸡？那是什么原因导致的？"

"对，她的恐惧症里面包含禽类恐惧症。不只鸡，通常所有的鸟类都害怕。这类恐惧症具体的原因尚不明确，但是医学上对心理类疾病有一个共识，心理问题的出现，通常不会是简单的个例，而是以一种亲密关系作为继承的。"

林立莲问，这是不是一种遗传病。

"生理上基因遗传的因素也有，不能否认吧，但我说的是一种共同生活中，认知行为上潜移默化的影响，反倒像一种看不见摸不着的传染。父母同子女之间、爷孙之间。尤其是还没有走入社会的小孩子，通常情况下，孩子焦虑的，养育他的人肯定也焦虑，孩子恐惧的，养育他的人肯定也恐惧，区别只在于表现方式、发现与否和程度问题。"

唐主任再次聊到黎万钟的情况。

"黎总本身就有焦虑和恐惧，十多年前来我这里看过病。他这个人吧，焦虑和恐惧是相辅相成的。本来也算是个知识分子，在学校教英语的，那个年代的一些变故，给了他很大打击。

"怎么说呢，他当年总是拿收音机偷偷听一些国外的广播，有了一种很奇怪的想法，觉得国内非常不好，得出国定居才能安全。所以他就离开了学校，去做生意拼命挣钱，想着有朝一日钱赚够了，就去国外生活。

"他对赚钱的渴望，已经到了一种非常病态的地步。老实讲啊，他之前做的那些生意我后来也有耳闻，卖假酒假烟发家的，什么来钱快就做什么，没什么道德。我师兄他们一帮同学，也早已经不和他来往了。"

林立莲问他，黎万钟的这种心理疾病，后来治好了没有。

唐主任摆摆手，说这种问题要完全治好是很难的，但是通过药物和一些精神分析与认知行为疗法，能缓解到不影响正常生活的程度，就已经算是很成功的治疗了。

唐主任告诉他们，现代人很少有绝对心理健康的，多多少少都面临着不小的压力，所以紧张、焦虑、恐惧、抑郁，也多多少少都会有。

老田问他那黎冰心后来怎么样。

"黎冰心后来的康复情况实际上要比她爸爸好。我们这里有音乐康复疗法，她发现了自己对音乐的天赋和兴趣，就像找到了一种支撑和隔离，让她从那种家庭氛围中，渐渐脱离出来了。"

"我查到你们当时有个护士叫赵蓉，2008年的时候去世了。她和黎冰心关系怎么样？"

田刚瞧了一眼挂在墙上的白大褂，以及旁边的排班表，排班表上面贴着一张张照片，每个人都保持着礼貌而含蓄的微笑。

"又在看值班表啦？"

唐主任端着保温杯推开门，看见一头乌黑短发的黎冰心站在办公桌前，面朝墙望着，问她今天的检查结果怎么样。

黎冰心说还可以，马马虎虎，一切正常。

她忽然又开心起来："今天谁教唱歌？是若娟阿姨还是赵蓉阿姨？"

唐主任说自己也不知道，反正不是苗若娟就是赵蓉，问她更喜欢哪一个。

"若娟阿姨唱得好，但是每次选的歌都太老了。说实话，我更喜欢赵蓉阿姨一点，虽然唱得不怎么样嘛，但是至少知道我们更喜欢听什么歌一点。"

说完，黎冰心又赶紧捂住嘴，觉得自己说了不该说的话。

"唐主任，你可不要告诉她们啊，不然我又得罪人了！"

唐主任呵呵笑，问她都快要出院了，怎么还怕得罪人。

"出院又不代表恩断义绝不联系了，我会经常给你们打电话的！或者你们有没有QQ？我们加个QQ，以后就可以在网上继续聊天了。"她对这半年来的住院生活表现出珍惜和不舍，说自己以前都不怎么会交朋友，在这里交到了好多朋友，大朋友小朋友都有，所以很庆幸自己来了这里。

唐主任让她放心，说今后出去了，可以交到更多朋友。

黎冰心叹了一口气，说希望大家都能尽快康复，尽快出院，去过正常人的生活。

"大家都对我太好了，知道我要出院，送了好多礼物给我哦！"

黎冰心说等会儿要把箱子拿给他和两位护士阿姨看，周沅送了她一只用手帕卷的小老鼠，马恬妍送了她一瓶彩色纸条折的小星星，杨菲画了一张她的画像送给她……

她说赵蓉阿姨总是鼓励她，夸她有音乐天分，让她出去以后，不要觉得随便唱唱歌就可以了，要长进，可以学一门乐器，往专业的路子上走。毕竟休了一年学，文化课成绩有影响，可以试试音乐特长生的路子。

"我觉得是个很好的建议。"黎冰心做了个鬼脸，"不过我没有告诉她，我学习成绩本来就不好。"

"去考音乐特长？是可以啊！"

唐主任也觉得赵蓉这个建议不错，看得出来是替黎冰心仔细考虑过的。

时间不早了，他放下茶杯，推着黎冰心出门去，最后一堂唱歌治疗课马上就要开始了。

黎冰心告诉他，自己最近很喜欢走康复中心的楼梯，觉得一步一个脚印地往上，特别有踏实感。

"也就是说，黎冰心和赵蓉的关系，还挺好的？"

唐主任点头，给了林立莲一个肯定的答复，林立莲同田刚交流了一下眼神。

"你对一个叫崔远的人，有印象吗？"

"崔远？"唐主任的表情有些复杂，仿佛在用力回想。

"只有一点点印象。"他捏着手指比出很少的手势，可见真的记不太清。

"我忘了从哪里听到这个名字的了，应该没见过这个人。"

"大概的时间段，比如是哪一年听到的你还记得吗？和黎冰心有关吗？"

唐主任摇头，说自己这些年来接诊的病例太多了，实在是记不清了，确实只有一个非常模糊的印象。

林立莲干脆从手机里翻出崔远的照片，递给唐主任看。

他眯着眼端详了一会儿，忽然想起来屏幕上的这个人是谁了。

"这不是周老师吗？"

"周老师？"

"周……什么森。"

"周启森？"林立莲眼睛一亮，那是崔远小时候的名字。

"对对对！周启森！我们这里以前的护士苗若娟的男朋友。我想起来了，是 2008 年！他过来帮若娟一起教孩子们唱歌，还唱了奥运会的主题曲《北京欢迎你》，我记得很清楚。"

田刚问他，这个苗若娟后来去哪里了。

3

阳光洒进房间，角落里是几盒没来得及丢的康师傅泡面碗。

罗门在招待所里醒来，转头见到浩南正坐在隔壁床上看手机。

浩南告诉他自己几乎一晚没睡着，脑袋里全是郭跃可怜的老母亲哭诉的样子。

罗门拍拍他的胳膊，说现在还不是感情用事的时候，需要集中精神，继续把案情往前推进。

"林队刚发来消息，在常德那边有进展，得到了不少新的线索。"

浩南告诉罗门，林队说黎万钟以前很可能是澧县人。

"澧县人？"罗门还以为自己听错了，"他的身份证号和户口不都是长沙的吗？"

"我找小胖确认过，确实是长沙户口和身份证。"

浩南继续告诉罗门，但是小胖也说了，国家对身份证和户口的管理，在 90 年代后期才逐渐完善和严格起来，包括应用现在习以为常的防伪技术和规范管理。如果黎万钟离开澧县的时间比较久远，在那个年代，要重新伪造长沙人的身份也不是完全没可能。

"那得多久远？"罗门打了个大哈欠。

"黎万钟 1965 年出生，林队说他在澧县当过一段时间的英语老师，那时他至少也得有 20 多岁了，1985 年往后几年可能都还在？另外小胖说，他结过三次婚，第一次是和一个姓金的女人1992 年在长沙领的证，那个时候他就已经是长沙的身份证和户口了。"

1992 年，是 27 岁的黎万钟在长沙结婚的那一年，也是 14

岁的崔远父母双亡、离家出走的那一年。

罗门问浩南还记不记得搅拌站守门人的话与乔先贵笔录的矛盾。

出于某种原因，原本打算北上去往河南嵩山少林寺的崔远和养母崔静莲竟然在长沙相遇。尽管有翔实的物证表明两人在长沙是偶遇，但罗门和浩南都觉得，那很可能是精心制订好的计划，故意拿给乔先贵看的。

"这个时间点……黎万钟为什么从澧县去了长沙？又为什么要改自己的户口和身份证号码？"罗门觉得太巧了。

他一边思考，一边缩回被子里，忽然又掀开被子看着浩南。

浩南问他怎么了。

他有些激动地告诉浩南，刚才忽然想到一种可能性。

"乔先贵的笔录中，崔远的养母是因为丈夫带着刚出生不久的女儿去了长沙才想着去长沙的吧？会不会黎万钟，就是崔远养母的前夫啊？"

浩南倒是没有太惊讶，说他早想过这个可能性。

"按照小胖的记录，黎万钟伪造了长沙身份，那么婚姻关系也不是没有编造的可能。1992年，他用长沙身份证第一次结婚，但实际上他很可能在澧县已经用旧的身份信息结过一次婚了，你是这个意思吧？"

罗门看着他的眼睛说没错。

"但是刚才澧县公安局给我回消息了，"浩南举起手机给罗门看，"据他们查到的资料，崔静莲的前夫并不是黎万钟，而是一个叫高致远的男人。"

罗门张了张嘴,欲言又止。

"你是不是又要问,高致远会不会是黎万钟以前在澧县时用的名字?"浩南看穿了他的想法。

他很遗憾地告诉罗门,应该也没有这个可能。澧县公安局查过了,这边的档案里既有黎万钟,也有高致远的信息。他们90年代好像都在澧县当过老师,不过不是在同一所学校。

罗门坐在床边挠挠头,又打了一个长长的哈欠。

浩南也有些惆怅,说澧县公安局表示,这边资料很少,就这么一点。80年代末到90年代初,距今太过久远了,想查一个人很难。

"不管怎样,如果他的那些过往和现在的案子有强关联,关键还是得从崔静莲下手。"罗门闭上眼,有些慵懒但又很肯定地说。

浩南有点不太理解,问为什么。

"时间错位了。"罗门说。

"我们假设那段时间黎万钟就在澧县的县城活动,直到1992年才去往长沙,"他进一步解释,"而崔远直到1992年遇到崔静莲之前,一直都是以周启森的农村娃身份生活在临澧县农村,所以不大可能会有什么直接接触。"

"嗯?"

浩南仔细想了想,才明白过来他的意思。虽然黎万钟和崔远都在"澧县"这个空间里活动过,但是从时间上推算,他们彼此的人生几乎正好错开，应该不存在直接的恩怨。

如果有交集与恩怨，那么最大的可能就是因为崔静莲了。她满足与黎万钟相互接触的条件，又是崔远此后在澧县最为亲近的人。她最有可能导致了两人后来的接触。

"崔静莲是怎么去世的？"罗门轻轻问了一句。

"一场车祸。"

1998年负责处理那起事故的罗警官，如今已经调到了县检察院工作。在澧县公安局的帮助下，罗门和浩南还是找到了他。

"那次出警，我印象比较深刻，是一起有点复杂的车祸。"

根据罗检察官的描述，1998年，大洪水退去后一两个月，崔静莲带着她的儿子崔远在街边行走时，在丁公桥附近被一辆速度极快的摩托车给撞死了。唯一可以肯定的是当时摩托车手肇事逃逸，除此之外案子全是疑点。

因为丁公桥是当时澧县较为繁华的县城中心地段，那起车祸目击者众多。有几个目击者声称，崔静莲是自己朝摩托车冲过去的，也有人说不是，那摩托车开得快又东倒西歪，肯定是车手喝了酒，分歧挺大。

"后来我们得知，崔静莲的精神状态一直不是特别稳定。到底是车撞人还是人往车上撞？说不清楚。"

找到肇事摩托也不是一件容易事，好在案发第二天，肇事者就主动投案自首了。

来者是一位50多岁的男人，名叫张广生，家住新河那边。

他承认自己前一天下午喝了酒出去买鱼饲料，回家的路上在丁公桥撞了人，因为害怕就逃走了。他称自己回家后非常后悔，考虑了一晚上，决定还是前来自首。

然而问题在于，这个自首的人和现场目击者的描述有些微出入。他体型偏胖，而目击者大都说肇事者看上去偏瘦；他年纪较大，肇事者虽然戴着头盔看不到脸，但目击者几乎都感觉应该是个年轻人。

"我们简单调查发现，这个张广生还有一个20多岁的儿子，应该是叫张明明吧。好巧不巧，他老子那天在家里喝了酒出去买鱼饲料，他也在朋友家喝了酒，两人都是骑摩托车回去；他老子的膝盖上有瘀青，他的膝盖上也有瘀青，说是在亲戚家里摔的，亲戚都可以做证；他老子那天穿黑衣服、牛仔裤，他也穿的是黑衣服、牛仔裤。"

罗检察官说，两人的主要区别在于，儿子的体型明显要比老子瘦一圈。

"那岂不是很有可能，父亲自首是给儿子顶罪来了？"浩南听懂了他的意思。

"对头。"罗检察官说当年他们也很为难，因为没有决定性的证据，于是把受害人崔静莲的儿子喊了过来。

"他当时什么反应？"罗门问。

一个外表斯文的小伙子，背着挎包，脸上挂着怒相，急冲冲地往里走。

"老子今天要看看是哪个畜生！"

刚到门口，他已经成了一头疯牛，满眼通红，叫嚷着报仇、一命偿一命之类的狠话。

看到那穿黑衣服和牛仔裤的老头畏缩成一团，下意识地在向后躲时，他却有些愣了。

"抓错人了。"

积攒的火气充盈了崔远的身体，好像得靠重重的呼吸慢慢泄掉些，才可以正常说话似的。终于，握紧的拳头松开，他告诉警察撞死他妈妈的看上去是个年轻人，没这么老，也没这么胖。

"他还有个儿子，那天正好也喝了酒。要不要把他也喊来，你再认认？"

"儿子？"

听明白父子二人的情况之后，崔远的表情慢慢转变成一种诧异。

"小伙子，我给你讲啊……"这时，那老头颤着舌头说话了，"我真的对不起你……对不起你们母子。喝些酒了不明白……我有罪！"

一记响亮的巴掌，老头扇在自己脸上，接着他跪了下来，给崔远磕头。

"我晓得我没得这个资格啊，不过我还是想求求你！"

他一边磕头，一边求崔远不要冤枉好人，不要冤枉他儿子。

"要我们喊他儿子过来不？"

死者为大，警方也觉得崔远绝望和愤怒的样子怪可怜的，说会优先考虑他的诉求。

"喊！"

时间一分一秒过去，崔远站在门口，背对着那位父亲，却慢慢变得格外安静。

到最后，他眼睛都不怎么眨动了，望着天上的云朵出神。

只能听到那位父亲的小声抽泣。

很快，那儿子过来了，穿着白衬衣和休闲裤。崔远斜着眼睛瞪着他，咬紧了腮帮子一言不发。

"爸爸。"

那儿子紧抿着嘴，喊了父亲一声，还不知道身边的崔远就是死者崔静莲的家属。

"你看他像不像？"

警察指着儿子问崔远，崔远却犹豫了，几次想要开口，却好像说不出来话似的。

"哥郎，我求求你了！"那父亲又开始苦苦哀求起来，"我自己犯了错误，你就让我自己承担好不好？我儿子是无辜的！你可不能冤枉好人呢！哥哥！我儿子还那么小，正是求前途的时候，媳妇都还没讨一个，我就他那么一个儿……"

父亲哭得鼻涕眼泪一大把，儿子就把头扭到一边去，用力一挤，眼泪也出来了。

崔远问警察，这种情况一般会怎么判。

"交通肇事致人死亡，还逃逸，那肯定三年以上呢。"警察回答崔远，具体也要看检察院和法院，五年七年讲不定。不过这是从刑事责任上来说，民事赔偿是按照去年的社会平均收入来算的。

"你妈妈还这么年轻，不满60岁的统一是十万多点，我估计。"

警察自顾自地说，一抬头却发现崔远也哭了。两条泪痕挂在他脸颊上，泪水汇聚到下巴往下滴。

他嘴角下垂，用一对泪眼望着那对哭泣的父子。

"钱我们尽量凑……一时半会儿拿不出来，砸锅卖铁卖房子也赔给你，哥哥呢……"那父亲喊道，"只求你不要冤枉好人呢，不要冤枉我儿子！"

父亲说就让他个老汉一人做事一人当，不讲五年七年，就是八年十年、无期徒刑都可以去赔这个罪。

"我想起来了，确实是你。"崔远泪流满面地对他说，"衣服裤子都和那天一模一样。"

罗检察官记得，当时崔远一边擦眼泪一边往外走，不小心踉跄摔了一跤，包里掉出一把大大的裁缝剪刀，自己还以为这个年轻人是学裁缝的。

罗检察官印象更深的是，最后父亲张广生被判去坐了几年牢，崔远本来可以要求民事赔偿的，但他坚持一分钱不要，说这些钱只会让人伤心。

后来，不论是在公安局还是检察院，经历了那么多大大小小的案子，像这样不要钱的人，罗检察官再也没遇到过。

也正因如此，这么多年过去了，他的记忆中一直有个名叫崔远的年轻人。

他感觉那是个心软到古怪的年轻人。

"他那么冰冷的一个人，曾经也有哭成那个样子的时候。"

坐回车上，罗门很是感慨。

"刚刚罗检察官说的也确实有点古怪，他为什么不要张家的钱呢？"澧县公安局陪同的警察忍不住问了一句。

浩南说，可能是被张广生舍身庇护儿子的父爱感动了。

"这有什么好感动的？世上只有瓜连籽，哪有听说籽连瓜？"当地警察的语气中透出不可思议，说这样的事再正常不过，这样的案件也处理过不少。根据他的经验，在这边县城犯了事，儿子想给老子顶包的，确实是一个都没有，但老子想给儿子顶包的，那可多了去了。

"娘老子疼儿子这种事，真是写在人的基因里的，我给你们讲！"他滔滔不绝地讲起父亲对自己的好，说父亲有时候慈爱有时候也威严，自己以前不懂但现在懂了；说当老子的心肯定不会坏，一心只盼着儿子能出人头地有出息，过上好生活……

浩南和罗门安静地听他讲，既没打断，也不反驳。

人经常基于自己的体验营造一些让自己笃定的幻觉概念，仿佛全世界都一样。殊不知同在这世上，他人的生活也许与你南辕北辙、千差万别。

崔远的眼泪他无法理解，那最好就不要理解。

"总之这么看来，崔静莲车祸的肇事者，肯定是张家父子，"

浩南把话题重新拉回案子上来，"不管是张广生自己撞的，还是他在帮儿子顶包，应该都和黎万钟没什么关系。"

"那接下来，你们还想查什么？"当地陪同的警察问。

浩南刚驾车驶进一座静谧的小区，当地警察便说可以停车了。

他一头钻进小区棋牌室，喊了一声"老曲"，便领着一位老人走了出来。

老人带着几人，走到一排低矮私家车库的位置。当地警察告知罗门和浩南，这里就是老曲的家。

"老妈子！给他们倒茶！"

卷闸门半掩的车库里有张靠墙的床，还有吃饭的桌椅、沙发、空调、冰箱和电视。

"不用，不用……"罗门连忙推辞。

"你们不要看我住在车库里，茶还是好茶呢！"老曲笑呵呵地介绍，自己老伴姓梁，双方的原配都已经过世了，是后来打伴住在一起的。两人租住在这间车库，是不想给后人添麻烦。

老曲健谈，喜欢开玩笑，说他们再晚一天找来，都不一定能见到人了。

浩南问他是不是要出门旅游。他大笑了两声，说那是的，阴曹地府终生豪华游。

"说笑了，您看上去身体挺硬朗的啊。"浩南有些不敢相信。

陪同的警察解释说，老曲看上去是还威武，但心脏其实已经不太好了。今年来来回回进了好几次医院，前两天刚从医院出来。

"老曲，忘了介绍，这位是刘浩南，这位是罗门，我电话里给您说过，长沙岳麓区公安局过来的。这两天我一直带他们找各种老同事。"澧县公安局的警察和老曲讲清了来由，以及他们在查的案子。

"好！很好！看到你们我很高兴呢，后继有人。我那时候身边的一些同志啊，如今都走得差不多了。"老曲招呼他们去沙发上坐，说一代一代人老去，又有一代一代人跟上来，希望他们都顺利，干这行可不容易。

浩南谢过他，直奔主题："听说崔静莲当年收养崔远的时候，来找您帮过忙？还听说您和崔静莲的父亲也认识？"

"认得！认得！"

老曲停顿了片刻，嘴角的皱纹不自觉抽动着。

"那是1992年吧？到现在都有二十二年了……我还记得她那个时候的样子啊，愁眉苦脸的，来问我那孩子她能不能留、要些什么手续、去找哪些部门。我就帮她去问、去打听。好像就是一眨眼的事，哪晓得时间过得那么快？她不在世都十几年了，比我一个老人走得还早。"

老曲说，他记忆中的崔静莲，是个聪明伶俐的姑娘，长得也漂亮。只可惜生来命苦，来人间的这一趟，就没怎么快乐过。

罗门说，感觉她当年的家庭条件还可以，是不是因为婚姻太不幸。

"我觉得呀，一个人的命怎么样，生下来差不多就知道了。

婚姻很多时候是命的一种延续。"

老曲指着电视机旁一排整整齐齐的警服相片，说1968年自己在澧县小渡口镇当公安。

"当时穿的还是绿警服，后来有白制服、蓝制服，又换到绿制服，一直到我退休，才换到你们现在的这种深蓝警服。"

那一年，小渡口镇雁鹅湖渔场来了一批知青，其中有个名叫崔进贤的广州人，长得一表人才，住到了一户农民家里。

"不只姑娘们喜欢和他玩，那时候我也蛮喜欢找他玩的，确实长得潇洒。我喊他贤弟！贤弟！"老曲说，崔进贤也喜欢来找他，"就喊我亮哥！亮哥！"

后来知青崔进贤和渔场一个长得漂亮的卢姑娘谈朋友了，两人的感情升温很快，在1969年生下了女儿崔静莲。

1977年，崔进贤因急性胃病被送去澧县人民医院治疗，后来又转院去了广州，再也没有回来过澧县小渡口。卢家母女一度成了当地人笑话的对象，但崔进贤一去不回，杳无音信。

1985年，老曲已经调到县公安局来了。崔进贤突然找到他，让他悄悄打听卢家母女的情况。

"一问才知道，卢姑娘前两年喝药死了，我当时心里就'咯噔'一下。"

这突如其来的消息让车库里的空气变得很是凝重，每个人都下意识低下头，以回避他人的眼神。

"唉——"老曲长叹一口气。

"崔进贤说他回广州治病那年，一个护士看上了他，一直很细心地照顾他。他觉得实在没办法亏欠人家,就和她谈了朋友,后来又结了婚,一直没勇气回来过问卢姑娘母女。我给他讲了那个消息呢,他也是哭得眼泪鼻涕一大把,找了根电杆冲上去撞了几次头,撞得头破血流。"

1978 年改革开放后,广州一带经济飞速发展。1985 年的崔进贤,虽然没办法把崔静莲接到广州同现有的家庭一起生活,但为她在澧县创造一个不错的生活环境还是绰绰有余。

这一年崔静莲 16 岁,在澧县城区拥有了自己的房子,不愁衣食,过着舒坦的生活。

"贤弟就拜托我偶尔帮他关照一下呢。这个姑娘怎么讲呢?父母遗传好,真的是聪明伶俐又漂亮,那一双水汪汪的大眼睛哪!"

老曲说,凡事就怕但是,偏偏凡事都有个但是。

"她性格里面极度缺乏一种安全感,很怕人,可以想象那些年,她们母女是怎么过来的。"

1987 年,崔静莲结婚。附近的中学老师高致远疯狂追求她,最终打动了姑娘的心,成为她的新郎。那一年,崔进贤还特地从广东赶来参加婚礼,并且邀请了老曲出席。

然而,再好的婚礼也很难保证一场婚姻的幸福。因为崔静莲迟迟没有怀上孩子,又容易突然地歇斯底里,高致远和他的家人都看她不太顺眼。

1991 年,崔静莲刚生下一名女婴,高致远便和她摊牌,说自己在外面有女人了,要离婚,还说她那样的性格不适合也没能力抚养小孩，让她为了小孩着想，把女儿让给自己去带。

"没过几个月，她就带着崔远来找我了。我还记得她那个时候的样子，愁眉苦脸的，记得好清楚。"老曲感叹，二十二年，弹指一挥间。好像只要一想起她，她就是当时那样的表情。

在场的几人都浸没在老曲几声沉重的叹息里。老伴梁奶奶轻轻拍着他背上靠心窝的位置，仿佛这样能够抚平他过于哀愁的情绪。

"那这么说来，您和崔静莲也算是比较熟识了？"

浩南率先把自己从这些过往的凄苦中抽离出来，专注于当下的工作。

"确实，你们算是找对人了。她向来比较孤僻，平时都待在家里，不怎么出门走动，也不太和人打交道的，像我这样了解她的人真没几个。"

"那您有没有听她提起过一个名叫黎万钟的男人？"罗门问。

"李什么钟？"

"黎明的黎，一万的万，钟表的钟，黎万钟。"

老曲微微仰着头，抿着嘴看天花板，像一台运行缓慢的电脑卡顿了似的，很认真地思考了片刻。

"没有。"他回答得不能再肯定。

"DNA 结果出来了，埋在卤菜店厕所下面的，确实是郭跃。"

在昏暗的招待所，浩南念完这则消息，罗门只是简单地"嗯"了一声。

结果没有太多悬念，但它是一块陈年的痂，会在有些人身上硬生生地撕开。

罗门想到汤霞，又想到那个晨雾中跪地哭喊的老妇人，岁月或许能够暂停痛苦的来临，却无法真正地化解它。

他也试图在脑海中重构那个自己认识的崔远，重构有关他的一切。从童年到成人，已知的或未知的，理想的或冲动的，温和的或罪恶的……然而这些东西始终拼凑不到一起，仿佛买来的模型玩具零件没给对，怎么组合都是错位。

"我们在这里住多久了？"浩南随口一问，说都有点习惯这招待所的硬床硬被子了，窗外的市井风光不错，楼下的米粉也好吃。

"都一个星期多了。"罗门翻出手机看看日期，问他是不是有点舍不得走了。

"舍不得也不至于。"浩南说，有点不甘心倒是真的。

浩南始终相信自己的直觉，他认为既然崔远和黎万钟都在澧县长时间生活过，那么两人在此地存在交集的可能性是极高的。同时，他也认可罗门的判断，如果两人有交集与恩怨，那么大概率是在崔远的养母崔静莲身上。

然而，这一结论得不到任何线索的支持。尤其是拜访了熟悉她的老曲后，他毫不犹豫的否认让崔静莲与黎万钟的距离越来越远。

"算了，别想了。"罗门劝他再多看一遍行李，不要落下什么东西。

浩南说自己从来不落东西，再说来得这么急，本来也没带什么值钱东西，无非一两双臭袜子。

"听着房间里都能闻出味道来了。"

罗门催他快出去，却又想起一件事情。

"对了，林队和你说，他在常德查到的黎万钟和前妻的女儿，叫什么名字来着？"

"黎冰心，怎么了？"浩南顺手带上了招待所房间的门。

罗门回头望了一眼空空的走廊，抓捕崔远那天的画面又真切地出现在眼前。他说没怎么，就是觉得这名字有点耳熟，但实在记不起来在哪里听过。

办完退房，这次出差至此告一段落了。

浩南发动马自达，往返回长沙的方向开。

他问罗门是不是很挂念自己的爱人，早就想回去见她了。

罗门说，唯独这次出差没那个心情。

汽车快要驶入 G5513 高速公路的时候，罗门忽然想起了什么，从包里拿出一张没有封面的 CD，褪去胶皮包装，插进浩南的车载 CD 入口。

"这是什么？"浩南问。

罗门说是从崔远寄回去的那盘磁带里拷出来的歌。

浩南问他什么时候弄的，"澧县还有这样的地方？"

"就昨天晚上。"罗门说，他看见招待所附近有一家卖耳机和音响设备的小店，问能不能弄，对方说能，他便花五十块钱拷了两张，"我昨晚又去见崔远的前妻了。"

"或许我不该来这世界，就和你一样。"

"她怎么样了？"车里的歌声响起，浩南问。

"窗外的白杨树，一棵一棵在走路。"

罗门告诉浩南，她老公也在家。这事一出来，棚场街的卤菜店是没法继续开了，接下来的生活，还没想好该怎么办，两人都挺苦恼。

"我坐在这拥挤的汽车里，不知它会带我去向何方？"

罗门给崔远的前妻带了一张同样的 CD 拷贝，却被她丢进了垃圾桶。她很绝望，说孩子已经睡下了，让罗门不要再来打扰他们一家。

"还记得二十年前的鸡蛋汤，白炽灯下闻到猪油香。"

罗门从垃圾桶里把 CD 捡了起来，又放回她桌上，告诉她不一定要现在给，也不一定非要给孩子。可以先留着，也许哪天孩子长大了，会有需要的时候。

"我曾是悲惨世界里的浑蛋，又成了无药可救的坏蛋，就让一切这样吧……"

"然后呢？"浩南问。罗门说这次她没有丢。

"或许你不该来这世界，也跟我一样。"

浩南坦言，站在局外人的角度，他还挺好奇的，这位妈妈日后会不会把这首由杀人犯前夫创作的歌，交给自己的儿子。

"家边的上学路，还在一步一步走着吗？"

罗门说他也不知道，但是一个父亲为儿子写了歌，那应该是有非常重要的情感要传达，哪怕这位父亲是个穷凶极恶的人。

"你的书包里有什么作业和玩具？它们会带你去向何方？"

"你觉得是一种怎样的情感？"浩南问。

"二十年后人们不爱喝鸡蛋汤，会乘上飞船远航。"

"挺难捕捉的，一些歉意吧，一些自暴自弃，又夹杂着对下一代的期盼？"罗门认为音乐在很多时候是一种捉摸不定的表达，哪怕它的旋律再简单，情绪通常也不是单一的，有复杂和模棱两可的东西在里面。

"这悲惨的世界你来都来了，就要去做个有希望的好人。"

"这让我想起以前听过的一首歌。"罗门说，大约是 2012 年的时候，自己参加过一场挺无聊的乐队选拔赛，有支年轻的乐队唱了一首歌叫《世界观》，也是一种倾诉的感觉，让他耳目一新，"不过那首歌更像是子女对父母心有不甘或者委屈的控诉，带着浓厚的叛逆色彩，和这首正好反过来。"

"跟我不一样，跟他们不一样，我想你会是，最酷的旅人。"

后来老崔加入了他们哭小孩乐队，罗门才知道，原来他就是当时舞台上那支乐队的吉他手。

"跟我不一样，跟谁都不一样，你一定会走到快乐的地方。"

"他们当时还有个女鼓手，跑过来找我搭讪，说喜欢我写的那首《岳麓山》，"罗门笑称自己印象深刻，"我就说你们的歌还可以，就是乐队名字太古怪了。她给我解释，说他们的排练室在太平街的新胜村，每个字取一半就是'亲月木'。还说他们乐队成员的名字也只叫一半，全是什么老崔、小果、小黎……"

CD 里的歌放完了，车外的风噪大了起来，罗门的笑容也在渐渐收紧。

他终于回忆起来了：那女孩笑嘻嘻说话的表情，还有她衣服上别着的比赛承办方制作的蓝绿色统一样式纸质号牌，上面写着她的名字。

"怎么了？歌一放完你就不说话了？"

罗门等不及回应浩南的关切，慌张地掏出手机，拨通了出发来澧县之前，调查喇叭状设备时联系过的亲月木主唱小果的号码。

高速公路上信号不是很好，断断续续，那边没有立刻接电话。

"喂，罗门？"电话通了，却分明不是小果的声音，而是更为粗犷的男声，"你听得出来我是谁吗？"

这个声音确实耳熟，但如此突然的情况下，他的大脑一时短路，只剩错愕。

"这都听不出来咯？"对方说，"我杜然呢。"

"欢聚网络！""坑蒙拐骗！"

"无辜百姓！""倾家荡产！"

"相信政府！""为民做主！"

激愤的人群拉着白布黑字的横幅，围聚在星沙新长海广场写字楼A座大厅门口。在一位女性代表的带领下，他们振臂呼喊着此起彼伏的口号。

写字楼物业的保安和当地派出所的民警一直在交涉，劝他们回去，说一来欢聚网络公司已经人去楼空了，来这里闹没有意义；二来案件已经在调查之中，很快就能给大家一个结果。

"我们要的只是一个结果吗？"那位女代表声嘶力竭，"还有我们的血汗钱哪！两百多个投资人，少则几千，多则十几二十万！其中有多少孩子的学费！老人的养老钱！还有家人的医药费！钱到哪里去了？钱能还给我们吗！"

此话一出，前来讨债的代表们又开始哭诉了，各自讲述着各自的不幸、生活的不易，场面再度失控。

"欢聚网络！"领头的女代表一声呐喊，各说各话的七嘴八舌再次条件反射似的呼喊出整齐的口号，"坑蒙拐骗！"

"无辜百姓！"他们挣脱了抓住他们胳膊的手，在地上坐下来，以防止被人拉走，"倾家荡产！"

"肖姐，那个……今天又过来了？"

杜然气喘吁吁地从远处一路小跑过来，想扶女代表从地上起来。

"杜警官，你得为我们做主啊！"

杜然和张伟让他们先起来再说，天凉了别坐在地上，对身体不好。又劝他们把横幅收好，不要影响写字楼里的其他公司办公，毕竟它们没有错，不该干扰到别人。

"我们坐到大厅的沙发上聊可以吧？"

杜然这么问，物业的保安有些犹豫，但站在远处静观其变的经理点头示意后，也就放了行。

"杜警官，我们的钱还拿得回来吗？"

五个女人挤坐在写字楼大堂豪华的欧式复古沙发上，还有三个男人站着，他们的表情仿佛是在哪里被统一培训过似的，都透出一种绝望的苦涩与衰弱。

欢聚网络打着"众筹"幌子的传销诈骗，受害者远不止这点人，他们只是亏得比较多，也最承担不起的那几个。

杜然告诉他们，经侦那边的同事在努力，钱还是有希望拿回来的。

一个站着的男人问杜然希望到底有多大，指望他能给个说法。

张伟见他还穿着音乐节那天的欢聚网络志愿者 T 恤，告诉他这个不好说，但是有希望总归是好过没希望。

"我们真的太无辜了，怎么晓得会遇到这样的倒霉事！"坐在肖姐旁边的女人咬牙切齿，骂黎万钟应该千刀万剐，下十八层地狱！

"哪里的正经投资会有这么高的回报，还敢许诺没有风险？你们自己也该留个心眼的……"张伟非常注意语气地小声嘀咕了一句。

"我们怎么知道？知道他是骗子我们还会投吗！都是熟人推荐的！难道还怪得到我们头上来吗？"很快，激动的情绪又要被点燃了，"我们作为最无辜的受害人，收益不收益的可以不追究，但要求政府帮我们拿回自己的本金很过分吗?!"

张伟赶紧收声闭嘴，说自己不是那个意思，只是希望今后大家能注意一点，不要再轻信这样天上掉馅饼的骗局了。

"听说钱已经汇到国外去了，这是真的吗?"穿志愿者 T 恤的男人一直忍着想问什么，终于还是问了出来。

"你听谁说的？"杜然显露出一丝惊慌，但立刻平复下来，说没有的事，让他们不要听信谣言。

"那就是别人吓我的咯？"那男人将信将疑。

文运街的小巷子中，房子已经非常破旧，四处都是密密麻麻的杂乱电线，像蛛丝一样缠在那些旧房子之间。

"确定住这里？"

张伟还在为刚才在红绿灯路口开车跟丢了人感到不爽，杜然拿着手机劝他别放心上，说小萌已经帮忙查到了对方的住处。

"这边。"

两人看了一眼锈迹斑斑的绿色铁门，上面用白油漆写了"此处不是厕所，禁止大小便！"的告示，继而钻进狭长幽暗的过道，在扶手都没有的破旧水泥楼梯上拾级而上。

这家门口的春联上，密密麻麻贴满了"备案开锁"的广告贴纸。敲开门之后，对方还穿着刚才那件欢聚网络的宝蓝色志愿者T恤，一脸惊讶。

"你们是上午的……"

杜然说没错，有点事情想找他了解一下，请他开门。

"刘大维是吧？屋里就你一个人？"张伟警惕地向里望了望。这里也住不下两个人，室内空间逼仄而又欠收拾，杂乱不堪。所有东西都显出一种老旧的油腻，也为男人平添不少憔悴，把他衬托成了一个可怜兮兮的老汉。

"就我流光郎一个咯，没儿没女，钱也没得了，还不晓得要如何养老。"讲到这里，老汉一把鼻涕一把泪。

"你上午讲的那个事，说黎万钟的钱早已经汇到国外去了，是听谁说的？"杜然问。

老汉说听别人讲的，他让自己发誓不外传的。

按杜然的想法，黎万钟找鳜鱼哥一伙人洗钱汇去境外的手法比较隐蔽，他们也是最近才在那个叫安春的年轻人帮助下，从悟空和熊熊身上了解出个大概，知道的人寥寥无几。局里刑侦部门的几个同事不可能泄密，经侦的同事也不可能泄密，那么他口中的别人是谁？

"你在这里不配合，那就跟我们回局里讲咯？"

张伟强调了《中华人民共和国警察法》的规定，法律赋予警察执行公务的权利，公民就有义务配合调查。

"是汤四哥告诉我的……"

老汉一听说自己可能犯法，就吓得不轻。天气已经凉下来了，他还穿着那件短袖，哆嗦着细得像两根拖把棍的胳膊。

"汤四哥是哪个？"杜然问。

老汉说汤四哥叫汤显平，也是在欢聚网络里面认识的。他是个小经理，天天跟着黎万钟。

张伟问老汉，这个汤四哥又是从哪里知道钱去了国外的。

老汉说汤四哥自称几个月前就知道了，让他别多问，钱反正是拿不回来了。

汤四哥还向老汉透露，他的老板在黎万钟那里上百万的钱都不打算拿回来了，让老汉想都别想了，钱已经搞到国外去了。

"几个月前就知道了？"张伟很是惊讶。

"等等。你说'他的老板'有钱在黎万钟那里？汤显平在欢聚网络当经理，他的老板不就是黎万钟吗？"相比时间，杜然更在意这一点。

"我问过他的，他说是什么'肉唐僧''肉唐僧'的，反正我也不晓得是哪个。"

"他啊？"张伟咂舌。

"你认识？"杜然看向张伟。

在南郊公园附近停好车，张伟和杜然向一座小庭院走去。

来的路上，张伟一边开车，一边向杜然介绍了他所知道的"肉唐僧"。

"你还记得安春为什么有我的电话吗？"

杜然记得个大概。好像是张伟的一个商人朋友委托安春去调查黎万钟赌博输掉的巨款与洗钱一事的关系，让他有消息了便告知张伟。

"那个米勒米总，和局里的某个领导玩得好呢。具体是谁我就不说了啊，总之有一次叫我去吃饭就认识了。我和他其实不熟，但是他这个人在长沙玩得挺开的，做的产业很广，餐饮娱乐啊、地产啊、教育培训啊，各种人也都有结识。"

杜然让张伟讲重点，问他这个米总是不是就是肉唐僧，汤四哥的老板。

"那倒不是。"

张伟说，早在安春找过来之前，米勒就和他打过招呼，简单提了一下自己为什么会找安春查这件事。后来证明米勒的决定是正确的，小年轻在那种地方摸爬滚打，比警方好办事多了，而且确实是块料，摸到了熊熊和悟空两条鱼。

"怎么说呢，其实像米总这些搞生意的，多多少少都有点迷信。"

按照米总的说法，他找安春不是为了自己，而是想帮一个叫随云大师的朋友。

米总称这个随云大师之前帮自己指点迷津、逆转时运，让他很是感激，所以这次他差不多是还愿报恩来了。

张伟向杜然介绍，这个随云大师在米总那帮老板哥们儿的朋友圈子里小有名气，靠替人答疑解惑和做一些慈善项目出名。因为姓唐，又自称是个还俗和尚，所以一起玩的达官贵人就给他取了个别名，叫"肉唐僧"。

"这不就是搞迷信诈骗吗？"杜然说，这让他想起去年出了名的"气功大师"王林。

"他巧妙就巧妙在这里。"

张伟告诉杜然，自己对肉唐僧了解得不多，但这个人目前的所作所为，很难称得上违反了哪条法律。

据说肉唐僧给人做咨询从来不要报酬，但是给不给你做咨询又要看机缘。所以很多老板想结识他，就只能平日里多给他送好处、拉拢关系，等他什么时候心情好了，给自己做咨询。

"这样无论咨询结果怎么样，过程都和钱财无关，就规避了诈骗的风险，还能把自己包装成一个广结善缘、指点迷津的世外高人。"

此外，肉唐僧不拘小节，不拿架子。平日里留一头凌乱的长发，时而温文儒雅，粗茶淡饭；时而疯疯癫癫，大酒大肉，像个济公似的。

而且他不单只结交富人权贵，还拿自己从那些有钱朋友身上得来的好处做慈善，接济一些乞丐、无家可归者，和走投无路的穷人。在"出世"与"入世"之间拿捏得很到位，给自己塑造了个性鲜明的形象，在长沙本地不同阶层的人中间，都有不少拥趸。

"我有点糊涂了，这家伙到底是个好人还是坏人？"

"哪有什么绝对的好人坏人，每个人都是有好有坏，时好时坏的。"张伟看了杜然一眼，说干这行这么久了怎么还是这种二元对立的世界观。

"人当然很复杂，可是就一件事来说，好和坏还是分得清的。我的意思是，我有点好奇，在这个案子里，他扮演的到底是个什么角色？"

踩在院中遍地稀软的竹叶上，杜然说，今天就来会会这个随云大师肉唐僧。

"两位仁兄的来意我知悉了。"

穿着一身白布褂的中年男人捋了捋自己的垂发，请张伟和杜然进屋坐。

"小刘，看茶！"

这间小院里的茶社倒是陈设得不错，红木家具，瓶瓶罐罐中种着绿植，墙上挂着字画作品。

"你和小米是朋友？"在上茶的间隙，肉唐僧淡淡地对张伟说了一句，你们局里也有领导是我朋友。

"您朋友挺多的，我知道。"张伟笑称。

"小米的帮忙，我还没听他自己提起。心是好的，但坦白讲，多事了。"

肉唐僧一脸松散和豁达，说希望没有给两位仁兄的工作添麻烦。

杜然说没有添乱，反倒帮了一点忙。

"那就好，那就好。"肉唐僧一边颔首，一边用折扇敲打着自己的手掌。

"我和黎万钟的事特别简单，几句话就可以讲完。"

肉唐僧称，去年夏天他经人介绍接触到了黎万钟。黎万钟自称在做一些新技术的众筹项目，只需要一笔投入就能获得高额收益，而且风险很小，想邀他一起做。

"他确实讲得天花乱坠，而我觉得这件事是为善，相信它可以帮助到那些急需用钱的苦命人。我特地从自己的朋友中，找了一些经济困难、急需用钱的，介绍给他的项目，参与其中。后来慢慢才听说，他公司账上已经没有钱了。"

"您这么大智慧，怎么也被骗？"杜然往椅背上一仰，跷起二郎腿。

"首先，唐某没有什么大智慧，俗人一个，全靠朋友吹嘘赏脸。再者，人生在世，难免有劫，唐某多嘴多舌，讲了太多天理要义，本属不该，此劫对我已是仁慈和成全。"

"你给黎万钟带去那些人、那些钱，他没给你什么回扣、好处之类的？你自己不赚一分钱？"杜然似乎不太信他这一套。

"仁兄笑话唐某了。"肉唐僧面容依旧松弛，微微一笑以解嘲，说自己要是这样的人，哪里还会有如今这些朋友。

"那汤四哥是怎么回事？"张伟和气地问。

肉唐僧说，此事也简单。

"春分时节，有善意的朋友告知我，那黎万钟是个骗子，公司的钱都已经弄到国外去了，我便约他来此地聊聊，要个说法。

"他承认是通过一些手段把钱弄到了国外，但为的是进行资本运作，帮助参与者们获得更大的回报。问他是怎样的手段，他说涉及商业机密不便透露，但是肯定合规合法，绝对不是想卷款跑路。

"他让唐某姑且信他，告诉我如果不放心，可以派个人跟着他，在他公司任职，进行监督。我的朋友小汤正好赋闲在家，我就介绍了他过去。"

"也就是说，你几个月以前就知道钱出去了，所以和黎万钟商量着，安排一个人跟着黎万钟，这个人就是汤四哥。"杜然总结了一下他的意思。

"正是。"肉唐僧甩开折扇扇了扇，说只可惜没能及时替黎万钟点通迷障，有些钱是赚不得的，这种因果大劫种下了是要人命的，鸣呼哀哉！

张伟问他认不认识一个叫崔远的人，肉唐僧缓缓摇头。

"像你这样的'朋友'，黎万钟应该还有吧？"杜然端起桌上的盖碗茶喝了一口，"我是说，给他提供了资金或者下线投资人的主。如果我没猜错的话，那个告知你黎万钟是骗子的朋友，情况应该也和你差不多？"

"是也。"肉唐僧倒很坦白。

"不过请两位当差仁兄放心，我唐某是有担当的人。即便是那黎万钟种下的因果，倘若为我的劫，我不会躲。"他举着扇子大手一挥，"倘若这笔钱真追不回来了，大不了卖了这寒舍，唐某也不会让那些穷困潦倒的朋友，在这件事上承担那么重的损失。"

"我现在不关心那些。"杜然伸手示意他打住，说自己的意思是，安排了人在黎万钟身边搞监督的应该不止他一个，肯定还有其他的老板。

"据我所知，"肉唐僧饶有兴致地揣摩着杜然的表情，仿佛很好奇他到底在思考着什么，"是也。"

"你说那个米勒米总，应该自己也有钱被黎万钟搞了吧？"

从随云大师的小院走出来，杜然伸完懒腰，拆开一片槟榔送入嘴中。

"肯定的。"张伟也这么想。

在他看来，这种在钱堆里打滚的人，愿意花钱花力气来找安春帮忙做事，既不可能是仗义为朋友，也不可能是慈悲为穷人——永远只可能是为了他自己。

"安春那细伢子这都信……聪明是聪明，嫩也是真的嫩。"张伟一边去拉车门，一边摇头发笑。他无疑是在嘲笑一个青年的天真，但笑着笑着，屁股坐定了，笑意又变得有点尴尬和勉强。

"不过谁不是这样过来的呢？简直就像曾经的我……"

"说那小子和罗门有点像我还相信。你？还是算了吧，我们两个第一天认识咯？"

杜然问他晓不晓得，南门口摊子上有些爹爹卖糖油粑粑，有时候一整天都卖不出去，就反复在那糖油里熬，熬热了又捞起来，捞起来放凉了又弄进去熬。

"晓得呀，怎么了？"

"就那些糖油粑粑，都还没你油呢！"杜然讽刺他。

"那还不是生活在将我们反复煎熬？"

张伟说反正他是能从安春和罗门身上，看到自己年轻时候的影子，可惜岁月不饶人。

杜然没空理他的伤感，一边系好安全带，一边冷不丁说了句："和这个肉唐僧聊过以后，我倒是有点开悟了。"

张伟以为他还是在开玩笑，笑问他悟到了什么。

杜然说，这个案子的大概轮廓，很可能快要出来了。

"啊？"

杜然这话来得突然。张伟自己皱着眉头想了想，似乎没有注意到刚才的交谈内容中有什么特别有价值的线索，让杜然展开讲讲。

"先不讲。"

杜然拒绝了他，说有些关键的地方还没有打通，得再看看。

"况且林队还没开口呢，我哪敢捷足先登？总之等把今天新的情况汇报了，看他怎么说。"

"你这个人……怎么还在意起这些来了？"

杜然让张伟放心，说连他都能想到的，林队肯定也能想到，不急这一会儿。

张伟一直搞不清楚，杜然心里对林队到底是个什么看法。私下里有时好像经常对他不满，说些酸话，但有时候又好像对他的能力特别有信心。

"我现在打个电话给小胖，问下林队吩咐的那个女孩找得怎么样了。"杜然举起手机，让张伟把车上播放的流行歌曲声音调小一点。

"有线索了？"

小胖那边依稀在说，正准备打电话给他们。

"好，我知道了。"

杜然轻轻推了推张伟的胳膊，朝挡风玻璃的左边指了指，示意张伟变道左转，上书院路。

杜然告诉张伟去太平街那边，说小胖现在正和安春在一起。

大约二十分钟的车程，两人从五一大道一侧的停车场出来，走进太平街口，转入新胜村的小巷。

杜然对这些年轻人开的小店子感到挺新鲜的，说自己从没来过这个地方。

"怎么还有专门卖方便面的咯？蛮好玩咧！"张伟也觉得这些店铺有意思，就是看上去生意不太好。

一家招牌惊悚的文身店门口，坐在板凳上玩手机的可爱女孩子瞟了他们一眼，忽然露出迟疑的表情。

"怎么？不认识了？"杜然发现她在盯着自己看，冲她笑了笑。

女孩抿着嘴努力回忆，说有点面熟。

张伟看看女孩，又看看杜然，问他是不是遇到熟人了。

"星城音乐节还记得不？"

"哦哦哦！"女孩摇着手指，像是终于想起来了——音乐节那天晚上找她谈话，提醒她注意安全的两个便衣警察。

张伟一拍脑门，也想起来了。那个在音乐节摊位上给观众们画颜料彩绘的女孩，说过自己在太平街开文身店来着。

"还是你记性好呀。"女孩称赞杜然。

"生意怎么样？"

"还行吧，马马虎虎。"

女孩问他们来这边是不是又在办什么案子，另外听说上次音乐节那个事，新闻里讲罪犯已经抓到了，问他们是不是真的。

"你知道一家名叫'野蕨'的店在哪里吗？"杜然问。

女孩指着小巷尽头画满了五彩斑斓涂鸦的围墙，让他们绕过去，告知他们野蕨在另一条平行的巷子里面。

"又见面了。"

杜然环顾四周生机盎然的绿植，同安春打招呼。

"介绍一下，这位是胡果，"安春身边坐着一男一女两个年轻人，"这位是这家店的老板，钟雨和。"

店内空间较为逼仄，又没那么多座椅，三人起身要给他俩让座，张伟连忙说不用。

小胖坐在与他身材极不协调的小板凳上，倒是没有起身的意思。

"杜哥，伟哥，是这样……"

他向两位同事介绍了自己过来这里的缘由。

接到了林队的新线索之后，小胖最先的思路是从黎万钟的家人入手，了解黎万钟和前妻的女儿黎冰心的情况，但家人表现出比较明显的冷漠和抗拒，似乎不愿提起，说黎冰心早就离家出走了，不清楚她的动向。

他转而去看守所询问了悟空和熊熊，两人也对这个女孩没印象，于是他想到了打电话给之前帮过忙的安春。他还是觉得，既然黎万钟与鳜鱼哥的团伙有关系，那么这个消失的女孩如果也和他们有牵扯，没准会在那些赌钱的场子里留下痕迹。

安春接过话茬，说自己起先对这个名字完全没印象，所以问胖哥有没有黎冰心的照片可以看看。小胖告诉了安春一个微博 ID，说是技术部门查到的黎冰心的网络账号，上面有张她的自拍。

"不过我看了下，二十几条微博，只有这一张照片有人脸，还是 2012 年拍的。这个微博已经有两年多没更新了。"

安春搬过去笔记本电脑给两人看那张照片。说是自拍，其实镜头也比较远，是一个在室内打鼓的女孩子，只能勉强辨认出五官轮廓，放大后已经看不出细节。他把照片发给了两位在场子里走动多、消息灵通的朋友，都没有人认识这个女孩。

"重点来了。"

安春说自己本来已经打算给胖哥回复说不认识，顺手又用软件查看了一下照片的 EXIF [1] 信息，发现原图保留了 GPS 数据。

紧接着，他尝试着把照片 GPS 定位的经纬度信息输入地图坐标查询网站，发现这个位置对应的，竟然正好是太平街新胜村附近的区域。

这引起了安春的好奇，他又从女孩的微博上找出来几张场景类似的照片。

这些照片虽然大都摄于室内，没有什么明显的位置特征，但 EXIF 信息中，都还保留着 GPS 数据。通过位置查询，大致都对应着新胜村巷口、临近太平街主街的那栋小木楼。

"如今已经改造成一家'熊猫酒吧'了。"安春说，去年这个时候，它还是一家名叫"独角鲸"的唱片行。结合照片背景中的那些唱片封面判断，黎冰心微博上的照片，很多都是 2012 年以前，在这家唱片行里拍摄的。

"鹌鹑知道我对这家唱片行熟悉，过来我店里找我打听……"

1　EXIF：可交换图像文件，可以记录数码照片的属性信息和拍摄数据。

野蕨的店主钟雨和接过安春的话，表情带着恍惚和不安。

"我们以前是一起玩乐队的，我、小和、小黎，还有老崔，"胡果替她说了出来，"以前我在那家唱片行打工，我们就在二楼搞排练。"

"小果是你？小和是你？"杜然分别指着胡果与钟雨和问，"小黎是黎冰心？老崔是崔远？"

小和说，他们都听说老崔犯了事……但没有想到，死的那个人是小黎的爸爸。

杜然心底一声闷响，仿佛卡住的齿轮颤动，重新咬合之后开始慢慢转动。

"你们以前玩乐队？现在呢？现在还常见面吗？"他急着问。

"不常见。"钟雨和说，她同小果都好久没见了，最近一次见面是去年，还是因为自己失恋后意志消沉喝醉了酒，胡乱打了小果的电话，小果去解放西路帮忙照顾她。

张伟问，那小黎现在人到底在哪里。

胡果说她 2012 年就出国了，大家后来也渐渐都和她失去了联系。

"去了哪个国家？"

"美国吧。"钟雨和说。

张伟和杜然你看看我，我看看你，忽然，有人身上响起来一阵阵急促的振铃。

胡果慌慌张张从牛仔裤的屁股兜里掏出手机，看着来电显示一皱眉头："罗门？"

杜然抬起手掌朝他招了招，示意他把手机交过来。

"喂，罗门？你听得出来我是谁吗？"他对着电话讲，"这都听不出来咯？我杜然呢。"

4

"嗨！你们好吗？"

小果深吸一口气，抱着贝斯大步踏向前。舞台之下，早已聚集了一些听众，以稀稀拉拉的尖叫回应他的问候。

"我们是长沙的亲月木乐队，这是我们第一次登上这个舞台。为了站在这里，我们已经准备了太久，也等待了太久，但总算是等到了。"他高高举起拨片，起了个调，后面小昭轻轻的鼓声也顺着贝斯线开始铺垫，"所以，我们的第一首歌，想告诉你不要轻言放弃，因为——《你等的雨一定会来》。"

"十月二十七，她离去后没有消息。"小果唱着，"我怎么再也找不到，那列从苍翠夏日，开出的火车……哦！你要去哪里？"

这首新歌比小果预想中要受欢迎。尽管是白天，气氛没有那么热烈，舞台下还是有些人在随着他的歌声，像飘摇的水草一样摇头晃脑。这一刻他等了太久，以至于表演后面几首歌时，看到人群不停欢呼，感受着被认可，都唱得有点想哭，还好忍住了。

"时间过得太快了，有点舍不得啊。接下来是我们最后一首歌——《世界观》。"

秋老虎的天气，他唱得也卖力，早已大汗淋漓、浑身湿透。

"这是我们乐队比较早期的一首歌,也是我自己最喜欢的一首歌。"他单手扶着麦克风支架,一边喘气一边说,"今天! 好不容易登上这个舞台,但是当年陪我唱这首歌的乐队成员,都已经离我而去。所以,这首歌送给我曾经的朋友,也送给你们。"

"希望大家能记住我们,我们是亲月木乐队,一支人口流动性很强的乐队。"两边的大屏幕上,放大显示出小果自嘲般的笑脸,"但只要理想尚存,就没有人可以打败我们!"

"不要再念那些晦涩的诗,不要再写那些扭曲的字了!"吉他声起,小果奋力唱,"在缤纷的霓虹世界中,你的灰色多幼稚……"

"Excuse me,您应该就是胡果吧?"

演出结束后,换衣服的时候,一位穿着西装、像蚊子搓脚那样弯腰搓着手的笑面男人出现在小果面前。

"我是崔老板的朋友,他说……有个东西在你这里? 让我来找你拿。"

小果想起有这回事,从演出器材中找出来那个广播喇叭状的东西递给他。

"这东西怎么玩?"小果说自己之前试了试,没有电也没有声音,问面前的男人它是不是能做出那种失真音效。

男人手上缠着红色的舞台工作证,接过小果的大喇叭,顺势说没错没错,演出用的。

但他看上去一点也不懂乐器,更不像个会上台演出的乐手。他只是匆匆说谢谢,又匆匆离开。甚至因为走得太急,脚在后台休息室门口绊了别人的箱子，一个踉跄差点摔倒，也没顾得上回头就往外去了。

小果和小昭都笑了，觉得挺逗，搭配如此正式的穿着，他仿佛在模仿卓别林式的喜剧退场。

"所以你确定是这个人对吧？"杜然再次把黎万钟的照片递给小果确认。

小果点头之后，杜然沉了一口气，看向刚从澧县赶回长沙就直奔太平街的罗门。

"这我可就要批评你了啊，这么重要的线……"他数落罗门明明和胡果认识，一个圈子的近水楼台，怎么还让小胖通过安春先得了月。

"算了咯。"

罗门没有吱声，浩南替他打圆场，说这个案子对罗门来说是特殊情况。再说他一开始也没有胡果的联系方式，那天是找他乐队的成员问的。

"我们那天确实刚好摸到了小胡这里，准备有空就来找他确认的，不是刚好被林队叫去澧县出差不？"

小果听他们讲这些，轻轻扯了扯罗门的衣袖，说有个问题不知道可不可以问。

罗门说可以，小果便问他，现在老崔没了，他们的哭小孩乐队还会不会继续玩。

罗门一愣，没想到他要问的是这个，只说现在不是聊这种问题的时候。

"要是没了就可惜了，我还挺喜欢你们乐队的。"小果嘀咕了一句。

是啊，在这种时刻，对他而言，对绝大多数人而言，命案和乐队，孰轻孰重一目了然。

但小果这句不合时宜的提问，却让罗门心底得到了点滴的宽慰。

罗门想说声谢谢，然而到了嘴边，没能说出口。

"不过这么看来，事情确实在往我猜测的那个方向走。"杜然告诉同事们，音乐节案子的轮廓，已经越来越清晰了。

"展开讲讲？"浩南点燃手中的烟，深吸一口又吐出来。

"我本来想等林队回来了再讲的。"杜然瞟了张伟一眼，说目前很多地方都缺证据，也没有十足的把握。

"没事咯，先讨论讨论。"张伟也让他现在就讲。

"崔远这个人我们是早就抓到了。这个案子目前最不明朗的地方，也是大家最关心的地方，其实就是凶手崔远和死者黎万钟两个人的关系。你们同意不？"

在场的几人想了想，都基本表示同意。

"这起案子，凶手和死者到底什么关系？为什么要杀他？之后为什么又一声不吭？这背后藏了些什么？"杜然简明扼要地抛出自己的结论——黎万钟实际上就是崔远的帮凶。

"什么意思？"浩南转动着手中的打火机，"黎万钟帮崔远杀死自己？"

"可以这么理解，而且是非常烦琐的计划。"

杜然问他们，还记不记得那天的勘查现场。张伟当时灵机一动，通过房间格局与环境、一刀割喉和尸体朝向之间的关系，得出了凶手与死者必然认识的结论。

"现在想来，他们或许不只认识，而且是在共同实施一个'计划'，所以黎万钟当时很可能都没有反抗，现场才会那么安静和干净。"

"什么样的计划，会让人心甘情愿被杀害咯？"

张伟觉得这太疯狂了，简直超越了动物的本能，更何况黎万钟一看就是个怕死怕得不得了的人。

杜然回答他，那当然是一个"他觉得自己不会死"的计划。

"你说一个人要被割喉都不反抗？又觉得自己不会死？"

张伟一头雾水，说自己想不明白。安春也找浩南讨了支烟点上，两人都只思考不说话。

"阿杜的意思我大概猜到了，你是想说……"罗门把手插进口袋，用两个字点破，"劫持？"

"哦？"

浩南一皱眉，也慢慢明白过来，说好像有那么一点道理。

如果他们事先出于某种目的制订了一个"把刀架在黎万钟脖子上"的计划，那一切就说得通了——案发现场的安静和干净，两人之前的种种联系，还有他们一起通过胡果，把那个喇叭形状的电子设备弄进安保森严的音乐节。

"我没懂。黎万钟为什么要计划自己被崔远劫持呢？"张伟心中仍然迷雾重重，"而且既然他们的计划是劫持，崔远怎么又把黎万钟给杀了？"

"太复杂了，"局外人安春弹了弹烟灰，呢喃说道，"这么一来，'他们'的计划只是个宿主，上面寄生着'他'的计划。"

　　黎万钟手里拿着广播喇叭，站在橘子洲尾，宽阔的沙滩公园中央。

　　他环视了一圈，目之所及各种面孔的年轻人，身上大都洋溢着新世纪的欢笑与活力。在自己年轻时的那个年代，这样的场面是绝对无法想象的。

　　他心底不禁又浮现出那个最近时常思考的问题——如果自己的青春时代也能如现在这样，拥有更多更好的物质与精神资源，那么当初是否还会处心积虑想着要逃离这里，憧憬着去往国外？

　　谁知道呢？也许再过几年，这里的经济会比外面更繁荣，这里的生活也会比外面更为丰富，尽管仍然可能碰到一些难以忍受的问题，但当年那种迫切的必要性，实际上已经所剩无几了。

　　况且年纪也大了，真到了将要出去的时候，黎万钟又难免担心，会不会像有些移民说的那样，人越老越想着落叶归根？

　　但是这些问题此刻都不再重要了。

　　当年决定走上这一步没想过后悔，事到如今也已无法再回头。

　　这几十年来，为了那个"出去"的夙愿，在各种起起落落的生意中，伤天害理的事情做得多，然而黎万钟并不认为自己是个没有道德感的人。

在漫长的岁月之中，他形成了一套说服和宽慰自己的理论——那些被自己利用或欺骗的大多数人，本身都是愚笨的。这样的人穷尽一生也只能活在苟且里边。他们在这个世界上，不被这个伤害，就要被那个伤害，永远成不了大器。

黎万钟早年做过假洋酒和假珠宝生意，后来做日用品"直销"代理，现在又结合"互联网思维"的噱头创办欢聚网络，在他眼里，自己结识的大部分黑心老板都与他有着明显区别——除了一点点胆气与狡黠之外，他们身上再也没有任何值得珍惜的品质了。他们赚走了那些苟且之人的钱，却继续沉醉在苟且肤浅的享乐中，过着庸俗不堪、无意义的人生。

所以，与其让"那些人"被"这些人"骗，还不如让自己来"汇集"他们的财富。因为一旦自己的夙愿实现，在国外过上了自由美好的理想生活，那些人原本碌碌无为的存在，便会因为成就了自己有意义的人生，而有了星火萤光般的价值与意义。

"黎总好！"一个穿着宝蓝色志愿者T恤的中年妇女认出了黎万钟，热情洋溢地与他打招呼。

"仇姐好，你辛苦了。去休息休息喝口水咯，你看你嘴皮子都干裂了。"

黎万钟一直打心眼里感激所有这些对自己投以信任的愚者，甚至努力去记下大部分人的名字，回报给他们格外的关照与体贴。在这些人眼中，黎万钟看到的自己是一位比大多数老板品德都要高尚的好老板，他也选择在心底去承认这个形象。

"不要紧！我也是公司的一分子，这些都是我应该做的！"仇姐以嘹亮的嗓门回复之后，眼里都是纯真的闪光，笑得大大咧咧。

黎万钟低了低头，第一次有了些许的心虚与惭愧。不知是不是今天真到了要走的关键时刻，有种离愁别绪开始作怪。

"公司以你为荣。"他让仇姐继续加油，说自己再随便逛逛，感受感受音乐节年轻人的 young and beautiful。

"所以，当天下午，黎万钟亲自用那个喇叭状的 EMP 装置，干扰了音乐节现场茶社附近的部分监控，并在包场时要求茶社老板关闭监控，就是为了和崔远搞名堂咯？"

浩南掐灭了烟，说杜然的想法确实解释得通，但问题的关键是，黎万钟当时的打算到底是什么？

"林队在常德精神康复中心调查黎冰心的时候，碰到一个黎万钟以前的熟人，说黎万钟这个人的想法有点古怪，一直计划着在国内赚到一笔大钱后就出国生活。他有告诉你们吗？"杜然问。

浩南说稍微提过，问杜然是不是怀疑音乐节那天，黎万钟本来的计划是出国跑路。

"你们之前是不是就在跟这方面的线索？"罗门很敏锐。

杜然让张伟简单讲讲熊熊那伙人的事。

"在安春的帮助下，我们确实查到了一个赌场团伙和崔远、黎万钟有关系。"

张伟进一步介绍，目前抓到了两个人，一个叫悟空，一个叫熊熊。他们承认用出千制造赌债，然后让黎万钟输钱给欠债人再立即讨债，通过这样的复杂办法帮黎万钟转钱。但是他们上头还有个重要人物鳜鱼哥，负责和国外资金对接。

杜然说，他们在机场找到了鳜鱼哥的车。那辆车在案发前一周的 8 月 17 日就停在了机场的过夜停车场，一直找不到人。鳜鱼哥买了去泰国的机票，但是查航班没有登机。根据目前掌握的线索，黎万钟公司的所有财产，基本都可以确定是通过鳜鱼哥的某种渠道转移到了境外。

那么，如果黎万钟真的早盘算着出国，钱都走了，下一步就该轮到人了。

"这次黎万钟突然提出赞助星城音乐节做活动，应该是早就看准了这个时机。"

杜然甚至怀疑，这个跑路计划极有可能是崔远向黎万钟提出的。显然，崔远比黎万钟更了解音乐节。

"为什么要搞这么复杂啊？现在一般人出国不是很方便吗？"小和在旁边静静听他们讨论了很久，忍不住提出自己的看法，说办好签证买张机票就可以走了。

"没错。"杜然坦言，自己的假设是在几个小时之前才想到的，在此之前他的想法同小和一致。

"你听说过随云大师吗？"他踢了踢安春的鞋子，"米勒找你，其实是为了帮他找钱吧？"

安春摸了摸鼻子，承认确实如此，不过又说自己不是为了帮他才去调查的。

"别紧张呢，我知道。"杜然笑了笑。

"下午那个随云大师肉唐僧？"张伟仿佛也忽然想通了什么，向面带疑惑的另外两位同事介绍，说这人是个还俗和尚，装神弄鬼搞迷信的，也算是欢聚网络这家众筹集资公司的大股东，自己投了钱，还拉了很多下线散客往黎万钟的项目里投钱。

"这种知情的大股东不止他一个，起码三四个。"

杜然补充，他们今天通过一个欢聚网络的老汉了解到，一些大股东至少在个把月之前，就察觉黎万钟通过某种方式把账上的钱弄走了。黎万钟骗他们说是搞境外投资，资金在外面保证安全，收益高，让大股东们不放心就安插人手在自己身边跟着。

"我还是想不明白啊，这关音乐节什么事咯？"

浩南挠头说他大概懂杜然的意思了："你是觉得黎万钟要避开那些股东的盯梢，悄悄地溜走？那也很好找时机啊，人家也不可能一天二十四小时守着他吧？一个人想跑还不容易？为什么一定要弄这么乱七八糟的计划，又是干扰监控又是搞什么劫持的？"

杜然扑哧一笑，浩南问他有什么好笑的。

"你的急脾气又来了，不过可以理解咯。"杜然拍拍浩南的肩膀，说他没结婚，想不到这一层很正常。

"这和结婚不结婚有什么关系！"浩南更急了。

"一个人跑确实不用这么麻烦，但他应该不太可能是一个人跑。"罗门最先听懂了杜然的意思，"他还有家庭。"

"到底什么意思啊？"小果问安春，自己怎么越听越糊涂。

"你设身处地想一想就知道了，"安春教给他自己的思考方法，"你把自己想象成黎万钟。考虑一下，在这种情况下，你一个人卷了钱逃去国外了，在国内的家人会怎样？"

"家人肯定会被那些人找麻烦，还得帮他承担责任。"小果急忙说，但是可以带家人一起走啊。

安春告诉他不现实。

"他上有老、下有小，能一下子把一家人全打包带走吗？被盯上了，人越多，要做的准备越多、动静越大、风险越大。再说，万一家人不能适应国外生活怎么办？"

"如果黎万钟真的顾及家人，根本就不可能跑路吧？"小和觉得按照他们所讲，只要黎万钟不见了，家人无论如何都会陷入危险和麻烦的境地。

"也不是这样，总有一些别的情况。"

安春告诉她比如就像现在这样，让黎万钟死。

"啊？"小果夸张地张大了嘴，发出难以理解的惊叹。

"你看黎万钟死了，他的家人确实就很安全啊，不管那笔钱现在在哪里。"

安春进一步解释，黎万钟只要遭遇不测——不管是掩饰也好，真实情况也罢，家人只要表示对他的生意和纠纷从来不过问不知情，谁也拿他们没办法。那几个大股东如果有能力，可能会在私下查是谁干的，钱去了哪里，甚至相互猜疑，但是于情于理，麻烦很难找到黎万钟家人头上去。

"况且警方在调查他案子的同时，其实也在变相保护他的家人，谁敢在这种时候找上门来？"

在野蕨狭小拥挤的店面内，再次出现了短暂的鸦雀无声。

"安春的眼光看得很远，说得很好，所以我目前的推测就是这样，尽管可以支撑的证据不多。"杜然干咳了一声，抚掌做总结。

"黎万钟和崔远应该是有个计划，通过人群嘈杂又安保严密的音乐节来打掩护，避人耳目消踪匿迹，继而跑路出境。这个计划很有可能是让黎万钟假装遭到了劫持。

"但同时，他们需要留下有说服力的证据，来表明他的消失是被迫的、不可抗的，而不是自愿的，比如现场遭劫持的照片、视频等影像资料。

"接下来就是给我们挖的坑，事先破坏音乐节现场茶社附近的所有监控，清理所有痕迹，让这起'劫持案'无从查起，我们自然也就找不到劫匪和黎万钟的去向。

"哪怕活不见人、死不见尸，时间一长，这起案件会成为悬案，但在所有人眼中，黎万钟遭劫持而失踪的下场只有一个——死了。"

罗门说如果真是这样，这个计划倒是很有崔远的风格。他简单讲述了这趟澧县之行郭跃案的几个要点。两者相似之处是在时间上考虑得很长远。

"如果那天音乐节，老崔原本是打算帮助小黎的爸爸伪造遭劫死亡的假象，协助他跑路并躲避追责，那为什么突然又真的把他给杀死了？"

小果大致听懂了杜然的推测，但仍然不理解，事情为何会变成后来那样。

"不，这恐怕不是突然。"浩南已经慢慢冷静下来，他指着安春说，"你刚才说崔远的计划'寄生'在他们的计划之上，这个比喻在我看来也不够准确。"

浩南的判断是，崔远或许从很早就开始谋划着这一切，帮助黎万钟假死跑路的计划，反而只是他更大计划下的一环。崔远根本就没打算真帮黎万钟的忙，它像一处放好了诱饵的陷阱，慢慢将黎万钟引向死亡。

"老崔杀死了黎万钟，他又恰好和黎万钟的女儿同时在你们乐队待过，天底下不会有这种巧合。"罗门也认可浩南的观点。

罗门告诉小果，现在看来，当年老崔进他的乐队，真正的目标可能就是黎冰心。

而如果老崔接近黎冰心是为了进一步接近黎万钟，那么他的计划，很可能在那时候就已经在筹划了。

杜然觉得浩南与罗门的判断有一定道理，但他同时也有困惑——崔远来小果的乐队是 2012 年，距今已有两年多时间。他如此处心积虑大费周章地针对黎万钟，究竟是为了什么？他的钱，还是他的命？

"林队好像得到消息，黎万钟二十多年前曾在澧县生活。崔远也是澧县人，你们去澧县的时候，没有顺这条线找一找？"张伟突然想到这一点。

"各种能找的方向都找过了，没发现两人有什么关联。"浩南摊手。

小和也记得小黎以前提起过，她祖屋是常德澧县的，但是从来没有回去过。

"对对对！"小果也想起来，"有一次我们还开老崔和小黎的玩笑，说有没有可能小黎的妈妈就是老崔的养母来着。"

"老崔也给你们说过他被收养的事？"罗门很是不解，"你们为什么会聊到老崔的养母和小黎妈妈的关系？"

"说过的，我们以前也是什么都聊。"小果告诉罗门，当时他们参加完比赛没得奖，不记得怎么聊到了知识分子的虚伪，然后聊到老崔养母的前夫和小黎的爸爸都当过老师，就开了那个玩笑。

但大家都知道那不可能是真的，尽管小黎的生母在她很小的时候去世了，毕竟一起生活过，模糊的印象和记忆还是有的，而且她也存留着不少照片。

"小黎她们母女之前一直在长沙生活咯。"小果直摆手，说老崔的养母一直在澧县生活，所以根本不可能是同一个人。

"你们刚才的想法，我也有点持保留意见。"

小和说，她记得小黎和她爸爸的关系当时并不好，甚至可以说比较糟糕，老崔其实很难通过小黎去接触她父亲。在一起相处的那么长时间里，更没发现老崔和小黎的爸爸有什么接触的迹象。

在她看来，老崔当年进乐队的理由不会像罗门想的那样别有用心，他是真的想一起玩乐队的。至少老崔对于音乐的投入、对于这几个乐队朋友的情感，她和小果有目共睹——都很真诚，没有表现出来任何杂念。

"尤其是小黎，他每次看小黎的眼神，都跟欣赏油画似的。"小果补充说，确实不像是想利用她的样子。

"他俩关系是真好，小黎那天送他一个随身听，他高兴坏了。这种情感肯定是真的，但凡有一点虚情假意的东西，我搞摇滚的，那火眼金睛，肯定一眼就看出来了。"

罗门欲言又止，他眼中的乐队成员老崔，又何尝不是这般的真诚与投入呢？

最终他只是掏出手机，翻出老崔寄回澧县那台随身听的照片给小果浏览。

"就是这个，你看！他还留着！"

小果招呼小和一起凑上来确认，照片上正是那天比赛落选后，在大学城的跳蚤市场，小黎送给老崔的那台老旧索尼随身听。

"我有个想法。刚才听你们说崔远和小黎关系很好，而小黎和她爸爸黎万钟关系又很糟。"安春刚才抽完了烟，一直在摸着鼻子思考，说自己不知道他们说的"好"与"糟"分别到了哪种程度，"但有没有可能，崔远做这些是为了小黎？"

张伟举手示意，说自己刚才也想到了这种可能。

"这……"小果同小和面面相觑，两人有点为难。

"坦白讲，至少在我们相处的那段时间之内，应该都到不了这种程度。"

小和告诉他们，老崔对小黎再好，也不是那种失去理智的狂热迷恋，甚至都算不上男女之间的那种喜欢。没有占有欲，更像是对朋友的关爱和对她才华的欣赏。而小黎和父亲的关系再糟，应该也糟不到想要弑父的程度，他们父女之间更多的是冷淡与无话可谈。

小和说，小黎是不认可父亲做的那些事，主动与他疏远的。她父亲相对来说则是一种消极被动的反应。

"小黎去美国念书的钱还是她爸给出的呢。"小果说，出国学音乐挺烧钱的。她爸愿意支持这种一般家长看来不务正业或者虚无缥缈的理想，已经很难得了。

以他们两人的了解，小黎似乎犯不着对父亲存有置于死地的恨意。

"她出国到现在，中间有回来过吗？你们知不知道？"浩南似乎在想另一件事。

小和有些惭愧，说后来自己退出了乐队，一直在忙店子的事，联系就少了。小果表示她出去以后沟通不便，可能也忙，就淡了联系，至于是否回来过也不知情。

"我还有一个问题，"杜然突然插了一句，却是先问向小胖，"黎万钟是结过三次婚吧？"

"没错，都是在长沙。"

小胖大致记得自己查到的资料，第一次姓金，应该就是黎冰心的妈妈，得子宫癌死了；第二次姓什么不记得了，反正没两年就离了；第三次就是现在这个，姓彭，两人有个小儿子，是日子过得最长久的一个。

"那黎冰心去美国之前，和黎万钟现在的家人关系怎样你们知道吗？"杜然问小和与小果。

"马马虎虎。"小果说，很少听小黎提起。

"黎万钟送她去美国读书的事情呢？你觉得他们知情还是不知情？"杜然继续问。

"不清楚……"

小和说，自己当年倒是好奇过类似的问题，问过小黎，"你爸愿意给你花这个钱，你后妈会不会恨死你了？"但小黎只是翻了个白眼，吐出一句模棱两可的"我还管她？"

这段记忆实际上也无法回答杜然的提问。

漫长的讨论再次陷入僵局。

天色已近傍晚，慵懒无力的夕阳余晖洒在野蕨店外新胜村巷的石板路上，渲染出一种旧时光质感的黄昏愁绪。

屋里人多，待久太闷，罗门打算出去透口气，走到门口，忽然又转过身来。

他大声问小果与小和："你们听过高致远这个人吗？"

小果感叹一年又一年，就属 2011 年的平安夜最为寂寞。

小和笑着问他是因为那个分手不久的女朋友，还是因为乐队找不到合适的吉他手。

在太平街，不少商店都挂上了圣诞老人和圣诞树的装饰，大红大绿，一派热闹的节日氛围，很多女孩子手上拿着苹果。

小果还在同小和讲，搞不懂为什么这边的平安夜有送苹果的风气，就远远看见小黎今天最先到了唱片行。

她站在独角鲸唱片行门口，戴着白手套和白帽子，在同一个穿着旧毛衣、灰西裤的男人说话。

两人像是起了争执，小黎情绪有点激动，男人则哭丧着脸，一副乞求的衰样。

回头看到小果同小和一起走来，小黎有点不好意思，赶紧从挎包里掏出钱包，抽出几百块钱交给男人，男人便转身离开了。

"这人好面熟，谁呀？"小果问。

小黎似乎不大想谈，只说是个穷亲戚，家里出了变故，儿子得了大病来借钱的，之前已经来过两三次了。

"亲戚怎么来找你一个大学生借钱啊？"小和的意思是，要找也应该找她爸去。

"他……是我妈那边的亲戚，我妈去世后我爸就和他们家没什么来往了，不可能管他的。"小黎让他们别聊这个了，赶紧排练，排完了去吃夜宵。

接下来的近半个月，中年男人的出现越来越频繁。不管有没有排练，在太平街唱片行门口，小果下班的时候都经常会看到他在等待小黎露面。

"高致远！你放过我好不好？你儿子要钱看病我能有什么办法？我对你已经仁至义尽了！"

这天，门口传来小黎崩溃的一声吼，小果循声出门，只见那男人跪在地上，抓着小黎的鞋子，说着要磕头之类的话。

　　小果快步走上去，试图替小黎解围，而她揪着自己胸口的衣服，表情已经有点难受。

　　那男人死死握着小黎的鞋子不放，真的开始磕头，小果扳不动他的手，周围已经聚了不少人。

　　小黎的呼吸开始急促起来，她抓着小果的胳膊，艰难地告诉他，感觉自己哮喘要发作了，让他帮忙在包里拿下药。

　　高致远这才放开手，抬起头来用那双惊恐的大眼睛看她。

　　"你是不是有病啊！一个大男人，有胳膊有腿的，不丢人吗？她有哮喘还有焦虑症的你知不知道？这么缠着她有意思吗？"

　　小果还想继续骂，却被小黎拉住了。她把钱包里的钱全部抽了出来，包括几张百元大钞和一些零钱，塞到高致远手上，让他赶紧走，下次别来了。

　　高致远欲言又止，抬起头来仍是那一脸可怜兮兮的衰样，眼神里似乎对自己造成的情况有些抱歉与担忧，但还是捏着那几张钱走了。小果把小黎扶进店里休息，围观的人群也消散在熙熙攘攘的太平街。

　　那天，小果以为小黎都成那样了，高致远应该不会再来了。

　　但没过两天，他又出现了，继续用他那卑微而乞求的姿态，向小黎索取钱财。

　　得有多大的难处，一个男人才会如此死皮赖脸、不顾颜面地缠着一个还未参加工作的女孩子要钱？小果难以想象。而小黎又是多么善良的一个人，可以忍受一次次的死缠烂打还每次都心软，也让他感到不可思议。

在那段时间，他们仿佛彼此都接受了这样的行为变成一种常态。

以至于年关将至，高致远有好几天没有出现，乐队的另外两人还感到很是稀奇。

"他前两天特地来跟我说，自己想办法弄到钱了。"

小黎告诉他们，高致远的儿子有救了，不会再来找自己了。

小黎一副如释重负的样子，小果和小和也替她感到轻松了不少。

过完年之后的首次排练，小黎已经完全恢复了状态，没有了高致远出现后的焦躁。

"过两天我带个新的吉他手过来啊。"

小果向两位女孩子宣布，说听他弹得挺好的，感觉是个高手。

"真的吗！"小黎同小和击掌，开心极了。

小果问罗门又是从哪里听说高致远的。

"高致远就是老崔养母的前夫。"罗门咬着指甲说。

"高致远是小黎妈妈的亲戚，同时又是崔远养母的丈夫？"张伟在想，那小黎和崔远的养母到底是什么关系。

杜然让他别想了，说黎冰心明显是骗小果的。

"为什么？"小果不解。

杜然让他仔细想想："黎冰心说黎万钟在她妈妈去世之后就和那边的亲戚断了来往，又说过她妈妈去世的时候她年纪小，只有非常模糊的记忆。高致远和她妈妈的姓都不一样，黎冰心怎么可能对他有印象？"

"小胖！"浩南突然问了一句，"你之前说，黎冰心的妈妈是黎万钟的第一任妻子，她是得什么病去世的？子宫癌？"

"对，子宫内膜癌。"小胖翻开手机，找到文档火速确认了一遍。

"你帮我在网上搜一下，这个病会导致不孕不育吗？"浩南又对抱起电脑的安春吩咐。

"有可能会。"安春告知他结果。

"这样子啊。"浩南感叹了一句，看着罗门说自己之前其实一直有个想法，没有开口提。

罗门还在抱着胳膊咬指甲，眼神有些呆滞。

"你先说说看？"罗门说他现在也有个想法，但是没证据，只能从老崔和小黎可能的行为动机来反推，但感觉两人想的是同一件事。

"我在想，黎冰心有没有可能根本就不是她妈妈和黎万钟亲生的？"浩南说，毕竟她妈妈当年死于生殖系统疾病，很有可能根本就生不了小孩。

"和我想的一样。"罗门放下手指说，黎冰心的行为、老崔的行为，越来越符合这种可能性了。

"哪种可能性咯？"杜然问。

"黎冰心没准真就是老崔养母崔静莲的小孩，高致远是她的亲生父亲。只不过出于某种原因，她一直是被黎万钟当作女儿抚养长大的。"

"我天……"杜然轻叹一句，要真是这样，所有想不通的动机好像忽然都能够成立了。

张伟微张着嘴，脑袋里打了个转，简直不敢相信，那些纠缠不清的乱麻，会突如其来解开得如此轻巧，像光滑的丝绸一样缓缓落地。

"为了小黎。"杜然抖着手指重复了一遍，崔远做一切都是为了小黎！

"小胖，你打个电话给萌萌。"浩南忽然又想到了点什么，"让她帮忙在内网查一下，有没有 2011 年到 2012 年之间，高致远的相关案件，尤其是快过年的时候。"

那是高致远不再去骚扰小黎的时间段。

过了一会儿，萌萌返回结果，表示有一起失踪案的报警。

"2012 年 1 月 15 日，也就是腊月二十二，接家人报警：一个名叫高致远的 45 岁男子走失，身穿灰色西裤、蓝色毛线衣，最后目击地点在雨花亭，新建西路附近。"

几位知情的警察都瞠目结舌，崔远的烟酒店，正好也开在那边。

"对上了！"杜然难掩自己的兴奋，大声喊了一句，仿佛在宣告某种胜利。随即，他的肩膀下垂，又透露出无尽的疲惫，说终于对上了。

翌日，岳麓区公安分局，所有人都到得有点晚。

上午 10 点多，杜然踏着大步走进办公室，身上都是洗发水和肥皂的香味。他看起来像洗去了这段时间以来积攒的灰头土脸似的，一身清爽。

看小胖和张伟买了一份肯德基全家桶，吃得津津有味，杜然抢了一块鸡翅。浩南嘴里也叼着个纸杯，拿着案宗去找罗门商量事情。

"等林队回来，结案就不远了吧？"

张伟表示，现在最粗的一根藤已经摸到了，那些大瓜小瓜摘起来就方便多了。

罗门说确实如此，但他还是总感觉哪里不对劲。

"除开小时候他自己父母的那个案子不说，如果 2000 年澧县郭跃的案子是他做的，2012 年长沙高致远的失踪是他做的，加上看守所中自杀的手法，给人的感觉都挺干净利索的，几乎不留痕迹。"

杜然一屁股坐在罗门的桌子上，接过话头称，他也这样认为。如果鳜鱼哥也是被害而不是偷渡的话，那很有可能也是崔远作案，风格十分明显，也是几乎不留痕迹。

"可是现在回过头来看橘子洲音乐节的这个案件，整体感觉太粗糙了，完全不是同一种风格。"

罗门翻着案宗回忆，凶器都留在现场，偷运凶器进来的瘾君子保安很明显也靠不住，居然还自己跑来报案了，这让他们第一时间就锁定了老崔。

"但是粗糙里面，又有心思缜密的一部分，像他。"

浩南说比如黎万钟毁坏监控器的那些计划，要不是自己灵机一动尝试着去找演出方的摇臂摄影机，运气好还真找到了，那么这条线索几乎不可能被发现。

他做了太多的前期准备和调查，比如监控器的视野方向，还有 EMP 装置的制造，都是专业的，粗糙的部分与细腻的部分很不协调。

"他又要和你们一起演出，又要制订计划诱捕黎万钟，还要行凶作案，顾不上来那么多，一两个环节出差错，也是正常的。"

杜然想了想说，现在也没有什么真正的高智商犯罪，更多的只是自作聪明。

他拿起桌上的一个苹果衔在嘴里，走向办公室外的长廊。

另一条长廊的尽头，贴着警徽的玻璃门后面，常亮的 LED 大屏幕上显示着长沙地图的全貌。不断的键盘敲击声与电话振铃音一阵阵在接警中心响起。

"您好，这里是长沙市 110，请讲。"

戴着耳麦的接警员每天都要重复这句话很多遍。

"我要自首。"一个平静的声音说。

"您好，请问发生了什么事情？"接警员顿时轻轻皱眉，但很快又恢复了波澜不惊的职业表情。

"8 月 24 号，橘子洲上死了个人你知不知道？他叫黎万钟，是我杀的。"

"我可以过来自首，"接警员张开嘴，还没来得及讲话，对方又继续说，"不过有一个要求，你们得先答应我。"

年轻的保安沿着江岸走，仰起脖子，望见蚊虫在飞。

六年前在沅江边上，他也曾望着那些蚊虫发抖。

太阳照射着波光粼粼的细浪，冰凉的江水已经打湿了鞋子和裤脚，他却只能伫在那里，不敢再往前一步。

他不怕死，怕的是那些密密麻麻的东西，它们像长着翅膀的蚂蚁，在头顶盘旋。

蚂蚁都有长长的触角、巨大坚硬的嘴钳、长着钩毛的脚，如果还长上了一对嗡嗡挥动的透明翅膀，那是再可怕不过了。

它们从来不会和你单打独斗，只会成群结队地来啃噬你的皮肤，根本杀不完。

它们会把你分解。在你还活着的时候，不停咬下你的肉，一次只咬一点点，芝麻那么大，所以要咬上亿次，你全身都会不停地疼。

它们最贪婪。它们吃你，如果吃不完，就排着长长的队伍，搬运回巢穴。

"周沅！"周叔叔从渔父阁诗墙的方向跑来，叫着他的名字。

那些模糊又快速移动的黑点是摇蚊，曾有人教他不要怕。那人说摇蚊只是对二氧化碳敏感，所以喜欢在人的头顶绕着飞，尤其是人在流汗发热的时候，排出的二氧化碳多，它们来得就多。

但摇蚊不咬人，只是在进行一种名为"婚飞"的群交。

周叔叔为什么什么都懂？他是周沉这辈子见过最博学的人。

更重要的是，他那么温柔，总是知道自己在想什么，并且相信自己，愿意帮助自己。

坐上唐主任的车，周沉还是忍不住把头伸出窗外回头张望，他多么希望，周叔叔是自己的爸爸。

在朝阳路下车，林立莲和田刚一齐抬头，望见蓝底白字的"上善心理咨询"招牌。

"您好，请问是苗若娟吗？"

两人做完自我介绍又说明了来意，若娟先是一愣，而后起身去饮水机旁倒了杯水喝。

"不好意思，忘了给你们倒水。"她顺便去拿一次性纸杯，给两位警察也端了水。

若娟见林立莲对桌上的老式录音机好奇，便告诉他这是自己以前在康复中心工作的时候买的。买来教小孩子们唱歌放伴奏带用，很有些年头了，但一直没坏。

后来想做更能帮助人的工作，若娟发奋考了心理咨询师。从康复中心出来后，她开了这个工作室，也经常用这台录音机来录咨询案例。

"现在慢慢学会用电脑和手机录音了，就偶尔用它来听些以前喜欢的老歌，有老味道。"若娟轻轻叹了口气，似是想到了些什么往事。

"他走的时候，还讲要写首歌给我的。"

后来却就此断了联系，再也没有来往。

林立莲问若娟，她这个名叫周启森的男朋友，和她交往的时候，有没有向她打听过一位名叫黎冰心的患者。

"冰心呀？我记得她啊，挺好的一个女孩子。"但是周启森从未和自己聊起过她。

警察又问她，那是否曾察觉到，黎冰心和 2008 年康复中心去世的护士赵蓉之间存在什么恩怨。

若娟摇头称应该没有："赵蓉去世的时候，冰心都出院好久了，而且她们两个关系挺好的啊。"

提到赵蓉的死，她的声音越来越小，目光也看向一边，仿佛思绪到了另外的地方，嘴唇动了动。

"你说什么？"老田从她的嘴形判断，"蚂蚁？"

"对，蚂蚁。"若娟回过神来，告诉他们那时候有个 13 岁的小孩，名叫周沅。

"是崔老板让你来的吧？"

"是的。"周沅说。

"他让我做的事都已经做好了，这些玩意儿给你。"黎万钟递给他一个旅行包，问他晓得怎么搞不。

包里有一些衣服和布料，一些颜料瓶和喷雾罐，还有一台手机和小三脚架，以及其他物资。

"晓得，来，先拍一段视频。"

周沅把手机用三脚架支撑在桌面上，说先换身衣服，再拿面罩把脸遮起来，不然等下把自己的相貌录进去就不好了。

"No problem！你慢慢换。等下拍的时候小心一点，不要真伤到我了哦。"

他让黎万钟放心，说这刀都没开刃的，伤不了人。他用白色尼龙绳，把黎万钟的双手背在后面捆好。

"崔哥说，等拍完绑架你的视频，就让你把这身西服换了。头发上打点啫喱水，脸上我给你画点油彩。走快点，低着头，底下的那些人就不会在意到你。"

他假意给黎万钟交代各种注意事项，打开手机开始拍摄视频。

"骗子黎万钟现在在我手上，三天之内，把钱……"

他清了清嗓，松开捂着黎万钟嘴巴的手，把架在他脖子上的刀拿开，说台词漏了，再来一遍。

黎万钟笑了笑，问他怎么还玩 NG，不过感觉挺真实的，吓出一身冷汗。

周沅一下不知该说点什么好，就告诉黎万钟，有点紧张感才更像那么回事。

"有点意思啊！"黎万钟的眼角都笑出了皱纹，仿佛已经体会到了刺激转化而来的兴奋，"要演就演出一种专业感，来来来，我们再来一遍，都好好演啊。"

周沅点头说没问题。

"开始吧。"黎万钟面向手机，变脸似的整理好自己的表情，重新去体会那种紧张与恐惧。

"骗子黎万钟现在在我手上，我的钱和他的命你们自己选啊！"周沅压低了声音，对着镜头厉声说，"三天之内，把钱准备好，买一千个比特币汇入字条上的钱包地址就自动放人。不晓得比特币怎么搞，自己去网上查。不要报警，报警没……"

话未落音，他的右手忽一发力，使劲捏住黎万钟的嘴，让对方无法出声，握刀的左手尽力一拉，那些飞出的血液就洒了一地。

黎万钟的身子抽搐了几下，很快就失去了支撑，周沅几乎要扶不起他，顺势把他往前放倒在地上，发出沉闷的响音。

有那么十几秒钟，周沅的大脑一片空白，只感觉到自己的心脏加速狂跳，手不停地抖，时间也变得好慢。

什么都没有发生，他不停对自己说。

很好，自己没有必要像小时候那样慌张，周围的一切都是安全的，可以做好接下来的事情。

除了该死的人死掉了，什么也没有发生，没有意外，没有人看见。

只要按照周叔叔说的做，接下来也就没有人知道。

若娟详细讲述了2008年赵蓉去世时，自己和唐主任对于赵蓉衣服中蚂蚁尸体的困惑，以及自己送别周启森那天，回到医院碰到周沅外婆时，她说的那些话。

如果当年赵蓉真是为了周沅外婆每月五百块钱的好处，而想了某种办法尽量把周沅留在医院，这一切都太荒诞了。

"这么看来，赵蓉的死，更可能是和周沅有关，而不是黎冰心？"林立莲问老田。

老田点头认同。

"那崔远，也就是周启森，平时和周沅关系怎么样？听说他经常去医院帮你教唱歌？"林立莲继续问苗若娟。

若娟说关系挺好。

"好到会为了周沅去杀害赵蓉的程度？"

"我也不知道。"若娟总是问一句答一句。

"你那段时间，有没有发现他有什么异常？还记得吗？"

"不记得有什么特别的了，回想起来，总觉得他那时候好像身上哪里有伤。"若娟说，但是他身上本来就有很多伤疤，是他父亲以前打的。

"周沅是什么问题进到康复中心的？"老田问。

"双相情感障碍和密集恐惧症，尤其怕蚂蚁，特别严重。他家庭关系向来不好，9岁的时候，他看到自己的父母打架，他爸爸喝醉了酒掐他妈妈的脖子，掐得她翻白眼，他就把他爸爸给割喉了。他妈妈苏醒过来，看到这一幕，吓得要死，可能觉得活着也没意思，又一头撞在桌角上，死得特别惨烈。"

"割喉？"林立莲捕捉到了关键信息。

"他父母生前是菜场的活禽贩子，都觉得读书没用又费钱，不想让他读书，就让他在菜场帮忙宰鸡。那时候菜场的人看他这么小就来做这种活，总喜欢笑他，还给他取了两个外号，一个叫

'杀鸡弟'，一个叫'一休哥'。"

老田问"一休哥"是不是在夸他聪明，林立莲则完全不知道"一休哥"是什么意思。

"以前有个日本动画片叫《聪明的一休》，本来讲的是一个聪明的日本小和尚，但到了周沉这里，就不是那个意思了。"若娟告诉两人，"因为主题曲里面有一句'咯叽咯叽咯叽咯叽咯叽咯叽，我们爱你，咯叽咯叽咯叽咯叽咯叽咯叽，聪明伶俐……'很流行，听起来像是'割鸡割鸡割鸡'，所以是用来笑话他的。"

这样的笑话在当事人眼中有多残酷，如今那些参与者可能早已经忘了，又或者永远也不会察觉。

若娟记得，赵蓉的事情过去以后，周沉的治疗确实比较有进展。他在 2009 年的时候，应该算是病好出院了。

"周沉出院之后，去哪里了呢?"林立莲问。

"这我就不知道了。"若娟说。

"你去哪里了?"保安同事问。

"屙屎。"周沉说。

"怎么去了那么久?"

"到处都是人呢，我找不到厕所。"

"如果我不来自首，你们会不会永远也不知道是我?"

对很多人来说，审讯室的蓝，是令人窒息的深海的颜色，但周沉的语气和表情，却仿佛他是一只鸟，终于冲出了窗子，悬停在了自由的天空。

他穿着褐色的衬衣、白色的夹克、黑色休闲裤和帆布鞋。

"你认为呢？"林立莲隔着玻璃告诉他，自己刚从常德回来，去见了苗若娟。

周沉睫毛很长，微微一笑的表情，还挺迷人的。

"你为什么杀黎万钟？"

"为了钱啊。"

周沉说，周叔叔给了他两百多万。

"那你的周叔叔为什么要杀黎万钟？"

"为了冰心姐姐。"

2012 年夏天那场比赛结束后，在阜埠河路的暮色中，亲月木乐队落选的几人分道扬镳。

崔远打车来到一处茶楼，走进门去，黎万钟正备好了茶水等他。

"崔兄，你今天约我，想必我们的事情有了进展吧？"

"你女儿答应了，说你只要送她出国念书，她愿意帮你在那边处理对敲和管钱的事。"

"那真是太好了。"

黎万钟伸出胳膊，给了崔远一个拥抱，说辛苦崔兄这半年来的努力，取得了她的信任。

"其实我蛮理解她的。"黎万钟说，包括她对自己做这些事的鄙视、看不起，其实都是一种很善良的品质，在如今已经弥足珍贵了。有时候,他还挺为女儿这一点感到骄傲的。

"人本来就应该正直、坦荡荡,你说是不是?"

崔远点头说是。

"但是这个社会太王八蛋了。"黎万钟指着窗外说,"它给正直的人活路吗?它不给呀!"

"要不是我这样的人护着,她黎冰心这样没有心机的女孩儿在国内自己混,能混出个什么好结果来?"黎万钟又问崔远觉得他讲得对不对。

崔远也点头说对。

"我很欣慰的是,能遇到你这样一个好兄弟。"黎万钟竖起大拇指,说崔远是真正的 brother,理解他的价值观,认同他的价值观,并且愿意无条件地提供帮助。

崔远摆摆手,说不敢当,只是在帮助一个理想主义者完成他的夙愿,而自己是一个粗鄙的人,初中都没读过,能够有缘与黎大哥这样曾经有梦、想要改变世界的知识分子相识已经是一种幸运。

"你一定要放心。"黎万钟对着崔远举手发誓,等明年事成,兄弟绝对不会只是情谊上的感激,也会在物质上给他一份应得的丰厚回报。

"所以,黎冰心出国,是为了给黎万钟接纳转移出去的资产做准备?"

"她也想出国学音乐吧。"周沉说,周叔叔是这么告诉他的。

很明显，按照崔远的计划，一旦顺利完成对敲，黎万钟却死了，这笔巨款就会自动落到身在国外的黎冰心手上。

如果这就是崔远的真正目的，那么他确实铺垫了一个很长很长的计划。

"你有办法联系上黎冰心吗？"杜然对着麦克风问。

周沉说没有，2007 年冰心姐姐出院之后，两人就没有过任何联系。

而当周叔叔找上他的时候，冰心姐姐人已经在国外了。

"帮助他们洗钱的，有个叫鳜鱼哥的人，你认识吗？"

"不认识。"周沉说，实际上周叔叔找上他的时候，钱也已经到了国外的冰心姐姐手上。

罗门问，为什么崔远要把黎万钟的那一大笔钱弄给黎冰心。

"他觉得冰心姐姐有钱才能安全。"

"安全？"

周沉进一步解释崔远的想法："周叔叔认为黎万钟留在国内，那些害人的生意出问题是迟早的事，真暴雷了，冰心姐姐肯定也会跟着惨。

"但他又觉得，黎万钟那样的人真要出了国，基本上也活不出什么名堂。他还想把自己一家人都弄出去，那点钱更撑不了多久，冰心姐姐将来肯定也过不好。

"所以，不如那些钱都给她拿着，一个人用就够了。"

杜然同罗门交换眼神，这样的思路冷血得可怕，但崔远做这些又不是为了自己，让整件事散发出一股古怪的违和感。一个人真的有必要为了另外一个人做到这种程度吗？况且，黎冰心真能接受这样的"好意"吗？

"他做的事，黎冰心知不知道？"罗门问。

周沉说不知道。

"啊？"罗门轻叹了一声，在场的几位警察也惶然。

"我是说我不知道她知不知道。"周沉称，崔远并没有告诉他这些事的详情，他也没有同黎冰心有过任何联系。杀死黎万钟，只是完成崔远布置的任务。

"你帮他杀人，真的只是为了钱吗？"林立莲问他是否还记得奥运会那年，常德市康复中心，有个照顾他的护士赵蓉坠楼死亡的事情。

玻璃后的周沉又咧嘴笑了。

"还个人情。"他如此回答，意思再明了不过。

审讯室越来越压抑，让人有点喘不过气。

杜然撑着额头问："那你的周叔叔和黎冰心到底是什么关系？有没有和你讲过？你听说过高致远这个人吗？"

"你们这都查到了？确实厉害呢。"

周沉被铐着的双手竖起大拇指，说黎冰心正是崔远养母崔静莲和高致远的亲生女儿。

1992年，打算举家迁往长沙发展的高致远经朋友介绍，认识了一个据说可以帮他在长沙托关系落户的师兄，名叫黎万钟。黎万钟听说了他的来意，了解了他的情况，别的好处不要，只提出一个要求。

"把你和前妻的那个孩子要过来，接给我养怎样？"

黎万钟多年没能生育，但不想无后。高致远和崔静莲的孩子，同是知识分子的女儿，想必遗传也不会差，正是送上门来的天意。

对于高致远来说，他原本就嫌弃崔静莲生了个女儿，没打算要，甚至还在想办法送出去。在那个年代，这孩子要是划给了自己抚养，那么按照当地的情形自己也就失去了生二胎的资格，无法再生一个儿子传宗接代了。

黎万钟开出条件后，高致远开始向崔静莲百般争取，希望把女儿要过来。

黎万钟对高致远承诺，孩子过继之后，有路子可以让他同再婚的妻子再生一个。

于是，1992 年的高致远抱着那女婴，去找黎万钟换了一本长沙户口。

"到了 2011 年，冰心姐姐都 19 岁了，高致远才跑过来认亲。"

周沉说，认亲其实就是死皮赖脸地要钱，所以周叔叔觉得这个人是个麻烦。

"过年的时候把他哄出来，除掉了。"

罗门赶紧问崔远究竟是怎么除掉高致远的，话说出口才忽然察觉到，两个人的名字里竟都有个"远"字。不知道是不是当年崔静莲收养周启森，给他起名的时候，心里面其实还挂念着高致远？

如果是，这是一种怎样的被辜负与不值得，他不敢想。

"我不晓得怎么除掉的，他没说。"

"他这些年究竟杀了几个人？"林立莲问。

"我就知道这两个，没了。"周沉表现出一种好奇，反问他们是不是还有别的。

"说说那天吧，为了杀黎万钟的计划，你是什么时候进入那家保安公司上班的？"

"今年春天，过完年之后没多久，他们招人，我就进去了。"

周沉说，周叔叔通过公安局的朋友得到了消息，每年星城音乐节的安保公司都是那两三家，所以就挨个去应聘。

杜然看向罗门。

"确实聊过，聊演出的时候。"罗门有些尴尬。

"可是我有一个疑问，"林立莲捏着下巴，却在想别的问题，"你明明都已经在里面当保安了，为什么他当时还要找另一个保安把刀带进去？这是个什么意思？"

台下躁动的人群安静了一些。

湿漉漉的印花 T 恤紧贴在罗门身上，他拿着麦克风，用手背擦了擦额头上的汗。

舞台上总是能隐约闻到的气味，大都来自金属、灰尘和人的汗腺。

"傍晚将至，谢谢大家的支持。今天，我们的演出就要结束了，接下来是我们乐队的最后一首歌——《疯苹果》。"

单手叉着腰，呼吸有些重了，罗门转身给了吉他手老崔和鼓手赵公子一个眼神。于是先有鼓点由疏到密涌出来，接着是一段急躁又激昂的吉他 solo，像毫无预兆升空爆炸的烟火，炸开，然后冷却。

　　老崔的手速由快转慢，吉他的声音变得舒缓了些，贝斯手多多隐约铺垫的声线便开始明显。

　　"每到黄昏，我的心就像一颗疯掉的苹果。摇摆不定，挂在血肉的躯体上……"罗门踩着效果器，轻轻开口唱，而后怒吼，"爸爸！你的孩子很慌张！你的言语很荒唐！它们像撒进我命运的大网，网着我动也不能动了啊！"

　　舞台灯光炫彩夺目，热气蒸腾，罗门一甩头，汗滴就顺着打湿的发尖，飞洒出去。

　　他闭上眼，沉醉进老崔弹出来的琶音，紧接着感受他指尖如雨点般在琴弦上跳跃，换来赵公子更为暴躁的鼓响。

　　"这个世界变成什么样子都不奇怪。你说，但我终究会进化成你那样。不善于批评，也不善于被批评。懂得——你我人生，拼凑之章，遁入社会，迷雾茫茫……"

　　老崔的脸上也全是汗，顺着下巴往下滴，他闭着眼，紧紧咬着下嘴唇，非常用力。有那么一瞬间，罗门瞥见了，觉得那好像不是汗，而是他积攒了一生的眼泪。

　　这真是个奇怪的念头，罗门也不知道它是从哪里冒出来的，但音乐总是会造出这种说不清道不明的时刻。

　　"这个世界变成什么样子都挺奇怪。你说，而我难免会衰老成你这样。不能够毁灭，也不可能被毁灭。方知——你我人生，孤苦之民，误入三界，波光粼粼……"

他继续唱，实在是太热了，就掀起了衣服，丢在舞台上，赤裸上身。

台下一阵尖叫，下午的阳光照在他结实的身体上，勾勒出汗毛的金色轮廓。

舒畅多了，他听着老崔的间奏，看老崔一脚跨上音箱，握紧了手中的麦克风，准备着下一句爆发。

"爸爸!"

老崔也跟着大声吼了出来，这是设计之外的声音，他面前没有麦，但声音却很大，几乎产生了回响，听着像一声很合理的伴唱。

"我不知道该说什么了! 每到傍晚，我的心就像一颗要疯掉的苹果啊! 摇摆不定，挂在血肉的躯体上……"

罗门写的这首《疯苹果》，多多少少带有自传的性质，它也是哭小孩乐队每次正式演出的谢幕歌。尽管已经唱过很多场，但这无疑是目前为止表现最好的一次，观众们的表情和呐喊就是证明。

多亏了老崔，有这样的演出效果，罗门对乐队的未来充满信心。大家气喘吁吁收拾乐器下台的时候，他甚至有过一个没来得及告诉任何人的闪念。他想着，如果哪天警察干累了，就顶住父亲的压力辞职算了，带着大家一起专心去做音乐。

在遇到老崔之前，罗门不敢这样想。

那时他明白了，让人放心的搭档，就像是从生活的井口伸过来的手，可以拽着人上到理想的世界去闯荡。

罗门没料到的是，曾经那只手刚把自己这颗疯苹果从井里拉上来，却又握紧了匕首，狠狠地刺上了一刀。

匕首，他想起来了……自己一直在意的是匕首，在意老崔在这些事件中，带给他的一种反差感。

"到时候我们需要两把刀。"

"两把刀？"周沅不太懂周叔叔的意思。

"依我的经验，在那种大型集会演出中，你想要搞事情又完全不留痕迹，是不可能的。"周叔叔告诉他，这可不是多此一举。

"我准备了两把一模一样的刀，仿制的俄罗斯凤凰军刀。

"一把没有开刃，我找了另一个保安带进去，一来做样子给黎万钟看，让他充分信任；二来故意留下痕迹，制造把刀带进安保严密的演出现场的合理性，把警察调查的注意力吸引到我身上。

"另外一把开了刃，你自己藏在身上带进去，用来了结他的性命。用完之后，就丢在那里，刀背上我会留下指纹，小心点别弄掉了，也是一样的作用，替你打掩护。"

周叔叔说，人的思维是有惯性的，谁也不能避免。

地上有一把锁和一片钥匙，当这片钥匙恰好能打开这把锁的时候，所有人都会先想，这是谁的锁、谁的钥匙？而忽略掉钥匙本来有几片的思考方向。

"到时候，只要你按我说的做，把事做干净，现场所有的痕迹都会指向我，"周叔叔告诉周沅，"用我的痕迹掩盖你的痕迹，他们很快就会来抓我，到时候你就有充足的时间，带着那些钱，安全离开这里了。"

"所以，另外一个保安带进来的那把刀，实际上根本就没开刃？"

罗门问那把刀去哪里了，黎万钟拿的那个广播喇叭、他们的服装等一系列道具又去哪里了。

周沅说，都是他收着，有一个旅行包放在保安的休息处。当时警察的注意力都放在周叔叔身上了，等音乐节散场，他就正大光明背着它走出去，过橘子洲大桥的时候，丢进湘江了。

罗门忽然想到平和堂的监控镜头中，崔远望过来的眼神。

那个时候，他果然是故意看向这边的，一切都是他自愿留下的痕迹。从逃跑到被捕，整个过程半遮半掩，以假乱真，就是为了勾住警方的胃口。

而他也没有给自己留活路，体内藏毒、在看守所自杀的计划，是早就想好的。

他知道自己一旦被捕，就不可能永远沉默下去，只要给周沅留足了时间逃窜，销声匿迹，死掉便是保守秘密的最好方式。

罗门问周沅，为什么要自首。

"周叔叔做这些，其实就是为了两个人。"周沅掰着手指说，"一个是冰心姐姐，还有一个就是我。"

"当然啰，为冰心姐姐多一些。"

周叔叔告诉周沅，一个从来没有过过好日子的苦孩子，突然条件好了、有钱了，会有那么一段时间是很幸福的。周叔叔还告诉周沅，虽然这种幸福不一定会持续下去，但至少值得体验。

这两百多万对于周沅来说，便是体验的资本。

周叔叔说如果周沅体验过了，找到了生活的目标和意义，那是最好的，就想办法利用这点资金好好挣钱、好好生活。但他又说，如果找不到也没关系——这个世界上像这样的苦孩子，不止有他们两个，做不了红花做绿叶也挺好，帮到像冰心姐姐这样有梦想的人，已经有价值了。

周沅照着他说的去做了。那天以后，他拿着这些钱，去了上海到处玩。

"我第一次……坐飞机，吃了很多好吃的，买名牌衣服鞋子，住五星级酒店，还去了欢乐谷，他们今年新开了一个海洋馆，好好玩哦。

"我第一次看到了海里的动物，它们好漂亮的，那些水母。

"那些有钱去玩的人都好开心哦，笑起来……都好漂亮的，我在里面也跟着他们一起笑，笑完出来呢，我又觉得好没意思。"

隔着玻璃，周沅低下头，大家都不说话了。

"他是坏人，我……也是坏人，对不对？但我们不是生下来就很坏，我们为什么就变成了坏人呢？"

周沅想到那些被黎万钟骗了钱的家庭。

他想，那些家庭只会造出更多的苦孩子，苦孩子又变成坏人，自己心里面过不去。

他手里还有将近二百万，他愿意把这剩下的二百万还给那些人。

2014年9月23日清晨，在罗门与杜然的陪同下，投案自首的周沅来到长沙市公安局看守监管支队，在崔远曾住过的监室门口磕了三个响头——这就是他自首时提出的唯一要求。

回到车上，杜然突然想起什么来，拍了拍张伟的肩膀。

"兄弟，这阵子对不起你啊。"

"怎么了？"张伟没懂他的意思。

"你是我前辈啊，我一激动就老是对你大呼小叫的，还让你干这干那，没大没小，不成体统。"

"哈哈，你也太小看他了，"浩南的笑声让车内众人的疲惫舒缓了一些，"伟哥什么人？哪会跟你在这种事上斤斤计较？现在最重要的是，一切都结束喽！你还是赶紧回去，好好关心下你老婆。"

"真的都结束了吗？"杜然往后仰躺，仍然有些恍惚，不敢确定。

"至少，"张伟瞟了瞟车上那个唯一不吭声的人，眼角流出些许怜悯，"对我们而言是结束了，可以回家休息几天了。"

对于差旅不停的人来说，卫生间里各种常用洗护用品的混合气味，会不会就是所谓家的味道？

至少此刻，它们构成了罗门回家之后最为放松的慰藉。

只有浴室的灯亮着，淋浴头温热的流水，连带着沐浴液的泡沫冲刷掉了身体上的污浊，但精神依然萎靡。

听见外面"吱呀——"开门的声音，罗门关掉龙头，用毛巾擦拭自己。

"回来了？"

回来了。

妻子问他吃了没，他说不饿，但是很累，先去睡了。

床就像一叶竹筏，盖上被子，闭上眼睛，身体就开始缓慢摇晃。

这些天的回忆片段，也如同好几部不同题材的电影预告片一样在脑袋里闪动回放，不连贯，又没逻辑，全是一些哭和哀的脸，说着一些这样那样绝望或无奈的话。

很快，声音开始听不清了，画面也失去颜色，成为灰白朦胧的迷雾。载着身体的木筏缓慢卷入看不见的漩涡，沉重，手、脚、脸颊、眼皮……

突然，罗门大叫一声，掀开被子坐了起来。

妻子并不在身边，她打开房门，外面传来光亮，还有电视剧的声音。

她问罗门怎么了，是不是做了噩梦。

罗门定了定神，告诉妻子梦到自己在一个场面宏大的音乐节看演出，像伍德斯托克。台上一支外国乐队在表演，总觉得很熟悉又想不起来名字，但歌还挺好听的，自己就跟着人群一起摆动一起嗨。

听着听着,那乐队的吉他手喊了一声"为了更好的未来",用手指比成一把枪,抵住了太阳穴开了一枪。"砰"的一声,吉他手竟然从台上掉了下来,听众们以为他在玩"跳水",就举着他一边欢呼一边推动。直到靠这边越来越近,才发现吉他手的脑袋在流血,他是真的死了。

"我想要喊,但我一喊,就发现自己不知道怎么站到了舞台上,成了那个手足无措的乐队主唱。我只会喊中文,我说有个人死了,底下的人又听不懂,我喊得越着急越大声,他们就越兴奋……"

"好了好了,就是个梦,没事了。"妻子将罗门的脑袋抱在胸前,安慰他放轻松。

罗门问现在几点。

"才10点多,你就睡了一小会儿。"妻子再次问他饿不饿,要不要吃点东西。

现在感觉到饿了,他穿着睡衣起身,随妻子来到客厅。电视里正在放《权力的游戏》,妻子最近在追这部美剧,是罗门上个月推荐给她的。剧里正演到"小恶魔"用弩箭射死了正在茅厕里大便的父亲,门口鱼缸里的清道夫也瞪大了眼朝电视的方向趴着,仿佛它们也能看懂,并深刻感受到这剧情似的。

妻子在厨房操作了十几分钟,给罗门端出一碗面条,喊他来餐桌边吃。

"记得有天晚上,你第一次带老崔过来家里,两人都没吃晚饭，我给你们一人下了一碗面条。"

罗门也想起来那天的场景。无非就是一点猪油、一点酱油和葱花，再打上一个荷包蛋，老崔连连称赞好吃，说这就是世界上最好吃的味道。

妻子笑老崔客气话说得太夸张了，他却一再强调自己从不说客气话，是讲真心的，把汤都喝得一滴不剩，搞得妻子既开心，又有点不好意思。

"听你讲的这些事，还是感觉好不真实。你说……"妻子问他，"老崔这个事情盘算了多久？他当初选择来你们乐队，会是为了这些事利用你吗？"

是啊，自己也最在意这个。如果真是如此，这么长时间的默契与相处，又算是什么？

"我真的不敢相信，他为什么可以这么随随便便就杀好几个人？他那么聪明，肯定能想到既不伤害别人，又可以解决问题的方法啊……"

"我觉得从某个时候开始，"罗门告诉妻子自己的判断，"他已经把杀人当作解决问题的最好方法了。"

"什么时候？"

"第一次发现杀人顺利解决了他的问题，"罗门慢慢吃着面条，"而他既逃脱了自我良心的责备，也逃脱了道德与法律的惩罚，并没有承担任何后果的时候。"

"就算他自己成了这样，"妻子皱着眉，"可是那个小孩呢？为什么要拉人家下水？"

罗门告诉妻子自己也不是很清楚为什么老崔一定要把周沅扯进来，但依照对他的了解，还是能隐隐约约想到一点缘由。

"首先是关于音乐节的伪装劫持计划，老崔是不能亲自参与的，他和黎万钟的关系不少人都知道，这对黎万钟来说风险太大。"

站在黎万钟的立场，即便按计划成功出了国逍遥海外，但凡现场查出了与老崔有关的蛛丝马迹，是个人都会猜想这是在串通做局——警察顺藤摸瓜不说，他自己国内的家人十有八九也会被追债的搅得鸡犬不宁，这个复杂计划也就失去意义了。

"这事黎万钟肯定需要另一个面生但可靠的同伙来做，周沅就是老崔能拿出的最合适人选。"

罗门喝着面汤继续说，再一个，总感觉老崔在培养周沅。

"也许他想把周沅当作自己在这个世界上的一个备份。"

"什么备份？为了他养母那个出国学音乐的女儿黎冰心吗？"妻子问。

"不是为了某个人，而是为了某些人，他可能觉得这个世界上，难免会需要他这样的人吧。"罗门放下筷子一抹嘴，"但这是种幻觉，是种自我安慰，也是我最可怜他的地方。"

10月，天气还是没有完全转凉，金盆岭二机小区的泡桐树叶已经落得差不多了。

不锈钢窗栏外，珠颈斑鸠的巢也空荡荡的，安春捏了捏鼻子，点燃一支烟望着它发呆。

门口有响动，是帽子哥涛别回来了。

"哎！听说崔远那个场子里的女朋友，叫什么豪姐的，人抓到啦？"

安春问帽子哥是从哪里听到的消息，帽子哥说那个彩票站里的"麦田守望者"李猜猜还记不记得，上午碰到了，他提了一嘴。

"从江西抓回来的，不过她说自己只是搭了个线，关于洗钱的事，还有鳜鱼哥的去向，一概不知。"

帽子哥往安春的床上躺下，摆成个"大"字。

"也就是说，崔远和黎万钟这笔送出国的钱，线索也就彻底断了？没人知道它是怎么到黎冰心手上的，也没人知道黎冰心现在在哪里？"

安春同意他的判断，至少目前来说是这样。

"我就说你吃力不讨好吧，讲什么尽量做个老好人，到头来还不是竹篮打水一场空？你想帮的那些人，还不是没帮上？"

安春还没开口反驳，帽子哥又自顾自地说，不过至少能求一个心里踏实，他现在也明白了。

心里踏实很重要。

"你在看什么？"帽子哥躺着抬起头，看着安春的电脑屏幕。

"比特币。"

"那是什么？"

"一个叫中本聪的神秘人物，几年前搞出来的数字加密货币。最近两年挺火的，听说很多炒这个的，都发了财。不过争议也挺大，有人说它是世纪骗局。"

"啧啧，你怎么看起这些来了？脑袋开窍了，想发财了？你要发财还不简单？还用得着这玩意儿？"

安春说那个叫罗门的警察刚打过来电话，称周沅那天提到了比特币——那是他们假装勒索黎万钟计划的一部分。罗门还说，他本人和崔远烟酒店的一个顾客，也都听崔远聊起过比特币。

"他想问我们这方面有没有什么知道的，我回忆了一下好像没有。不过我还挺好奇的……"

安春望着窗外告诉帽子哥，网上说比特币具有很强的匿名性，所以也经常会有黑产借它来交易。比如勒索、枪支毒品买卖之类的非法交易，还有跨境洗钱。

"他的意思是……黎万钟、崔远和鳜鱼哥，很有可能先在长沙的场子里把钱洗了一遍，之后又用比特币把钱洗出国？"帽子哥皱着眉头慢慢思考，"但是不对啊……如果他们用这个路子，应该尽量保密才对，不会做局吧？那样周沅不也知道了，万一他被抓或者自首，警方就可以顺藤摸瓜？"

"所以说比特币有很强的匿名性就在这里了，就算警方知道是这么个路子，也很难查出来具体的账户和资金流向。"安春摇摇头，"况且，崔远恐怕很有自信，觉得只要按照他的计划走，周沅根本就不会被警察抓住。而在他的认知里，周沅也是不可能自首的。"

"为什么啊？"躺在床上的人不解。

"因为他认为周沅和他是一类人。"望着窗外的人如此告知。

"我倒是更好奇那笔钱。"安春把烟掐了，说按照比特币最近的价格涨势，如果黎冰心在那边没有急着兑美元，持有的比特币很可能已经翻了好几倍，甚至几十倍了。

"多少钱来着？几百万对吧？接近一千万？我记得挺大一笔钱的。"帽子哥用帽子盖住自己的脸。

安春也记得差不多是这个数。

"一千万……乘以几十，"帽子哥掰着手指数零的个数，"那她手上岂不是可能都有几个亿了？我的个天哪！"

他叹出一长串的"啧啧"声。

"你说……"躺在床上的人小声问，"那个叫黎冰心的女孩子，她本身也不坏吧？会不会有一天，也像那个周沅一样良心发现了，主动回国，把这些人的钱给还了？"

"我也不知道啊，"望着窗外的人想了想，反问道，"**你觉得呢？**"

是夜，冷风轻轻地来，一层一层抚向澧阳平原。

"那秀才一开门啰，那姑娘把衣脱哦。只见那姑娘的皮肤唉，白得就像那冬瓜的霜哦唉……"

临澧县停弦渡镇福船村，"富祥商混"搅拌站不远处的人家，仍然有着明亮的灯火。打书匠那些老掉牙的黄色故事，已经没几个人特别爱听了，但是作为一种当地必要的习俗仪式，凡是有葬礼守夜，总得去请。

除了多了头戴式耳麦与便携式小音箱，打书匠还是如几十年前那样，带他的鼓，带着他的茶杯，不懈地敲打，不懈地用他日日苦练出来的方言唱腔告慰亡人，为守夜的亲友解闷。只是，他唱得越认真，便越显得有些悲凉。老年人熬不住这寒夜去睡了，中年人围成一桌打麻将，小孩子则在玩手机，只有一个老男人半眯着眼，在津津有味地听着。

"打书的！"

凌晨4点多，这个老男人从迷迷糊糊中惊醒过来，喊了一声。

"还没给你钱呢，你怎么就要走了？"

他见那打书匠已经在把鼓往摩托车上搬，慌忙去叫住。

"我明天晚上还来的呀，不是还有一夜才出葬吗？"打书匠说。

"哦，明天也是你哦。"老男人也想起来确实是这么回事。

"四千块钱再加一条烟，老板你不搞忘记了吧？"

"没忘记，没忘记！钱都好说。"老男人招呼说，"这么晚了，你又打了这么久，想必也饿了，要不我去厨房热两个小钵子，我们两个吃点菜、喝点酒？"

"不用了，不用了。"

"来呢！别客气。"

不一会儿，老男人就把酒精炉和小钵子准备好了，都是葬礼酒席备餐现成的菜，一锅牛杂、一锅猪蹄，还有一盘千张。酒也是葬礼酒席备的瓶装白酒，用一次性塑料杯盛来喝。

打书匠咪了一口酒，问老男人和这走的老人是什么关系。老男人说是他姑姑，今年82岁了。

"高寿，老也老得了。"

"是的，您今年多大了？"

"我啊？今年也快 70 了。"

"70 啊？看不出呢，只看得出来 50 岁。"

"搞打书都搞了快 50 年了。"

"我还蛮喜欢听打书呢，小时候就喜欢，哪里有打书，我就往哪里跑，也不怕死人和棺材。"

"那是的，以前好多小孩子喜欢听的，现在听得少了。"

两人吃着菜、喝着酒，一句接一句地聊起来。

"那老板你是做什么生意的？"

"旁边那个搅拌站知不知道？富祥商混，我在那里看门的。"

"那还可以啊，听说搅拌站蛮赚钱呢。"

"还可以，买了一辆大众越野车。"守门人说，感觉现在打书也蛮赚钱了。

"是还赚钱，比以前日子要好过一些。"打书匠告诉守门人，虽然现在大家不怎么听打书了，但这是个面子问题，必须得请。不比以前，出不起钱的家里老了人，不请打书不搞道士那些，也没人看不起。

"是的呢，现在在农村搞打书啊、西洋乐队啊、锣鼓点子班啊，都还蛮赚钱呢！红白喜事多，就通他娘的赚钱！"

小钵子炖的牛肉和猪蹄都吃完了，守门人又下了点青菜和千张。两人不知不觉喝得有点多了，都满面通红，解开了衣裳。

"搅拌站那个地方，很久以前，就住了一个搞锣鼓点子的。

打镲的，穷得叮当响，个狗日的穷了就打姑娘打孩子，最后夫妻两个人一起喝药死了。"守门人往那边一指，借着酒气高声说，"就上个月！还有警察过来问，从长沙过来的，怀疑那个小孩下的药。"

"我晓得，我都晓得。"打书匠醉意也上来了，摆摆手，表示没什么值得大惊小怪的。

"我不讲你怎么晓得？吹牛皮。"

酒精炉的燃料烧完，火熄灭了，正好千张和蔬菜也吃完了。打书匠笑了笑，拿根筷子在桌边敲起来。

"你敲什么敲？"守门人大声嚷道。

在这天将明的夜，小孩子们已经睡去，守夜的亲戚沉醉于麻将桌上的输赢手气，没人理会这边两个醉酒的老头。

打书匠用筷子在桌边敲出一种节奏，仿佛在打书似的。

"那大约是 1992 年，的清明时节呢唉。清明时节雨纷纷啰，但是那天，偏偏就没下雨哦！"打书匠用抑扬顿挫的声调，跟着敲击的节奏唱起来。

"打书的哥郎把路赶，要从那牛加洲，到程家屋场哦唉。牛加洲，老了人，打书的哥郎前去把故事讲，唉欸，抚慰那，哀思，哦喂。讲完了故事，哪怕是三更半夜，哪怕是乌漆嘛黑，你也要骑个单车，往屋里回，呢唉。

"经过那停弦渡哦，覆那个船村哦，三那个组哦，天还没要起亮啊，就看到一个屋里还亮着光啊。这是哪个的屋？不是别个，是个熟人，唉哦。

"哎呀！打书的哥郎，如今年纪也大，个老东西，只记得那个熟人他姓周喂，唉哦！具体叫什么名字？老东西他记不清，只记得当时就敲了门呢，唉欸！"

打书匠稍作停顿，守门人瞪大了眼睛，好奇心完全被他勾住了。

"好歹是个熟人，打书的哥郎也就想看看，到底是个什么情况。怎么这个时候，还亮着那灯？哪晓得，半天不开门啰！呢唉。哥郎就继续敲啊，哥郎就继续喊哪，没想到，里面的人，竟然就开了门哪！

"哪知道，这门不开还好，一开就不得了喂，唉哦！开门的，竟然是两个女人，打书的哥郎，他没想到，打书的哥郎，他想不到，唉喂！地上他，竟然还躺着一个男人，那男人，已经死了去哦！"

"你看到他死了？"守门人问。

打书匠摆摆头，继续敲，继续唱。

"打书的哥郎，吓一跳哦，咯喂，听那两个女人把原委讲。这其中的一个女人，正是这周家的媳妇儿，她说是她，把自己的男人给敲死了。这其中的另外一个女人，是个澧县人哪，她说她遇到了，这周家跑出的儿呀，就骑着单车过来，看一看呢，唉哦！

"她们纷纷，把话说。说是那儿呀，给自己的亲父母，那个亲爹娘，下了农药。农药下哪里？下在那个中药里，就希望他的爹娘死哦。你说天底下哪里有这样毒的儿？唉喂！哪晓得，他的那个爹呀，喝一口就发现味道不对劲，就去儿房里搜哇，一搜就搜出一瓶农药啊喂！儿子杀老子啊，天也不容地也不容啊唉！那老子，骂骂咧咧就要往屋外跑哇，但是那姑娘家，疼自己的儿啊，生怕这狠心的老子，对自己的儿下毒手哦。她抄起洗衣的棒啊，她抄起那洗衣的槌，就是那么几下砸过去唉！唉喂！一个姑娘家呀，哪里这么大的劲哪？几下就把那狠心的男人给砸死了哇！她赶紧把门关上呀，当作不在家，她不知道接下来该怎么办，唉哦！"

守门人使劲眨眨眼，仿佛越听越糊涂，意识已经逐渐模糊。

"过了半夜呀，那个澧县的女人过来了哇，说愿意帮她养她的儿呀。两个女人一商量啊，这个事情躲也躲不过呀，不如就让那个娘，喝了那农药啊，装作是夫妻之间闹矛盾哪，啊喂！去那黄泉啊，找那阎王爷呀，帮把儿的命换，唉哦。女人刚喝完哪，哪知道有人把门敲哇，正是那个天杀的打书匠啊，唉喂！

"两个女人，把情求啊，希望打书的哥郎，莫声张啊。娘只希望自己的儿，洗心革面做个好人哪！周家的姑娘，没得钱哦，澧县的姑娘，取下了脖子上的观音玉啊，递给了哥郎，求这个情哪！哥郎说，怎敢要你的观音玉呀？就把她拒呀，但是这怜子之情，也蛮作孽哦，唉喂！哥郎答应她呀，就当没看到呀。如今都只希望那个儿，洗心革面，他洗心革面做个好人哪！"

守门人醉趴在置备酒席的大圆桌上，恍惚间，他看见打书匠起身离开，去骑那旧摩托。

"个卵批打书的，喝些批酒了，吹牛皮不打草稿……"

天微微亮，清晨中的打书匠，身影层层叠叠。醉酒的守门人见他转身的时候，脖子上仿佛挂着两段红色的细线，坠入他的白汗褂之中，撑起一块布料的凸起。

2020 年 11 月 6 日　初稿

2022 年 7 月 22 日　修订